만
세
전

열림원 논술한국문학 13

# 만세전

1판 1쇄 발행 2008년 1월 24일
1판 4쇄 발행 2020년 6월 20일

**지은이**  염상섭
**책임편집·논술집필**  손미순
**펴낸이**  정중모
**펴낸곳**  도서출판 열림원
**출판등록**  1980년 5월 19일(제406-2000-000204호)
**주소**  경기도 파주시 회동길 152
**전화**  031-955-0700
**팩스**  031-955-0661
**홈페이지**  www.yolimwon.com
**이메일**  editor@yolimwon.com
**인스타그램**  @yolimwon

ⓒ 염희영, 2008

ISBN 978-89-7063-582-8  04810
ISBN 978-89-7063-510-1  (세트)

열림원 논술 한국문학 13

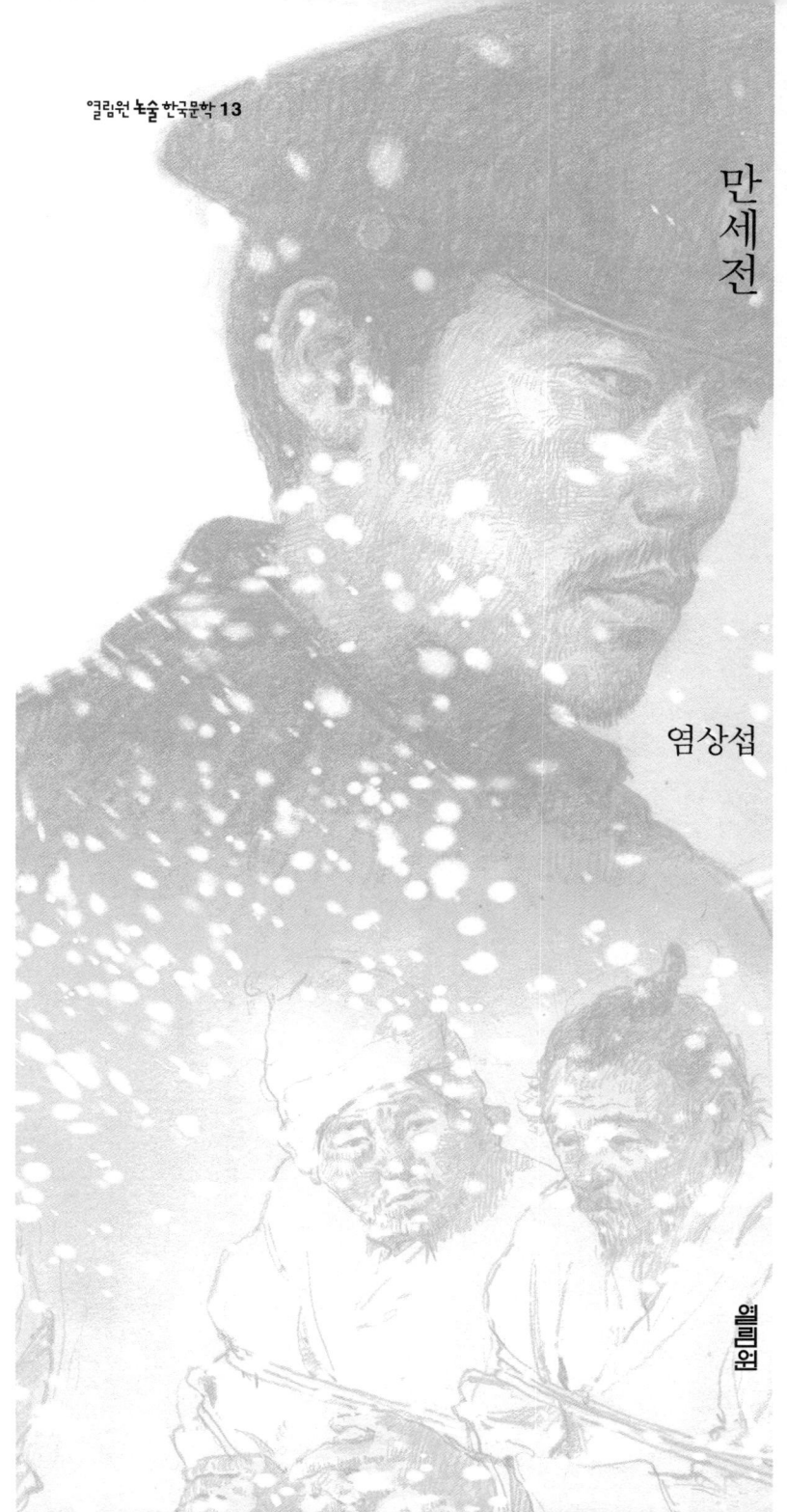

만세전

염상섭

열림원

# | 차 례 |

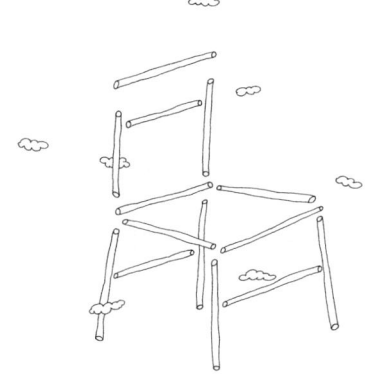

| 일러두기 |

1. 이 시리즈는 한국문학을 보다 깊이 있게 이해하고 논리적 사고력을 기를 수 있도록 논술 문제를
첨가하여 보다 종합적인 사고의 방향성을 지향하고 있다.

2. 작품 원문은 표준어 쓰기를 원칙으로 하되 작품의 분위기와 특성을 살리는 표현이라고 판단되
는 방언이나 속어, 그 당시에 쓰이던 외래어 등등은 그대로 살렸다.

3. 현직 중·고등학교 국어교사들이 직접 작품의 원전과 목록을 선정하였으며, 부가설명이나 단어
풀이가 필요하다고 판단되는 경우에는 직접 각주를 달았다.

4. 잡지와 단행본은 『 』, 각 작품은 「 」로, 영화와 신문, 곡명, 그림 등은 〈 〉로 구분해서 표기했다.

# 표본실의 청개구리

미치지 않고서는 살아갈 수 없었던
식민지 지식인의 절망과 고뇌를 담아 낸 작품.

"조선말, 조선 글이 있어도
서양 놈들의 혀 꼬부라진 말을 해야
사람 구실을 하는
쌍놈의 세상이 아닙니까"

**식민지 지식인의 우울과 절망을 해부하다**

여러분에게도 자려고 해도 잠은 오지 않고 온갖 생각이 머릿속에 가득 차 괴로웠던 적이 있을 것입니다. 무어라고 꼬집어 말할 수는 없지만, 불안하고 두렵고 어떻게 해야 할지 몰라 힘들었던 시간들을 어떻게 이겨 냈나요? 이 소설의 주인공처럼 생물시간에 청개구리를 해부해 본 경험도 있겠지요?

이 소설의 제목은 '표본실의 청개구리'입니다. '표본실'은 생물의 몸 전체나 일부에 적당한 처리를 하여 원형을 보존한 후, 이를 진열해 놓은 곳을 말합니다. 생물학에 관심이 많은 학생이라면 매일 가고 싶은 곳일 수도 있겠지만, 보통 사람들에게 표본실은 으레 음침하고 우울한 느낌 혹은 오싹한 느낌을 주는 곳입니다. 그렇다면 '표본실의 청개구리'라는 제목의 이 소설은 어떤 내용을 담고 있으며, 이 소설을 통해 작가는 무엇을 말하려 한 것일까요?

「표본실의 청개구리」는 1921년 8월부터 10월까지 3회에 걸쳐 『개벽』에 연재된 작품으로, 김동인의 「약한 자의 슬픔」과 함께 우리나라 최초의 자연주의 소설이라고 평가받고 있습니다. 이 작품에는 1920년대 초반의 원인 모를 좌절감과 절망, 무기력함, 신경과민으로 인한 불면증에 시달리며 고뇌하는 젊은 지식인 '나'와, 어려서는 신동이었고 부잣집 아들이었지만 부모님과 아내의 잇따른 사망으로 학업을 중단하고 보통학교 훈도(교사)가 된 '김창억'이라는 사람이 등장합니다. 김창억은 불의의 현실에 연루되어 억울한 감옥살이를 하는 동안, 재혼한 아내가 가출하여 유곽에 갔다고 생각하고는 정신이상자가 되어 몽환의 세계에서 괴이한 행동으로 이상(理想)을 펼치려는 인물입니다. 이는 3·1운동 전후 젊은 지식인들의 좌절을 광인(狂人) 김창억이라는 인물을 통하여 제시한 것이라 할 수 있습니다.

작품의 서두에서 제시하고 있는, 중학 시절 박물 선생이 청개구리를 실험대 위에 올려놓고 심장과 폐 등 오장을 해부하는 장면은 육체적으로 파괴되고 찢기고 짓눌린 채 정신적인 근거마저 상실한 현재 '나'의 비참하다 못해 처참한 생활을 상징합니다. 또한 앞으로, 박물 선생이 청개구리를 해부하듯이 인생이나 현실을 해부해 보겠다는 작가의 뜻을 담은 것이기도 합니다.

작가 염상섭은 도쿄에서 서구 학문을 배웠습니다. 그는 1919년 3월 19일 독립선언서 사건으로 투옥되기도 하고, 노동운동에 관심을 보인 현실 참여적 지식인이었습니다. 작가는 주인공의 또 다른 모습인 김창억이라는 광인을 통해, 외래문화에 밀려 민족주체성을 잃어버린 모습, 약육강식의 국제 관계, 그리고 지식인들의 서구 지향적 태도 등을 비판합니다. 광인 김창억을 절대 자유 또는 신의(神意)의 신봉자로 표현한 점은 현실과 영합할 수 없음을 나타내는 창작 태도의 일면으로 생각됩니다.

「표본실의 청개구리」와 함께 초기 근대소설의 걸작으로 손꼽히는 김동인의 「배따라기」와 현진건의 「빈처」, 그리고 「표본실의 청개구리」와 더불어 3부작을 이루는 염상섭의 「암야」 「제야」를 읽어 보면 이 작품을 이해하는 데 도움이 될 것입니다.

# 표본실의 청개구리

## 1

무거운 기분의 침체와 한없이 늘어진 생의 권태는 나가지 않는 나의 발길을 남포(南浦)까지 끌어 왔다.

귀성한[1] 후, 칠팔 개삭[2]간의 불규칙한 생활은 나의 전신을 해면[3]같이 짓두들겨 놓았을 뿐 아니라 나의 혼백까지 두식(蠹蝕)하였다.[4] 나의 몸을 어디를 두드리든지 알코올과 니코틴의 독취를 내뿜지 않는 곳이 없을 만치 피로하였었다. 더구나 육칠월 성하[5]를 지내고 겹옷 입을 때가 되어서는 절기가 급변하여 갈수록 몸을 추스르기가 겨워서[6] 동

1) 귀성하다(歸省—) 고향으로 돌아오다. 여기서는 일본에서 서울로 왔다는 뜻도 포함되기에 '귀성(歸城)' 즉, '경성으로 돌아오다'라는 의미도 포함된다.
2) 개삭(個朔) 개월(個月). '삭'은 '달'의 예스러운 표현.
3) 해면(海綿) 정제한 해면동물의 뼈로 만든 스펀지같이 말랑말랑한 것. 갯솜.
4) 두식하다 좀이 슬듯이 닳다.
5) 성하(盛夏) 한여름.

리[7] 산보[8]에도 식은땀을 술술 흘리고 친구와 이야기를 하려면 두세 마디째부터는 목침[9]을 찾았다.

그러면서도 무섭게 앙분(昂奮)한[10] 신경만은 잠자리에서도 눈을 뜨고 있었다. 두 홰 세 홰 울 때까지 엎치락뒤치락하다가 동이 번히[11] 트는 것을 보고 겨우 눈을 붙이는 것이 일주간(一周間)이나 넘은 뒤에는 불을 끄고 드러눕지를 못하였다.

그중에도 나의 머리에 교착(膠着)하여[12] 불을 끄고 누웠을 때나 조용히 앉았을 때마다 가혹히 나의 신경을 엄습하여 오는 것은 해부된 개구리가 사지에 핀을 박고 칠성판[13] 위에 자빠진 형상이다.―내가 중학교 2년 시대에 박물 실험실에서 수염 텁석부리 선생이 청개구리를 해부하여 가지고 더운 김이 모락모락 나는 오장을 차례차례로 끌어내서 자는 아기 누이듯이 주정병(酒精瓶)[14]에 채운 후에 대발견이나 한 듯이, 옹위하고[15] 서서 있는 생도들을 돌아다보며

"자 여러분, 이래도 아직 살아 있는 것을 보시오."

하고 뾰족한 바늘 끝으로 여기저기를 콕콕 찌르는 대로 오장을 빼앗긴

---

6) 겹다 정도나 양이 지나쳐 참거나 견뎌 내기 어렵다.
7) 동리(洞里) 마을.
8) 산보(散步) 산책.
9) 목침(木枕) 나무토막으로 만든 베개.
10) 앙분하다 매우 흥분하다.
11) 번히 어두운 가운데 밝은 빛이 비치어 조금 훤하게.
12) 교착하다 단단히 달라붙다.
13) 칠성판(七星板) 관 속의 시체 밑에 까는 널빤지로 북두칠성을 본떠서 일곱 개의 구멍을 뚫음. 여기서는 개구리 해부용 널빤지를 뜻한다.
14) 주정병 알코올의 한 종류를 넣은 병.
15) 옹위하다(擁圍―) 주위를 둘러싸다.

개구리는 진저리를 치며 사지에 못 박힌 채 발딱발딱 고민하는 모양이었다.

팔 년이나 된 그 인상이 요사이 새삼스럽게 생각이 나서 아무리 잊어버리려고 애를 써도 안 되었다…… 새파란 메스, 닭의 똥만 한 오물오물하는 심장과 폐, 바늘 끝, 조그만 전율…… 차례차례로 생각날 때마다 머리끝이 쭈뼛쭈뼛하고 전신에 냉수를 끼얹는 것 같았다. 남향한 유리창 밑에서 번쩍 쳐드는 메스의 강렬한 반사광이 안공[16]을 찌르는 것 같아 컴컴한 방 속에 드러누웠어도 꼭 감은 눈썹 밑이 부시었다. 그러나 그럴 때마다 머리맡에 놓인 책상 서랍 속에 넣어 둔 면도칼이 조심이 되어서 못 견디었다.

내가 남포에 가던 전날 밤에는 그 증(症)이 더욱 심하였다. 간반(間半)통[17]밖에 안 되는 방에 높이 매단 전등불이 부시어서 꺼버리면 또다시 환영에 괴롭지나 않을까 하는 염려가 없지 않았으나 심사가 나서 웃통을 벗은 채로 벌떡 일어나서 스위치를 비틀고 누웠다. 그러나 '쨍응' 하는 소리가 문틈으로 스러져 나가자 또 머리를 엄습하여[18] 오는 것은 수염 텁석부리의 메스, 서랍 속의 면도다. 메스…… 면도, 면도…… 메스…… 잊으려면 잊으려 할수록 끈적끈적하게도 떨어지지 않고 어느 때까지 꼬리를 물고 머릿속에서 돌아다니었다. 금시로 손이 서랍으로 갈 듯 갈 듯하여 참을 수가 없었다. 괴이한 마력은 억제하려면 할수록 점점 더하여 왔다. 스르르 서랍이 열리는 소리가 나서 소스

---

16) 안공(眼孔) 눈구멍.
17) 간반통 일반적인 방 높이의 반 정도 되는 높이.
18) 엄습하다(掩襲—) 뜻하지 아니하는 사이에 습격하다.

라쳐 눈을 뜨면 덧문 안 닫은 창이 부옇게 보일 뿐이요, 방 속은 여전히 암흑에 침적(沈寂)하였다.[19] 비상한 공포가 전신에 압도하여 손끝 하나 까딱거릴 수 없으면서도 이상한 매력과 유혹은 절정에 달하였다.

"내가 미쳤나? 아니, 미치려는 징조인가?"

하며 제풀에 겁이 났다.

나는 잠에 취한 놈 모양으로 이불을 와락 차 던지고 일어나서 서랍에 손을 대었다. 그러나

'그래도 손을 대었다가……'

하는 생각이 전뢰(電雷)[20]와 같이 머릿속에 번쩍할 제, 깊은 꿈에서 깬 것같이 정신이 반짝 나서 전등을 켜려다가 성냥 통을 더듬어 찾았다. 한 개비를 드윽 켜 들고 창틀 위에 얹어 둔 양초를 집어 내려서 붙여 놓은 후 서랍을 열었다. 쓰다가 몇 달 동안이나 꾸려 둔 원고, 편지, 약갑들이 휴지통같이 우글우글한 속을 부스럭부스럭하다가, 미끈 하고 잡히는 자루에 집어넣은 면도를 외면을 하고 꺼내서 창밖으로 뜰에 내던졌다. 그러나 역시 잠은 못 들었다. 맥이 확 풀리고 이마에는 식은땀이 비어져 나왔다. 시체 같은 몸을 고민하고 난 병인[21]처럼, 사지를 축 늘어뜨려 놓고 가만히 누워 생각하였다.

'하여간 이 방을 면하여야 하겠다.'

지긋지긋한 듯이 방 안을 휘익 돌아다본 뒤에 이렇게 생각하였다. 어디든지 여행을 하려는 생각은 벌써 수삭[22] 전부터의 계획이었지만

19) 침적하다 아주 고요하다.
20) 전뢰 번개.
21) 병인(病人) 아픈 사람.

14

여름에 한번 놀러 가본 신흥사(新興寺)에도 간다는 말뿐이요 이때껏 실현은 못 되었다.

'어디든지 가야 하겠다. 세계의 끝까지, 무한(無限)에, 영원히, 발끝 자라는 데까지. ……무인도! 시베리아의 황량한 벌판! 몸에서 기름 이 부지직부지직 타는 남양……![23] 아아.'

나는 그림엽서에서 본 울울한 삼림, 야자수 밑에 앉은 나체의 만인 (蠻人)[24]을 생각하고 통쾌한 듯이 어깨를 으쓱하여 보았다. 단 일 분의 정차도 아니하고 땀을 뻘뻘 흘리며 힘 있는 굳센 숨을 헐떡헐떡 쉬는 풀 스피드의 기차로 영원히 달리고 싶다. 이것이 나의 무엇보다도 갈 구하는 바이었다. 만일 타면, 현기가 나리라는 염려만 없었으면 비행 기! 비행기! 하며 혼자 좋아하였을지도 몰랐다.


2


내가 수삭간이나 집을 못 떠나고 들어앉았는 것은 금전의 구애[25]가 제일 원인이었지마는 사실 대문 밖에 나서려도 좀처럼 하여서는 쉽지 않았다.

그 이튿날, H가 와서 오늘은 꼭 떠날 터이니 동행을 하자고 평양 방

22) 수삭(數朔) 여러 달.
23) 남양(南洋) 태평양의 적도를 경계로 하여 그 남북에 걸쳐 있는 지역을 통틀어 이르는 말. 태평양.
24) 만인 미개인. 야만인.
25) 구애(拘礙) 거리끼거나 얽매임.

문을 권할 때에는 지긋지긋한 경성의 잡답[26]을 등지고 떠나서 다른 기분을 얻으려는 욕구와 장단을 불구하고 하여간 기차를 타게 될 호기심에 끌려서,

"응, 가지 가지" 하며 덮어놓고 동의는 하였으나 인제 정말 떠날 때가 되어서는 떠나고 싶은지 그만두어야 좋을지 자기의 심중을 몰라서, 어떻게 된 셈도 모르고 H에게 끌려 남대문역까지 하여간 나왔다.

열차는 아직 도착하지 않았으나 승객은 입장하는 중이었다. 나도 급히 표를 사가지고 재촉하는 H를 따라섰다. 시간이라는 세력이 호불호(好不好), 긍불긍(肯不肯)[27]을 불문하고 모든 것을 불가항력하에서 독단하여 끌고 가게 된 것을 나는 오히려 다행히 알고 되어 가는 대로 돼라고 생각하며, 하나씩 풀려 나가는 행렬 뒤에 섰다. 그러나 검역 증명서가 없다고 개찰구에서 H와 힐난[28]이 되는 것을 보고 나는 행렬에서 벗어나서 또다시 아니 가겠다고 하였다.

심사가 난 H는 마음대로 하라고 뿌리치며 혼자 출장 주사실로 향하다가 돌쳐 와서 같이 끌고 들어갔다.

백 촉이나 되는 전등 밑에서 히스테리컬한 간호부가 주사침을 들고 덤벼들 제, 나는 반쯤 걷어 올렸던 셔츠를 내리며 돌아서 마주 섰다. 그러나 간호부의 핀잔과 최촉(催促)[29]에 마지못하여 눈을 딱 감고 한 대 맞은 후 황황히[30] 플랫폼으로 들어가서 차에 올랐다. 차에 올라앉

26) 잡답(雜沓) 많이 몰리어 붐빔.
27) 호불호, 긍불긍 '호불호'는 좋음과 좋지 않음. '긍불긍'은 즐겨 하는 것과 즐겨 하지 않는 것.
28) 힐난(詰難) 트집을 잡아 거북할 만큼 따지고 듦.
29) 최촉 재촉. 어떤 일을 빨리 하도록 조름.
30) 황황하다(遑遑—) 갈팡질팡 어쩔 줄 모르게 급하다.

아서도 공연히 후회를 하고 앉았으나 강렬한 위스키의 힘과 격심한 전신의 동요 반발, 굉굉(轟轟)한[31] 알향(軋響),[32] 암흑을 돌파하는 속력, 주사 맞은 어깨의 침통(沈痛)······[33] 모든 관능을 한꺼번에 뛰놀게 하여 얼이 빠진 속에서 모든 것을 잊고 새벽에는 쿨쿨 자리만큼 마음이 가라앉았다. 덕택으로 오늘 밤에는 메스도 번쩍거리지 않고 면도도 뛰어나오지 않았다.

동이 틀락 말락 하여서 우리들은 평양역에 내렸다. 남포행은 아직 이삼십 분이나 있는 고로 우리들은 세면소에서 세수를 하고 대합실로 나왔다. 나는 부석부석한 붉은 눈을 내리깔고 소파 끝에 앉았다가 벌떡 일어나며,

"난 예서 좀 돌아다닐 테니······."

내던지듯이 한마디를 불쑥하고 H를 마주 쳐다보다가,

"혼자 가서, Y군을 만나 보고 오늘이라도 같이 이리 오면 만나 보고, 그렇지 않으면 혼자 돌아다니다가 밤차로 갈 테야."

하며 H의 대답도 듣지 않고 돌아서 나왔다.

"응? 뭐야? 그 왜 그래······ 또 미친증이 난 게로군."

하며 H는 벗어 들었던 레인코트를 뒤집어쓰면서 쫓아 나와 붙든다.

"······사람이 보기 싫어서······ 사실 Y군과 만나기로 별로 이야기할 것도 없고."

하며 애원하듯이 힘없는 구조(口調)[34]로 한마디 하고,

---

31) 굉굉하다 소리가 몹시 요란하다.
32) 알향 수레바퀴가 굴러가며 삐거덕거리는 소리.
33) 침통 슬픔이나 걱정 따위로 마음이 몹시 괴롭거나 슬픔.

"영원히 흘러가고 싶다. 끝없는 데로……."

혼잣말처럼 힘을 주어 말을 맺고 훌쩍 나와 버렸다. H도 하는 수 없이 테이블에 놓았던 트렁크를 들고 따라 나왔다.

우리 양인[35]은 대동강가로 찾아 나와서, 부벽루로, 훤히 동이 틀까 말까 한 컴컴한 길을 소리 없이 걸었다. 한바탕 휘돌아서 내려오다가 종로에서 조반을 사 먹고 또다시 부벽루로 향하였다. 개시(開市)[36]를 하고 문전에 물을 뿌린 뒤에 신문을 펴 들고 앉았는 것은 청량하고 행복스럽게 보였다. 아까 내려올 제는 능라도(綾羅島) 저편 지평선에서 주홍의 화염을 뿜으며 날름날름하던 아침 해가 벌써 수원지(水源地) 연통 위에 올라서, 천변 식목(天邊植木)[37] 밑으로 걸어가는 우리의 곁 뺨을 눈이 부시게 내리쬐었다.

칫솔을 물고 바위 위에 섰는 사람, 수건을 물에 잠그고 세수하는 사람들도 간혹 눈에 띄었다. 나는 발을 멈추고 무심히 내려다보다가, 자기도 산뜻한 물에 손을 잠가 보고 싶은 생각이 나서 얕은 곳을 골라서 물가로 뛰어 내려갔다.

H도 쫓아 내려와서 같이 손을 잠그고 앉았다가,

"X군, 오후 차로 가지?"

"되어 가는 대로……."

다소 머리의 안정을 얻은 나는 뭉쳤던 마음이 풀어진 듯하였다. 나

---

34) 구조 어조. 말의 가락.
35) 양인(兩人) 두 사람.
36) 개시 시장을 여는 것.
37) 천변 식목 가로수.

는 아침 햇빛에 반짝이며 청량하게 소리 없이 흘러 내려가는 수면을 내다보며, 이렇게 대답하고 '물은 위대하다' 라고 속으로 부르짖었다.

이때에 마침 뒤 동둑[38]에서 누군지 이리로 점점 가까이 내려오는 발자취를 듣고 우리는 무심히 힐끗 돌아다보았다.

마른 곳을 골라 디디느라고, 이리저리 뛸 때마다, 등에까지 철철 내리덮은 장발을 눈이 옴폭 파인 하얀 얼굴 뒤에서 펄럭펄럭 날리면서, 앞으로 가까이 오는 형상은 동경 근처에서 보던 미술가가 아닌가 의심하였다. 이 기괴한 머리의 소유자는 너희들의 존재는 나의 의식에 오르지도 않는다는 교만한 마음으로인지 혹은 일신에 모여드는 모든 시선을 피하려는 무관심한 태도로인지 모르겠으나, 하여간 오른편 손에 든 짤막한 댓개비[39]를 전후로 흔들면서, 발끝만 내려다보며 내 등 뒤를 지나, 한 간통[40]쯤 상류로 올라가 자리를 잡고 앉았다. 그도 우리와 같이 손을 물에 성큼 넣고 불쩍불쩍 소리를 내더니 양치를 한번 하고 벌떡 일어나서 대동문을 향하여 성큼성큼 간다. 모자도 아니 쓴 장발과 돌돌 말린 때 묻은 철겨운[41] 모시 박이[42] 두루마기 자락은 오른편 손가락에 끼우고 교묘히 돌리는 댓가지와 장단을 맞춰서 풀풀풀풀 날리었다.

"오늘은 꽤 이른걸."

"핫하! 조반이나 약조하여 둔 데가 있는 게지."

38) 동둑(垌—) 크게 쌓은 둑.
39) 댓개비 대나무 장대.
40) 간통 칸통. 넓이의 단위로 한 칸통은 집의 몇 칸쯤 되는 넓이.
41) 철겹다 제철에 뒤져 맞지 않다.
42) 모시 박이 모시를 박음질하여 만든 것.

하며 장발객을 돌아서 보다가 서로 조소하는[43] 소리를 뒤에 두고, 우리는 손을 씻으면서 동쪽으로 올라왔다.

진정한 행복은 저런 생활에 있는 게야 하며 혼자 생각하였다.

우리는 황달이 들어[44] 가는 잡초에 싸인 부벽루 앞 축대 밑까지 다다랐다. 소경회루(小慶會樓)[45]라 할 만큼 텅 빈 누 내(樓內)에는 보얀 가을 햇빛이 가벼운 아침 바람에 안기어 전면에 흘러 들어왔다. 좀 피로한 우리는 누 내에 놓인 벤치에 걸어앉으면서 여기저기 매달린 현판을 쳐다보다가,

"사람이란 그럴까, 저것 좀 보아."

좌편에 달린 현판 곁에 붙인 찰(札)[46]을 가리키며 나는 입을 열었다.

"자기의 존재를 한 사람에게라도 더 알리려는 것이 본능적 욕구라면 그만이지만, 저렇게까지라도 하지 않으면 만족할 수 없다는 것을 보면…… 참 정말 불쌍…… 그는 고사하고 지금 지나온, 그 절벽에 역력히 새긴, 이모 김모란 성명은 대체 누구더러 보라는 것이야…… 이러구서도 밥이 입으로 들어갔으니, 좋은 세상이었지."

나는 금시로 알 수 없는 분노가 치밀어 올라와서 벌떡 일어나와 성벽에 기대어 아래를 내려다보고 섰다.

"그것이 소위 유방백세(遺芳百世)[47]라는 것이지."

43) 조소하다(嘲笑 ─ ) 비웃다.
44) 황달(黃疸)이 들다 누런빛을 띠다. '황달'은 담즙이 원활하게 흐르지 못하여 온몸과 눈 따위가 누렇게 되는 병을 말한다.
45) 소경회루 작은 경회루.
46) 찰 갑옷에 단 비늘 모양의 가죽 조각이나 쇳조각. 여기서는 누각이나 정자의 현판 곁에 붙은 여러 개의 액자를 뜻하며, 대개는 유명 인사나 관리들이 자신의 학식과 소양을 과시하려는 듯이 잡다한 내용을 적는다.

H도 일어나오며,

"그렇게 내려다보고 섰는 것을 보니…… '입포리'⁴⁸⁾가 없는 게 한 이로군……."

"내가 '쫄지요'⁴⁹⁾인가."

하고 나는 고소(苦笑)하였다.⁵⁰⁾

"적어도 '쫄지요'의 고통은 있을 테지."

"그야…… 현대인 쳐놓고 누구나 일반이지."

우리는 입을 다물고 잠깐 섰다가 을밀대⁵¹⁾로 향하였다.

외외(巍巍)히⁵²⁾ 건너다보이는 대각(臺閣)⁵³⁾은 엎드러지면 코 닿을 듯하여도, 급한 경사는 그리 쉽지 않았다. 우리는 허위단심⁵⁴⁾ 겨우 올라갔다. 그러나 대상(臺上)의 어떤 오복점(吳服店)⁵⁵⁾ 광고의 벤치가 맨 먼저 눈에 띨 제, 부벽루에서는 앉기까지 하여도 눈 서투르지 않던 것이 새삼스럽게 불쾌한 생각이 났다. 나는 눈을 찌푸리고 잠시 들여다

---

47) 유방백세 꽃다운 이름을 후세에 길이 전함. 절벽에 새겨진 너저분한 글자를 보고 반어적으로 하는 말.

48) 입포리 이탈리아의 극작가 단눈치오(Gabriele D'Annunzio, 1863~1938)의 작품인 「사(死)의 승리」의 여주인공 이포리타를 가리킴. 남자 주인공 조르지오가 사랑하는 유부녀로 문란한 생활을 하였다.

49) 쫄지요 「사의 승리」의 남주인공 조르지오를 가리킴. 지성(知性)의 완성을 지향하지만 타고난 고독벽과 경제적인 궁핍, 나약한 심성으로 인해 늘 고뇌하고 방황하는 인물. 이포리타와의 사랑에 실패하자 이포리타를 안고 바다에 뛰어들어 자살한다.

50) 고소하다 쓴웃음을 짓다.

51) 을밀대 평양에 있는 대(臺)와 그 위에 있는 정자로, 평양 시내를 내려다볼 수 있는 곳.

52) 외외하다 산 따위가 매우 높고 우뚝하다.

53) 대각 누각.

54) 허위단심 허우적거리며 무척 애를 씀.

55) 오복점 주로 의류를 파는 일본 상점.

보다가 발도 들여놓지 않고 돌쳐서서 그늘진 서편 성 밑으로 내려왔다. 높은 성벽에 가린 일면은 아직 구슬 이슬이 끝만 노릇노릇하게 된 잔디 잎에 매달려서 어디를 밟든지 먼지 앉은 구두 끝이 까맣게 반짝거렸다. 나는 성에 등을 기대고 앞에 전개된 광야를 맥없이 내려다보고 섰다가, 다리가 풀려서 그대로 털썩 주저앉았다. 엄동[56]에 음산한 냉방에서 끼치는 듯한 쌀쌀한 찬바람이 늘어진 근육에 와 닿을 제, 나는 정신이 반짝 들었다. 그러나 다리를 내던지고 벽에 기대어서 두 손으로 이슬방울을 흩뜨리며 앉았는 동안에 다시 사지가 느른하고 졸음이 와서 포켓에 넣었던 신문지를 꺼내서 펴고 드러누웠다.

……H에게 두세 번 흔들려서 깬 때는 이럭저럭 삼사십 분이나 지났었다.

깜짝 놀라 벌떡 일어나 앉으니까, H는 단장[57] 끝으로 조약돌을 여기저기 딱딱 치며 장난을 하다가 소리를 내어 깔깔 웃으면서,

"아, 예가 어딘 줄 알고 잠을 자? 그리고 잠꼬댄 무슨 잠꼬대야? 왜 얼굴이 저렇게 뒤틀렸어?"

나는 멀거니 H의 주름 많은 얼굴을 쳐다보고 앉았다가, '으응……' 하며 무엇이라도 입을 벌리려다가, 하품에 막히어 말을 끊고 일어나서, 두 손을 바지 포켓에 지르고, 이리저리 거닐었다. H가 내 꽁무니의 앉았던 자리가, 동그랗게 이슬에 젖은 것을 보고 놀리는 데에는 대꾸도 아니하고, 나는 좀 선선한 증이 나서 양지로 나서면서 가자고 H를 끌었다.

"왜 그래? 무슨 꿈이야?"

56) 엄동(嚴冬) 추운 겨울.
57) 단장(短杖) 짧은 지팡이.

H는 따라오며 물었다.

"……죽은 꿈…… 아주 영영 죽어 버렸더면…… 좋았을걸……."

나는 무엇을 보는 것도 없이 앞을 멀거니 내다보며 꿈의 시종을 차례차례로 생각하여 보다가, 이같이 내던지듯이 한마디 하고 궐련[58]을 꺼내 물었다.

"자살?"

H는 웃으면서 나를 쳐다보았다.

"……미인의 손에. 나 같은 놈에게 자살할 용기나 있는 줄 아나? 아 ― 하."

"누구에게? 미인에겔 지경이면 한 두어 번 죽어 보았으면…… 헤헤헤."

"참 정말…… 하여간 아무 고통 없이 공포도 없이 죽는 경험만 해 보고, 그러고도 여전히 살아 있을 수만 있으면 여남은 번이라도 통쾌해…… 목을 졸라매일 때의 쾌감! 그건 어떤 자극으로도 얻을 수 없는 것이야."

나는 무엇이라고 형용할 수 없는 썩어 가는 듯한 심사를 이기지 못하여 입을 다물고 올라가던 길로 천천히 내려오다가, H의 묻는 것이 귀찮아서 다점(茶店)[59] 앞으로 지나오며 꿈 이야기를 들려주었다.

……무슨 일이었던지 분명치는 않으나…… 아마 쌀을 찧어서 떡을 만들었는데 익지를 않았다고 해서 그랬던지……? 하여간 흰 가루가 뒤발[60]을 한 손을 들고, 마루 끝에서 어정버정하다가 인제는 죽을

---

58) 궐련(卷煙)  얇은 종이로 가늘고 길게 말아 놓은 담배.
59) 다점  차를 파는 가게.

때가 되었다는 것처럼 손에 들었던 수건으로 목을 매고 덧문을 첩첩이 달은 방 앞 툇마루 위에 반듯이 드러누우니까, 어떤 바짝 말라서 뼈만 남은 흰 손이 머리맡에서 슬그머니 넘어와서 목에 매인 수건의 두 자락을 좌우로 슬금슬금 졸라 대었다. 그때에 나는 이것은 당연히 당할 약조가 있었다는 것처럼, 어떠한 만족과 안심을 가지고 눈을 감은 채 조용히 드러누웠었다. 그때에…… 차차 목이 매여 올 때의 이상한 자극은 낙지(落地)[61] 이후에 처음 경험하는 쾌감이었다. 그러나 무슨 까닭에 이같이 일찍 죽지 않으면 안 되는가…… 참 정말 죽었는가 하는 의문이 나서 몸을 뒤틀며 눈을 번쩍 떠보았다…….

"깜짝 놀라 일어날 때에, 빙그레 웃고 섰는 군은 악마가 아닌가 생각하였어…… H군의 웃음은 늘 조소하는 듯이 보이지만, 아까는 참말 화가 나서……."

실상 아까 깨었을 때에 제일 심사가 나는 것은 꿈자리가 사나운 것보다도, H가 조소하듯이 빙그레 하며 웃고 섰는 것이었다.

"그러나 암만 생각하여도 희한한 것은 처음부터 눈을 감고 누웠었는데 어찌하여 그 '손'의 주인이 여성이었다고 생각되는지, 자기가 생각하여도 알 수가 없어……."

이야기를 마친 후, 나는 말할 수 없는 심화[62]가 공연히 가슴에 치미는 것 같아서, 올라올 제 앉았던 강물가로 뛰어 내려가서 세수를 하였다.

---

60) 뒤발 온몸에 뒤집어써서 바름.
61) 낙지 땅에 떨어지다라는 뜻으로, 사람이 세상에 태어남을 이르는 말.
62) 심화(心火) 마음속에서 북받쳐 나는 화.

## 3

남포에 도착하였을 때는 벌써 오후 두시가 훨씬 넘었었다. 출입하였던 Y는 방금 들어와서 옷을 벗어던지고 A와 마주 앉아서 지금 심방(尋訪)하고[63] 온 사람의 이야기를 하고 있다가 우리들을 보고 놀란 듯이 뛰어나와 맞아들였다. 우리를 맞은 Y는 웬셈인지 좌불안석[64]의 태도였다.

"P는 잘 있나? 금명간[65] 올라가려고 하였지. 평양서 전화를 하였더면 내가 평양으로 나갈걸. 곤할[66] 테지? 점심은?"

순서 없는 질문을 대답할 새도 없이 연발하였다. 나는 간단히 응대하고 졸리다고 드러누웠다. Y는 무슨 다른 생각을 하면서도 좌중의 흥을 돋우려고 애를 쓰는 듯이 이 사람 저 사람 쳐다보며 입을 쫑긋쫑긋하다가 나를 건너다보며,

"……웬셈이야? 당대의 원기는 다 어디 갔나? 그 표단(瓢簞)[67]은? 하하하."

"글쎄…… 그것도 이젠 좀 염증[68]이 나서……."

나도 시든 웃음을 띠며,

---

63) 심방하다 방문하여 찾아보다.
64) 좌불안석(坐不安席) 앉아도 자리가 편안하지 않다는 뜻으로, 마음이 불안하거나 걱정스러워서 한군데에 가만히 앉아 있지 못하고 안절부절못하는 모양을 이르는 말.
65) 금명간(今明間) 오늘이나 내일 사이.
66) 곤하다(困─) '피곤하다'의 준말. 몸이나 마음이 지치어 고달프다.
67) 표단 표주박. 흔히 소박한 삶을 의미하나, 여기서는 술독에 빠져 사는 '나'를 비웃으려는 의도로 한 말. 즉, 문맥에서는 위스키 병을 뜻한다.
68) 염증(厭症) 싫증.

"여기까지 가지고 오긴 왔지!"

하고 누운 채 벗어 놓은 외투를 잡아당기어, 찻간에서 먹다 남은 위스키 병을 주머니 속에서 꺼내어 내미니까, 일동은 하하하 웃으면서 잠자코 누워 있는 나를 내려다보았다.

"그러나 그것 큰일 났군. 제행무상(諸行無常)[69]을 감(感)하였나……[70] 무표단(無瓢簞)이면 무인생(無人生)이라던 것은 취소인가."

Y는 다소 과장한 듯이 흘흘 느끼며 웃었다.

"그런데 표단이란 무엇이야?"

영문을 모르는 A는 Y에게 묻고, 나에게로 고개를 돌렸다.

"흥흥흥, 한마디로 쉽게 설명하면 위선[71] X군 자신인 동시에, X군의 인생관을 심벌한[72] X군의 술병이랄까."

"응? X군의 인생관……인 동시에 X씨 자신의…… 무엇이야? 어디 나 같은 놈은 알아들을 수가 있나?"

하며 A는 손을 꼽다가 웃고 말았다.

"아니랍니다. 내가 일전에 서울서, 어떤 상점에 갔던 길에 표단 모양으로 만든 유리 정종 병이 마음에 들기에 사가지고 왔더니 여럿이 놀린답니다."

나도 이같이 설명을 하고 웃어 버렸다.

"그러나 이 술을 선생한테나 갖다 주고 강연이나 들을까?"

---

69) 제행무상  우주의 모든 사물은 늘 돌고 변하여 한 모양으로 머물러 있지 않는다는 뜻의 불교 용어.

70) 감하다  느끼거나 생각하다.

71) 위선(爲先)  우선.

72) 심벌하다(symbol―)  상징하다.

H는 병을 들어서 레테르[73]에 쓰인 글자를 들여다보며 웃었다.

"남포에도 표단이 있는 게로군……."

H도 웃었다.

"응! 그러나 병 유리가 좀 흐려〔曇〕. 찰초자(擦硝子, 스리 가라스)[74]랄까."

일동은 와하하 하며 웃었다. 나는 눈을 감고 드러누워서 이야기를 듣다가 잠이 올 것 같지 않아 다시 일어나 앉으며,

"A씨도 표단당(瓢簞黨)에 한몫은 가겠지요."

하고 위스키 병을 들어서 한잔 따라 권하고 나도 반배[75]를 받았다.

"그래 여기 표단은 어때?"

하며 H는 나를 쳐다보는 모양이었으나, 나는 술을 마시느라고 못 보았다.

"……별로 표단을 매달고 다니지는 않지만, 삼 원 오십 전에 삼층 집을 지은 대건축가인데……."

"삼 원 오십 전에? 하하하, 미친 사람인 게로군?"

H가 웃었다.

"글쎄 미쳤다면 미쳤을까. 그러나 인생의 최고 행복을 독점하였다고 나는 생각해……."

Y는 천연덕스럽게 대답하였다.

Y와 H가 이야기하는 동안에 나는 A와 잡지계에 관한 이삼 문답을

73) 레테르(letter) 라벨. 상품명이나 제조처 따위를 써서 상품에 붙이는 종이나 헝겊 조각.
74) 찰초자 모래로 표면을 갈아 광택과 투명성을 없앤 유리. 젖빛유리. 간유리.
75) 반배(返杯) 받은 잔의 술을 마시고 준 사람에게 술잔을 권함.

하다가, 자기들 이야기를 들으라고 H가 부르는 바람에 나도 말참례[76]를 하였다.

"술 이야기는 아니나 삼 원 오십 전에 삼층집을 지은 대철인(大哲人)[77]이 있단 말이야……."

Y는 다시 설명을 하고 어느 틈에 빈 병이 된 것을 보고,

"술이 없군. 위스키를 사 올까."

하더니 하인을 불러 명하였다.

"옳은 말이야. 철학자가 땅두더지로 환장을 하였거나, 위인이 하늘에서 떨어졌거나 삼 원 아니라 단 삼 전으로 삼십층 집을 지었거나, 누가 아나…… 표단 이상의 철학서(哲學書)는 적어도 내 눈에는 보이지를 않으니까……."

나는 냉소[78]를 하면서 또다시 A에게로 향하였다.

"그러나 군은 무슨 까닭에 술을 먹는가."

"논리는 없지. 다만 취하려고."

"그러게 말이야…… 군은 아무것에도 붙을 수 없었다. 아무것에도 만족할 수가 없었다. 결국 알코올 이외에 아무것도 없었다. 비통하고 비참은 하나 그중에서 위안은 얻기에 먹는 게 아닌가. 그러나 결코 행복은 아니다. 그는 고사하고 알코올의 힘을 빌지 않아도 알코올 이상의 효과가…… 다만 위안뿐 아니라 행복을 얻을 만한 것이 있다 하면 군은 무엇을 취할 터이냐는 말이야, 하하하……."

---

76) 말참례(―參禮) 다른 사람이 말하는 데 끼어들어 말하는 짓. 말참견.
77) 대철인 위대한 철학가.
78) 냉소(冷笑) 쌀쌀한 태도로 비웃음. 또는 그런 웃음.

"알코올 이상의 효과?…… 광증이냐? 신념이냐? 이 두 가지밖에 아무것도 없을 것이오…… 그러나 오관(五官)[79]이 명확한 이상…… 에, 피로, 권태, 실망…… 이외에 아무것도 없는 이상—그것도 광인으로 일생을 마칠 숙명이 있다면 하는 수 없겠지만—할 수 없지 않은가."

주기가 돌수록 나는 더욱더욱 흥분이 되어 부지불식간[80]에 연설 어조로 한마디 한마디씩 힘을 들여 명확한 악센트를 붙여서 말을 맺고,

"하여간 위선 먹고 봅시다, A공, 자—"

하며 잔을 A에게 전하였다.

"그러나 A군, 톨스토이즘[81]에다가 윌슨이즘[82]을 가미한 선생의 설교를 들을 제, 나는 부럽던걸."

술에 약한 Y는 벌써 빨개진 얼굴을 A에게 향하고 동의를 구하였다.

"오늘은 좀 신기[83]가 불편한데…… 연일 강연에 목이 쉬어서, 이야기를 못하겠달 제는 사람이 기가 막혀서…… 하하하."

A는 Y와 삼층집에 갔을 때의 일을 꺼내었다.

"듣지 않아도 세계평화론이나 인류애쯤 떠드는 게로군."

하며 나는 윗목으로 나가 드러누웠다.

---

79) 오관 신체의 다섯 가지 감각기관으로 눈, 귀, 코, 혀, 피부를 말함.
80) 부지불식간(不知不識間) 생각하지도 못하고 알지도 못하는 사이.
81) 톨스토이즘 러시아 작가 톨스토이(Lev Nikolaevich Tolstoi, 1828~1910)의 사상이나 주장. 흔히 그의 무정부주의나 인도주의, 박애주의를 이르면서 당시 제국주의와 세계 분쟁에 대한 저항의 의미를 드러낸다.
82) 윌슨이즘 미국의 제28대 대통령인 윌슨(Thomas Woodrow Wilson, 1856~1924)의 사상이나 주장. 1918년 민족의 일은 그 민족이 결정해야 한다는 민족자결주의를 제창하여 식민지 국가의 독립운동에 많은 영향을 끼쳤다.
83) 신기(身氣) 몸의 기력.

아랫목에서는 Y를 중심으로 삼층집 주인의 이야기가 어느 때까지 끝이 아니 났다. 가다가다 와— 하고 터져 나오는 웃음소리에 나는 소르르 오던 잠이 깨고 깨고 하다가, 종내 잠을 잃어서 나도 귀를 기울이게 되었다. Y가 두 발을 쳐들고 엉덩이로 이리저리 맴을 돌면서, 삼층집 주인이 자기 집에 문은 없어도 출입이 자유자재라고 자랑하던 흉내를 내는 것을 보고 여럿이 웃는 통에, 나도 눈을 떠보고 일어났다.

약간 취기가 오른 나는 찬바람도 쏘이고 싶고 또 어차피에 오늘 밤은 평양에 나가서 묵을 작정인 고로 정거장 가는 길에 삼층집 집알이[84]를 가고 싶은 생각이 나서,

"우리 구경 가볼까?"

하고 Y에게 물었다.

"글쎄 좀 늦지 않았을까?"

하며 Y는 시계를 꺼내 보더니,

"아직 다섯시가 못 되었군…… 그러나 강연은 못 할걸! 보시다시피 역사(役事)[85]를 벌여 놓고 매일 강연에 목이 쉬어서."

하며 흉내를 내고 또 웃었다.

네 청년은 두어 시간 동안의 홍소[86] 훤담[87]에 다소 피로를 감(感)한 듯이 모두 잠자코 석양판에 갑자기 번잡하여[88] 오는 큰길로 느럭느럭

---

84) 집알이  새로 집을 지었거나 이사한 집에 집 구경 겸 인사로 찾아보는 일. 반대 의미로 이사한 후 아는 사람들을 집으로 초대하는 일은 '집들이'라 한다.
85) 역사  토목이나 건축 따위의 공사.
86) 홍소(哄笑)  입을 크게 벌리고 웃거나 떠들썩하게 웃음.
87) 훤담(喧談)  왁자하게 떠들며 이야기함.
88) 번잡하다(煩雜—)  번거롭게 뒤섞여 어수선하다.

걸어 나왔다.


4


황해에 잠긴 석양은 백운을 뚫고 흘러 멀리 바라보이는 저편 이층집 지붕에 은빛으로 반짝거리었다.

Y의 집에서 나온 우리 일행은 축동 거리를 일 정(町)[89]쯤 북으로 가다가, 십자로에서 동으로 꼽쳐[90] 새 거리로 들어섰다. 왕래가 좀 조용하게 되었다. 나는 Y의 말이 과연 사실인가, 실없는 풍자나 조롱을 잘하는 Y의 말이라, 혹은 나에게 대한 일종의 우의(寓意)[91]를 품은 농담이 아닌가 하는 제 버릇의 신경과민적 해석을 하며 따라오다가,

"선생님 원래 무엇을 하던 사람인구?"

하며 Y에게 물었다.

"별로 자세히는 모르지만…… 보통학교 훈도[92]라던가! A군도 아마 배웠다지?"

"응! 일본말도 제법 하는데…… 이전에는 그래도 미남자였었는데, 하하하."

89) 정 일제시대에 사용한 거리의 단위로 약 109미터.
90) 꼽치다 원래는 '반으로 접다'라는 뜻이나, 여기서는 '거의 직각으로 꺾어지다'라는 의미로 쓰였다.
91) 우의 다른 사물에 빗대어 비유적인 뜻을 나타내거나 풍자함. 여기서는 '나'를 광인으로 치부하는 것을 의미한다.
92) 훈도(訓導) 일제강점기에, 초등학교의 교원(教員)을 이르던 말.

A의 말끝에 Y도 웃으며,

"미남자이었든 추남자이었든, 하여간 금년 봄에 한 서너 달, 감옥에 들어갔다가 나온 뒤에 이상하여졌다는데…… 자세한 이유는 몰라……."

"처자는 있나?"

"에, 계집은 친정에 가서 있다기도 하고 놀아났다기도 하나, 그 역시 자세한 것은 몰라요."

라고 A가 대답을 하였다.

"Y군, 그 계집이 어느 놈의 유혹으로 팔리어서 돌아다니다가, 그 유곽에 굴러들어와 있다면 어떨까?"

나는 잠자코 걷다가 말을 걸었다.

"흥…… 그리고 매일 찾아가서 미친 체를 부리면……."

Y는 대꾸를 하였다.

새 거리를 빠져 황엽[93]이 되어 가는 잡초에 싸인 벌판 중턱에 나와서, 남북으로 통한 길을 북으로 꼽들어[94] 유정(柳町)[95]을 바라볼 때는, 십여 간통이나 떨어져 보이는 유곽 이층에서는 벌써 전등 불빛이 반짝거리며 흘러나왔다.

"응! 저기 보이는군……."

A가 마주 보이는 나직한 산록에 외따로 우뚝 선 참외 원두막 같은 것을 가리켜 주는 대로, 희끄무레한 것이 그 위에서 움질움질하는 것을 바라보며 우리는 발길을 재촉하였다.

93) 황엽(黃葉) 노랗게 물든 식물의 잎.
94) 꼽들다 어떤 지점이나 길로 접어들다.
95) 유정 웃음과 몸을 파는 여자들이 있는 곳으로 유흥가를 뜻한다.

십여 보쯤 가다가 나는, "이것이 유곽이야?" 하며, 좌편을 가리켰다. 방금 전기가 들어온 헌등(軒燈)[96]이, 일자로 총총 들어박힌 사이로 목욕탕에서 돌아오는 얼굴만 하얀 괴물들이, 화장품을 담은 대야를 들고 쓸쓸한 골짜기를 이리저리 돌아다니는 것이, 부화(浮華)하다[97] 함보다는 도리어 처량히 보였다.

"선생이 여기 덕도 꽤 보지…… 강연 한 번에 술 한 병씩 주는 곳은 그래도 여기밖에 없어……."

A는 웃으면서 설명하였다.

삼층집 꼭대기에 퍼더버리고[98] 앉아서, 희미한 햇발이 점점 멀어 가는 산등성이를 얼없이[99] 바라보고 있던 주인은, 우리들이 우중우중[100] 올라오는 것을 힐끔 돌아보더니, 별안간에 돌아앉아서 무엇인지 똑딱똑딱 두드리고 있다. 우리는 싸리로 드문드문 얽어맨 울타리 앞에서 들어갈 곳을 찾느라고, 이리저리 주저하다가 그대로 넘어서서 성큼성큼 들어갔다.

앞서 들어간 A는 주인이 돌아앉은 삼층 위에다 손을 걸어 잡고 들여다보며,

"선생님! 또 왔습니다."

라고 인사를 하였다.

"선생님! 안녕하십니까."

96) 헌등 처마에 다는 등. 여기서는 술집 처마에 다는 등불을 뜻한다.
97) 부화하다 겉보기만 화려하고 실속이 없다.
98) 퍼더버리다 팔다리를 아무렇게나 편하게 뻗다.
99) 얼없다 얼이 빠져 정신이 없다.
100) 우중우중 몸을 일으켜 서거나 걷는 모양.

A는 소리를 내어 웃으며 잼처[101] 인사를 하였다. 그러나 그는 여전히 농장(籠檻) 문짝에 못을 박고 있었다. A와 Y는 동시에 H와 나를 돌려보고 눈짓을 하며 소리 없이 웃었다.

"……신기가 그저 불편하신가요? 오늘은 꼭 강연을 들으러 왔는데요."

이번에는 Y가 수작[102]을 건네었다. 그제야 그는 깜짝 놀란 듯이 먼지가 뿌옇게 앉은 더벅머리[103]를 획 돌이키며,

"예? 왔소?"

간단히 대답을 하고 여전히 돌아앉아서 장도리를 들었다. 세 사람은 일시에 깔깔 웃었다. 그러나 귀밑부터 귀얄[104] 같은 수염이 까맣게 덮인 주먹만 한 하얀 상을 힐끗 볼 제, 나는 앗! 하며 깜짝 놀랐다. 감전된 것같이, 가슴이 선뜩하며 심한 전율이 전신을 압도하였다. 그리고 그다음 순간에는 다소 안심된 가슴에 이상한 의혹과 맹렬한 호기심이 일시에 물밀듯하였다. 중학교 실험실의 박물 선생이 따라온 줄로만 안 것이었다. 그러나 아무 이유 없이 무의식하게, 경건한 혹은 숭엄한 느낌이 머리 뒤를 떼미는 것 같아서, 나는 무심중간에[105] 모자를 벗고 인사를 하였다. 여러 사람들이 흥흥 하며 웃는 것을 볼 때 나는 미안하기도 하고, 무슨 큰 불경한 일이나 하는 것 같아서 도리어 괘씸한 듯이도 보이고, 혹은 이 사람이 심사가 나서 곧 뛰어 내려와 폭행이나 하지 않

101) 잼처  어떤 일에 바로 이어서 다시. 거듭.
102) 수작(酬酌)  남의 말이나 행동, 계획을 낮잡아 이르는 말.
103) 더벅머리  더부룩하게 난 머리털.
104) 귀얄  풀이나 옻을 칠할 때 쓰는 솔의 하나로 주로 돼지 털이나 말총을 넓적하게 묶어 만듦.
105) 무심중간에(無心中間 ─)  마음을 쓰지 않는 가운데.

34

을까 하는 염려도 생겼다.

"선생님! 정말 신기가 불편하신 모양이외다그려!"

A는 갑갑증이 나서 또 말을 붙였다.

"서울서 일부러 손님이 오셨는데 강연을 하시구려, 하……."

때 묻은 옷가지며 빨래 보퉁이 같은 것이 꾸역꾸역 나오는 것을 꾹꾹 눌러 데밀면서, 고친 문짝을 열었다 닫았다 하고 앉았던 주인은, 서울 손님이란 말에 귀가 뜨였는지 우리를 향해 돌아앉으며 입을 벌렸다.

"예, 감기도 좀 들었소이다."

하고, 영채[106] 없는 뿌연 눈으로 나를 유심히 똑바로 내려다보다가,

"……보시듯이 이렇게 역사를 벌여 놓고……."

한번 방을 휘익 둘러다본 후, 또다시 나에게로 시선을 주며,

"요사이 같아서는 눈코 뜰 새도 없쇠다. 더군다나 연일 강연에 목이 꽉 쉬어서……."

말을 맺고 H를 돌려다보았다.

그러나 별로 목이 쉰 것 같지는 않았다. Y가 H와 나를 소개하니까,

"예, 그러신가요? 서울서…… 멀리 오셨소이다그래."

반가운 듯이,

"나는 남포 사는 김창억(金昌億)이외다."

하며 인사하는 그의 얼굴에는 약간 미소까지 나타났다.

"예, 나는 ×××올시다."

나는 정중히 답례를 하였다. H도 인사를 마쳤다.

---

106) 영채(映彩) 환하고 빛나는 고운 빛.

"선생님! 그 용하시외다그래…… 이름도 아니 잊으시고…… 하하하."

A가 놀렸다.

창억은 거기에는 대꾸도 아니하고 나를 향하여,

"좀 올라오시소그래. 아직 역사가 끝이 안 나서, 응접실도 없쇠다마는……."

하며 올라오라고 재삼 권하다가,

"게다가 차차 스토브도 들여놓고, 손님이 오시면 좀 들어앉아서 술잔이나 나누도록 하여야 하겠지마는……."

어긋 매인 선반 같은 소위 이층 간을 가리키며 천연덕스럽게 인사치레를 하였다.

세 사람은 깔깔 소리를 내어 웃었다. 그러나 자기의 말에 조금도 부자연한 과장이 없다고 생각한 그는, 웃는 것이 도리어 이상하다는 듯이, 힘없는 시선으로 물끄러미 웃는 사람을 내려다보다가 '힝' 하고 코웃음을 치고 외면을 하였다. 나는 이 사람이 미쳤다고 하여야 좋을지, 모든 것을 대오(大悟)하고[107] 모든 것에서 해탈한[108] 대철인이라고 하여야 좋을지 몰랐다.

"너무 황송하여 올라가진 못하겠습니다마는, 어떻게 강연이나 좀 하시구려."

하며 이번에는 H가 놀렸다.

"글쎄 모처럼 오셨는데 술도 한잔 없어서 미안하외다."

107) 대오하다 번뇌를 벗고 진리를 크게 깨닫다.
108) 해탈하다(解脫 —) 번뇌의 얽매임에서 풀리고 미혹의 괴로움에서 벗어나다.

그는 딴전을 부렸다. 처음 만나는 사람을 보고 술 이야기만 꺼내는 것이 이상하였다.

"여기 온 손님들은 모두 하나님 아들이기 때문에, 술은 아니 먹는답니다."

늘 웃으며 대화를 듣고 섰던 Y가 입을 열었다.

"예? 형공(兄公)[109]도 예수 믿습니까?"

그는 놀란 듯이 나를 마주 건너다보다가 히히히 웃으며,

"예수꾼도 무식한 놈만 모였나 봅디다. 예수꾼들 기도할 때에 하나님 아버지시여! 나의 죄를 구하소서 아―맹…… 하지 않소? 그러나 '아―맹'이란 무엇이오. 맹자 같은 만고의 웅변가더러 '버버리'[110]라고 아맹(啞孟)이라 하니 그런 무식한 말이, 아 어디 있단 말이오? 나를 …… 나의 죄를 사하여 달라고 할 지경이면, 아면(我免)이라고 해야 옳지 않습니까."

강연의 서론을 꺼낸 그가 득의만면하여[111] 히히 웃는 데 따라서, 둘러섰던 사람들도 웃었다. 그러나 나는 그가 비상한 공상가라는 것을 직각한[112] 외에, 웃었는지 어쨌는지 알 수가 없었다.

여럿이 따라서 웃는 것을 보고, 그는 더욱 신이 나서 강연을 계속하였다.

"그러나 하나님은 참 지공무사(至公無私)하시외다.[113] 나를…… 이

109) 형공 상대방을 높여 부르는 말.
110) 버버리 '벙어리'의 사투리.
111) 득의만면하다(得意滿面 ―) 일이 뜻대로 이루어져 기쁜 표정이 얼굴에 가득하다.
112) 직각하다(直覺 ―) 보거나 듣는 즉시 곧바로 깨닫다.
113) 지공무사하다 지극히 공정하여 사사로움이 없다.

삼층집을 단 서른닷 냥으로, 꼭 한 달 열사흘 만에 짓게 하신 것이 다 하나님의 은택이외다. 서양 놈들이, 아무리 문명을 했느니, 기계가 발달되었느니 하지만, 그래 단 서른닷 냥에 삼층집을 지은 놈이 어디 있습니까…… 날마다 하나님이 와보시고 칭찬을 하십니다."

"칭찬을 하시니까 지공무사한 것 같지요."

H가 한마디 새치기를 하였다.

"천만에, 이것이 모두 하나님 분부가 있어서 된 것이외다…… 인제는 불의 심판이 끝나고, 세계가 일대 가정을 이룰 시기가 되었으니, 동서친목회를 조직하라고 하신 고로, 위선 이 사무소를 짓고, 내가 회장이 되었으나, 각국의 분쟁을 순찰할 감독관이 없어서 큰일이 났소다."

일동은 와─ 웃었다.

"여기 X군이 어떨까요?"

Y는 나의 어깨를 탁 치며 얼른 추천을 하였다.

"글쎄, 해주신다면 고맙지만……."

세 사람은,

"야, 동서친목회 감독관 각하!"

하며 한층 더 소리를 높여 웃었다.

아닌 게 아니라 처마에 줄레줄레 매단 멍석 조각이며, 밀감 조각들 사이에, '동서친목회 본부'라고 굵직하게 쓰고, 그 옆에 '회장 김창억'이라고 쓴, 궐련상자 껍질 같은 마분지 조각이, 모로 매달려 있다. 나는 모자를 벗어 든 채, 양수거지[114]를 하고 서서, 그 마분지를 쳐다보던

114) 양수거지(兩手──之) 두 손을 마주 잡고 서 있음.

눈을 돌이켜서, 동서친목회 회장에게로 향하여,

"회의 취지는 무엇인가요?"

물었다.

"아까 말씀한 것같이 성경에 가르치신바, 불의 심판이 끝나지 않았습니까. 구주 대전[115]의 그 참혹한 포연탄우[116]가 즉, 불의 심판이외다그래. 그러나 이번 전쟁이 왜 일어났나요. 이 세상은 물질 만능, 금전 만능의 시대라 인의예지(仁義禮智)도 없고, 오륜(五倫)도 없고 애(愛)도 없는 것은, 이 물질 때문에 사람의 마음이 욕에 더럽혀진 까닭이 아닙니까. 부자, 형제가 서로 반목질시하고,[117] 부부가 불화하며, 이웃과 이웃이, 한 마을과 마을이…… 그리하여 한 나라와 나라가, 서로 다투는 것은, 결국 물욕에 사람의 마음이 가리었기 때문이 아니오니까. 그리하여, 약육강식의 대원칙에 따라, 세계 만국이, 간과(干戈)[118]로써 서로 대하게 된 것이 즉 구주 대전란이외다그래. 그러나 인제는 불의 심판도 다 끝났다, 동서가 친목할 시대가 돌아왔다고 하신 하나님의 말씀대로 나는 신종합니다.[119] 그러기 때문에 하나님의 계시대로 세계 각국으로 돌아다니며 경찰(警察)[120]을 하여야 하겠쇠다…… 나도 여기에는 오래 아니 있겠쇠다. 좀 더 연구하여 가지고…… 영미법덕(英美法德)[121]으로 돌아다니며, 천하 명승도 구경하고, 설교도 해야 하겠쇠다."

115) 구주 대전(歐洲大戰) 유럽의 여러 나라가 참가하여 벌인 큰 전쟁.
116) 포연탄우(砲煙彈雨) 포의 연기와 비 오듯 하는 탄알. 즉 치열한 전투를 뜻함.
117) 반목질시하다(反目嫉視一) 서로 미워하고 질투하는 눈으로 보다.
118) 간과 방패와 창. 여기서는 전쟁을 뜻한다.
119) 신종하다(信從一) 믿고 따르다.
120) 경찰 경계하여 살핌.
121) 영미법덕 영국, 미국, 프랑스, 독일.

말을 맺고 그는 꿇어앉아서, 선반 위를 부스럭부스럭하더니, 먹다가 꺼둔 궐련 토막을 찾아내서 물고 도로 앉았다.

　"선생님! 그러면 금강산에는 언제 들어가실 텐가요?"

　A가 놀렸다.

　"한번 다— 돌아다닌 후에, 들어가지."

　"그러면, 나는 어떻게 합니까. 그때까지 어떻게 기다릴 수가 있습니까?"

　"응?"

　그는 눈을 뚱그렇게 뜨고 A를 바라보았다.

　"아 선생님 망령이 나셨나 보구만⋯⋯ 금강산에 들어가시면 군수나 하나 시켜 주신다더니⋯⋯."

　일동은 박장대소를 하였다.

　"응! 가기 전에 시켜 주지!"

　그의 하는 말에는 조금도 농담이 없었다. 유창하게 연설 구조로 열변을 토할 때는 의심할 여지 없는 어떠한 신념을 가진 것같이 보였다.

　"그러나 금강산에 옥좌(玉座)[122]는 벌써 되었나요?"

　Y는 웃으며 물었다.

　"예, 이 집이 낙성되던[123] 날, 벌써 꾸며 놓았답니다."

하고 여러 사람의 웃음이 끝나기를 기다려서,

　"성(姓) 중에 김씨가 제일 좋은 성이외다. 옥(玉)은 곤강(崑腔)에서 나지만도, 금은 여수(麗水)에서 나지 않습니까. 그러기 때문에 하나님

122) 옥좌　임금이 앉는 자리. 또는 그런 지위.
123) 낙성되다(落成—)　건축물이 완공되다.

40

께서 말씀이, 너는 김가니 산고 수려(山高水麗)한 금강산에 들어가서, 옥좌에 올라앉아 세계의 평화를 누리게 하라고 하십니다……"

하고 잠자코 가만히 섰는, 나의 동정을 얻으려는 듯이 미소를 띠고 바라본다.

"대단히 좋소이다. 그러나 이 삼층집은 무슨 생각으로 지으셨나요?"

나는 이같이 물었다.

"연전[124] 여름방학에 서울에 올라가서, 중등학교에 일어 강습을 하러 다닐 때에, 서양 사람의 집을 보니까, 위생에도 좋고, 사람 사는 것 같기에 우리 조선 사람도 팔자 좋게 못 사는 법이 어디 있겠소? 기왕이면 삼층쯤 높직이 지어 볼까 해서…… 우리가 그놈들만 못할 것이 무엇이오. 나도 교회에 좀 다녀 보았지만, 그놈들처럼 무식하고, 아첨 좋아하는 더러운 놈은 없겠습디다. 헷, 그중에도 목사인지 하는 것들, 한창 때에 대원군이나 뵈신 듯이, 서양 놈들이 입다 남은 양복 조각들을 떨쳐입고, 그 더러운 놈들 밑에서 굽실굽실하며 돌아다니는 것을 보면, 이 주먹으로 대구리들을……."

하며 새까만 거칫한[125] 주먹을 쳐들었다. 그때의 그의 눈에는 이상한 광채가 돌고 얼굴은 경련적으로, 부르르 떨리면서, 뒤틀리었다. 나는 무심히 쳐다보다가 깜짝 놀랐다.

"그러나 날은 점점 추워 오고…… 어떻게 하실 작정인가요?"

나는 화제를 이같이 돌렸다.

"춥긴요. 하나님 품속은 사시 봄이야요. 그러나 예다가 스토브를 놓

124) 연전(年前) 몇 해 전.
125) 거칫하다 여위고 윤기가 없어 보기에 부스스하고 거칠다.

지요."

하고 이층을 가리켰다.

"그래 스토브는 어디 주문하셨소?"

누구인지 곁에서 말참견을 하였다.

"주문은 무슨 주문……."

대단히 불쾌한 듯이 한마디 하고,

"스토브는 서양 놈들만 만들 줄 알고, 나는 못 만든답디까. 그놈들이 하루에 하는 일이면, 나는 한 반나절이면 만들 수 있소이다. 이 집이 며칠이나 걸린 줄 아슈? 단 한 달하고 열사흘! 서양 놈들은 십삼이란 수가 흉하답디다마는, 나는 양옥을 지으면서도, 꼭 한 달 열사흘에 지었쇠다."

"동으로 가라도 서로만 갔으면 고만 아니오."

H가 말대꾸를 하였다.

"글쎄 말이오. 세상 놈들이야말로, 동으로 가라면 서로만 달아나는, 빙퉁그러진[126] 놈뿐이외다. 조선말이 있고 조선 글이 있어도 한문이나 서양 놈들의 혀 꼬부라진 말을 해야 사람의 구실을 하는, 이 쌍놈의 세상이 아닙니까."

한마디 한마디씩 나의 동의를 얻으려는 것처럼, 나를 똑바로 내려다보며 잠깐씩 말을 멈추다가, 나중에는 열중한 변사처럼 쉴 새 없이 퍼붓는다.

"네, 그렇지 않습니까. 네……그것도 바로 읽을 줄이나 알았으면

126) 빙퉁그러지다 하는 짓이 꼭 비뚜로만 나가다.

42

좋겠지만······ 가령 천지현황(天地玄黃) 하면 '하늘 천' 이렇게 읽으니, '일대(一大)'라 써놓고 왜 '하날 대' 하지 않습니까. 창공은 우주 간에 유일 최대하기 때문에 창힐(蒼頡)[127]이 같은 위인이 일대라고 쓴 것이 아니외니까. 또 흙 야 할 것을 따 지 하는 것도 안 될 것이외다. 따란 무엇이외니까? 흙이 아니오? 그러기에 흙 '토' 변에 언재호야(焉哉乎也)라는 『천자문』의 맨 끝 자인 이끼 '야(也)'자를 쓴 것이외다그려. 다시 말하면, 따는 흙이요, 또 우주 간에 최말위(最末位)에 처한 고로 흙 토 자에, 『천자문』의 최말자 되는 이끼 야 자를 쓴 것이외다."

우리들은 신기히 듣고 섰다가,

"그러면 쇠 금(金) 자는, 어떻게 되었길래 김가를 하나님께서 그처럼 사랑하시나요?"

하며 Y가 물었다.

"옳은 말씀이외다. 네, 참 잘 물으셨소이다······."

깜빡했다면 잊었을 것을 일깨워 주어서 고맙고도 반갑다는 듯이 득의만면하여, 그 일사천리[128]의 구변[129]으로 강연을 계속한다.

"사람 인(人) 안에 구슬 옥(玉)을 하고 한편에 점 한 개를 박지 않았소. 하므로 쇠금이 아니라 사람 구슬 금—이렇게 읽어야 할 것이외다."

일동은 킥킥킥 웃었다.

"아니외다, 웃을 것이 아니외다······ 사람 구실을 하려면 성현의 가

---

127) 창힐  고대 중국에서 새와 짐승의 발자국을 본떠서 처음으로 문자를 만들었다고 하는 전설상의 인물.
128) 일사천리(一瀉千里)  강물이 빨리 흘러 천 리를 간다는 뜻으로, 어떤 일이 거침없이 빨리 진행됨을 이르는 말.
129) 구변(口辯)  말을 잘하는 재주나 솜씨. 언변.

르치신 것같이 첫째에 인(仁)하여야 하지 않쇠니까. 하므로 사람 인 하는 것이외다그려. 그다음에는 구슬이 두 개가 있어야 사람이지, 두 다리를 이렇게(人— 손가락으로 쓰는 흉내를 내며) 벌리고 선 사이에, 딱 있어야 할 것이 없으면 도저히 사람값에 가지 못할 것이외다. 고자 는 그것이 없어도 사람이라 하실지 모르나, 그러기에 사람 구실을 못 하지 않습니까, 히히히…… 그는 하여간 그 두 개가 즉 사람을 사람 값에 가게 하는 보배가 아닙니까. 그런고로 보배에 제일가는 구슬 옥 (玉) 자에 한 점을 더 박은 게 아니외니까……."

한마디 한마디마다 허리가 부러지게 웃던 A는,

"그래서 금(金)강산에 옥(玉)좌를 만들었습니다그려…… 하하하." 하며 또 웃었다.

"그러면 여인네는 김가가 없구만요?"

이번에는 H가 놀렸다.

그는 무엇을 생각하는 것처럼 눈만 멀뚱멀뚱하며 앉았다가 별안간에,

"옳지! 옳지! 그래서 내 댁내(宅內)는 안(安)가로군…… 응! 히히 히. 여인네가 관(冠)을 썼어…… 여인네가 관을 썼어…… 히히히."

잠꼬대하는 사람처럼, 이 사람 저 사람 쳐다보며 고개를 끄덕거리고 나서는 히히히 웃기를 두세 번이나 뇌었다.

"참, 아씨는 어디 가셨나요?"

나는 '내 댁내가 안가라'고 하는 그의 말에, 문득 그의 처자의 소식 을 물어보려는 호기심이 나서, 이같이 물었다.

"예? 못 보셨소?…… 여보, 여보 영희(英姬) 어머니! 영희 어머 니!……"

몸을 꼬고 엎드려서 아래를 내려다보며 부르다가,

"또 나갔나!"

혼잣말처럼 하며 바로 앉더니,

"아마 저기 갔나 보외다."

하고 유곽을 가리켰다.

"또 난봉[130]이 난 게로군…… 하하하, 큰일 났소이다. 비끄러매 두지 않으면……."

A가 말을 가로채서 놀렸다.

"히히히, 저기가 본대 제 집이라오."

"저긴 유곽이 아니오?"

H도 웃으며 물었다.

"여인네가 관을 썼으니까…… 하하하."

이번에는 Y가 입을 열었다.

그는 무슨 생각이 났던지, 고개를 비스듬히 숙이고 앉았다가,

"예, 그 안에 있어요. 그 안에. 오 년이나 나하고 사는 동안에도 역시 그 안에 있었어요, 히히히 히히 히히."

'……그 안에……그 안에!'

나는 아까 그의 처가 도주를 하였다는 소문도 있다고 하던 A의 말을 생각하며, 속으로 뇌어 보았다.

"좀 불러오시구려." ―A.

"인제 밤에 와요. 잘 때에……."

---

130) 난봉 허랑방탕한 짓. 말과 행동이 진실되거나 착실하지 못하며 술과 여자에 빠져 행실이 바르지 못함.

"그거 옳은 말이외다. 잘 때밖에 쓸데없지요, 하하하."

H가 농담을 붙이는 것을, 나는 미안히 생각하였다.

"히히히, 그러나 너무 뜨거워서, 죽을 지경이랍니다. 어제는 문지기에게 죽도록 단련을 받고, 울며 왔기에, 불을 피우고 침대에서 재워 보냈습니다…… 히히히."

무슨 환상을 쫓듯이 먼 산을 바라보며, 누런 이를 내놓고 히히히 웃는 그의 얼굴은 원숭이같이 비열하게 보였다.

산등에서 점점 멀어 가던 햇발은 부지중[131] 소리 없이 날아가고, 유곽 이층에 마주 보이는 전등 불빛만 따뜻하게 비치었다.

홍소, 흰담, 조롱 속에서, 급격히 피로를 감(感)한, 그는 어슬어슬하여[132] 오는 으슥한 산 밑을 헤매는, 쌀쌀한 가을 저녁 바람과 음산하고 적막한 암흑이 검은 이빨을 악물고, 획획 한숨을 쉬며 덤벼들어 물고 흔드는 삼층 위에, 썩은 밤송이 같은 뿌연 머리를 움켜쥐고, 곁에 누가 있는 것도 잊은 듯이 기둥에 기대어 앉았다.

"인젠 가볼까."

하는 소리가 누구의 입에선지 힘없이 나왔다.

동서친목회 회장, 세계평화론자, 기이한 운명의 순난자(殉難者),[133] 몽현(夢現)[134]의 세계에서 상상과 환영의 감주(甘酒)[135]에 취한 성신(聖神)[136]의 총아,[137] 오욕육구(五慾六垢),[138] 칠난팔고(七難八苦)[139]에서 해

---

131) 부지중(不知中) 알지 못하는 동안.
132) 어슬어슬하다 날이 어두워지거나 밝아질 무렵에 둘레가 조금 어둡다.
133) 순난자 국가나 사회가 위기에 처했을 때 의로이 목숨을 바친 사람.
134) 몽현 꿈에 나타남.
135) 감주 맛이 좋은 술.

46

탈하고, 부세(浮世)[140]의 제연(諸緣)[141]을 저버린 불타(佛陀)의 성도(聖徒)와, 조소에 더러운 입술로, 우리는 작별의 인사를 바꾸고 울타리 밖으로 나왔다.

울타리 밑까지 나왔던 나는, 다시 돌쳐서서 그에게로 향하였다. 이층에서 뛰어 내려오는 그와 마주칠 때, 그는 내 손에 위스키 병이 있는 것을 보고 히히 웃었다. 나는 Y의 집에서 남겨 가지고 나온 술병을 그의 손에 쥐어 준 후, 빨간 능금 두 개를 포켓에서 꺼내 주었다.

"이것 참 미안하외다……."

그는 만족한 듯이 웃으며 받아서, 이층 벽에 기대어 가로세운 병풍 곁에 늘어놓고, 따라 나와 인사를 하였다.

가련한 동무를 이별하고 나온 나는, 무겁고 울적한 기분에 잠기어서, 입을 다물고 구두코를 내려다보며, 무심히 걸었다. 역시 잠자코 앞서 가던 Y는, 잠깐 멈칫하고 돌아다보며,

"X군! 어때?"

"글쎄……."

"……그러나 모자를 벗어 들고 공손히 강연을 듣고 섰는 군의 모양은 지금 생각을 해도 요절을 하겠어…… 하하하."

"흐응……."

136) 성신 성스러운 신.
137) 총아(寵兒) 많은 사람에게 특별히 사랑을 받는 사람.
138) 오욕육구 사람이 가진 다섯 가지 욕망과 여섯 가지 더러움. 오욕은 색(色), 성(聲), 향(香), 미(味), 촉(觸)이며, 육구는 뇌(惱), 해(害), 한(恨), 첨(諂), 광(誑), 교(憍)를 말한다.
139) 칠난팔고 일곱 가지 재난과 여덟 가지 괴로움이라는 뜻으로, 온갖 어려움을 이르는 말.
140) 부세 덧없는 세상.
141) 제연 여러 가지 인연.

나는 힘없이 웃었다.

저녁 가을바람은, 산듯산듯 목에 닿는 칼라 속을 핥고 달아났다. 일행이 삼거리에 와서 A와 헤어질 때는, 이삼 간 떨어진 사람의 얼굴이 얼쑹얼쑹[142] 보였다.

시시각각으로 솔솔 내려앉는 땅거미에 싸인 황야에, 유곽에서 가늘고 길게 흘러나오는 샤미센[143] 소리, 탁하고 넓게 퍼지는 장구 소리는, 혹은 급하게, 혹은 느리게 퍼지어서 정거장으로 걸음을 최촉하는 우리의 발뒤꿈치를, 어느 때까지 쫓아왔다.

컴컴하고 쓸쓸한 북망(北邙)[144] 밑 찬바람에 불리며, 사지를 오그리고 드러누운 삼층집 주인옹(翁)은, 저 장구 소리를 천당의 왈츠로 듣는지, 지옥의 아비규환[145]으로 깨닫는지, 나는 정거장 문에 들어설 때까지 흘금흘금 돌아다보아야, 오직 유곡(幽谷)[146]의 요화[147] 같은 유곽의 전등불이 암흑 가운데에 반짝거릴 뿐이었다.


5


평양행 열차에 오를 때에는 일단 헤어졌던 A도 다시 일행과 합동되

---

142) 얼쑹얼쑹 그런 것 같기도 하고 그렇지 않은 것 같기도 하여 분간하기 아주 어려움.
143) 샤미센(三味線) 일본의 대표적인 현악기.
144) 북망 무덤이 많은 곳이나 사람이 죽어서 묻히는 곳을 이르는 말.
145) 아비규환(阿鼻叫喚) 아비지옥과 규환지옥을 이르는 말로 매우 고통스러운 곳을 뜻함.
146) 유곡 그윽하고 깊은 산골.
147) 요화(妖火) 요사스럽고 괴이한 불.

었다.

커다란 트렁크를 무거운 듯이 두 손으로 떠받쳐서 선반에 얹고 나서, 목이 막힐 듯한 한숨을 휘— 쉬며 앉는 A를 Y는 웃으며 건너다보고,

"인젠 영원한가?"

"응!…… 영원히, 하하하."

A는 간단히 말을 끊고, 호젓해하는[148] 듯한 미소를 띠었다.

"그러나 평양이, 세계의 끝일지도 모르지…… 핫하하."

"하하하."

A도 숙였던 고개를 쳐들며 힘없이 웃었다.

"왜, 어디 가시나요?"

A와 마주 앉은 나는 물었다.

"……글쎄요…… 남으로 향할지 북으로 달릴지, 모르겠소이다."

A는 말을 맺고, 머리를 창에 기대며 눈을 감았다.

"……A군은 오늘 부친께 선언을 하고, 영원히 나섰다는 게라오."

Y가 설명을 하였다.

"하하하, 그것 부럽소이다그려…… 영원히 나섰다는—그것이 부럽소이다."

나는 이같이 한마디 하고, A를 쳐다보았다. 고개를 들고 눈을 뜬 A는 바로 앉으며, 빙긋 웃을 뿐이었다.

우리는 엽서를 꺼내 들고, 서울에다가 편지를 썼다. 나는 P에게 대하여 이렇게 썼다.

---

148) 호젓하다 매우 홀가분하여 쓸쓸하고 외롭다.

무엇이라고 썼으면, 지금 나의 이 심정을, 가장 천명(闡明)히[149] 형에게 전할 수 있을까! 큰 경이가 있은 뒤에는, 큰 공포와 큰 침통과 큰 애수가 있다 할 지경이면, 지금 나의 조자(調子)[150]를 잃은 심장의 간헐적 고동은, 반드시 그것이 아니면 아닐 것이오—인생의 진실된 일면을 추켜들고, 거침없이 육박하여 올 때, 전령(全靈)[151]을 에워싸는 것은, 경악의 전율이오. 그리고 한없는 고민이오. 샘솟는 연민의 눈물이오. 가슴이 저린 애수요…… 그다음에 남는 것은 미치게 기쁜 통쾌요.

……삼 원 오십 전으로 삼층집을 짓고, 유유자적하는 실신자(失神者)[152]를— 아니오, 아니오, 자유민을 이 눈앞에 놓고 볼 제, 나는 놀라지 않을 수가 없었소. 현대의 모든 병적 다크 사이드[153]를 기름 가마에 몰아넣고, 전축(煎縮)하여[154] 최후에 가마 밑에 졸아붙은 오뇌[155]의 환약이, 바지직바지직 타는 것 같기도 하고, 우리의 욕구를 홀로 구현한 승리자 같기도 하여 보입디다…… 나는 암만하여도 남의 일같이 생각할 수 없습니다.

나는 엽서 한 장에다가 깨알같이 써서 Y에게 보라고 주고, 다른 엽서에 다시 계속하였다.

149) 천명하다 분명하게 드러내거나 나타내다.
150) 조자 소리의 높낮이가 길이나 리듬과 어울려 나타나는 음의 흐름. 가락.
151) 전령 온 영혼. 영혼의 전체.
152) 실신자 병이나 충격 따위로 정신을 잃은 사람.
153) 다크 사이드(dark side) 어둡고 부정적인 면.
154) 전축하다 음식을 끓여서 졸아붙게 하다.
155) 오뇌(懊惱) 뉘우쳐 한탄하고 괴로워함.

P군! 지금 아무리 자세히 쓴다 하기로, 충분한 설명은 못 하겠기로, 후일에 맡기지마는, 그러나 이것만은 추측하여 주시오. 지금 나는 얼마나 소리 없는 눈물을, 정차한 화차[156]의 연통[157]같이 가다가 다 뛰노는 심장 밑으로 흘리며 앉았는가를.

……지금 나는 울고 있소. 심장을 압축할 만한 엄숙하고 경건한 사실에, 하도 놀라고 하도 슬퍼서.

……지금 나는 울고 있소. 모든 세포 세포가, 환희와 오뇌 사이에서, 뛰놀다가 기절할 만큼 기뻐서…….


6


북극의 철인(哲人), 남포의 광인(狂人) 김창억은, 아직 남포 해안에 증기선의 검은 구름이 보이지 않던 삼십여 년 전에, 당시 굴지(屈指)하는[158] 객주(客主) 김건화(金健華)의 집 안방에서, 고고(呱呱)[159]의 첫소리를 울리었다. 그의 부친은 소시[160]부터 몸에 녹이 슨 주색잡기를, 숨이 넘어갈 때까지 놓지를 못한, 서도(西道)에 소문난 외도객(外道客). 남편보다 네 살이나 위인 모친은 그가 14세 되던 해에, 죽은 누이와 단남매를 생산한 후에는, 남에게 말 못할 수심과 지병으로, 일생을

---

156) 화차(火車) 기차.
157) 연통(煙筒) 굴뚝.
158) 굴지하다 수많은 가운데서 손가락을 꼽아 셀 만큼 아주 뛰어나다.
159) 고고 아이가 세상에 나오면서 처음 우는 울음소리.
160) 소시(少時) 젊었을 때.

마친 박복한[161] 여성이었다. 이러한 속에서 자라난 그는 잔열 포류(屛劣蒲柳)[162] 약질[163]일망정, 칠팔 세부터 신동이라 들으리만큼 영리하였다. 영업과 화류[164] 이외에는 가정이라는 것을 모르는 그의 부친도, 의외에 자식이 총명한 것은 기뻐할 줄 알았다. 더구나 자기의 무식함을 한탄하니만큼, 자식의 교육은 투전장[165] 다음쯤으로 생각하였다. 그 덕에 창억이도, 남만큼 한학을 마친 후, 16세 되던 해에 경성에 올라가서, 한성고등사범학교에 입학하게 되었다.

그러나 3년급 되던 해 봄에, 부친이 장중풍(腸中風)[166]으로 돈사(頓死)하기[167] 때문에 유학을 단념하고 내려오지 않으면 안 되었다. 그때 숙부의 손으로 재산 정리를 하고 보니까, 남은 것이라고는 몇 두락(斗落)[168]의 전답[169]하고, 들어 있는 집 한 채뿐이었다. 유산이 있어도 선고(先考)[170]의 유업[171]을 계속할 수 없는 창억은 연래[172]의 지병으로 나날이 수척하여 가는 모친과, 일 년 열두 달 말 한마디 건네 보지 않는 가속(家屬)[173]을 데리고, 절망에 싸여 쓸쓸한 큰 집 속에 들엎드렸을

---

161) 박복하다(薄福一) 복이 없다. 또는 팔자가 사납다.
162) 잔열 포류 가냘프고 변변하지 못하여 갯버들처럼 몸이 약함.
163) 약질(弱質) 허약한 체질. 또는 그런 체질을 가진 사람.
164) 화류(花柳) 꽃과 버들을 아울러 이르는 말로, '유곽' 즉, 많은 창녀를 두고 매음 영업을 하는 집, 또는 그런 집이 모여 있는 곳을 뜻한다.
165) 투전장(鬪牋張) 노름에 쓰는 물건의 한 장 한 장.
166) 장중풍 졸중풍 즉, 뇌졸중으로 쓰러지는 것과 비슷한 소화기의 병.
167) 돈사하다 갑자기 죽다.
168) 두락 마지기. 논이나 밭을 세는 단위로 한 마지기는 보통 이삼백 평 정도.
169) 전답(田畓) 논밭.
170) 선고 선친. 남에게 돌아가신 자기 아버지를 이르는 말.
171) 유업(遺業) 선대(先代)부터 이어 온 사업.
172) 연래(年來) 지나간 몇 해. 또는 여러 해 전부터.

수밖에 없었다. 그러나 모친도 그해 겨울을 넘기지 못하였다. 전 생명의 중심으로 믿고 살아가려던 모친을 잃은 그에게는, 아직 어린 생각에도, 자살 이외에는 아무 희망도 없었다.

백부의 지휘대로 집을 팔고 줄여 간 뒤로는 조석 이외에 자기 아내와 대면도 않고, 종일 서재에 들엎드렸었다. 조석상식(朝夕上食)[174]에 어린 부부가 대성통곡을 하는 것은, 차마 눈으로 볼 수 없었으나 그 설움은, 각각 의미가 달랐다. 그것이 창억으로 하여금, 더욱 불쾌하고 애통하게 하였다. ……이 세상에는, 자기와 같은 설움을 가지고 울어 줄 사람도 없구나! 이런 생각이 날 때마다 오 년 전에 15세를 일기로 하고 간 누이 생각이 새삼스럽게 간절한 동시에, 자기 처가 상식마다 따라 우는 것이 미워서, 혼자 지내겠다고까지 한 일이 있었다…… 독서와 애곡(哀哭),[175] 이것이 삼 년 전의 그의 한결같은 일과였다.

그러나 부친의 삼년상을 마치던 해에, 소학교[176]가 비로소 설시(設施)되어,[177] 유지자(有志者)[178]의 강청[179]으로 교편[180]을 들게 된 뒤로부터는, 다소 위안도 얻고 기력도 회복되었으며, 가속에 대한 정의[181]도 좀 나아졌다. 그러나 동시에 주연(酒煙)[182]의 맛을 알기 시작하였다.

173) 가속 가족.
174) 조석상식 상가에서 죽은 사람의 혼백이나 신주를 놓은 상에 아침과 저녁에 차리는 음식.
175) 애곡 소리 내어 슬프게 욺.
176) 소학교 초등학교를 이전에 일컫던 이름.
177) 설시되다 설치되다.
178) 유지자 마을이나 지역에서 명망 있고 영향력을 가진 사람.
179) 강청(强請) 무리하게 억지로 청함.
180) 교편(敎鞭) 교사가 수업이나 강의를 할 때 필요한 사항을 가리키기 위하여 사용하는 가느다란 막대기. 흔히 '교편을 잡다'라는 말은 교사를 가리키는 말로 쓰인다.
181) 정의(情誼) 두터워진 정.

처음에는 의사의 주의로 반주(飯酒)를 얼굴을 찌푸려 가며 먹던 사람이 점점 양이 늘어 갈 뿐 아니라, 학교 동료와 추축(追逐)[183]이 잦아 갈수록 자기 부친의 청년 시대를 생각하게 되었다. 그러나 그의 처는, 내심으로 도리어 환영하였다.

그 이듬해에 식구가 하나 더 는 뒤부터는 가정스러운 기분도 들게 되었다. 이와 같이 하여, 책과 눈물이 인제는 책과 술잔으로 변하였다. 그 동시에 그의 책상 위에는 『신구약전서』 대신에 동경 어떠한 대학의 정경과 강의록이 놓이게 되었다.

그러나 기이한 운명은, 창억의 일신을 용서치는 않았다. 처참한 검은 그림자는, 어느 때까지 쫓아 다니며, 약한 그에게 휴식을 주지 않았다.

자기가 가르치던 2년생이 졸업하려던 해에 그의 아내는, 겨우 젖 떨어질 만하게 된 것을 두고, 시부모의 뒤를 따라갔다. 부모를 잃었을 때 같지는 않았으나, 자기 신세에 대한 비탄은 일층 더하였다. 어미 없는 계집자식을 끼고 어쩔 줄 몰라 방황하였다. 친척들은 재취를 얻어 맡기려고 무수히 권하였으나, 종내 듣지 않았다. 오직 술과 방랑만이, 자기의 생명이라고 생각한 그는, 마침내 서재에서 뛰어나왔다. 학교의 졸업식을 마친 후, 그는 표연히 유랑의 몸이 되었다. 그러나 멀리는 못 갔다. 반년쯤 되어 훌쩍 돌아와서, 못 알아볼 만큼 초췌한 몸을, 역시 서재에 던졌다. 그리하여 수삭쯤 지나 건강이 다소 회복된 후 권하는 대로, 다시 가정을 이루었다. 이번에는 나이도 자기보다 어리거니와 금실[184]도 좋았다.

182) 주연 술과 담배.
183) 추축 친구끼리 서로 오가며 사귐.

54

그러나 애처의 강렬한 애(愛)는, 힘에 겨워서 충분한 만족을 줄 수가 없었다. 혈색 좋은 큼직하고 둥근 상에서 디굴디굴 구는 쌍꺼풀 눈썹 밑의 안광은, 곱고 귀여우면서도 부시기도 하며 밉기도 하며, 무서워서 바로 볼 수가 없었다. 그는 될 수 있는 대로 피하였다.

이 같은 중에 재미있는 유쾌한 오륙 년간은 무사히 지냈다. 소학교는 제10회 창립 기념식을 거행하고, 그는 십 년 근속 축하를 받게 되었다.

그러나 운명은, 역시 그의 호운을 시기하였다. 내월[185]이면 명예로운 축하를 받겠다는 이때에 그는 불의의 사건으로 철창에 매달려 신음치 않으면 아니 되게 되었다. 앞서거니 뒤서거니 하며 그의 일생을 통하여 노려보며 앉았는 비운은, 그가 사 개월 만에 무죄 방면되어, 사바[186]에 발을 들여놓을 때까지, 하품을 하며 기다리고 있었다.

사 개월간의 옥중 생활은 잔약한 그의 신경을 바늘 끝같이 예민하게 하였다. 그는 팔초하고[187] 하얗게 센 얼굴을 들고, 감옥 지붕의 이슬이, 아직 녹지 않은 새벽 아침에, 옥문을 나섰다. 차입하던[188] 집으로 찾아오리라고 생각하였던 자기 처는 그림자도 보이지 않고, 육십이 가까운 백부만 왔다.

출옥하기 일삭 전까지는, 일이 있어도 하루가 멀다고 매일 면회하러 오던 아내가, 근 일 개월 동안이나 발을 끊은 고로 의심이 없지 않았으나, 가끔 백부가 올 때마다, 영희가 앓아서 몸을 빼쳐 나지 못한다기

---

184) 금실(琴瑟) 부부간의 사랑.
185) 내월(來月) 다음 달.
186) 사바(娑婆) 불교에서 괴로움이 많은 인간세계를 이르는 말. 여기서는 바깥세상을 뜻한다.
187) 팔초하다 얼굴에 살이 없고 턱이 좁고 뾰족하다.
188) 차입하다(差入—) 교도소나 구치소에 갇힌 사람에게 음식, 의복, 돈 따위를 들여보내다.

로, 염려와 의혹 속에서도, 다소 안심하고 있었다. 그러나 출옥하던 전
날 면회하러 온 인편에, 갑갑증이 나서 내일은 꼭 맞으러 와달라고 한
것이라서, 뜻밖에 보이지 않는 고로 더욱 의심이 날 뿐 아니라 거의 낙
심이 되었다. 백부에게 물어볼까 하다가 이것이 자기의 신경과민이 아
닌가 하는 생각도 나서 갑갑한 마음을 참고 집으로 발길을 최촉하였
다. 도중에서 일부러 길을 돌아, 백부의 집으로 가자는 데에도 의심이
나지 않은 것은 아니나, 잠자코 따라갔다.

대문에 발을 들여놓자,

"아, 아버지!"

하며 영희가 앞선 백부와 바꾸어 뛰어나오는 것을 보고, 깜짝 놀랐다.

"너, 탈이 났다더니, 언제 일어났니?"

영희의 어깨에 손을 걸며, 눈이 휘둥그레서, 숨이 찬 듯이 물었다.

"예? 누가 탈은 무슨 탈이 났댔나요?"

하고 영희는 멈칫하며 돌아다보았다.

"어머니는……?"

그예 자기가 추측하며, 무서워하던 사실이 점점 명백하여 오는 것을
깨달으며, 소리를 낮춰서 물었다.

"어머니 어디 갔어……."

그에게 대한 이 한마디가, 억만 진리보다 더 명백하였다. 그 동시에
자기의 귀가 의심쩍었다.

온 식구가 다 뛰어나오며 웃음 속에서 맞으나, 그는 얼빠진 사람처
럼 인사도 변변히 하지 못하고, 맥없이 얼굴이 새파래서 뜰 한가운데
에 섰다가,

"인제 가보지요…… 영희야!"

하며 그대로 돌쳐나오려 했다.

뜰아래에 여기저기 섰던 사람들은, 그가 얼빠진 사람처럼 뚱그런 눈
만 무섭게 뜨고 이 사람 저 사람을 쳐다보며, 주저주저하는 것을 보고,
아무도 입을 벌리지 못하고, 피차에 물끄럼말끄럼들 눈치만 보다가,

"아, 아침이나 먹고…… 천천히……."

숙모가 끌어당기듯이 하며 만류하였다.

"아니오. 왜, 영희 어미는…… 어디 갔나요?"

그는 입이 뻣뻣하여 말을 어우를 수 없는 것처럼 떠듬떠듬 겨우 입
을 열었다.

"으응…… 일전에, 평양에…… 어쨌든 올라오려무나."

평양이라는 것은 처가를 말하는 것이다. 그러나 숙부가 말을 더듬는
것이 우선 이상히 보였다. 더구나 '어쨌든'이란 말은 웬 소리인가. 평
시 같으면, 귓가로 들을 말도 일일이 유심히 들리었다.

"흐흥…… 평양! 흐흥…… 평양!"

실성한 사람처럼 흐흥흐흥 코웃음을 치며, 평양을 뇌고 섰는 그의
눈앞에는, 금년 정초에 평양 정거장 문밖 우체통 뒤에서 누구하고인지
수군거리다가, 획 돌쳐서 캄캄한 밤길에 사라져 버리던 양복쟁이의 뒷
모양이 환영같이 떠올랐다. 그는 차차 눈이 캄캄하여 오고, 귀가 멀어
갔다…… 절망의 깊은 연못은 점점 깊고 가깝게 패어 들어왔다.

그는 빈집에라도 가서 형편도 보고, 혼자 조용히 드러누워서 정신을
가다듬을까 하였으나, 현기가 나서 금시로 졸도할 듯하여, 권하는 대
로 올라가서 안방으로 들어가 픽 쓰러졌다.

피로, 앙분, 분노, 낙심, 비탄, 미가지(未可知)[189]의 운명에 대한 공포, 불안— 인간의 고통이란 고통은, 노도[190]와 같이 일시에 치밀어 와서, 껍질만 남은 그를 삶아 죽이려는 듯이 덤벼들었다. 옴폭 팬 눈을 감고, 벽을 향하여 드러누운 그의 조막만한 얼굴은, 납으로 만든 데스마스크[191] 같았다. 죽은 듯이 숨소리도 들리지 않으나, 격렬한 심장의 동계(動悸)[192]와, 가다가다 부르르 떠는 근육의 마비는, 위에 덮어 준 처네[193] 위로도 분명히 보였다.

한 시간쯤 되어 깨었다. 잔 듯 만 듯한 불쾌한 기분으로 일어나서, 밥상을 받았다. 무엇이 입에 들어가는지, 정신을 차릴 수가 없었다. 그 속에 들어앉았을 때에는, 나가면 이것도 먹어 보리라, 저것도 하여 보리라고, 벼르고 별렀으나, 이렇게 되고 보니까, 차라리 삼사 년 후에 나오는 것이 좋았겠다고 생각하였다.

밥술을 뜨자마자, 그는 허둥지둥 뛰어나왔다.

"아버지!"

하며 쫓아 나오는 영희를, 험상스러운 눈으로 노려보며 들어가라고 턱짓을 하고 나섰다.

머리를 비슷이 숙이고 동구까지 기어 나오다가 돌쳐설 때, 숙부의 손에 매달려 나오는 딸을 힐끗 보고, 별안간 눈물이 앞을 가리며, 낯은

---

189) 미가지  알 수 없는.
190) 노도(怒濤)  무섭게 밀려오는 큰 파도. 주로 어떤 무리들이 무서운 기세로 달려 나가는 모습을 비유적으로 이르는 말.
191) 데스마스크(death mask)  사람이 죽은 직후에 그 얼굴을 본떠서 만든 안면상.
192) 동계  심장의 고동이 심하여 가슴이 울렁거리는 일.
193) 처네  이불 밑에 덧덮는 얇고 작은 이불.

어미 없이 길러 낸 딸자식이 불쌍히 생각되어, 금시로 돌쳐가서 손을 잡고 오고 싶은 생각이 불쑥 나는 것을 억제하고, '야— 야—' 하며 부르는 백부의 소리도 못 들은 체하고 앞서서 왔다.

 ……범죄자의 누명을 쓰고 처자까지 잃은 이내 신세일망정, 십여 년이나 정을 들이고 살던, 사 개월 전의 내 집조차 나를 배반하고, 고리에 쇠를 비스듬히 차고 있는 것을 볼 제, 그는 그대로 매달려서 울고 싶었다.

 백부는 숨이 찬 듯이, 씨근씨근하며, 쫓아와서,

 "열쇠가 예 있다."

하며 자기 손으로 열고 들어갔으나, 그는 어느 때까지 우두커니 섰었다.

 일 개월 이상이나 손이 가지 않은 마당은, 이삿짐을 나른 뒤 모양으로 새끼 부스러기, 종잇조각 들이 즐비한 사이에, 초하[194]의 잡초가 수채[195] 앞이며 담 밑에 푸릇푸릇하였다. 그의 숙부도 역시 이럴 줄이야 몰랐다는 듯이, 깜짝 놀라며 한번 획 돌아보고 나서, 신을 신은 채 툇마루에 올라섰다. 먼지가 뽀얗게 앉은 퇴[196] 위에는, 고양이 발자국이 여기저기 산국화 송이같이 박혀 있다. 뒤로 쫓아 들어온 그는 뜰 한가운데에 서서, 덧문을 첩첩이 닫은 대청을 멀거니 바라보고 섰다가, 자기 서재로 쓰던 아랫방으로 들어가서 먼지 앉은 요 위에 엎드러지듯이 벌떡 드러누웠다.

 "큰할아버지— 여기…… 농이!"

194) 초하(初夏)  초여름.
195) 수채  집 안에서 버린 물이 흘러가도록 만든 시설. 지금의 하수구에 해당한다.
196) 퇴  '행랑'의 옛말로, 대문간에 붙어 있는 방.

안방으로 들어온 영희는 깜짝 놀라며 큰 소리를 쳤다.

"엣?"

하며 어름더름하던 조부는, 서창 덧문을 열어젖히고 방 안을 자세히 살펴보더니, 농장이 없어진 것을 보고 혀를 두세 번 차고 나서,

"망할 년의 새끼…… 어느 틈에 집어 갔노……."

하며 밖으로 나왔다.

아닌 게 아니라 창억이가 첫 장가 들 제, 서울서 사다가 십칠팔 년 동안이나 놓아 두었던 화류 농장[197] 두 짝이 없어졌다.

백부가 간 뒤에, 일꾼 아이와 계집애년이 와서, 대강대강 소제[198]를 한 후, 저녁밥은 먹기 싫다는 것을 건네 왔다. 그 이튿날도 꼼짝 안 하고 들어앉았다.

백부의 주선으로 소년 과부[199]로 오십이나 넘은 고모가 안방을 점령하기까지, 오륙 일 동안은 한 발자국도 방문 밖에 나오지 않았다. 백부가 보제(補劑)[200]를 복용하라고, 돈푼 든 약첩을 지어다가 조석으로 달여다 놓아도, 끝끝내 손도 대지 않았다. 하루 이삼 차씩 백부가 동정을 살피러 와서, 유리 구멍으로 들여다보면, 앉았다가도 별안간 돌아누워서 자는 척도 하고, 우릿간에 든 곰 모양으로 빈방 안을 빙빙 돌아다니다가 누가 들여다보는 기척만 있으면 책상을 향하여 앉기도 하였다. 아침에 세수할 때와, 간혹 변소 출입 이외에는, 더운 줄도 모르는지, 창문

---

197) 화류 농장  붉고 결이 고운 목재를 사용한 장롱.
198) 소제(掃除)  청소.
199) 소년 과부  젊은 나이에 과부가 된 사람.
200) 보제  몸의 기운을 돕는 약제.

을 꼭꼭 닫고 큰기침 소리 한 번 없이 들어앉았었다. 그가 속에서 무엇을 하고 있는가는 아무도 몰랐다. 사실, 그는 아무것도 하는 것이 없었다. 가다가다, 몇 해 동안이나 손도 대어 보지 않던 성경책을 꺼내 놓고 들여다보기도 하였으나, 결코 한 페이지를 계속하여 보는 법이 없었다.

이러한 모양으로 일삭쯤 지내더니, 매일 아침에 한 번씩 세수하러 나오던 것도 폐하고 방으로 갖다주는 조석만 먹으면, 자는지 깨어서 누웠는지, 하여간 목침을 베고 드러눕기로만 위주하였다. 백부는 병세가 더 위중하여 그렇다고 약을 먹이지 못하여 달래도 보고 꾸짖어도 보았으나, 약은 기어코 입에 대지 않았다. 그러나 노인은 하루 삼사 차씩은, 궐하지[201] 않고 와서, 방문도 열어 보고 위무하듯이[202] 말도 붙여 보나, 벙어리처럼 가만히 돌아앉았다가, 어서 가달라고 걸인이나 쫓아 보내듯이 언제든지 창문을 후닥닥 닫았다.

하루는 전과 같이, 저녁때쯤 되어, 가만가만 들어와서, 유리 구멍으로 들여다보려니까, 방 한가운데에, 눈을 감고 드러누웠다가, 무엇에 놀란 듯이 깎아 세운 기둥처럼, 눈을 부릅뜨고 벌떡 일어나더니, 창에다 대고,

"이놈의 새끼! 내 댁내를 채가고, 인제는 나까지 죽이러 왔니?"
두 주먹을 불끈 쥐고 소리를 버럭 질렀으나, 감히 창문을 열지 못하고, 얼어붙은 장승같이 섰다. 백부는 기가 막혀서 미닫이를 열며,

"이거 와 이러니!"
하고 소리를 질렀다. 문만 열면 곧 때려죽이겠다는 듯이 딱 버티고

201) 궐하다(闕─) 마땅히 해야 할 일을 빠뜨리다.
202) 위무하다(慰撫─) 위로하고 어루만져 달래다.

섰던 사람이, 금시로 껄껄 웃으며,

"나는…… 누구라고! 삼촌 올라오시소그래."

하고 이번에는 안방에다 대고,

"여보, 영희 오마니! 삼촌이 왔는데, 술 좀 받아 오시소그래."

하고 나서, 경련적으로 켕기어, 네 귀가 나는 입을 벌리고, 히히히 웃었다. 그의 백부는 한참 쳐다보다가,

"야, 어서 가거라. 잠이 아직 깨이지 못한 게로구나…… 술은 이따 먹지, 어서 어서."

"그런데, 여보소 삼촌! 영희 오마니는 지금 어디 갔소? 술 받으러? 히히히…… 아하, 어젯밤에도 왔어! 그 사진을 살라²⁰³⁾ 달라고…… 그…… 어디 있던가?"

하며, 고개를 쳐들고 방 안을 휙 돌아다보다가, 무슨 생각이 났던지, 별안간에 책상 앞으로 가서 꿇어앉으며 무엇인지 부리나케 찾는다. 노인은 뒷모양을 한참 들여다보다가, 방문을 굳게 닫고 안방으로 들어갔다. 그 뒤에 방에서는, 히히히 웃는 소리가 흘러나왔다. 그의 손에는 두 조각이 난 사진이 있었다.

그 이튿날 아침에, 그는 무슨 생각이 났던지, 어느 틈에 방을 뛰어나와서, 부엌을 들여다보고 요사이는 왜 세숫물도 아니 주느냐고 볼멘 소리를 하며, 대야를 내밀고 물을 청하였다. 밥솥에 불을 때고 앉았던 고모가, 깜짝 놀라 돌아다보니까, 근 반년이나 면도를 안 한 수염에는 먼지가 뿌옇게 앉았고, 솟은 듯한 붉은 눈찌²⁰⁴⁾에는, 이상한 영채가 돌

203) 사르다 불태우다.
204) 눈찌 흘겨보거나 쏘아보는 눈길.

면서도 무시무시하게 보였다. 고모는 무서운 증이 나서, 안 나오는 웃음을 띠고 달래듯이 온유한 목소리로,

"예예, 잘못하였쇠다. 처음 시집살이라, 거행이 늦었쇠다. 히히히." 웃으며 물을 퍼주었다.

아침상을 차려다 디밀며, 차차 좋아지는 듯한 신기를 위로 삼아, 무엇이든지 먹고 싶은 것이 있으면 말하라고 하니까,

"영희 오마니나 뭐든지 해주시소."

하며, 의논할 것이 있으니 들어오라고 강청을 하였다. 고모는 주저주저하다가, 오늘은 맑은 정신이 난 듯하여 안심하고, 방을 치워 줄 겸 걸레를 집어 들고 들어갔다. 책상 위와 방구석을 엎드려서 훔치며,[205]

"무슨 의논이야?"

하며 말을 꺼냈다.

"……어젯밤에 영희 오마니가 왔더랬는데, 오늘 낮에는 아주 짐을 지워 가지고 오겠다고……."

"무어? 지금은 어드메 있기에?"

고모는, 역시 제정신이 안 들어서, 저러나 보다 하면서도, 한편으로는 의아하여, 눈이 휘둥그레지며, 걸레 잡은 손을 멈추고, 고개를 들었다.

"……지금? 히히히, 연옥(煉獄)[206]에서 매일 단련을 받는데, 도망하여 올 터이니, 전죄(前罪)를 용서하고 집에 두어 달라고 합디다."

단테의 『신곡(神曲)』에서 본 것이 생각나서 연옥이란 말을 썼으나,

205) 홈치다 물기나 때 따위가 묻은 것을 닦아 말끔하게 하다.
206) 연옥 가톨릭에서 죄를 범한 사람의 영혼이 천국에 들어가기 전에 죄를 씻기 위해 불로 고통을 받는 곳을 이르는 말. 천국과 지옥 사이에 있다고 함.

고모는 물론 무슨 소리인지 몰랐다. 다만 옥이라는 말에 대개 지옥이라는 말인 줄 짐작하고 하도, 어이가 없어서,

"냉면이나 한 그릇 받아다 주지……."

하고 나오다가, 아침에 세수하던 것을 생각하고 혼자 빙긋 웃었다.

날이 더워 갈수록, 그의 병세는, 나날이 더하여 갔다. 팔월 중순이 지나, 심한 더위가 다 가고, 뜰에 심은 백일홍이 누릇누릇하여 감을 따라, 그에게는 없던 증이 또 생겼다. 축대 밑에 나오려던 풀이 폭열(暴熱)에 못 이기어서 비틀어져 버리던 육칠월 삼복에는, 겨우 동창으로 바람을 들이면서, 불같이 끓는 방 속에 문을 봉하고 있던 사람이, 무슨 생각이 났던지, 매일 아침만 먹으면, 의관도 안 하고 뛰어나가기를 시작하였다. 무슨 짓을 하며 어디로 돌아다니는지는, 아무도 몰랐다. 대개는 어슬어슬하여 돌아오거나, 혹은 자정이 넘어서 돌아올 때도 있었다. 그러나 별로 곤한 빛도 없었다. 안방에서 혹 변소에 가는 길에 들여다보면, 그믐달 빛이 건넌방 지붕 끝에서 꼬리를 감추려 할 때에도, 빈방 속에 생불[207]처럼 가만히 앉았었다.

너무 심하여서, 삼촌이 며칠을 두고 찾으러 다녀 보아도 종적을 알 수가 없었다. 집에서 나갈 때에 누가 뒤를 밟으려고 쫓아 나가는 기색만 있어도 도로 들어와서 어떻게 하여서든지, 틈을 타서 몰래 빠져 달아나갔다. 그러나 그는 별로 다른 데를 다니는 것은 아니었다. 다만 자기 집에서 동북으로 향하여 일 마장[208]쯤 떨어져 있는 유곽 뒤에 둘러싸인 조그마한 뫼 위에, 종일 드러누웠을 뿐이었다. 무슨 까닭에 그곳

207) 생불(生佛) 살아 있는 부처라는 뜻의 불교 용어로, 덕행이 높은 중을 이르는 말.
208) 마장 십 리 미만의 짧은 거리를 이를 때 리(里) 대신 쓰는 말.

이 좋은지는 자기도 몰랐다. 하여간 수풀 위에서 디굴디굴 구르는 것이 자기 방 속보다 상쾌하다고 생각하였다. 아침에 햇발이 아직 두텁지 않은 동안에 잠깐 드러누웠다가, 오정 전후의 폭양²⁰⁹⁾에는, 해안가로 방황한 후 다시 돌아와서 석양판에 가만히 누웠는 것이, 얼마나 재미스러웠는지 몰랐다. 그것도 처음에는 동네 아이들이 덤벼들어서 괴로워 못 견디었으나, 일 주, 이 주 지나갈수록, 자기의 선경(仙境)²¹⁰⁾을 침략하는 자도 점점 없어졌다. 그러나 김모가 미쳤다는 소문은 전 시에 모르는 사람이 없게 되었다. 그가 매일 어디 가 있다는 것은 삼촌의 귀에 제일 먼저 들어왔다.

그 후부터는 매일 감시를 엄중하게 하여, 나가지를 못하게 하였다. 그는 하는 수 없이 삼사일 동안을 근신한²¹¹⁾ 태도로 칩복(蟄伏)지²¹²⁾ 않을 수 없었다. 그러나 사오일 동안 신용을 보여서 감시가 좀 누그러져 가는 기미를 채인 그는 또다시 방문 밖으로 나섰다. 이번에는 땅으로 꺼져 들어간 듯이 감쪽같이 종적을 감추었다.


7


반달 동안을 두고 찾다 못하여 경찰서에 수색원을 제출한 지 사흘

---

209) 폭양(曝陽) 뜨겁게 내리쬐는 볕.
210) 선경 신선이 산다는 곳. 또는 경치가 신비스럽고 그윽한 곳을 비유적으로 이르는 말.
211) 근신하다(勤愼一) 벌로 일정 기간 동안 출근이나 등교, 집무 따위의 활동을 하지 아니하고 말이나 행동을 삼가다.
212) 칩복하다 거처에 들어가 나오지 않다. 칩거하다.

되던 날 밤중에, 연통 속으로 기어 나온 것처럼 대가리부터 발끝까지 새까만 탈을 하고 훌쩍 돌아와서 불문곡직하고[213] 자기 방으로 들어가, 코를 골며 잤다. 이튿날 아침에는 조반을 걸신들린 사람처럼 그릇마다 핥듯이 하여 다 먹고, 삼촌이 건너오기 전에 또 뛰어나갔다. 삼사 시간 뒤에 쫓아간 그의 백부는 유정(柳町) 유곽 산 뒤에서 용이히 그를 발견하였다.

그가 처음 감시의 비상선을 끊고 나올 제는 맑은 정신이 들어서 그리하였는지, 하여간 자기의 고향을 영원히 이별할 작정으로 나섰었다. 위선 시가를 떠나 촌리로 나와서, 별장 이전(移轉)[214]의 상지(祥地)[215]를 복(卜)하려고[216] 이 산 저 산으로 헤매었다. 가가호호로 돌아다니며 연명을 하여 가며, 오륙 일 만에 평양 부근까지 갔었다. 그러나 평양이 가까워 오는 데에 정신이 난 그는, 무슨 생각이 났던지, 뒤도 돌아보지 않고 다시 남포로 향하였다. 그중에 다소 마음에 드는 곳이 없지는 않았으나, 무엇보다도 불만족한 것은, 바다가 보이지 않는 것이었다. 그는 하는 수 없이 다시 자기 서재로—자기를 위하여 영원히 안도하라고 하나님이 택정하신바,[217] 유정 뒷산 밑으로 기어든 것이었다.

인간에게 허락된 이외의 감각을, 하나 더 가지고, 인간의 침입을 허락지 않는 유수 미려한 신비의 세계에 들어갈 초대장을 가진 하나님의 총아 김창억은, 침식[218] 이외에는 인간계와 모든 연락을 끊고, 매일 같

---

213) 불문곡직하다(不問曲直 —) 옳고 그름을 따지지 아니하다.
214) 이전 장소나 주소 따위를 다른 데로 옮김.
215) 상지 상서로운 자리.
216) 복하다 점을 쳐서 집터 따위를 가려 정하다.
217) 택정하다 여러 장소에서 한 장소를 골라 정하다.

은 꿈을 반복하여 가며, 대지 위에 자유롭게 드러누워서 무애 무변(無涯無邊)한[219] 창공을 쳐다보며, 대자연의 거룩함과 하나님의 총은[220] 많음을, 홀로 찬영(讚榮)하고 있었다.

이러한 상태가 달포[221]나 되어 시월 하순이 가까워, 초상(初霜)[222]이 누른 풀잎 끝에 엷게 맺힐 때가 되었다.

하루는 어두워서야 들어오리라고 생각한 그가, 의외에 점심때도 채 아니 되어서 꼭 닫은 중문을, 소리 없이 열고 자취를 감추며 들어와서, 자기 방으로 들어갔다. 안방에서 일을 하고 있던 고모는, 도적이나 아닌가 하며, 두근거리는 가슴을 억제하고 문틈으로 지키고 앉았으려니까, 한식경[223]이나 무엇인지 부스럭부스럭하더니 금구(衾具)[224]인 듯한 보따리를 지고 나온다. 가슴이 덜렁하던 고모는 문을 박차며 내다보고,

"그건 어디로 가져가니?"

소리를 버럭 질렀다. 도망꾼처럼 한숨에 뛰어나가려던 그는 보따리를 진 채 어색한 듯이 히히히 웃으면서,

"새 집 들레…… 히히히, 영희 어머니를 데려오려고 저기 한 채 지었지……."

또 히히히 웃고 휙 돌아서 나갔다. 고모는 삼촌 집에 곧 기별을 하려도 마침 아이가 없어서 걱정만 하고 앉았었다. 조금 있다가 또 발자취가

218) 침식(寢食) 잠자는 일과 먹는 일.
219) 무애 무변하다 막히거나 거치는 것이 없다.
220) 총은(寵恩) 은총.
221) 달포 한 달이 조금 넘는 기간.
222) 초상 첫서리.
223) 한식경 밥 한 끼를 먹을 수 있을 정도의 시간으로 약 삼십 분 정도.
224) 금구 이부자리.

살금살금 난다. 이번에는 안방으로 향하여 어정어정 들어오더니, 부엌
간으로 들어가서 시렁 위에 얹어 놓은 병풍을 끌어내려다가, 아랫방
앞에 놓고 퇴로 올라서서,

"아지먼네, 그 농 좀 갖다 놓게 좀 주시소그래."

하고 성큼 뛰어 들어와서 윗간에 놓았던 조그만 붉은 농장짝을 번쩍
들고 나갔다. 다행히 영희의 계모가 갈 때에 그의 의복이며 빨래 들을,
모아서 농장 속에 넣어 두었기 때문에 고모는 걱정을 하면서도 안심하
였다.

낙지(落地) 이래로 이때껏, 빗자루 한번 들어 보지 못하던 그가 그
무거운 농짝에다가 병풍을 껴서 새끼로 비끄러매어 가지고 나가는 것
을 방문에 기대어 보고 섰던 고모는 입을 딱 벌리고 놀랐다.


기지(基地) 이전에 실패한 그는, 유정에 돌아와서, 일이 주간이나
언덕에 드러누워 여러 가지로 생각하였다. 답답한 방을 면하려면 우선
여기다가 집을 한 채 지어야 하는데, 단층으로는 좁기도 하거니와, 제
일 바다가 보이지 않을 것이다.

"……그러면 이층? 삼층? 삼층만 하면 예서도 보이겠지!"

하고 일어나서, 발돋움을 하고 남쪽을 바라보았다. 그러나 인간에 가
려서 사오 정(町)이나 상거[225]가 있는 해면이 보일 까닭이 없다.

"삼층이면 그래도 내 키의 삼사 배나 될 터이니까…… 되겠지."

하며 곁에 떨어진 나뭇가지를 들고, 차차 햇발이 멀어 가는 산비탈에

---

225) 상거(相距) 서로 떨어져 있다.

앉아서, 건축의 설계도를 그리기 시작하였다. 누렇게 된 잔디 위에, 정처 없이 이리저리 줄을 쓱쓱 그으면서, 가다가다 혼자 고개를 끄떡끄떡하며 해가 저물어 가는 것도 모르고 앉았었다.

그날 밤에 돌아와서는 책궤[226] 속에서 학생 시대에 쓰던 때 묻은 양척(洋尺)[227]과 사기(四機)[228]가 물러난 삼각 정규(定規)[229]를 꺼내 가지고 동이 트도록 책상머리에 앉았었다.

도안을 얻은 그는 동이 트기도 전에 산으로 달아나갔다. 우선 기지의 검분(檢分)[230]을 마친 후, 그는 그길로 돌을 주워 들이기 시작하였다. 반나절쯤 걸려서 두세 삼태기나 모아 놓은 후, 허기진 줄도 모르고 제일 가까운 유곽 속으로 헤매며, 새끼 오라기, 멍석 조각이며, 장작개비, 비루(맥주) 궤짝, 깨진 사기그릇 나부랭이…… 손에 걸리는 대로 모아들이기 시작하였다. 돌아다니는 동안에 유곽 속에서 먹다 남은 청요리 부스러기를 좀 얻어먹었으나 해 질 무렵쯤 되어서는 맥이 풀려서 하는 수 없이 엉기어 들어와 저녁을 먹고 곧 자버렸다.

그 이튿날은 건축장에 나가는 길에, 헛간에 들어가서, 괭이를 몰래 집어 숨겨 가지고 도망하여 나왔다. 오전에 우선 한 간통쯤 터를 닦아서 다져 놓고, 산을 내려와 물을 얻어다가 흙을 이겨 놓고 오후부터는 담을 쌓기 시작하였다. 그러나 한 모퉁이에서부터 쌓아 나와 기역자로 꼽들일 때에 비로소 기둥이 없는 데에 생각이 나서, 일을 중지하고 산

226) 책궤(冊櫃) 책을 넣어 두는 궤짝. 서궤.
227) 양척 서양의 자.
228) 사기 다면각으로 된 물체의 모서리. 모가 진 가장자리.
229) 삼각 정규 삼각자.
230) 검분 참관하여 검사함.

등에 올라앉아서 이 궁리 저 궁리 하여 보았다. ……자기 집에는 물론 없지마는 삼촌 집에 가면 서까래 같은 것이라도, 서너 개 있을 터이나 꺼낼 계책이 없었다. 지금의 그로서 무엇보다도 제일 기외(忌畏)하는[231] 것은 자기의 계획이 완성되기 전에, 가족의 눈에 띄거나 탄로되는 것인 동시에, 이것을 계획하는 것, 더욱이 이 계획을 절대 비밀리에 완성하는 것이 유일의 재미요, 자랑거리이며, 또한 생명이었다. 만일 이때에 누가 와서 '너의 계획은 이러저러하고 너의 포부는 약차약차히[232] 고대(高大)하나,[233] 가엾은 일이지만 그것은 한 꿈에 불과하다'고 설파하는 사람이 있다 하면 그는 경악 실망한 나머지, 자살을 하거나 살인을 하였을지도 모를 것이다. ……어떻게 하였으면 아무도 모르게, 아무도 모르는 동안에, 하루바삐, 이 신식 삼층 양옥을 지어서 세상 사람들을 놀래 보일까! 침식을 잊고 주소(晝宵)[234]로 노심초사하는 것이 오직 이것이었다. 그는 삼촌 집의 재목을 가져올 궁리를 하였다.

'밤에나 새벽에 가서 집어 와……? 그것도 아니 될 것이다. ……그러면 어느 재목상에나 가서? 응응, 옳지 옳지!'

하며 그는 흙 묻은 손을 비벼 털며 뛰어 내려와서, 정거장으로 향하여 달아나왔다. 그는 '재목상에나'라는 생각이 날 제, 십여 년 전에 자기가 가르치던 A라는 청년이 재목상을 경영하고 있는 것을 생각하고 뛰어나온 것이었다. 삼거리로 갈리는 데 와서, 잠깐 멈칫하다가 서로 꼽

231) 기외하다 꺼리고 두려워하다.
232) 약차약차하다(若此若此 ─) 이러이러하다.
233) 고대하다 높고 크다.
234) 주소 밤낮.

들어서, 또다시 뛰었다. K재목상회라는 기단[235] 간판이 달린, 목책(木柵)[236]으로 돌라막은 문전에 다다라, 우뚝 서며 안을 들여다보고 머뭇거리다가, 문 안으로 썩 들어섰다. 그는 무엇이나 도적질하러 온 사람처럼 황황히 사방을 돌아보다가 사무실에서 누가 내다보는 것을 눈치채고 곧 그리로 향하였다.

"재목 있소?"

발을 들여놓으며 한마디 부르짖었다.

"그런데 이게 웬일이슈? ……재목 집에 재목이야 있지요, 하하하……."

테이블 앞에 앉아서, 사무원들과 잡담을 하고 있던 주인은, 바로 앉아서 그를 마주 쳐다보며 웃었다.

그는, 얼이 빠진 사람처럼, 이 사람 저 사람 사무원들을, 차례차례로 쳐다보다가, 마치 취한이나 범인이, 스스러운[237] 사람과 대할 때에 특별한 주의와 긴장을 갖는 거와 같이 뿌연 눈을 똑바로 뜨고 서서, 한마디 한마디씩 애를 써 분명한 어조로,

"아니 좀 자질구레한 기둥 있거든 몇 개 주시소그래, 지금 집을 짓다가……."

"그건 해 무엇 하시랴오? 그러나 돈을 가져오셔야지요? ……하하하."

사소한 대금을 관계하는 것은 아니나, 그가 광증이 있다는 소문을 들은 주인은, 그대로 내주는 것이 어떨까 하여 물어보았다.

---

235) 기다랗다 길이가 길다.
236) 목책 나무 울타리.
237) 스스럽다 정분이 그리 두텁지 않아 조심스럽다.

"응응! 옳지! 돈이 있어야지. 응응! 돈이 있어야……."

돈이란 말에, 비로소 깨달은 듯이 연해 고개를 끄덕거리며 멀거니 섰다가, 아무 말도 없이 도로 뛰어나갔다. 처음부터 서로 눈짓을 하며 빙긋빙긋 웃고 앉았던 사무원들은, 참았던 웃음을 일시에 왓하하하 하며 웃었다. 그는 눈을 부릅뜨고 유리창을 흘겨다보며, 급히 달아나왔다.

그길로 자기 집으로 뛰어갔다. 방에 쑥 들어서면서 흙이 말라서 뒤발을 한 손으로 책상 위에 놓인 물건을 뒤척거리며 한참 찾더니 돈지갑을 들고서 선 채, 열어보았다. 속에는 일 원짜리 지폐가 석 장하고, 은전 백통전 합하여 구십여 전쯤 들어 있었다. 옥중에서 차입하여 쓰고 남은 것이었다. 그는 혼자 히— 웃으며 지갑을 단단히 닫아서, 바지춤에다 넣고, 다시 뜰로 내려섰다. 대문을 막 나서럴 때 삼촌과 마주쳤다. 그는 마치 못된 장난을 하다가, 어른에게 들킨 어린아이처럼, 깜짝 놀라며, 꽁무니를 슬슬 빼며, 급히 방으로 뛰어 들어가서, 자는 척하고 드러누워 버렸다. 그날 밤에는 종내 나가지 못하게 되었다.

이튿날 아침에는 우선 재목상을 찾아갔다.

마침 나와 앉았던 주인은, 아무 말 없이 들어와서 훔척훔척하고는[238] 삼 원 오십 전을 꺼내 놓고, '얼마든지 좀 주시고래' 하고 벙벙히[239] 섰는 그의 태도를 한참 쳐다보다가,

"얼마나 드리리까?"

하며 웃었다.

"기둥 여섯 개하고……."

238) 훔척훔척하다 보이지 않는 데서 있는 것을 찾으려고 자꾸 더듬으며 뒤지다.
239) 벙벙히 어리둥절하여 얼빠진 사람처럼 멍하게.

"기둥 여섯 개만 하여도, 본전도 안 됩니다."

주인은, 하하 웃으며, 그의 말을 자르고 사무원을 돌아다보고 무엇이라고 하였다. 그는 사무원을 따라 나가서, 서까래만 한 기둥 여섯 개와, 널판 두 개를 얻어서 짊어지고 나섰다. 재목을 얻은 그는 생기가 더 나서, 우선 네 귀에 기둥을 세우고 두 편만은, 중간에다 마주 대하여, 두 개를 세운 뒤에, 삼등분하여 새끼로 두 층을 돌려 매어 놓고, 담을 쌓기 시작하였다. 담 쌓기는 쉬우나, 돌맹이 모아들이기에 날짜가 많이 걸렸다. 약 삼 주간이나 되어, 동편으로 드나들 구멍을 터놓고는 사방으로 삼사 척[240]의 벽을 쌓았다. 우선 하층은 되었는 고로 널빤지를 절반하여, 한편에 기대어서 걸쳐 놓고, 나머지 길이를 이등분하여, 어긋 매겨서 삼층을 꾸렸다. 그다음에는 이층만, 사면에 멍석 조각을, 둘러막고, 삼층은 그대로 두었다. 이것도 물론 그의 설계에 한 조목 든 것이었다. 그의 이상(理想)으로 말하면, 지붕까지라도 없어야 할 것이지만, 우로(雨露)[241]를 피하기 위하여, 부득이 역시 멍석을 이어서 덮었다.

이같이 하여 이렁저렁 일 개월 이상이나 걸린 역사(役事)가, 대강대강 끝이 나서 우선 손을 떼던 날 석양에, 그는 삼층 위에 올라앉아서, 저물어 가는 산 경치를 내다보고, 혼자 기꺼움[242]을 이기지 못하였다. 인생의 모든 행복이 일시에 모여든 것 같았다. 금시에라도 이사를 하려다가, 집에 들어가면 또 잡히어서 나오지 못할 것을 생각하고, 어둡기까지 그대로 드러누웠다. 드러누워서도 여러 가지 생각이 많았다.

240) 척(尺) 길이의 단위로 약 30.3센티미터에 해당한다.
241) 우로 비와 이슬.
242) 기꺼움 마음속의 은근한 기쁨.

우선 세계 평화 유지 사업으로 회[243]를 하나 조직하여야 할 터인데, '회명은 무엇이라고 할까? 국제연맹이란 것은 있으니까, 국제평화협회? 세계평화회? 그것도 아니 되었어! 동서양이 제일에 친목하여야 할 것인즉, '동서친목회'라 하지! 응, 옳지! 동서친목회…… 되었어.'

그다음에 그는 삼층 양옥을 어떻게 하면 거처에 편리하게 방세(房勢)[244]를 정할까 생각하였다. 우선 급한 것은 응접실이다. 그다음에는, 사무실, 침실, 식당, 서재…… 차례차례로 서양 사람 집 본새를 생각하여 가며, 속으로 정하여 놓고, 어슬어슬한 때에 뛰어 내려왔다. 일단 집으로 향하다가, 무슨 생각이 났던지, 다시 돌쳐서서 유곽으로 들어갔다. 헌등(軒燈) 아래로 슬금슬금 기어가듯 하며, 이 집 저 집 기웃기웃하다가 어떤 상점 앞에 와서 서더니, 저고리 고름 끝에 매인 매듭을 힘을 들여서 풀고 섰다. 한 사람 두 사람 모여드는 것도, 모르는 것같이 시치미를 떼고 풀더니, 은전 네 닢을 꺼내서 던지고 일본주 이 홉 병을 받았다…… 낙성연[245]을 베풀려는 작정이었다.

공복에 들어간 두 홉 술의 힘은, 강렬하였다. 유정(柳町)의 사람 자취가 그칠 때까지, 이 집 저 집 돌아다니며, 동서친목회 회장이, 너희들을 감독하려고, 내일이면 떠나오신다고, 도지개를 틀며[246] 앉았는 여회원들을 웃기며, 비틀거리고 돌아다닌 것도, 그날 밤이었다.


243) 회(會) 공동 목적을 위하여 여러 사람이 모이는 일. 또는 그런 모임.
244) 방세 방의 형세나 형편.
245) 낙성연(落成宴) 건축물의 완공을 축하하기 위해 여는 잔치.
246) 도지개를 틀다 태도나 행동이 침착하고 얌전하게 앉아 있지를 못하고 괜히 몸을 이리저리 꼬며 움직이다.

세간을 나르느라고, 중문 대문을 활짝 열어젖혀 놓은 것을 지치려고,[247] 뒤를 쫓아 나간 고모는, 이맛살을 찌푸리고, 그의 가는 방향을 한참 건너다보다가, 긴 한숨을 쉬고 들어와서, 큰집에 간 영희만 기다리고 앉았으려니까, 십오 분쯤 되어, 삐―걱 하는 소리가 나더니 또 들어와서, 이번에는 부엌으로 들어가서, 한참 동안 홈척홈척하다가, 석유통으로 만든 화덕 위의 냄비를 들고 나왔다. 그 속에는 사기그릇이며 수저 나부랭이를 손에 잡히는 대로 듬뿍 넣었다. 그는 안에서 무엇이라고, 소리나 칠까 보아서, 연해 힐끗힐끗 돌아다보며 뺑소니를 쳐서 나왔다…… 십수 년 동안 기거하던 자기 집을, 영원히 이별하였다.

그날 석양에 고모는, 영희를 데리고, 동네 사람이 가르쳐 주는 대로, 그의 신가정을 찾아갔다. 이 여자에게 대하여는, 가장 불행하고 비통한 집알이였다. 엿과 성냥 대신에, 저녁밥을 싸가지고 갔었다. 물론 가자고 하여야 다시 집에 돌아올 그가 아니었다. 영희가 울면서 가자고 하니까, 그는 무슨 정신이 났던지, 측은해하는 듯한 슬픈 안색으로, 목소리를 떨며,

"어서 가거라. 어서 가거라…… 아, 춥겠다. 눈이 저렇게 왔는데, 어서 가거라."

혼잣말처럼 꼭 한마디 하고 아랫간에 늘어놓은 부엌 세간을 정돈하며 있었다.

247) 지치다 문을 잠그지 아니하고 닫아만 두다.

고모는 하는 수 없이 돌아와서, 남았던 시량(柴糧)[248]과 찬을, 그에게로 보내 주고 나서, 어둑어둑할 때 문을 잠그고 영희와 같이 큰집으로 건너갔다. 근 보름이나 앓아누운 그의 백부는 눈물을 흘리며, 깊은 한숨만 쉬고 아무 말도 없었다.

……소년 과부로, 오십이 넘은 그의 고모는, 건넌방에 영희를 끼고 누워서, 밤이 이슥하도록 훌쩍거렸다. 영희의 흘흘 느끼는 소리도 간간이 안방에까지 들렸다.

십칠야의 교교한[249] 가을 달빛은, 앞창 유리 구멍으로 소리 없이 고요히 흘러 들어와서, 할머니의 가슴에 안기어 누운 영희의 젖은 베개 밑을 들여다보고 있었다.

9

평양으로 나온 우리 일행은, 그 이튿날 아침에 남북으로 뿔뿔이 헤어졌다. 그 후 이 개월쯤 되어, 나는 백설이 애애(皚皚)한[250] 북국 어떠한 한촌(寒村) 진흙방 속에서, 이러한 Y의 편지를 받았다.

형식에 빠진 모든 것은, 우리에게 벌써 아무 의미도 없는 것이 아니오? 어느 때든지 자기의 생활에, 새로운 그림자(그것은 보다 더

---

248) 시량  땔나무와 먹을 양식.
249) 교교하다(皎皎—)  달이 썩 맑고 밝다.
250) 애애하다  서리나 눈이 내려서 일대가 모두 하얗다.

선한 것이거나, 혹은 보다 더 악한 것이거나 하여간)가, 비쳐 올 때나, 혹은 잠든 나의 영(靈)이 뛰놀 만한 무슨 위대한 힘이, 강렬히 자극하여 오거나, 그렇지 않으면 군에게 무엇이든지 기별하고 싶은 사건이 있기 전에는, 같은 공기 속에서 같은 타임 속에서, 동면 상태로 겨우 서식하는 지금의 나로는, 절대적으로 누구에게든지, 또는 무엇에든지, 붓을 들지 않으려고 결심하였소. 자기의 침체한 처분, 꿈꾸는 감정을, 아무리 과장한들, 그것이 결국 무엇이오…….

그러나 지금 펜을 들어 이 페이퍼를 더럽히는 것은 현재의 내가 무슨 새로운 의의를 발견하고 혹은 새로운 공기를 호흡하게 된 까닭은 아니오. 다만 내가 오래간만에 집을 방문하였다는 것과, 그 외에, 군이 어떠한 호기심을 가지고 심방하였든 삼 원 오십 전에 삼층 양옥을 건축한 철인의 철저한 예술적, 또한 신비적 최후를 군에게 알리려는 까닭이오.

여기까지 읽은 나는 깜짝 놀랐다. 손에 들었던 편지를 책상 위에 놓고, 바로 앉아서, 한 자 한 자 세듯이 하여 가며 계속하여 보았다.

……사실은 지극히 간단하나, 이 소식은, 군에게 비상한 만족을 줄 줄로 믿소. 하나님이 천사를 보내시어 꾸며 놓으신 옥좌에 올라 앉아서, 자기의 이상을 실현치 않으면 아니 될 시기라고 생각한 그는, 신의(神意)[251]로써 만든, 삼 원 오십 전짜리 궁전을 이 오탁(五

251) 신의  신의 뜻.

濁)<sup>252)</sup>에 싸인 속계에 두고 가기 어려웠을 것이오. 신의 물(物)은 신에게 돌리라. 처치하기 어려운 삼층집을 맡길 곳이 신 이외에 없었을 것도 괴이치 않은 것이겠소.

 ……유곽 뒤에 지어 놓았던 원두막 한 채가, 간밤 바람에 실화하여<sup>253)</sup> 먼지가 되어, 날아간 뒤에, 집주인은 종적을 감추었다─라고 하면 사실은 지극히 간단할 것이오. 그러나 불은 왜 놓았나?

 나는 이하를 더 읽을 기운이 없다는 것같이, 가만히 지면을 내려다보고 앉았었다. 의외의 사실에 대한 큰 경이도 아니거니와, 예측한 사실이 실현됨에 대한 만족의 정도 아닌 일종의 형용할 수 없는 감정이, 다대한<sup>254)</sup> 호기심과 기대에 긴장하였던 마음을, 일시에 느즈러지게 한 상태였다. 나는 또다시 읽기 시작하였다.

 추위에 못 견디어서……라고, 세상 사람들은 웃고 말 것이오. 그리고 군더러 말하라면 예의 현실 폭로라는 넉 자로 설명할 것이오. 그러나 그가 삼층집에서 나와서, 자기 집 서재로 들어가기 전에는 불을 놓았다고도 못 할 것이오, 또 현실 폭로의 비애를 감(感)하여 그리하였다 하면, 방화까지 할 필요는 없었을 것이오…… 신의에 따라서만 살 수 있다는 신념을 확집(確執)한<sup>255)</sup> 그는, 인제는 금강

---

252) **오탁** 불교에서 이르는 세상의 다섯 가지 더러움으로 명탁(命濁), 중생탁(衆生濁), 번뇌탁(煩惱濁), 견탁(見濁), 겁탁(劫濁)을 말한다.
253) **실화하다(失火─)** 실수하여 불을 내다.
254) **다대하다(多大─)** 많고도 크다.
255) **확집하다** 제 주장을 곧게 고집하다.

산으로 들어갈 때가 되었다고 삼층 위에서 뛰어 내려온 것이오. 그리고 그 건축물은, 신에게 돌린 것이오.

아, 그 위대한 건물이 홍염의 광란 속에서, 구름 탄 선인같이 찬란히 떠오를 제, 그의 환희는 어떠하였을까. 그의 입에서는 반드시 '할렐루야'가 연발되었을 것이오. 그리고 일 편의 시가 흘러나왔을 것이오. 마치 네로가 홍염[256] 가운데의 로마 대도를 바라보며, 하모니에 맞춰서 시를 읊듯이…… 아 ― 그는 얼마나 위대한 철인이며, 얼마나 행복스러운가…… 반열(半熱) 반온(半溫)[257]의 자기를 돌아볼 제, 진심으로 자기 자신을 매도치[258] 않을 수 없다…….

10

기뻐하리라고 한 Y의 편지는, 오직 잿빛의 납덩어리를 내 가슴에, 던져 주었을 따름이었다. 나는 여기저기 골라 가며, 또 한 번 읽은 뒤에, 편지 장을 책상 위에, 펼쳐 놓은 채, 드러누웠었다. 음산한 방 속은 무겁고 울적한 나의 가슴을, 더욱더욱 질식케 하는 것 같았다. 까닭 없이 울고 싶은 증이 나서 가만히 누웠을 수가 없었다…… 나는 뛰어 일어나서 방문 밖으로 나섰다.

아침부터 햇발을, 조금도 보이지 않던, 하늘에는 뽀얀 구름이, 건너

---

256) 홍염(紅焰)  붉은 불꽃.
257) 반열 반온  행동이나 태도가 분명하거나 철저하지 못함.
258) 매도하다(罵倒―)  몹시 욕하며 몰아세우다.

다보이는 앞산 위까지 쳐져서, 금방 눈이 퍼부을 것 같았다. 나는 얼어붙은 눈 위를 짚신발로 바삭바삭 소리를 내며, R동 고개로 나서서, 항상 소요하던[259] 절벽 위로 향하였다.

사람 하나나 간신히 통행할 만한 길 우(右)편 언덕에, 거무스름하게 썩어서, 문정문정하는[260] 짚으로 에워싼 한 칸 집이 있고, 그 아래에는 비스듬하게 짓다가 둔 헛간 같은 것이 있다. 나는 늘 보았건만, 그것의 본체가 무엇인지는, 아직껏 물어도 보지 않았었다. 그러나 삼층 양옥의 실화 사건의 통지를 받고는 나는, 새삼스럽게 눈여겨보았다. 나는 두세 걸음 지나다가 다시 돌쳐서며 언덕으로 내려와서 사면팔방을 명석으로 꼭 틀어막은 괴물 앞에 섰다.

나는 무슨 무서운 물건이나 만지듯이, 입구에 드리운 명석 조각을, 가만히 쳐들고 컴컴한 속을 들여다보았다. 광선 한줄기 들어오지 않는 속에서는 쌀쌀한 바람이 획 끼칠 뿐이요, 처음에는 아무것도 보이지 않았다. 공연히 마음이 선뜩하여 손에 쥐었던 거적문을 놓으려다가, 다시 자세자세히 검사를 하여 보았다. 그러나 무엇인지는 알 수가 없었다. 기둥 두 개를 나란히 늘어놓은 위에, 나무 관 같은 것을 놓고, 그 위에는 언젠지 대동강변에서 본, 봉황선 대가리 같은 단청한 목판짝이 얹혀 있었다. 나는 보지 못할 것을 본 것같이 께름하여[261] 마른침을 탁 뱉고 돌아서, 동둑 위로 올라왔다. 나는 눈에 묻힌 절벽 위에 와서, 고

259) 소요하다(逍遙—) 자유롭게 이리저리 슬슬 거닐며 돌아다니다.
260) 문정문정하다 문적문적하다. 썩거나 무르고 연한 물건이 조금만 건드려도 뚝 끊어지거나 문드러지다.
261) 께름하다 마음에 걸려 언짢은 느낌이 있다.

총(古塚)[262] 앞에 놓인 석대[263]에 걸어앉으려다가, 곁에 새로 붉은 흙을 수북이 모아 놓은 것을 보고 외면을 하며, 일어나왔다. 이것은 일전에 절골[264]에선가, 귀신이 씌어서 죽었다고 무녀(巫女)가 온 식전 굿을 하던, 떼[265]도 안 입힌 새 무덤이다.

저녁 밥상을 받고 앉아서, 주인더러 등 너머의 일간두옥(一間斗屋)[266]은 무엇이냐고 물으니까,

"그것이 이 촌에서 천당에 올라가는 정거장이라우……."

하고 웃으며, 동리에서 조직한 상계(喪契)[267]의 소유라고 설명하였다. 이 촌에서 난 사람은, 누구나 조만간 그곳을 거쳐 가야만 한다는 묵계(默契)[268]가 있다는 그의 말에는 무슨 엄숙한 의미가 있는 것같이 들렸다. 나는 밥을 씹으며, 저를 손에 든 채로 그 내력을 설명하는 젊은 주인의 생기 있는 얼굴을 물끄러미 쳐다보고 앉았었다. 그 순간에 나는 인생의 전 국면을 평면적으로 부감(俯瞰)한[269] 것 같은 생각이 머리에 떠오르는 동시에, 무거운 공포가 머리를 누르는 것 같았다.

그날 밤에 나는 아무것도 할 용기가 없어서, 몇몇 청년이 몰려와서, 떠드는 속에 가만히 드러누웠다. 어쩐지 공연히 울고 싶었다. 별로 김창억을 측은히 생각하여 그의 운명을 추측하여 보거나, 삼층집 소화

262) 고총 오래된 무덤.
263) 석대(石臺) 돌을 쌓아 만든 밑받침.
264) 절골 절이 있는 마을. 사동(寺洞).
265) 떼 흙을 붙여서 뿌리째 떠낸 잔디.
266) 일간두옥 단 한 칸밖에 되지 않는 작은 오두막집.
267) 상계 부모의 초상 따위를 당했을 때 서로 도움을 주기 위하여 조직하는 계.
268) 묵계 말 없는 가운데 뜻이 서로 맞음. 또는 그렇게 하여 성립된 약속.
269) 부감하다 높은 곳에서 내려다보다.

(燒火)한[270] 후의 행동을 알려는 호기심은 없었으나, 지금쯤은 어디로 돌아다니나, 하는 생각이 나는 동시에, 작년 가을에 대동강가에서 잠깐 본 장발객의 하얀 신경질적 얼굴이 머리에 떠올랐다.

과연 그가 그 후에 어디로 간 것은 아무도 몰랐다. 더구나 뱀보다도 더 두려워하고 꺼리는 평양에 나와 있으리라고는 아무도 몽상 외였다. 그러나 그는 결국 평양에 왔다. 평양은 그의 후취[271]의 본가가 있는 곳이다.

……일 년 열두 달 열어 보는 일이 없이 꼭 닫친 보통문(普通門)[272] 밖에, 보금자리 같은 짚 더미 속에서 우물우물하기도 하고, 혹은 그 앞 보통강[273]가로 돌아다니는 걸인은, 오직 대동강가의 장발객과 형제거나, 다만 걸인으로 알 뿐이요, 동리에서도 누구인지는 아무도 몰랐다.

270) 소화하다 불에 태우다.
271) 후취(後娶) 아내를 여의었거나 아내와 이혼한 사람이 다시 장가들어 맞은 아내.
272) 보통문 평양성 중성의 서문.
273) 보통강 대동강으로 흘러드는 강.

# 1 시점의 변화에 따라 주요 사건을 분류하여 아래의 표를 채워 봅시다.

| | 시점 | 주요사건 |
|---|---|---|
| 1~5장 | 일인칭 주인공 시점 | ―귀성한 '나'는 신경과민에 시달림.<br> H와 함께 평양을 방문하러 가다가 대동강가에서<br> 장발의 사나이를 목격함.<br>―남포에 도착하여 Y와 A를 만나<br> 김창억에 대한 이야기를 들음.<br>―김창억을 찾아가 그의 연설을 들음.<br>―평양행 기차 안에서 서울의 P에게<br> 김창억을 만난 느낌을 편지로 씀. |
| 6~8장 | 전지적 작가 시점 | ―김창억이 태어나서 광인이 되기까지의 내력.<br>―김창억이 삼층 양옥을 짓기까지의 내력.<br>―김창억의 정신분열 상태에 대한 가족들의 슬픔. |
| 9~10장 | 일인칭 주인공 시점 | ―평양 북국 한촌의 진흙방에서, 삼층 양옥이 불타고<br> 김창억은 사라졌다는 Y의 편지를 받음.<br>―김창억이 평양의 보통강가에서<br> 걸인의 모습으로 발견됨. |

**2** '나'가 면도날에서 느끼는 감정은 무엇을 의미하며, 작품 속에서 어떤 의미를 지닐까요?

'무거운 기분의 침체와 한없이 늘어진 생의 권태'에 지쳐 신경이 극도로 예민해진 '나'가 중학 2년 시절 개구리 해부 장면을 떠올리며 서랍 속 면도칼에 강박관념을 보이는 것은 극도의 불안 심리를 드러내는 것입니다. 손가락 하나조차 까딱할 수 없을 만큼 공포에 휩싸인 '나'의 불안한 심리상태는 면도칼에 대한 강박관념과 더불어 여인에게 목이 졸려 죽임을 당하는 꿈, 대동강가를 거닐며 느끼는 자살 충동 등으로 나타납니다.

'나'가 자신의 가느다란 신경을 끊어 버릴 것 같은 면도칼에 강박관념을 보이는 이유는 무엇인가 해야 한다는 의식과 아무것도 할 수 없다는 현실적 무기력감이 주는 고통이 너무나 막중하여 그로부터 벗어나고 싶어하기 때문입니다. 즉, '나'는 현실에서 벗어나고 싶은 욕망을 자살 충동으로 드러내고 있다고 볼 수 있습니다.

# 3 김창억이 삼층집을 지은 이유는 무엇인가요?

중등학교 일어 강습을 하러 다닐 때 보았던 서양인의 집은 위생적이고 사람 사는 것 같기에, 우리 조선 사람도 팔자 좋게 살지 못할 법이 어디 있냐고 생각했다는 김창억은 삼 원 삼십 전, 그러니까 서른닷 냥으로 삼층짜리 양옥을 한 달하고 열사흘 만에 짓습니다. 김창억의 광증은 서구 문명의 우위를 부정합니다. "서양 놈들이 아무리 문명을 했느니, 기계가 발달되었느니 하지만, 그래도 단 서른닷 냥에 삼층집을 지은 놈은 없다"는 그의 말은 서양인의 우위에 서고자 하는 의도가 엿보입니다. 또한, 서양인들은 '13'이라는 숫자를 불길하게 여기지만 자신은 그것에 아랑곳하지 않고 한 달 열사흘 만에 집 한 채를 거뜬히 지어 보이고 싶었던 것입니다.

후처는 도망가고, 집은 자물쇠로 굳게 닫힌 채 버려져 있는 것을 목격한 김창억은 자신의 가정이 산산조각 난 것에 대한 심리적 저항과 어떤 간섭도 받지 않고 살아갈 보금자리를 마련하고자 하는 욕망 때문에, 바다 가까이에 삼층집을 짓고 동서 친목을 도모하고 톨스토이즘과 윌슨이즘을 강론합니다. 그러나 김창억의 광증은 서양인을 넘어서려다가 결국은 그것을 모방하는 것에 그칠 따름입니다. 스토브를 들여놓고, 응접실을 마련하고, 서재를 두는 등 방세를 정하는 김창억의 모습은 서양인을 모방하는 것에 지나지 않습니다.

그러나 여기서 중요한 점은, 김창억이 광인이 된 이유의 기저에 식민지 시대의 계속되는 불운한 상황이 자리 잡고 있다는 것입니다.

**4** 김창억이 무엇을 비판하고 있는지 그의 연설을 참고해서 정리하고 그 의미를 생각해 봅시다.

김창억은 물질 때문에 사람의 마음이 더럽혀져서 부모나 형제, 나라끼리 싸움을 하고 있으며, 구주 대전 역시 물질 만능, 금전 만능의 가치관 때문이라고 말합니다. 또한 교회에 다니는 사람들을 서양 놈들에게 아첨하며 돌아다닌다고 경멸하고, 서양인이 만들 줄 아는 것은 자신도 다 만들 줄 안다고 하면서 서양인이 결코 자신, 혹은 동양인보다 우위에 있지 않음을 역설합니다. '조선말이 있고 조선 글이 있어도 한문이나 서양 놈들의 혀 꼬부라진 말을 해야 사람 구실을 하는 세상'을 '쌍놈의 세상'이라고 부르짖습니다. 이 밖에도 천지현황에 대한 의견, 김씨가 제일 좋은 성이라는 등의 발언에서도 자신의 주장을 강력히 드러냅니다.

정신을 놓아 버린 광인치고는 너무나 논리 정연한 김창억의 말은, '나'의 논리이자 작가의 논리이며, 당시 조선 사회와 일본 제국주의, 세계를 향한 부르짖음인 것입니다. 당대 사회가 안고 있는, 미치지 않고서는 견딜 수 없는 비인도적 행태, 약육강식의 논리를 김창억이라는 광인의 입을 통해 발설하게 하여 진실을 드러내고 있는 것입니다.

**5** 김창억이 광인이 된 이유는 무엇이며, 주인공이 김창억에게 관심을 갖는 것은 무엇을 의미할까요?

'나'(친구들은 X라고 부름), H, Y, A의 시선에 포착된 김창억은 광인이자 기인이며, 톨스토이즘과 윌슨이즘을 신봉하는 대철인, 동서친목회 회장, 상상과 환영에 빠진 몽환적 인간, 세계평화론자, 기이한 운명의 순난자 등 다양한 모습입니다. '나'의 판단을 빌려 말하면, '가련한 동무이면서 우리의 욕구를 홀로 구현한 승리자요, 자유인다운 환희와 뜻을 펼치지 못하는 고뇌를 지닌 사람'입니다.

6~8장의 내용을 통해 살펴본 김창억의 광증은 가정적 불화—부모님의 갑작스러운 죽음, 아내의 죽음, 사 개월간의 옥고, 재취한 아내의 배신—때문인 것으로 보입니다. 그러나 작가가 밝히지 않은 '불의의 사건' 때문에 삼사 개월의 옥살이를 한 후, 아내가 딸을 팽개치고 가출하여 윤락의 길로 들어섰음을 확인하는 순간 김창억은 광인이 되어 버립니다. 작가가 드러낼 수 없었던 이 말할 수 없는 '불의의 사건'이 1919년의 3·1운동이었음을 짐작할 수 있습니다.

사회의 논리를 거부하고 일상에서 이탈해 자신만의 세계를 구축하고 그것을 신봉하는 광인에게 주인공이 관심과 연민을 갖는 것은 두 가지 의미를 지닙니다. 광인에 의해 거부당한 당대 사회가 얼마나 부조리하고 억압적이었나를 드러내고, 그러한 현실에서 주인공이 느끼는 절망과 허무의식을 보여 주고자 한 것입니다.

# 6 주인공이 김창억을 바라보는 태도는 어떠한가요?

주인공이자 서술자인 '나'는 삶의 의미를 발견하지 못한 채 무기력하고 우울한 자살 충동의 세월을 보냅니다. 친구들은 김창억의 연설을 듣고 다들 비웃으면서 농담을 던지고 놀립니다. 그러나 '나'는 무심중에도 모자를 벗고 인사를 하였고, 김창억을 비웃는 친구들이 괘씸하기도 하고, 김창억에게 미안하기도 합니다. 연설을 들은 후에는 김창억에게 가지고 있던 위스키와 빨간 사과 두 개를 주었으며 돌아오는 길에는 무겁고 울적한 기분에 잠기기도 합니다.

극도로 신경이 예민한 '나'와 광인 김창억은 당대 지식인을 대표하고 있는데, 특히 김창억의 정신이상은 당대 지식인의 회의적이고 절망적인 심정을 상징적으로 보여 주고 있습니다. 김창억은 정신적 충격으로 정신이 이상해져 버린, 세계에 동화되지 못하는 인물이라는 점에서 '나'와 유사한 존재입니다. 그러나 그러한 암담한 상황 속에서도 김창억은 삼층집을 짓고, '나'는 북국으로 탈출하거나 뜨거운 열대로 갈 것을 꿈꾸면서 새로운 방향성을 모색합니다.

전체 10장으로 되어 있는 이 작품에서 1~5장, 9~10장은 '나'를 중심으로 서술되지만, 6~8장은 김창억을 중심으로 서술됩니다. 이는 결국, 소설의 주인공이 '나'와 김창억 두 명이라는 뜻이며, '나'와 유사한 인물인 김창억의 삶은 주인공의 예민한 감각과 원인 모를 불안감이 무엇 때문인지 짐작할 수 있게 합니다.

# 7 장발객은 어떤 의미를 지닐까요?

주인공 '나'는 장발객의 기괴한 머리 모양과 철에 맞지 않는 옷차림, 범상치 않은 행동 등을 보면서 어딘가 정상이 아니라고 생각하지만 그것이 진정한 행복이라고 생각하며 부러워합니다. 이는 나중에 김창억을 만나면서 더욱 구체적으로 나타나는데, 주인공 '나'는 Y의 소개로 남포의 광인 김창억을 만나는 순간 중학 시절의 박물 선생을 떠올리게 됩니다. 그에게서 느껴지는 탈속적인 풍모가 부러움의 대상이 되는 것입니다. 그리고 결말 부분에서 '나'는 김창억과 장발객을 오버랩하면서 그들의 고뇌와 번민이 자신의 원인 모를 불안과 무기력과도 유사함을 그들에게 동조하는 자신의 내면을 통해 드러내 보입니다.

'나'는 청개구리와 동일시되는 고통받는 존재였으며, 김창억을 본 '나'는 중학 시절 텁석부리 박물 선생을 떠올립니다. 김창억이 시대의 피해자라면 장발객도 피해자이고, '나'도 피해자이며, 청개구리와 박물 선생도 피해자라는 결론에 도달하게 됩니다. 즉, '표본실의 청개구리 = '나' = 김창억 = 중학교 박물 선생 = 대동강가의 장발객'이라는 도식이 성립합니다. 이를 1920년대 한국 사회에 대응해 보면, 3·1운동 직후 좌절과 무기력 속에서 우울하고 고통스러운 나날을 살아가는 조선인의 삶을 의미한다고 볼 수 있습니다.

$8$ 이 작품은 주인공 '나'의 이야기와 광인 김창억의 이야기가 교차되어 나타납니다. 이 두 이야기가 의미하는 것은 무엇일까요?

'표본실의 청개구리'라는 제목은 자연과학적으로 인생을 해부하고 관찰하여 적나라한 인간 문제를 보여 주려는 작가의 자연주의적 서술 태도를 반영한 것이라고 볼 수 있습니다.

김창억은 어릴 적부터 신동 소리를 듣던 수재였고, 고등사범학교를 나와 교사를 하던 중 급작스럽게 부모님과 전처의 죽음을 겪게 됩니다. 이후 재혼했으나 '불의의 사건'으로 감옥에 들어가 있는 사 개월 동안 후처가 도망을 가 가정이 풍비박산 나자 그 충격으로 정신이상이 오고 폐인 생활을 하게 됩니다. 지식인임에도 불구하고 현실에서는 할 수 있는 일이 별로 없다는 점과 무기력하고 좌절된 일상은 당시 지식인이라면 어느 정도 경험했던 고통이었습니다. 이 작품의 '나'는 김창억의 이러한 모습을 다른 이들처럼 비웃는 것이 아니라 연민을 가지고 바라보는데, 이는 '나'가 김창억에게서 자신의 모습을 보았기 때문입니다.

따라서 '나'의 이야기는 곧 김창억의 이야기이며, 김창억의 이야기는 곧 '나'의 이야기이기도 합니다. 그리고 이들의 이야기는 당대 한국 사회를 살아가던 대부분의 지식인들의 이야기인 것입니다.

# 9 제목 '표본실의 청개구리'가 의미하는 것은 무엇일까요?

중학교 2년 시절, 메스로 배가 갈려 오장을 빼앗기고도 진저리를 치며 발딱발딱 움직이던 청개구리에 대한 기억은 주인공의 의식 밑바탕에 굳건히 자리 잡아 성인이 된 지금도 지대한 영향을 미칩니다. 방에 틀어박혀 나가려 해도 나갈 수 없고, 잠을 이루려 해도 잠들지 못하며, 책상 서랍 속 면도칼에 대한 강박관념에 시달리는 '나'는 사지에 못이 박힌 채 발딱거리던 개구리의 모습을 머릿속에서 지우지 못합니다.

이때의 '표본실의 청개구리'는 삶의 방향성을 상실한 채 살아가는 암담한 현실 속의 인물들을 상징하며, 개구리가 발딱발딱거리면서도 고민하는 모습으로 그려지는 것은 그러한 인물들이 암담한 상황에서도 끝없이 모색하고 고민하는 것을 상징합니다. 반복해서 나타나는 청개구리 해부의 기억은 부조리한 현실에 처한 화자 자신의 처지를 끊임없이 환기시키는 역할을 합니다.

오장을 빼앗기고도 죽지도 않고 사지에 핀이 박힌 채 바늘에 찔리는 개구리는 자신의 삶의 근거, 방향성을 저당 잡힌 채 죽을 수도 없고 그렇다고 산 것도 아닌 화자의 삶을 의미하는 동시에, 그 시대 조선의 지식인들을 상징한다고 할 수 있습니다. 이는 학살된 조선 민족의 상징임과 동시에 침략적 군국주의에 대한 비판의식을 포함하고 있는 것입니다.

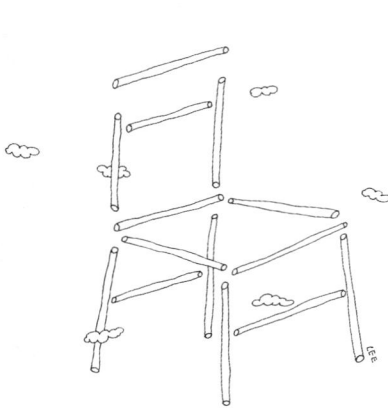

# 만세전

만세운동이 일어날 수밖에 없었던
조선의 암울한 시대상을 그린
근대 사실주의 문학의 수작.

# "이게 산다는 꼴인가?
# 무덤이다! 구더기가 끓는 무덤이다!"

**일본 유학생이 조선으로 돌아오는 길에 느낀 무덤 같은 조국의 모습**

'만세전'이라는 제목을 보고 무슨 생각을 했나요? 작가가 작품의 제목을 정할 때 많은 고민을 하듯이, 독자 역시 작품 읽기에 앞서 제목이 무엇을 의미하는지 고민하게 마련입니다. 때로는 제목의 의미를 파악하는 것만으로도 내용의 반 이상을 파악한 것이나 다름없을 때가 종종 있지요. 이 작품의 제목 '만세전'은 '만세'를 부르기 '전(前)'이라는 의미입니다. 그렇다면 이때의 '만세'는 무엇일까요? 그렇습니다. 바로 '3·1만세운동'을 가리킵니다. '3·1운동이 일어나기 전'이라는 말은 작품의 시간적 배경이 1919년 3월 1일 이전임을 뜻합니다. 이렇게 제목에서 알 수 있듯이 이 작품은 3·1운동이 일어나기 전인 1918년 겨울, 조선의 상황을 다루고 있습니다. 이제 소설의 전반적인 내용이 어떨지 짐작이 되나요?

「만세전」은 1922년 7월 「묘지(墓地)」라는 제목으로 『신생활』에 연재되던 중 일제의 검열에 의해 3회분 전체를 삭제당합니다. 이듬해 『신생활』의 발행마저 금지당하자 2년 후인 1924년 〈시대일보〉에 「만세전」으로 제목이 바뀌어 같은 해 6월 59회로 연재가 완결됩니다.

이 작품은 동경(도쿄) 유학생인 주인공 '나(이인화)'가 아내가 위독하다는 전보를 받고 조선으로 귀국했다가 아내가 죽은 뒤 다시 일본으로 돌아가려는 지점까지를 다루고 있는 일인칭 시점의 여로형(旅路型) 소설입니다. 특히 동경에서 서울로 귀국하는 과정에서 3·1운동 이전 조선의 식민지 현실이 사실적으로 묘사되어 현실 폭로의 측면을 지니는 동시에, 이를 경험한 식민지 지식인의 자아 각성이 함께 드러나 있습니다. 때문에 여정에 따라 주인공의 의식이 어떻게 변하는지 살펴보면 작품의 핵심을 파악할 수 있습니다.

주인공 '나'는 일제 강점하 조선의 현실을 '구더기가 들끓는 무덤'이라고 이야기합니다. 작가는 주인공으로 하여금 여정의 각 지점마다 일정한 시간 동안 머무르게 함으로써 현실을 보다 심층적으로 파악할 수 있게 하는데, '나'는 '동경·고베·시모노세키·부산·김천·대전·서울'에 이르는 여정을 거치면서 억압과 핍박 속에 병든 조선을 '공동묘지'로 인식하게 됩니다. 조선의 참상을 두 눈으로 똑똑히 목격하는 충격을 경험하는 것입니다. 특히 시모노세키에서 연락선을 타면서부터 일본인 형사에게 당한 모욕을 비롯하여, 관부연락선 목욕탕 안에서 일본인들이 자랑스럽게 늘어놓는 조선 노동력 착취 이야기, 친일파들의 비굴한 모습, 조선인들의 전근대적 인식 등을 직접 체험하고 목격하면서 주인공 '나'는 식민지 지식인으로서 조국의 현실에 대해 새롭게 인식하지 않을 수 없게 됩니다. '공동묘지'와 다를 바 없는 조선의 암담한 실상을 눈과 귀로 확인한 주인공의 내면에서 솟아오르는 경악과 울분, 좌절감은 후에 염상섭 문학의 또 다른 주인공을 만들어 내는 밑거름이 됩니다.

이 작품에서 거듭 강조하고 있는 것은 식민지 조선의 현실이 '구더기가 들끓는 공동묘지'라는 주인공의 판단입니다. 주인공 이인화가 '묘지'와도 같은 조선의 현실을 타개하려는 뚜렷한 방향성 없이 다시 동경으로 돌아간다는 점에서 아쉬움을 남기기도 하지만, 바로 이러한 암울한 현실로 인하여 3·1운동이 일어날 수밖에 없었음을 그리고 있다는 점이 매우 중요합니다.

이제 식민지 시대 만세운동이 일어나기 전의 조선으로 떠나볼까요?

# 만세전

1

조선에 '만세'가 일어나던 전해 겨울이다. 세계대전이 막 끝나고 휴전조약이 성립되어서 세상은 비로소 번해진[1] 듯싶고, 세계 개조(世界改造)의 소리가 동양 천지에도 떠들썩한 때이다. 일본은 참전국이라 하여도 이번 전쟁 덕에 단단히 한밑천 잡아서, 소위 나리낀[成金],[2] 나리낀 하고 졸부가 된 터이라, 전쟁이 끝났다고 별로 어깻바람이 날 일도 없지마는, 그래도 또 한몫 보겠다고 발버둥질을 치는 판이다.

동경 W대학 문과에 재학 중인 나는 때마침 반쯤이나 보던 연종시험(年終試驗)[3]을 중도에 내던지고 급작스레 귀국하지 않으면 안 될 일이 생겼다. 그것은 다름 아니라, 그해 가을부터 해산 후더침[4]으로 시름시

---

1) 번하다  걱정거리가 어지간히 뜨음하다.
2) 나리낀  '벼락부자'를 뜻하는 일본어.
3) 연종시험  학기말 시험.

름 앓던 아내가 위독하다는 급전(急電)[5]을 받았기 때문이었다.

　내가 동경에서 떠나오던 날은 마침 시험을 시작한 지 둘째 날이었다. 그날 나는 네 시간 동안이나 시험장에서 추운 데 휘달리다가 새로 한시가 지나서 겨우 하숙으로 허덕지덕[6] 나아오려니까, 시퍼렇게 언 찬밥덩이(생기기도 그렇게 생겼지마는, 밤낮 찬밥덩이만 갖다가 주는 하녀이기에 내가 지어 준 별명이다)가 두 손을 겨드랑이에다 찌르고 뛰어나오는 것하고 동구 모퉁이에서 딱 마주쳤다.

　"앗! 리상, 지금 오세요? 막 금방 댁에서 전보환(電報換)[7]이 왔던데요. 한턱내셔야 합넨다, 하하하."

하고 지나쳐 간다.

　그렇지 않아도 사오일 전에 김천(金泉)의 큰형님이 부친 편지가 생각나서, 어쩌면 오늘내일쯤 전보나 오지 않을까 하는, 근심인지 기대인지 자기도 알 수 없는 막연한 생각을 하며 오던 차에 그런 소리를 듣고 보니, 가슴이 뜨끔하면서도 잘되었든 못되었든 하여간 일이 탁방[8]이 난 것 같아서 실없이 마음이 턱 가라앉는 듯도 싶었다.

　'흥, 찬밥덩이를 만났으니 무에 되겠니? 그예 나오라는 게로구나!'

　나는 속으로 이렇게 생각을 하며, 그래도 총총걸음으로 들어갔다. 채 문지방에 발을 들여놓기도 전에 주인 여편네가 곁방에서 앉은 채

---

4) 후더침　아이를 낳은 뒤에 조리를 제대로 하지 못하여 생기는 여러 가지 병.
5) 급전　급한 일을 알리는 전보나 전화.
6) 허덕지덕　정신을 못 차릴 정도로 힘이 부족해서 자꾸 쩔쩔매거나 괴로워하며 애쓰는 모양.
7) 전보환　우편환의 하나. 발송인의 지급 송금의 청구에 따라 발행국이 전신으로 지불국에 통지하면 지불국은 이에 근거하여 현금 또는 전신환 증서를 수취인에게 보내 줌.
8) 탁방(坼榜)　어떤 일 따위의 결말을 비유적으로 이르는 말.

98

미닫이를 열고 생글 웃어 보이며,

"인제 오십니까? 춥지요? 댁에서 전보가 왔는데요……."

하고 전보환 봉투와 함께 하얀 종잇조각을 내민다.

일전에 김천 형님이 서울 올라가서 편지를 부치시며, 집에서 시급하다는 통기[9]가 왔기로 자기 집 동리의 명의(名醫)라는 자를 데리고 어제 올라왔는데, 아직은 그만하거니와 수일간 차도를 보아서 정 급한 경우면 전보를 놓겠노라고 한 세세한 사연을 볼 때에는, 전보는 쳐서 무얼 하누? 하던 나도 전보를 받고 보니 암만해도 죽으려나? 하는 생각이 나서 손에 든 책보를 내려놓을 새도 없이 당황히 펴보았다. 그러나 일전에 온 편지의 말대로 위독하다는 말은 없고, 다만 어서 나오라는 명령과 전보환을 보낸다는 통지뿐인 것을 보면, 언제라고 그리 걱정을 해본 일이 있었던 것은 아니지마는

'아직 죽지는 않은 게로군!'

하고 안심이 되면서도 도리어 좀 의아한 생각도 떠올랐다.

'그리 시급히 턱을 까부는[10] 것은 아니라도 죽기 전에 한번 대면이라도 시키려고 그러는 것인지? 죽었다고 하기가 안되어서 이러니저러니 잔사설[11] 할 것 없이 그저 나오라고만 한 것인지?'

나는 구두를 벗으면서 이런 생각을 하고는, '죽었으면 나 안 가기로 장사 지낼 사람이 없어서 시험 보는 사람더러 나오라는 것인가' 하고, 공연히 불뚝하는 심사가 일어나는 것이었다. 돈은 그달 학비까지 얼러

9) 통기(通奇) 기별을 보내어 알게 함. 통지.
10) 턱을 까불다 사람이 죽을 때 숨을 모아 쉬느라 턱을 떨다.
11) 잔사설(─辭說) 쓸데없이 번거롭게 자질구레한 말을 늘어놓음. 또는 그 말.

서 백 원이나 보내왔다. 병인은 죽었든 살았든 하여간에 돈 백 원은 반가웠다. 시험 때는 당하여 오고 미구[12]에 과세(過歲)[13]를 하려면 돈 쓸 일은 한두 가지가 아닌데, 우환이 있는 집에다 대고 철없이 돈 청구만 할 수도 없어 걱정인 판에 마침 생광스럽다.[14] 사실 돈 아쉰 생각을 하면, 시험 본다는 핑계로 귀국은 그만두고 노자를 잘라 써버리고도 싶으나, 아버님 꾸지람이나 집안의 시비도 시비려니와, 실상 묵은 돈을 얻어 오려면 나가는 것이 상책이기도 한 것이다. 시험도 성이 가신 판에 두 번에 질러[15] 보는 것이 유리하였다.

"아주 일어나실 가망이 없으신 게로군요? 얼마나 걱정이 되시구 그럽겠습니까?"

내 내자[16]가 앓는 것을 전부터 아는 주부[17]는, 정중한 인사가 아니라 방 안에서 농인지 인사인지 알 수 없는 소리를 하며 해해 웃는다.

"걱정이나마나 요새 밥맛이 다 제쳐졌는데!"[18]

나는 코대답[19]을 하고 자기 방으로 들어가서 책보퉁이를 내어던지고, 서랍에서 도장을 꺼내 넣고 다시 나왔다. 주부는 내가 문간으로 나오는 기척에 다시 내다보며 역시 농담 진담 반으로,

"아, 점심도 아니 잡숫구 왜 이리 급하슈? 돌아가시기도 전에 진지

---

12) 미구(未久) 얼마 오래지 않아. 곧.
13) 과세 설을 쇰.
14) 생광스럽다(生光—) 아쉬운 때에 요긴하게 쓰게 되어 보람이 있다.
15) 지르다 일정한 횟수나 시간, 공간을 거쳐 이어지다. 거치다.
16) 내자(內子) 남 앞에서 자기의 아내를 이르는 말.
17) 주부(主婦) 한 가정의 살림살이를 맡아 꾸려 가는 안주인.
18) 제치다 거치적거리지 않게 치우다. 여기서는 '밥맛이 없다'라는 뜻으로 쓰임.
19) 코대답 탐탁하지 않거나 대수롭지 않게 여겨 건성으로 하는 대답.

를 못 잡숫도록 그렇게 설으셔야[20] 몸이 축가지[21] 않나요?"

하며 점심을 먹고 나가라고 권한다. 천생 밥장수란 돈푼 생긴 것을 보면 까닭 없이 금시로 대접이 다른 것이 배냇병[22] 같은 제 버릇이다.

"암, 실상은 그래야 할 거요. 좀 그래 봤으면 좋겠는데, 주머니밑천이 든든해지면 계집애한테 문안 갈 생각부터 드니 걱정이지!"

"왜 안 그렇겠어요! 다다미[疊][23]하구 계집은 새롤수록 좋다고, 벌써부터 장가가실 궁리부터 바쁘신 게로군?"

주부는 심심파적[24]으로 이런 실없는 소리도 하고 새새 웃는다.

"세상 남자가 다 그렇대도 나만은 예외니까!"

나는 구두끈을 매고 일어서며 혼자 웃었다.

"하아, 서방님이 그러실 제야, 돌아가는 아씨 마음은 어떨라구!"

주부는 또다시 이렇게 감탄도 한다.

나는 거리로 나오면서, 주부의 지금 말이 딴은 옳은 말일지도 모른다고 생각하여 보았다. 자식이나 주줄이 달린 중년 상처꾼이면 모르겠지마는, 그렇지 않은 젊은 놈이면 계집이 죽어 간대도 눈 하나 깜짝 안 하고 제물 이혼[25]이라고 은근히 잘된 듯싶이 장가들 궁리부터나 하는 것이 십상팔구일지 모를 것이다. 그렇게 생각하면 나부터도 어려서 정이 들지 않기 때문이지마는, 아무 통양(痛痒)[26]을 느끼지 않는 것은 아

---

20) 서럽다 원통하고 슬프다.
21) 몸이 축가다 몸이 약해져서 살이 빠지다.
22) 배냇병 태어날 때부터 가지고 있던 병.
23) 다다미 마루방에 까는 일본식 돗자리. 속에 짚을 5센티미터가량의 두께로 넣고, 위에 돗자리를 씌워 꿰맨 것으로, 보통 너비 석 자에 길이 여섯 자 정도의 직사각형 모양이다.
24) 심심파적(―破寂) 심심풀이.
25) 제물 이혼 힘들이지 않고 저절로 이루어진 이혼.

직 젊기 때문이다. 나는 이런 생각을 하며, 큰길로 빠져나와서 우편국으로 향하였다.

십 원짜리 지폐 열 장을 양복 주머니에 든든히 집어넣고, 우편국에서 나온 나는 우선 W대학 정문을 향하여 총총걸음을 걸었다.

교무실에는 마침 H주임교수가 서류가방을 만적거리면서 나오려고 머뭇거리며 있었다. 나는 H교수가 모자까지 쓰고 나오기를 기다려서 쫓아 나오면서 전보를 내보이고 급자기 귀국하여야 할 사정을 말하였다. H교수는

"응, 응, 옳지! 그래서?"

하며 듣고 나서 고개를 한참 기울이고 섰더니,

"사정이 정 그렇다면 하는 수 없겠지. 그러나 추후 시험은 좀 귀찮을걸! 삼사일간쯤 어떻게 연기할 수 없을까?"

"글쎄요…… 그러나 사정도 딱하고, 기위 이렇게 되고 보니 좀처럼 착심[27]이 될 것 같지도 않고 해서 갔다가 곧 오려는데요…….."

"응! 그도 그래! 그러면 정식으로 수속을 하게그려."

H교수는 이같이 허가를 하여 준 후에 몇 가지 주의와 인사를 남겨 놓고, 교무실로 분별[28]을 하여 주러 들어간다. 나도 뒤따라 섰다.

의외에 얼른 승낙을 하여 주기 때문에, 나는 할인권까지 얻어 가지고 나오기는 나왔으나 시험 치르기가 귀찮아서 하는 공연한 구실이라고 오해나 하지 아니할까 하는 자곡지심[29]이 처음부터 앞을 서서, 좀

---

26) 통양 가려움과 아픔을 아울러 이르는 말.
27) 착심(着心) 어떤 일에 마음을 붙임. 또는 그 마음.
28) 분별(分別) 어떤 일에 대하여 배려하여 마련함. 여기서는 알려 주다라는 의미로 쓰임.

쭈뼛쭈뼛한 것이 암만하여도 불유쾌하였다. 전차 종점으로 나와서 K 정으로 향하는 전차에 올라앉아서도, 아까 H선생더러 얼떨결에 한다는 소리가,

"어머님 병환이……"라고 한 것을 다시 생각하여 보고, 혼자 더욱이 찌뿌드드한 생각을 이기지 못하였었다.

"왜 하필 왈 어머님의 병환이라 했누? 내 계집이 죽게 되어서 가겠다면 어디가 어때서 어머니를 팔았드람?"

이같이 뇌고 뇌었으나 공연한 신경질로 그러는 것이었었다.

그럭저럭 시간은 벌써 세시가 넘었었다. 어차피 네시 차로는 떠날 꿈도 아니 꾸었었지마는, 이젠 열한시의 야행으로나 출발할 수밖에 없다고 결심을 하고, 나는 K정에서 전차를 내리는 길로 쓰카타니야(塚谷屋)로 들어갔다.

반 시간 남짓하게나 돌아다니면서 이것저것 뒤적거리다가 우선 급한 재킷 한 벌을 사가지고 그 자리에서 양복저고리 밑에 두둑이 입고 나서 몇 가지 여행 제구[30]를 사들고 거리로 나왔다.

그러나 그 외에는 또 별로 긴급히 갈 데는 없었다. 인제는 그 카페로 가서 점심이나 먹을까 하다가, 돈푼 가진 바람에 그랬던지 아직 그리 급하지도 않건마는 머리치장이 하고 싶은 생각이 나서 근처의 이발소로 찾아 들어갔다.

"다 깎으세요? 아직 괜찮은데요. 면도나 하시지요?"

한 손에 가위를 든 이발쟁이는 왼손으로 머리 뒤를 살금살금 빗기면

29) 자곡지심(自曲之心) 허물이 있는 사람이 스스로 고깝게 여기는 마음.
30) 여행(旅行) 제구(諸具) 여행에 쓰이는 여러 가지 도구나 물품.

서 이렇게 묻는다.

"그럼 면도나 할까!"

나는 이같이 대답을 하고 나서 깎지 않아도 좋을 머리까지 깎으려는 지금의 자기가 별안간 야비하게 생각되는 것을 깨닫고, 앞에 붙은 체경[31] 속을 멀거니 들여다보다가 혼자 픽 웃어 버렸다…… 가만히 눈을 감고 자빠져서도 이처럼 여유 있고 늘어진 자기의 심리를 의심스러운 눈으로 들여다보지 않을 수 없었다.

'싫든 좋든 하여간 근 육칠 년간이나, 소위 부부란 이름을 띠고 지내왔는데…… 당장 숨을 몬다는 지급전보[32]를 받고 나서도, 아무 생각도 머리에 떠오르지 않고 무사태평인 것은 마음이 악독해 그러하단 말인가. 속담의 상말로, 기가 하두 막혀서 막힌 둥 만 둥해서 그런가?…… 아니, 그러면 누구에게 반해서나 그런다 할까? 그럼 누구에게?……'

그러나 '그러면 누구에게?……'냐고 물을 제, 나는 감히 대답할 수가 없었다. 그럴 용기가 나지 않았다. 다만 뱃속 저 뒤에서는 정자(靜子)! 정자! 하는 것 같았으나 죽을힘을 다 들여서 '정자'라고 대답하여 본 뒤에는, 또다시 질색을 하며 머리를 내둘렀다. 실상 말하면 정자가 아니라는 것도 정자라고 대답하려니만큼 본심에서 나온 대답이었었다. 그러면서도 자기가 지금 머리를 깎으려고 들어온 동기가 애초에 어디 있었더냐는 것은 분명히 의식도 하고 부인하지도 않았다.

'과연 지금 나는 정자를 내 아내에게 대하는 것처럼 냉연히 내버려

31) 체경(體鏡) 몸 전체를 비추어 볼 수 있는 큰 거울.
32) 지급전보(至急電報) 일반 전보보다 더 빨리 전송하는 특별 전보.

둘 수는 없으나, 내 아내를 사랑하지 않으니만큼 또 다른 의미로 정자를 사랑할 수는 없다. 결국 나는 한 여자도 사랑하지 못할 위인이다.'

이 같은 생각을 할 제 나는 급작스레 고독을 느끼지 않을 수 없었다. 생활의 목표가 스러져 버리는 것 같았다.

'그러나저러나 지금 이다지 시급히 떠나려는 것은 무슨 때문인가. 내가 가기로 죽을 사람이 살아날 리도 없고, 기위 죽었다 할 지경이면 내가 아니 간다고 감장할[33] 사람이야 없을까? 육칠 년이나 같이 살아온 정으로? 참 정말 정이 들었다 할까? 입에 붙은 말이다. 그러면 의리로나 인사치레로? 그렇지 않으면 일가에게 대한 체면에 그럴 수가 없다거나, 남편 된 책임상 피할 수 없어서 나가 봐야 한다는 말인가. 흥! 그런 생각은 염두[34]에도 없거니와 그런 마음에도 없는 것을 하지 않으면 안 될 이유는 어디 있는가?'

여기까지 와서는 더 생각을 이어 할 용기가 없었다. 만일에 어디까지든지 캐물을 것 같으면 자기 자신의 명답을 얻었을지 모르나 그것은 잇몸이 근질근질하는 것 같아서 다시 건드리지도 않고 자기 마음을 살짝 덮어 두었다.

면도를 하고 세수를 하고 치장을 차린 뒤에 어디로 가리라는 결심도 채 하지 못하고 이발소에서 뛰어나왔다.

'바로 하숙으로 돌아갈까? 정자에게로 가보나?'

혼자 이렇게 또 망설이면서도 머릿속으로는 떼치지 못할 어떠한 그림자를 쫓으면서 길 밖에서 머뭇거리다가 잡지 권이나 살까 하고 동경

33) 감장하다(監葬—) 장사 지내는 일을 돌보다.
34) 염두(念頭) 생각의 시초.

당을 들여다보았다. 공연히 이 책 저 책을 한참 뒤적거리다가 손에 잡히는 대로 잡지 한 권을 사들고 나와서도 우두커니 길거리를 내다보며 섰다가 아래로 향하고 발길을 떼어 놓았다. ─어느덧 ×정 삼거리로 나와 발끝은 M헌(軒) 문전에 와서 뚝 섰다.

아직 손님이 듬성긋한 홀 속은 길거리보다도 음산하게 우중충하고, 한가운데 놓인 난로에도 불기가 스러져 가는 모양이었다.

"에그, 잊어버리게 되었습니다그려! 왜 그리 한 번도 안 오셨세요."

밖에서 들어온 사람의 눈에는 그림자만 얼쑹덜쑹하는[35] 컴컴스레한 주방 문 곁에 서서 탁자를 훔치던 손을 쉬고, 하얀 둥근 상(相)만 이리로 돌리며 인사를 하는 것은 P자이었다.

나는 난로 앞으로 의자를 끌어당겨 놓고 앉으면서,

"그럼 시험 안 보고 술 먹으러 다닐까? 그러나 오늘은 P꼬상이 보구 싶어 책이 어디 눈에 들어가던가! 허허허."

"왜 안 그러시겠어요. 흥! 하지만 시험문제를 내건 칠판 위에는 시즈꼬(瀞子)상의 얼굴이 왔다 갔다 했겠죠? 하하하."

하고 P자는 걸레를 내던지고 이리로 오며 웃는다.

"응, 잘 알았어! 그리구 그 뒤에서는 P꼬상의 이런 눈이 반짝이구⋯⋯."

하며 나는 눈을 흘기는 흉내를 지어 보였다.

"그런 애매한 소린 마세요. 두 분이 보따리를 싸시거나 정사를 하시거나 내게 무슨 상관이나 있게요? 시즈꼬상!"

35) **얼쑹덜쑹하다** 여러 가지 빛깔로 된 큰 점이나 줄이 고르지 아니하게 뒤섞이어 무늬를 이루다.

P자는 반쯤 웃으면서도 호젓한 표정으로 정자를 목청을 돌아 길게 빼며 부른다.

아직까지도 조선 유학생이라면 돈 있는 집 자질이요, 인물 좋다고 동경 바닥서 평판이 좋은데, 문과대학생이 이런 데에서는 장을 치는 '태평시대'다. 나는 동창생들에게 끌려 우연히 와본 뒤로 벌써 반년 가까이 드나드는 동안에 이만큼 친숙하여졌다. 이런 자유의 세계에서만도 얼마쯤 무차별이요 노골적 멸시를 안 받는 데에, 감정이 녹아지고 마음이 솔깃하여 내 발길은 자연 잦았던 것이다.

여우(女優) 머리[36]를 에푸수수하게[37] 쪽 찌고,[38] 새로 빨아 다린 에이프런을 뒤로 매며, 살금살금 나오는 정자는 우선 시선을 P자에다가 보내며,

"이거 웬 야단야?"

이렇게 한마디 하고 나서, 그 신경질적인 똥그란 눈을 이리로 향하고 공손히 인사를 한다.

나는 고개만 끄덕하고 잠자코 말았다.

"시즈꼬상! 이번에 '리상'이 성적이 좋지 못하시다면 그 죄는 시즈꼬상에 있습넨다."

둘의 거동을 한참 건너다보던 P자는 이같이 한마디를 내던지듯이 하고 저리로 다시 가서 탁자를 정돈하고 섰다. 정자는 거기에는 대꾸도 아니하고,

36) 여우 머리  여배우 머리.
37) 에푸수수하다  정돈되지 않아 어수선하고 엉성하다.
38) 쪽 찌다  머리를 뒤통수에 땋아서 틀어 올려 비녀를 꽂다.

"참 요새 시험중예요?"

하며 나에게 묻는다. 얼마쯤 반가운 기색이나, 언제나 그러한 자기의 감정을 감추는 정자다.

"그럼 시험 보다가 말구 보러 왔길래 정성이 놀랍다구 P꼬상이 놀리는 게 아닌가? 그러나 P꼬상을 찾아왔는지 시즈꼬상을 보러 왔는지, 술이 그리워 왔는지, 그것은 내 염통$^{39)}$이나 쪼개 보기 전에야 알 수 없는 일이지. P꼬상! 일이 끝나건 올라와요."

나는 P자에게 일러 놓고 정자를 따라서 위층으로 올라갔다.

이맘때쯤은 제일 한산한 개시머리$^{40)}$지마는 이층은 아무도 없다.

난로 앞에 자리를 만들어 나를 앉혀 놓고, 정자는 저편에 가 서서 영채가 도는 똥그란 눈으로 무슨 기미를 찾아내려는 듯이 내 얼굴을 똑바로 치어다보다가 눈이 마주치니까 생긋 웃는다. 이 계집의 정기가 모두 그 눈에 모였다고도 할 만하지마는 항상 모든 것을 경계하는 눈치가 역력하다. 혹간은 무심코 고개를 돌릴 만큼 차디차고 매정스러울 때도 있다. 그러나 어느 때든지 생긋 웃는 그 입술에는 젊은 생명이 욕구하는 모든 것을 아무리 하여도 감출 수가 없었다. 그러면서도 결코 소리를 내지 않고 웃는 호젓한 미소에서 침정(沈靜)$^{41)}$과 애수(哀愁)의 그림자를 어느 때든지 볼 수 있었다. 남성이란 남성을 못 믿고 저주하면서도 그래도 내버리고 단념할 수 없는 인간다운 애착이며 성적 요구에서 일어나는 답답한 심정을 그대로 상징한 것이 이 계집애의 그 시

---

39) 염통 심장.
40) 개시머리 가게를 처음 열어 물건의 매매를 시작하는 때.
41) 침정 마음이 차분히 가라앉을 수 있을 만큼 조용함. 또는 그런 상태.

선과 미소이었다.

"왜 그리 풀이 죽으셨세요. 너무 공부를 하시느라고 얼이 빠지셨습니다그려?"

정자는 남자가 잠자코 있으니까 좀 어색한 듯이 체경 있는 쪽으로 잠깐 고개를 돌리고 머리를 만적거리며 입을 벌렸다. 이 계집애의 나직나직한 목소리에도 좀 더 크게 하였으면 좋겠다 하는 생각이 날 만큼 절제하고 압축된 탄력이 있었다. 이 계집은 자기의 목소리에서까지 자기를 억제하고 숨기려 하는가 싶었다.

"왜 누가 얼이 빠져? 어서 가서 술이나 갖다 주구려. 벌써 거진 네시나 되었을걸?"

나는 시계를 꺼내 보며 재촉을 하였다. 정자는 나가려다가 돌쳐서며,

"왜 어딜 가세요?"

하고 물으며 가까이 온다. 내가 앉았는 안락의자의 등덜미에 한 손을 걸쳐 놓으며 무릎이 맞닿도록 다가서며 생글하는 것은 언제나와 같은 애무를 바라는 표정이다.

"가긴 어델 가!"

"뭘, 인제 시험을 마쳐 놓고 어데든지 조용한 데로 여행을 하시는 게지! 어디 두고 보면 알겠지!"

하며 저쪽 체경 탁자로 가서 그 위에 놓은, 내가 들고 들어온 봉지를 두 손으로 만적거리며 건너다보고 서 있다. 그 속에는 내가 아까 쓰카타니야에서 사가지고 온 풍침[42]과 여행용 물잔이며, 부친을 위한 여송

---

42) 풍침(風枕) 공기를 불어 넣어서 베는 베개.

연[43] 상자, 과자 상자, 비단 여편네 목도리를 넣은 종이갑…… 이것 저것이 들어 있었다.

　장난꾸러기처럼 먼 산을 치어다보며 한참 만적만적하던 정자는,

　"웬 선사품[44]이 이렇게 많은구? 댁에 가시나 보군요?"

하며 체경 속을 들여다보고 생글 웃으며,

　"어디 좀 펴봐야지! 뭘 이렇게 많이 무역을 해 가시나?"

하고 제멋대로 풀기를 시작한다. 나는 웃으며, 하는 대로 내버려 두었다.

　풍침, 컵, 왜비누, 담뱃갑, 과자 상자…… 탁자 위에다가 진열대처럼 벌여 놓더니, 맨 밑에 있는 숄갑을 펴들고 생글생글 웃다가 난로 앞으로 와서 서며,

　"이건 아가씨 것이군요?"

하며 내민다. 그때의 그의 눈과 그 입술에는 시기에 가까운 막연한 감정을 감추려고 애를 써 웃는 빛이 살짝 지나갔다.

　"잘 알았소!"

하며 나는 홱 뺏으며 정자를 껴안듯이 부둥켜안다가 목도리를 다시 개킨다.

　"잘못했습니다. 누가 줄 사람을 주지 말라고 했습니까. 하하하."

하고 정자는 좀 어색한 듯이 웃고 섰다. 그러나 기회가 마침 좋다고 생각한 나는 벌떡 일어나는 길로, 손에 든 자주 바탕에 흰 안을 받친 목도리를 눈 깜짝 새에 둘둘 말아 가지고 정자의 앞으로 덤벼들며 목을 껴안으면서 소매 속에 쑥 넣으면서 술 취한 사람처럼 장난 비슷이……

43) 여송연(呂宋煙)　필리핀의 루손 섬에서 나는 향기가 좋은 엽궐련.
44) 선사품(膳賜品)　존경, 애정의 뜻을 나타내기 위하여 남에게 주는 물품.

하였다. 불의에 난폭한 습격을 받은 정자는 어쩔 줄을 모르면서도 생글 웃는 낯을 본 법하였다. 일 분쯤 지났을까, 정자는 나의 팔을 뿌리치고 얼굴이 발개서 내려가 버렸다. 뒷모양을 가만히 노려보고 섰던 나는 두세 걸음 쫓아 나가며,

"노하지 말아요. 그리구 어서 가져와!"
하고 곱게 일렀다.

나의 한 일은 점잖지는 못하였으나, 다른 손이 올라오기 전에 주고 싶고, P자에게 알리기 싫으니 그 외의 수단을 모르는 나는 그리하는 수밖에 없었다.

나는 멀거니 섰다가 여기저기 흩트려 놓은 물건을 빈 갑까지 싸서 놓고 자기 자리로 와서 앉았다.

위스키병을 들고 올라온 정자는 한 잔 따라 놓고, 뾰로통하여 섰다가 체경 앞으로 가서 머리를 고치고 다시 와서도 멈칫멈칫하며 바로 앉지를 않았다. 나의 눈에는 부끄러워하는 그 기색이 도리어 기뻤다. 더구나 노기가 있는 것은 인격적 자각의 반영이라고 생각할 때, 미안하기도 하고 위로하여 주고 싶은 생각이 들었었다.

"왜 그래? 오늘 밤에 어딜 갈 텐데 섭섭하기에 변변치는 않은 것이나마 사가지고 온 것이야. 조금이라도 어떻게 생각지는 않겠지? 남의 눈에 띄는 것이 재미없겠기에 그런 거야."

그것도 객기로 산 것이지마는 참답게 주지 못한 것을 나는 후회하였다.

"천만에요! 되레 미안합니다. 그러나 댁에를 가세요? 지금 떠나실 테에요?"

정자는 될 수 있는 대로 냉연히 물었으나 흥분한 마음을 무리로 억제하는 양이 역력히 보이었다.

"글쎄. 집엘 좀 가야 할 일이 있는데 밤에 떠날지? 아직 시험이 끝나지 않아서……."

나는 어느 틈에 정숙한 말씨로 변하였다.

"무슨 볼일이 계시기에 시험을 보시다가 말구 가세요?"

하며 정자는 비로소 고개를 들고 치어다본다. 그때에 마침 요리가 승강기로 올라오기 때문에 정자는 일어섰다. 나는 그 길에 P자를 부르라고 일렀다. 정자는,

"예에?"

하고 한참 나를 돌아다보고 섰다가 다시 돌쳐서서 P자를 소리쳐 부른 뒤에 요리 접시를 들어다 놓는다. P자도 뒤따라 들어왔다.

"재미있게 노시는데, 쓸데없이 폐올시다그려. 하하하."

하며 P자는 내가 가리키는 교의[45]에 털썩 앉으며 식탁에 놓였던 잡지를 들어서 뒤적거리기 시작한다. P자의 푸근푸근한 얼굴은 언제 보아도 반가웠다.

명상적이요 신경질일 뿐 아니라 아직 순결한 맛이 남아 있는 정자에게 비하면, P자는 이러한 생애에 닳고 닳아서, 되지 않게 약은 체를 하면서도 상스럽고 천한 구석이 있지마는 그래도 나는 이러한 여자에게 흥미를 느꼈다.

"올라오라니까 왜 그리 우자스러운[46] 거야? 꼭 모시러 가야만 하나?"

45) 교의(交椅) 의자.
46) 우자스럽다 어리석어서 신분에 걸맞지 않게 행동하다.

나는 잡지를 뺏어서 손을 내미는 정자에게 넘겨주고 P자의 포동포동한 손을 잡아서 만적거리며 시비를 걸었다.

"우자하긴 누가 우자해요? 이런 문학가 양반네들만 노시는 데에는 감히 올 수가 없으니까 그렇지요."

하며 P자는 손을 슬며시 빼고 정자를 살짝 건너다보고는 나를 다시 향하여 방긋 웃었다.

P자에게 대한 정자는, 어떠한 때든지 눈엣가시이었다. 비단 나뿐 아니라 어떠한 손님이든지 P자와 친숙한 사람도 나중에는 정자에게로 뺏앗기는 모양이었다. 그러나 정자가 고등여학교를 졸업하였을 뿐 아니라 문학서적과 소설을 탐독한다는 것이 P자로서는 경앙(景仰)하는[47] 동시에 한 손 접히는 것이다. 그러나저러나 나는 어느 때든지 두 계집애를 다 데리고 이야기하지 않는 때가 없었다. P자나 정자가 다른 손님을 맡은 때에라도 밤이 늦도록 기다려서 만나 보고야 나왔다. 더욱이 P자가 없을 때에 그리하였다. 이것이 정자에게는 눈치를 채면서도 의문인 모양이었다.

"참 그런데 언제 떠나세요?"

정자는 보던 책을 식탁 위에다가 놓으며 나를 치어다보고 물었다.

"글쎄……"

나는 어정쩡한 대답을 하며 정자의 기색을 유쾌한 듯이 건너다보고 앉았었다.

"왜 어델 가세요?"

---

47) 경앙하다 덕망이나 인품을 사모하여 우러러보다.

P자는 일어나서 정자가 앉은 교의 뒤로 가며 물었다.

"오늘 밤에 떠나세요?"

또다시 잼처 정자가 묻는다. 나는 지금 막 들어온 전등불을 치어다보며 앉았다가,

"실상은 내 마누라가 앓는 모양인데, 턱을 까부니 어서 오라고 야단은 야단이지만 아직도 갈까 말까다."

"예, 그래요? 그럼 어서 가보셔야죠. 그동안에 돌아가셨으면 어떡하나요!"

P자는 나를 책망하듯이 눈을 똑바로 뜨고 치어다본다.

"죽으면 죽었지, 어떡하긴 무얼 어떡해."

나는 잠자코 앉았는 정자를 건너다보며 웃었다.

"사내는 다 저래! 저런 남편을 믿고 어떻게 사누?"

P자는 기가 막힌다는 듯이 혼자 탄식을 하며, 정자의 교의 뒤에 매달려서 정자의 얼굴을 들여다보며 동의를 구한다.

"누가 믿구 살라는 것을 사나?……"

하고 나는 실없이 한마디 하다가 다시 정색으로 말을 이었다.

"부부간에 서로 믿는다는 것은 결국 사랑한다는 말이지만, 사랑한다는 것도 극단에 가서는 남이 나를 사랑하거나 말거나 저 혼자의 일이다. 저 사람이 받지 않더라도 자기가 사랑하고 싶으면, 자기가 만족할 데까지 사랑할 것이다. 외기러기 짝사랑이라고 흉을 본다기로 그거야 알 바 아니거든. 그와 반대로 사랑치 않는 것도 자유다. 사람에게는 사랑할 자유도 있거니와 사랑을 하지 않을 자유도 있다. 부부간이라고 반드시 사랑하여야 한다는 법이 어디 있을까. 없는 사랑을 의무적으로

짜낼 수야 있나? 하하하…….”

나는 문학청년의 버릇으로 이런 논리를 캐고 깔깔 웃었다.

정자와 P자는 나의 입을 똑바로 노려보고 앉아서 들으며, 정자는 무엇을 생각하는 것처럼 가끔가끔 고개를 끄덕거리고 있었다. 나는 따라 놓았던 술 한 잔을 들어 마시고 나서 또다시 말을 꺼냈다.

“그러나 문제는 선(善)도 아니요 악(惡)도 아닌 그 어름[48]에다가 발을 걸치고 있는 것이다. 죽거나 살거나 눈 하나 깜짝거리지도 않으면서 하는 공부를 내던지고 보러 간다는 것이 위선이다. 더구나 여기 술 먹으러 오는 것을 무슨 큰 죄나 짓는 것같이 망설이는 것부터 큰 모순이다. 목숨 하나가 없어진다는 것과 내가 술 먹는다는 것과는 별개 문제다. 그러면서도 ‘내 처’가 죽어 가는데 술을 먹다니? 하는 오죽잖은 ‘양심’이 머리를 들지만, 그것이 진정한 양심이라기보다도 관념이란 가면이 목을 매서 끄는 것이다. 사람은 관념의 노예가 되는 수가 많다. 가식[49]의 도덕적 관념에서 해방되는 거기에서 참된 생명을 찾는 것이다. 사랑치 않으면 눈도 떠보지 않을 것이요, 사랑하고 싶으면 이렇게 해도 상관이 없는 것이란다!”

하며 나는 벌떡 일어나서, 정자의 어깨를 짚고 꾸부리고 섰는 P자를 껴안으며 키스를 하려는 흉내를 내었다. 무심코 섰던 P자는 질겁을 하며,

“에구머니, 사람을 죽이네!”

하고 깔깔대며 뛰어 달아나서 저만치 가서 앉는다. 그 사품[50]에 나는,

---

48) 어름  구역과 구역의 경계점.
49) 가식(假飾)  말이나 행동을 속마음과 달리 꾸밈.

웃으면서 일어나는 정자와 맞장구를 쳤다. 그대로 얼싸안았다.

술이 얼쩍하게 취하여 문간으로 나오는 나를 앞질러서 따라 나오며 정자는 거진 입이 닿도록 내 귀에다 대고,

"정말 밤차로 가세요?"

하며 소곤거린다.

"생각나는 대로 하지…… 그런데 왜?"

"글쎄요……."

하고 나서 정자는 무슨 말을 할 듯하다가, P자가 쫓아 나오는 것을 보고 한 걸음 물러섰다.

"하여간 갈 길이니까 어서 가야지. 그럼 한 달쯤 있다가 올 테니까 그때 또 만납시다."

나는 이같이 한마디 남겨 놓고 길거리로 나왔다.

거리는 아직 초저녁이지마는 첫추위인 데다가 낮부터 음산하였던 일기는 마치 눈이나 오려는 듯이 밤이 들어갈수록 쌀쌀하여졌다. 사람 자취도 점점 성기어[51] 가고 길바닥에 부딪는 나막신 소리는 한층 더 요란히 들린다. 점두[52]에 매달린 전등 불빛까지 졸리운 듯 살얼음이 잡히어 가는 듯 보유스름하게[53] 비치는 것이 더욱 쓸쓸하여 보였다.

나는 곧 차에 뛰어오르려다가, 사람이 붐비는 갑갑한 차 속으로 기어 들어갈 생각을 하니, 얼근한 김에 차마 올라설 용기가 나지를 않아

---

50) 사품 어떤 동작이나 일이 진행되는 바람이나 겨를.
51) 성기다 사이가 뜨다. 없어지다.
52) 점두(店頭) 가게의 앞쪽.
53) 보유스름하다 선명하지 않고 약간 보얗다.

서 그대로 돌쳐서서 O교 방향으로 꼽들었다.

화끈화끈 다는 뺨을 살금살금 핥고 달아나는 저녁 바람에 정신이 반짝 날 듯하면서도, 마음은 어찌하여 그렇다고 꼭 집어 말할 수 없이 조비비듯[54] 조바심이 나서 못 견딜 지경이다. 자기 자신에게 대한 반항인지, 자기 이외의 무엇에 대한 반항인지 그것조차 뚜렷이 알 수 없으면서, 덮어놓고 앞에 닥치는 대로 무엇이든지 해내려는 듯한 터무니없는 울분이 가슴속에서 용심지같이 치밀어 올라왔다. 컴컴한 속에서 열병에나 띄운 놈 모양으로 포켓에 찔렀던 두 손을 꺼내 가지고 뿌리쳐 보기도 하고, 입었던 외투나 웃저고리를 벗어서 O교 다리 밑으로 보기 좋게 던져 버렸으면 하는 객기도 머릿속에 떠오르면서, 발은 기계적으로 움직이어 O교 정거장을 지나 S교를 향하고 돌쳐서서 여전히 컴컴한 천변가로 헤매며 내려갔다.

이러한 공상이 한참 계속된 뒤에는 별안간에 눈물이 비집어 나올 만큼 지향할 수 없는 애처로운 생각이 물밀듯하고 참을 수 없이 허전하고 외로운 생각에 긴 한숨을 뿜어냈다. 그러나 그다음 순간에는,

'무엇 때문에 눈물이 필요하단 말이냐, 실상 완전한 자유는 고독에 있고 공허에 있지 않은가?'

나는 속으로 이같이 변명하여 보았다.

그것은 마치 종로에서 뺨 맞은 놈이 행랑뒷골에서 눈을 흘기다가 자기의 약한 것을 분개하여 보기도 하고 혼자 변명하기도 하여 보는 셈이었다. 그러나 이렇게 겁겁증[55]이 나서 몸부림을 하는 일종의 발작적

54) 조비비다 마음을 몹시 졸이거나 조바심을 내다.
55) 겁겁증 갑갑증. 갑갑하게 느껴지는 증세.

상태는 자기의 내면에 깊게 파고들어 앉은 '결박된 자기'를 해방하려는 욕구가 맹렬하면 맹렬할수록 그 발작의 정도가 한층 더하였다. 말하자면 유형무형한 모든 기반, 모든 모순, 모든 계루[56]에서 자기를 구원하여 내지 않으면 질식하겠다는 자각이 분명하면서도, 그것을 실행할 수 없는 자기의 약점에 대한 분만(憤懣)[57]과 연민과 변명이었다.

나는 참을 수 없어서 포병공창[58] 앞으로 달아나는 전차에 뛰어올랐다. 이러한 때에 미인의 얼굴이라도 치어다보면 캠퍼 주사[59]만 한 효과가 있으리라 생각하기 때문이었으나 나의 이지(理智)는 그것조차 조소하였다.

그러나저러나, 노역[60]과 기한[61]에 오그라진 피부가 뒤틀린 얼굴밖에 내 눈에는 비치지 않았다. 그들은 시든 얼굴을 서로 쳐들고 물끄럼말끄럼 마주 건너다보기도 하고 곁의 사람을 기웃이 들여다보기도 하고 앉았다. 나는 그들의 얼굴을 이 사람 저 사람 치어다보다가,

'여러분, 장히 점잖구 무섭소이다그려!'

이렇게 한마디 하고 일부러 허허허 하며 웃어 보면 좋겠다는 생각을 하고 나서 나 혼자 제풀에 빙긋하여 버렸다.

이렇게 안 나오는 거드름을 빼고, 될 수 있는 대로 우자한 태도로 좌우를 돌려다보는 것은 비단 일본 사람이 조선 사람에게만 한한 무의식

---

56) 계루(繫累) 다른 일이나 사물에 얽매임. 또는 그로 인해 당하는 괴로움.
57) 분만 분한 마음이 일어나 답답함.
58) 포병공창(砲兵工廠) 포 따위를 만들거나 수리하는 공장.
59) 캠퍼 주사 심부전증에 걸렸을 때 쓰는 강심제 주사로 혈압을 높이고 호흡을 증대시킴.
60) 노역(勞役) 몹시 괴롭고 힘든 노동.
61) 기한(飢寒) 굶주리고 헐벗어 배고프고 추움.

한 습관이 아니라 사람의 공통한 성질인 동시에 사람이란 동물이 얼마나 약한가를 유감없이 말하는 것이다. 약하기 때문에 조그만 승리와 조그만 자랑을 얻으려 애쓰고, 약하기 때문에 성세(聲勢)[62]를 허장(虛張)하며,[63] 약하기 때문에 자기의 주위에 경계망을 쳐놓고 다른 사람을 주시할 필요가 있는 것이다. 상대자의 용모나 옷 입은 것, 행동거지, 말씨…… 이런 것을 가만히 바라보고 음미함으로써 자기의 비열한 호기심을 만족시키려는 본능적 요구가 있는 것도 물론이겠지마는 저편을 엿보는 데는 여러 가지 의미가 있는 것 같다.

우선은 자기방어상 저편의 강약과 빈부의 정도를 감정할 필요를 느끼고, 그다음에는 의복과 말씨와 행동거지가 남에 빠지면 도회 생활에 있어서는 큰 고통이요, 수치이기 때문에 신경이 여기에 집중된다. 또한 그들에게는 피차에 구하는 것이 있으니 아첨하고 농락하려는 한편에 농락되지 않으려는 우월감과 경계와 추세(趨勢)[64]라는 등 잡념으로 말미암아 자연히 저편의 표정이나 비식(鼻息)[65]을 엿보는 데 명민한[66] 것을 서로 자랑한다. 또 여자는 여자대로 자기의 목숨인 사랑을 얻기에 목이 말라서 그 불순(不純)의 도(度)가 한층 더하다. 이런 점으로 보면 제일 순진하고 아름다운 것은 전차 속에서나 거리에서 청춘남녀가 본능적으로 이성의 미(美)를 부산히[67] 찾으면서도 담담히 지나치는

62) 성세 명성(名聲)과 위세(威勢)를 아울러 이르는 말.
63) 허장하다 과장하다.
64) 추세 어떤 세력이나 세력 있는 사람을 존경하거나 섬겨 따름.
65) 비식 콧숨.
66) 명민하다 총명하고 민첩하다.
67) 부산히 급하게 서두르거나 시끄럽게 떠들어 어수선히.

것일지 모른다. 이성(異性)을 꿈꾸는 순진한 청춘남녀에게는 불순한 욕심이 없다. 적어도 물질적 욕심이 없다. 아첨할 필요도 없고 우월감이나 농락하려는 야심도 없고 방어하고 반발하려는 적대심이란 손톱만큼도 없다. 다만 미를 동경하고 감상하며 이에 도취하고 감격한다. 더구나 그러한 생명의 연소가 영원히 흐르는 물결에 뿌려지는 월광의 은박같이 아무 더러운 집착 없이 순간순간에 반짝이며 스러져 버리는 것이 더욱이 향기롭고 깨끗하다. 그러나 위선 없이 살지 못하리라는 것이 오늘날 우리의 운명이다. 그리하여 인생의 움[芽] 같은 그들도 미인의 얼굴을 똑바로 보는 법이 없다. 도적질을 해서 본다. 그것이 무엇보다도 고약한 버릇이다.

그러나 그보다도 순박하고 순진한 것은 소위 하층사회의 기습(氣習)[68]일 것이다. 노동자에 이르러서는, 자랑할 것도 없고 숨길 것도 없고 부끄러울 것도 없는 대신에 적나라한 자기와 이웃에 대한 동정과 방위적 단결이 있을 따름이다. 생활의 실질이나 양식이나 제일 진실되고 본질적이다. 그들은 사람과 사람끼리 만날 때에 결코 노려보거나 음미하거나 탐색하지는 않는다. 가식도 필요 없고 자기네끼리 아유구용(阿諛苟容)할[69] 필요도 없다. 그러나 그들의 병은 무지일 따름이다. 무질서일 따름이다.

하고 보면 결국 사람은 제 소위 영리하고 교양이 있으면 있을수록 (정도의 차는 있을지 모르나) 허위(虛僞)를 되풀이하여 가면서 비굴한 타협이 아니면 옆 사람을 자기에게 동화시키지 않고는 살 수 없는 이

68) 기습 집단이나 개인에게서 특징적으로 보이는 습성이나 습관.
69) 아유구용하다 남에게 아첨하여 구차스럽게 굶. 또는 그런 모양.

기적 동물이다. 구구한 타협도, 남의 동화도 강요하려 들지 않는 전아 (全我)의 생활, 자유로운 생활을 꿈꾼다면 우선 세속적으로는 낙오자에 자적(自適)하겠다는[70] 각오를 필요조건으로 한다…….

나는 어느덧 이러한 난데없는 생각에 팔려, 역시 이 사람 저 사람 치어다보고 앉았다가 정자의 지금의 생활을 생각하여 보았다.

정자는 저의 집에서 뛰어나왔다 한다. 사정을 들어 보면 그도 그럴 것이다.

나는 그 애가 반역자라는 점은 찬성이다. 그러나 자기의 생활을 자율하여 나갈 길이 있을까 의문이다. 자기 생활의 중류(中流)에 뛰어 들어갈 용기가 있을까? 자각도 있고 영리는 하지만…… 그러나 허영심이 앞을 서기 때문에 믿을 수 없는 것이다…….

전차는 종일 노역에 기진하여 허덕허덕 다리를 끌면서 잠이 들어가는 집집의 적막을 깨뜨리려는 듯이, 빽빽 기를 쓰는 듯한 외마디 소리를 치며, 에도가와 가도(街道)의 컴컴한 길을 겨우 기어 나와서 대낮같이 전등이 환한 차고 앞에 와서 한숨을 휘 쉬며 우뚝 선다. 졸음 졸 듯이 고요하던 찻간 안은 급작스레 와자하여지면서 우중우중 내린다.

나도 검은 양복바지에 푸른 저고리를 입고 벤또[71]갑을 든 사오 인의 직공 뒤를 따라 내려왔다. 쌀쌀한 바람이 확 끼치었다.

"아, 요새도 밤일을 하슈? 오늘은 제법 춥지요?"

"예, 인제 참 겨울인데요."

"이리 들어와 좀 녹여 가시구려."

70) 자적하다 아무런 속박을 받지 않고 마음껏 즐기다.
71) 벤또(べんとう) '도시락'을 뜻하는 일본어.

차고 문간에 섰던 차장과 이런 수작을 하며, 따뜻하여 보이는 차장 휴게실로 끌려 들어가는 직공들의 뒤를 부러운 듯이 건너다보며 나는 그 사잇골짜기로 들어섰다.

하숙으로 휘돌아 들어가는 길에 뒷집에 있는 ×군을 들여다볼까 하며 망설이다가, 결국 들어가보았다. 알리면 정거장에를 나와 주고 하여 폐가 되겠기 때문에 망설인 것이다. ×군은 내가 이 밤으로 귀국하게 되었다는 말을 듣고, 당자인 나보다도 놀라며 진정으로 가엾어하는 모양이었다. 나는 사람 좋은 ×군을 도리어 웃으면서 하숙으로 함께 돌아왔다.

×군과 같이 짐을 수습하여 주인에게 맡긴 뒤에 인사받을 새도 없이 총총히 가방을 들고 우리 둘이서 동경역으로 향한 것은 그럭저럭 열시 가까워서였다. ×군이 재촉을 하는 대로 나는,

"늦으면 내일 떠났지, 하는 수 있나!"

하면서도 허둥허둥 동경역에 나와 보니까, 내 시계가 틀리었던지 그래도 십 분가량이나 여유가 있었다.

가방을 뒤에 섰는 ×군에게 맡겨 놓고, 차표를 사려고 출찰구 앞에 가서 섰으려니까 곁에서 누가 살짝 건드리며,

"리상!"

하는 귀에 익은 소리가 들린다. 나는 깜짝 놀라서 돌아다보았다. 역시 정자다. 노르끄레한 곱다란 보자[72]에다가 네모진 것을 싸서 들고, 옆에 선 ×군의 시선을 꺼리는 듯이 힐끔힐끔 흘겨보고 섰다.

---

72) 보자 보자기.

"웬일이야? 이 춘 밤에."

나는 의외인 데에 놀라며, 나무라듯 위무(慰撫)하는 듯이 한마디 하였다.

"난 안 가시는 줄 알았지!"

"한참 기다렸어?"

"아뇨, 난 늦을까 봐 허둥지둥 나왔더니…….."

"미안하구려, 어서 들어가지. 그럼…….."

정자는 거기에는 대답도 아니하고, 맞은편 출찰구로 입장권을 사러 총총걸음으로 걸어갔다…….

×군이 자리를 잡으려고 앞서 들어간 뒤에 정자와 맨 끝으로 둘이 나란히 서서 걸으며 입을 벌렸다.

"오래되실 모양이에요?"

"뭘, 고작해야 이 주일쯤이지."

"오래되시건 편지라도 해주세요. 그동안에 나도 어떻게 될지 모르지만…….."

"왜, 어델 가겠기에?"

"글쎄 봐야 하겠지마는…… 밤낮 이 모양으로만 하고 있을 수도 없으니까…….."

정자는 말을 끊고 잠깐 고개를 기울이고 걷다가 가까이 와서 매달리듯이 몸을 살짝 실리며,

"이렇게 급하지만 않았더면 나도 같이 경도(京都)73)까지라도 가는

---

73) 경도 '교토'를 우리 한자음으로 읽은 이름.

것을……."

하며 나를 치어다보고 호젓이 웃는다. 나는 잼처 무엇을 물으려다가 ×군이 황망히 손짓을 하며 부르는 바람에 정자와는 총총히 인사를 하고 차에 올라서 ×군과 바꾸어 앉았다.

친구에게 전송을 받거나 물건을 받는 일은 별로 없었기도 하려니와 도리어 귀찮은 일이지만, 정자가 무엇인지 보자에 싼 채 창으로 디밀며 지금 펴볼 것 없다 하기에, 나는 그대로 받아서 선반에 얹을 새도 없이 차는 움직이기 시작하였다.

반 칸통쯤 떨어져서, 오도카니 섰던 정자의 똑바로 뜬 방울 같은 두 눈이 힐끗하더니 몰려 나가는 전송인 틈에 사라져 버렸다.


2


반찬 찬합같이 각다구니를 여기저기 함부로 벌여 놓고 꼭꼭 끼어 앉았는 틈에서 겨우 잠이랍시고 눈을 붙였다가 깨니까, 아직 동이 트려면 한두 시간이나 있어야 할 모양. 찻간은 야기에 선선하면서도 입김과 담배 연기에 흐렸다. 다시 눈을 감아 보았으나 좀처럼 잠이 들 것 같지도 않고 외투자락을 걸친 어깨가 으스스하여, 일어나 앉으며 담배를 피워 물고 나서 선반에 얹힌 정자가 준 보자를 끌어내렸다. 아까 받아 얹을 때에 잠깐 보니까 과자 상자 위에 술병 같은 것이 두두룩이[74]

---

[74] 두두룩이 무엇이 쌓인 것처럼 가운데가 꽤 불룩한 모양.

얹혀 있는 것 같아서 긴하게 생각이 든 것이다. 네 귀를 살짝 접어서 싼 보자의 귀를 들치고 보니까 과연 갑에 넣은 위스키병이 얹히어 있다. 어한[75]으로 한잔할 작정으로 병을 쭉 빼려니까 갸름한 연보랏빛 양봉투가 끌리어 나왔다.

'별안간에 편지는 무슨 편지인구……'

그래서 나중에 펴보라고 한 것이라고 나는 혼자 속으로 생각하며 그래도 반갑지 않을 수 없었다. 편지는 포켓에 집어넣고 술부터 따라서 한숨에 켰다.

영리한 계집애요 동정할 만한, 카페의 웨이트리스로는 아까운 계집애다라고 생각은 하였어도 그 이상으로 어떻게 해보겠다는 정열을 느끼는 것은 아니었다. 같은 값이면 정자를 찾아가서 술을 먹는 것이요, 만나면 귀여워해 줄 뿐이다. 원래가 이지적·타산적으로 생긴 나는 일시 손을 대었다가 옴칠 수도 없고 내칠 수도 없게 되는 때에는 그 머릿살 아픈 것을 어떻게 조처를 하나 하는 생각이 앞을 서는 동시에, 무슨 민족적 감정의 구덩이가 사이에 가로놓인 것은 아니라도 이왕 외국 계집애를 얻어 가지고 아깝게 스러져 가려는 청춘을 향락하려면 자기에게 맞는 타입을 구하겠다는 몽롱한 생각도 없지 않아서 그리하였다. 그러나 오늘은 무슨 생기가 났다느니보다도 세찬[76] 삼아서 사다 준 숄한 개가 인연이 되어 편지까지 받게 되고 보니, 막연히 반갑다는 정도를 지나서 좀 실답게[77] 자기 태도를 생각해 보아야 하겠다는 책임감

75) 어한(禦寒) 추위에 언 몸을 녹임. 또는 추위를 막음.
76) 세찬(歲饌) 설을 맞아 대접하는 것.
77) 실답다 꾸밈이나 거짓이 없이 참되고 미덥다.

비슷한 것을 느끼는 것이다. 귀엽다고는 생각하였지마는 연애를 해보려는 열정이 있는 것도 아니요, 물론 목도리 한 개로 환심을 사려는 더러운 야심이 있었던 것도 아니었다. 진정한 애욕이 타오르면 그런 것을 사주거나 하지는 않았을 것이다. 하여간 젊은 여자와 어울려 노는 것은 좋으나 그 이상 깊게 끌려들어 갔다가 자기 생활에 파탄을 일으키고 공연한 고생을 사서 할까 보아 경계를 하는 자기다.

나는 이런 생각을 하며 두어 잔 술을 마신 뒤에 비로소 편지를 꺼내서 피봉[78]을 들여다보았다. 침착하고도 생기 있는 정돈된 필적은 그 애의 모습과 같이 재기가 발리어 보였다. 나는, 앞사람은 졸고 앉았지만 누가 보지나 않을까 하고 좌우를 돌려다보며 그래도 궁금증이 나서 쭉 뜯어보았다.

"지금은 이런 편지를 올릴 기회가 아닌지도 모릅니다. 왜 그러냐 하면, 아무리 이 지경이기로 물질로 좌우되는 천착한[79] 계집이라고 생각하실 것이 너무도 창피하고 원통해서 말입니다. 그러나 그러할수록에……."

이렇게 허두를 내놓고 남의 실답지 않은 태도에 대한 불만과 공격이 있은 다음에 자기의 지금 처지와 장래에 대한 희망 등을 요령만 간단히 쓴 뒤에, 형편 따라서는 세말[80]쯤 혹은 경도의 고모집으로 갈지 모르겠다고 하였다.

나는 한번 쭉 보고 나서 혼자 웃었다. 그러나 그것은 조소거나 나에게 대한 이 여자의 신뢰에 대하여 만족한 미소는 아니었다. 애를 써 설

---

78) 피봉(皮封) 겉봉. 봉투의 겉면.
79) 천착하다(舛錯─) 생김새나 행동이 상스럽고 더럽다.
80) 세말(歲末) 설을 앞둔 섣달 그믐께. 세밑.

명하자면, 그 계집애의 조리가 정연한 이론과 이지적이요 명민한 그 애의 머리에 만족을 느꼈다 할까?

나는 곧 답장을 써볼까 하다가, 하나 둘씩 일어나 앉는 사람들의 시선이 귀찮아서 그만두어 버렸다.

"……왜 우롱을 하세요? 무슨 까닭에 농락을 하세요? P자와 저를 놓고 희롱하시는 것은 유쾌하시겠지요. 그러나 너무 참혹하지 않습니까. 물론 당신 말씀과 같이, 사랑은 유희가 아니라는 것은 아시겠지요."

"……누가 당신께서 손톱만큼이라도 나를 사랑하신다는 것은 아니지만, 나에게는 견딜 수 없는 고통입니다. 혹시는 모욕입니다. 당신의 태도가 그 밖에는 어떻게 할 수 없으시면 우리는 이 이상 교제를 끊는 것이 옳은 일이겠지요……."

이것이 정자의 제일 큰 불평이었다. 정자는 자기의 과거를 한만히[81] 이야기하지는 않으나, 흔히 있는 계모시하의 불화와 부친의 몰이해에다가 실연이 한꺼번에 왔던 모양이다. 그러나 좀체 거기에 휘어넘어가지 않고, 앙버티고[82] 현재의 경우에서 제 손으로 헤어나려고 허비적대는 그 심보가 취할 점이요 동정이 가는 것이다. 지금도 책을 보는 모양이지마는 문학에 대한 감상력이 호락호락히 볼 것이 아닌 데에 나는 귀엽고 경애를 느끼는 것이다. 될 수 있으면 어떻게 붙들어 주고 싶었다. 그러나 그것은 역시 공상이다.

'계집애하고 키스를 하면서도 침맛을 아는 놈에게 사랑이 있다는 것부터 틀린 수작이다.'

---

81) 한만하다(汗漫—) 뚜렷하지 아니하다.
82) 앙버티다 끝까지 대항하여 버티다.

이런 생각을 하며, 아까 M헌 이층의 광경을 머리에 그려 보았다. 모욕이란 의식부터 머리에 떠올랐다는 말이나, 제 말마따나 이때껏 한 남자의 입밖에는 몰랐었다는 말이 정말이라면 정자는 그래도 아직은 행복하다. 침맛을 알아내지 않는 것만도 행복하다…… 이런 생각을 할 제 사람의 행복은 사람다운 정조(情操)를 잃지 않는 데 있는가도 싶다.

'그러나 자기는 이때껏 연애다운 연애를 하여 본 일도 없으면서 청춘의 자랑이요 왕일한 생명력인 정열이 말라 버린 것은 웬 까닭인가. 하여간 성격이 기형적으로 성장하였다는 것은 사실일지 모른다. 이것은 정열을 식히는 첫째 원인이지만 동시에 인간성의 타락이다. 하지만 자기를 살리기 위하여 어떠한 경우에는 정열을 억제하여야 할 필요도 있으니까, 반드시 성격이 뒤틀렸다거나 인간성이 타락하여 그렇다고만도 할 수 없지…….'

그러나 자기를 살린다는 것이 자기의 비열한 쾌락을 만족시킨다는 것이 아닌 이상 사람을 우롱한다는 것은 죄악이다. 정열이 없으면 없을 뿐이지, 그렇다고 사람을 우롱하라는 것은 아니다. 사람을 우롱한다는 것은 몰염치한 이야기다. 사람을 우롱하는 것은 인생을 유희함이라는 의미로서 결국에 자기 자신을 우롱하고 유희함이다.

무슨 까닭에, 자기는 굳세고 높게 살리겠다면서 가련한 저 갈 길을 찾겠다고 발버둥질 치는 불쌍한 여성을 농락하려는가? 사실 말하자면 오늘까지 나의 정자에게 대한 태도는 실없었다. 저편이 나를 범연히 생각지 않았다면 더욱이 불쾌하고 모욕이라고 생각하는 것은 당연한 책망일 것이다. 그러나 정자 자신이 얼마나 실답고 자기 자신에게 충실한가는 누가 알 일인가? 사랑이니 무어니 머릿살 아픈 노릇이다마는 세상이 경멸하는 조선 청년에게 그런 호소를 하고 오는 것은 실연을 한 일본 남성에게 대한 반항이라는 것인가? ……나는 이런 생각을 하며 누웠다가 숨이 괴로워서 벌떡 일어나서 데크[83]로 나왔다.

차 안의 전등은 아직 아니 나갔으나, 젖빛〔乳色〕 같은 하늘이 허예져 가며, 인기척 없이 꼭꼭 닫은 촌가가 가끔가끔 눈앞으로 날아가는 것을 보면, 동은 벌써 튼 모양이었다. 아침 바람이 너무도 세어서, 나는 무심코 외투깃을 올리며 머리를 식히고 섰다가, 그래도 견딜 수가 없어서 다시 들어와 자기 자리에 드러누웠다.

한 두어 시간이나 잤을지 사람이 너무 붐비는 바람에 잠이 깨어서 눈을 뜨고 내다보니, 기차는 플랫폼에서 어슬렁어슬렁 기어 나가는 모양. 나는 일어나기가 싫기에 지금 바꾸어 들어와 앉은 앞자리의 사람더러 예가 어디냐고 물어보니까, 명고옥(名古屋)[84]이라 한다.

"에? 인제야 나고야?"

나는 이같이 놀란 듯이 반문을 하고, 암만하여도 중도에서 하루 묵어가야 하겠다는 생각을 채 결심도 못 하고 또 잠이 들어 버렸다.

한잠 늘어지게 자고 나서 보니, 기차는 아직도 기내(畿內) 지방 어귀에서 헤매는 모양. 시간표를 들춰 보니 경도에서 내리려면 아직도 세 시간, 신호(神戶)[85]에서 묵어간다면 다섯 시간가량이나 있어야 할 터이다.

'을라(乙羅)나 가서 볼까?'

내년 신학기에는 동경 음악학교로 전학을 하겠다고 규칙서를 얻어

---

83) 데크(deck)  객차 승강구의 발판.
84) 명고옥  '나고야'를 우리 한자음으로 읽은 것.
85) 신호  '고베'를 우리 한자음으로 읽은 것.

보내라고 한 을라의 부탁을 이때껏 월여[86]나 되도록 답장도 아니한 것을 생각하여 보았다. 그것은 나의 태만도 태만이거니와 만 일 년간이나 음신[87]이 끊겼었던 오늘날에 불쑥 편지를 하는 것도 이상하고, 또다시 서신을 왕복하는 것은 피차에 머릿살 아픈 일이기 때문이었다.

'지금 만나면 어떤 얼굴로 볼꾸?'

창턱에 기대어 앉아서 방울방울 방울을 지어 올라가는 담배 연기를 물끄러미 치어다보며 가장 정숙한 듯이, 가장 부끄러운 듯이 꾸미는 을라의 팔초한 하얀 얼굴을 머릿속에 그려 보았다.

'요샌 히스테리가 좀 낫나? 병화하고는 어떻게 되었누? 그러나 내게 또 불쑥 규칙서를 얻어 보내란 핑계로 편지를 한 것을 보면, 어쩌면 별일은 없이 흐지부지되었는지도 모를 일이다.'

이런 생각을 하고 보니 별안간에, 이왕 고단해서 내릴 바에는 신호에서 내려서 을라를 찾아보려는 객기가 와락 나서 또다시 시간표를 뒤적거리며 누웠었다.

도지개를 틀면서 그럭저럭 또 네 시간 동안을 멀미를 내고, 겨우 감방에서 풀려나오듯이 삼등 찻간에서 해방이 되어 신호 역두에 내려선 것은, 은빛같이 비치는 저녁해가 육갑산(六甲山) 산등성이에 걸리었을 때이었다. 큰 가방은 역에다가 맡겨 두고, 오글오글 끓는 정거장에서 빠져나와 한숨을 돌리니 사람이 살 것 같았다.

동무의 반연[88]으로 중학교를 이 지방에서 마친 나는 을라를 만나는

---

86) 월여(月餘) 한 달이 조금 넘는 기간. 달포.
87) 음신(音信) 먼 곳에서 전하는 소식이나 편지.
88) 반연(絆緣) 얽히어 맺어지는 인연.

것보다도 이 지방이 반갑기도 한 것이다. 전차에 올라탈까 하다가 저녁이나 먹고 나서 올라에게 찾아가리라 하고 원정통으로 향하였다. 작년 방학에 들렀을 때 놀던 생각을 하고, A카페의 아래층으로 들어가서, 여기저기 옹기종기 앉았는 다른 손들을 피하여 한구석에 자리를 잡았다. 두세 접시나 다 먹도록 작년에 보던, 두 팔을 옥여쥐고 아기족아기족[89] 돌아다니던 그때의 그 계집애는 보이지 않았다. 차를 가지고 온 계집애더러 물어보니까,

"왜요?"

하고 의미 있는 듯이 웃을 뿐이다.

"왜, 어딜 갔나? 그저 여기 있긴 있겠지?"

"흥! 언제 만나 보셨세요? 아세요?"

"글쎄 말이야!"

"벌써 극락 갔답니다!"

나는 다소 실망이라느니보다도 놀랐다. 작년 여름방학에, 올 적 갈 적 두 번이나 들른 것은 을라 때문도 있고, 고등상업에 있는 중학 동창과 노는 맛에 그랬지마는, 그 계집애가 끄는 힘이 더 많았던 것이다. 별일 있었던 것은 아니요, 그저 만나고 마시고 먹고 노닥거리는 재미로이었지마는 퍽 인상에 남았던 것이다.

"응? 무슨 병으로?"

"폭발탄 정사(情死)[90]라는 파천황[91]의 죽음을 하였답니다."

---

89) 아기족아기족 팔다리를 마음대로 잘 놀리지 못하고 천천히 부자연스럽게 겨우 걷는 모양.
90) 정사 서로 사랑하는 남녀가 그 뜻을 이루지 못하여 함께 자살하는 일.
91) 파천황(破天荒) 이전에 아무도 하지 못한 일을 처음으로 해냄을 이르는 말.

하며 계집애는 깔깔 웃다가, 다른 손이 부르니까 뛰어 달아난다.

폭발탄 정사라는 말에 귀가 번쩍해서, 그 계집애가 다시 오기만 어느 때까지 기다려도 돌아본 체도 아니하고 분주히 돌아다닌다. 기다리다 못하여 불러 가지고 셈을 하면서,

"어쩌다가 그랬어?"

하며 물어보았으나, 내 얼굴만 말끄러미 치어다보다가 알아보는 점이 있었던지 생글 웃으며,

"사람이 너무 좋아 그랬죠! 또 오세요. 이야기를 할게요."

하고 바쁜 듯이 팔딱팔딱 신소리를 내며 가버렸다.

'사실, 그것은 알아 무얼 하나!'

나는 이렇게 혼자 웃으면서도 그 상냥하고 원만한 성격에 홀딱 반한 놈이, 사업에 실패나 하고 자살하려는 길에, 무리 정사를 하는 것은 일본에 얼마든지 있는 일이라고 생각해 보았다. 나는 정자 생각이 났다. 그러나 정자는 현대 여성이다. 그런 어리보기[92]는 아니다.

레스토랑에서 나온 그는 하여간 갈 데가 없으니 C음악학교로 향하였다. 실상은 완행이 하도 지리해서 내렸을 뿐이지 을라를 꼭 찾아보고 싶은 생각은 그다지 없었다.

시간은 아직 늦지 않았으나 밤은 들어가는 것 같았다. 저녁 뒤의 연습인지 아래층 저 구석에서 은근하고도 화려하게 울리어 나오는 피아노 소리에 귀를 기울이며 기숙사 문간에 섰으려니까, 을라는 기별하러 들어간 여하인의 앞을 서서, 발을 벗은 채 통통거리며 이층에서 내려

---

92) 어리보기 말이나 행동이 다부지지 못하고 어리석은 사람을 낮잡아 이르는 말.

왔다.

"이거 웬일예요, 소식두 없이! 어서 올라오세요."

인사할 말을 미리 생각하였던 사람처럼 이렇게 한마디 한 을라는 미소가 어린 그 옴폭한 눈으로 힐끗 나를 치어다보고는 부끄럽다는 듯이 눈을 내리깔며 태연히 문설주[93]에 기대어 섰다. 나는 빨간 끈이 달린 발 째진 짚신 위에 가벼이 얹어 놓은 하얀 조그만 발을 들여다보며, 구두끈을 풀고 올라서서 을라의 뒤를 따라섰다.

"응접실은 추우니까 내 방으로 가시지요."

을라는 이렇게 한마디 하고 아까 내려오던 층계를 지나서 끌고 들어가다가, 잠깐 섰으라고 하고 사감의 방인지 들어갔다. 방문을 열어 놓은 채 꿇어앉아서 무어라고 한참 재깔재깔하더니, 생글생글 웃으며 나와서 이층으로 나를 데리고 올라갔다.

"사내를 함부로 끌어들여도 상관없나요?"

나는 자리를 한구석으로 뚤뚤 말아서 밀어 놓은 것을 돌려다보며 이렇게 말을 붙였다.

"걱정 마세요…… 그렇지만, 혹시 이따가 사감이 들어오더라도 서울서 오는 오빠라구 하세요."

"그런 꾸어다 박은 오빠 노릇[94]은 어려운데……."

이런 실없는 소리를 정색으로 하며, 을라가 권하는 대로 책상 앞에 앉았다.

"그래, 지금 조선 나가시는 길예요? 방학 때도 되긴 했지만."

93) 문설주 문짝을 끼워 달기 위하여 문의 양쪽에 세운 기둥.
94) 꾸어다 박은 오빠 노릇 가짜 오빠 행세.

을라는 방 안에 늘어놓인 것을 부산히 치운다.

"송장을 치러 나가는지? 또 한 번 사모[95] 쓸 일이 있어 좋아서 나가는 셈인지?……"

하고 나는 코웃음을 쳐 보였다.

"왜? ……아씨가 앓으시는군? 그 안됐군요."

하고 을라는 놀라는 소리로 인사를 하고 나서, 그 윤광 있는 쌍꺼풀진 눈귀[96]를 처뜨리며,

"그래 그런 급한 길에 여기를 왜 내리셨세요?"

하며 좀 나무라는 어조다.

"당신도 만날 겸, 후보자도 선을 볼 겸…… 허허허."

만나면 어떠한 태도로 대하게 될지 작년 일을 생각하면 어금니에 무에 끼인 것같이 거북하고 근질근질한 것 같더니, 마주 앉고 보니 의외로 소탈하게 이런 실없는 소리도 나왔다.

"기가 막혀! 아씨가 운명도 하기 전에 선보러 다니는 사람이 어디 있단 말예요? 그래 선을 보셨세요?"

"선을 보러 왔더니, 폭발탄 정사를 했다니 기가 막히지 않소!"

"그건 또 무슨 소리예요? 이 양반이 일 년 동안에 이렇게두 변했을까!"

작년 여름 일을 생각하면 그렇게 수줍던 내가 이런 실없는 소리를 탕탕 하는 것이 을라의 눈에는 이상히 보였을 것이다.

"나두 이번 방학에는 나갔다가 들어오려는데, 같이 가셨더면!"

---

95) 사모(紗帽) 고려 말에서 조선시대에 걸쳐 벼슬아치들이 관복을 입을 때에 쓰던 모자로 전통 혼례를 할 때 신랑이 씀.
96) 눈귀 눈초리.

"심심한데 그거 좋지! 그러나 이 밤으로 준비되시겠소?"

"이 밤으론 좀 어려운데……."

을라는 곧 따라나서고 싶은 듯이 눈에 영채가 돌며 생긋 웃다가,

"정말 병환이 급하지 않거든 내일 하루만 더 묵어 주시구려."

하고 아양스럽고 의논성스럽게 조른다.

"무어 할 일이 있어야지. 모처럼 만나려던 사람은 정사를 해버렸구! 나도 정사라도 하겠다는 사람이나 있으면 묵을지 모르겠지만. 허허허……."

"참 변한다 변한다 하니 인화(寅華) 씨같이 변하신 양반이 어디 계세요. 아아, 참……."

을라는 급작스레 무엇에 충격을 받은 듯이, 얕은 한숨을 쉬며 고개를 숙인다. 그것이 무엇을 의미하느냐는 것을 직각한 나는, 얄밉기도 하고 일종의 모욕 같은 생각도 나서,

"왜 실연한 남자의 타락한 꼴을 보는 듯싶소?"

하고 나는 커다랗게 웃다가,

"나보다는 을라 씨야말로 참 변했구려?"

하며 비꼬아 보았다.

"무엇 땜에? ……어디가 어때요?"

"세상물이 들어 가느라구! 혹은 예술가로 대성하느라구 그런지는 모르지마는."

"세속물도 들겠지만, 그렇다면 예술가로 대성하는 것과는 정반대 아닌가요?"

"그러게 말씀이죠! 연애도 예술적으로 청고(淸高)하게는 안 되는 것

인지?"

"매우 로맨틱하시군!"

하고 을라는 냉소를 하다가,

"어쨌든 참 정말 모레쯤 나하구 같이 가세요. 같이 못 가시더래도 내일 오후부터는 자유니까 이야기할 것도 있고 구경도 시켜 드릴게……."

외로운 객지에서 단조하고 이성이 그립던 그때의 을라에게는 나의 불시의 방문이 의외일 뿐 아니라 마음으로 반가웠던 모양이다.

"글쎄 그래도 좋지만, 작년과도 달라서 여기에는 인제는 친구가 없으니……."

나는 을라를 위하여 이틀씩 묵기는 싫었다.

"아, 참 내일은 어차피 대판(大阪)[97] 공회당 음악회에도 갈까 하는데요. 거기에라도 가시지. 내일은 학생들이 죄다 제집에 가버릴 텐데……."

을라가 왜 이렇게 지성껏 붙들려는지 알 수가 없다고 생각하면서, 언젠가 기숙사에 들어가기 전에 어떤 절간에 있을 제 일본 중놈하고라던지, 향기롭지 못한 소문이 퍼졌다는 말이 머리에 떠올라 와서 불쾌한 연상이 일어났다.

"그럼 내일 함께 떠나십시다그려…… 한데 요새 병화군 소식 들으슈?"

나는 을라의 얼굴을 한참 치어다보다가 이렇게 말을 돌렸다.

"별루 소식 없세요. 내가 그 언니한테 편지를 하면 답장이 올 뿐이

----

97) 대판 '오사카'를 우리 한자음으로 읽은 이름.

136

지. 사실은 이번에도 그 언니 답장을 기다리구 있는 판인데……."

조금도 거리낌 없는 이런 대답을 을라에게서 듣는 것은 좀 의외였다.

"왜? 학비라도 대어 오는 거요?"

저편이 노골적으로 수작을 붙이기에 나도 직통 대고 쏘아 보았다. 작년 여름에 만났을 때 그런 말눈치[98]를 귓결에 들었기에 말이다.

"학비는 무슨 학비! 하두 꿀릴 때면 몇십 원씩 올 일 년 내 두세 번 꾸어다 쓴 일도 있구, 방학에 나갔다가 들어올 제 노잣냥 언니가 보태 주기에 받아 가지고 왔을 뿐이지! 인화 씨부터도 그런 데에 무슨 오해가 있는지 모르지만, 그 밖에야 오해받을 일이라군 손톱만큼도 없세요!"

이 말을 하는 을라는 분연한 어조이었다. 내가 오해하는 듯한 것이 불쾌하여 이 사품에 변명을 하려는 말눈치거니와, 이번도 나갈 노자를 변통해 달라고 편지를 해놓고 기다리는 모양 같다. 그 말을 듣고 보니 혹은 그럴지 모르겠고, 내일이면 방학이라는데 하루를 더 기다려서 같이 가자고 애걸을 하는 것도 노자 때문인 듯싶다. 그렇다면 조금 절약을 해서 서울까지 데려다 주고도 싶으나, 병화와의 교제가 그뿐이거나 말거나, 이제는 그런 친절까지 보여 주고 싶지는 않다고 돌려 생각하고 말았다.

을라가 신호로 온 것이, 내가 신호에서 중학을 졸업하고 동경으로 간 뒤이기 때문에 작년 여름방학에 들렀을 때 만난 것이 처음이지마는, 을라의 이야기는 전부터 병화댁에게 들었던 것이다. 을라가 병화댁과의 한 반 아래인 동창생이요, 둘이 여학교에서부터 친한 사이인

---

98) 말눈치 말하는 속에 은연히 암시되는 말의 뜻.

관계로 병화 집을 제집같이 드나들고, 학비가 부족한 때면 편지질을 해서 취해 쓰는지도 모르겠으나, 작년 여름방학에 신호에서 만나서 놀다가 함께 서울로 나가서는 의외로 설면하여졌던[99] 것이다. 그래도 처음에는 퍽 재미있게 지냈었다. 실상은 내가 너무 솔직했던 때문인지도 모르지마는 차차 눈치가 다른 것을 보고는 나는 일체 교제를 끊기로 결심하였던 것이다. 생각하면 내가 지나치게 신경과민한 지레짐작을 하였던 것인지도 모른다. 하여튼 오해이었거나 말거나, 지금 새삼스럽게 구의(舊誼)[100]를 이어 보고자 여기 내린 것은 아니다. 다만 어째 내렸든 지간에 내린 바에는 을라를 안 만나고 간다는 것도 인사가 아니었다.

"어, 고단해서 어서 가서 눠야 하겠습니다."

병화 이야기가 나오니까 피차에 흥이 빠지는 것 같아서 나는 일어서 버렸다.

"애써 내리셨다가 이렇게 섭섭하게 가셔서 어떻게 해요. 내일 아침에 못 떠나시거든 오정 때까지 기다릴 테니 들러 주세요."

을라는 문간까지 나오면서도, 나를 이대로 놓치는 것을 섭섭해하였다.

"무얼! 서울 가서 만나 뵙죠."

구두를 신고 난 나는 정자나 까페 여자들에게 하던 버릇으로 악수하자고 손을 내밀었다. 을라는 얼굴이 살짝 발개지며 생긋 웃으며 주저주저하는 눈치더니 손을 내밀어 꼭 붙든다.

장난이 아니라 을라를 이성으로 생각한다느니보다도 보통 친구나 같은 뜻으로 악수를 청해 본 것이나, 그래도 컴컴한 거리로 나오도록

99) **설면하다** 사이가 정답지 아니하고 어색하다.
100) **구의** 예전에 가까이 지내던 정분.

내 손바닥에는 여자의 따뜻한 살김이 남아 있는 것을 깨달았다.


                                3


　그날 밤은 역 앞의 조그만 여관에서 노독[101]을 풀고 이튿날 아침차
로 떠나서 저녁에는 연락선을 타게 되었다.
　하관(下關)[102]에 도착하니, 방죽[103]이 터져 나오듯 일시에 꾸역꾸역
쏟아져 나오는 시꺼먼 사람 떼에 섞이어서 나는 연락선 대합실 앞까지
왔다.
　어디를 가나, 그 머릿살 아픈[104] 형사 떼의 승강이를 받기가 싫어서
배로 바로 들어가고 싶었으나, 배에는 아직 들이지 않기에, 나는 하는
수 없이 대합실로 들어갔다. 벤또나 살까 하고 매점 앞에 가서 섰으려
니까 어느 틈에 벌써 알아차렸는지 인버네스[105]를 입은 낯 서툰 친구
가 와서 모자를 벗으며 끄덕하고 국적이 어디냐고 묻는다. 나는 암말
아니하고 한참 치어다보다가, 명함을 꺼내서 주고 홀쩍 가게로 돌아서
버렸다.
　"본적은……?"
　내 명함을 받아 들고 내가 흥정을 다 하기까지 기다리고 있던 인버

---

101) 노독(路毒) 먼 길에 시달려서 생긴 피로나 병.
102) 하관 '시모노세키'를 우리 한자음으로 읽은 이름.
103) 방죽 물이 밀려들어 오는 것을 막기 위하여 쌓은 둑.
104) 머릿살 아프다 '골치가 아프다'의 속된 말.
105) 인버네스(inverness) 소매 대신에 망토가 달린 남자용 외투.

네스는 또 괴롭게 군다. 나는 그래도 역시 잠자코 그 명함을 도로 빼앗아서 주소를 써서 주고는, 사놓았던 물건을 들고 짐 놓은 자리로 와서 앉았다. 그러나 궐자[106]는 또 쫓아와서,

"나이는? 학교는? 무슨 일로? 어디까지?……"

하며 짓궂이 승강이를 부린다. 나는 실없이 화가 나서 그까짓 건 물어 무엇에 쓰려느냐고 소리를 지르고 싶었으나 꾹 참고 간단간단히 응대를 하여 주고 부리나케 짐을 들고 대합실 밖으로 나와 버렸다.

"미안합니다그려."

하며 좀 비웃는 듯이 인사를 하는 궐자의 흘겨 뜨는 눈은 부리부리하고 험상궂었으나, 내 뱃속에서도 제게 지지 않게 바지랑대[107] 같은 것이 치밀어 오르는 것을 참는 판이었다.

승객들은 북적거리며 배에 걸쳐 놓은 층층다리 앞에 일렬로 늘어섰다. 나도 틈을 비집고 그 속에 끼었다.

아스팔트 칠(漆)을 담았던 통에 썩은 생선을 담고 석탄산수[108]를 뿌려서 절이는 듯한 고약한 악취에 구역질이 날 듯한 것을 참으며, 제각기 앞을 서려고 우당투당대는 틈을 빠져서 겨우 삼등실로 들어갔다. 참외 원두막으로서는 너무도 몰풍경[109]하고 더러운 침대 위에다가 짐을 얹어 놓고 옷을 갈아입은 뒤에 나는 우선 목욕탕으로 재빨리 뛰어갔다.

내가 제일착이려니 하였더니 벌써 사오 인의 욕객[110]이 목욕탕 속에

106) 궐자(厥者) '그 사람'이라는 뜻으로 약간 낮잡아 이르는 말. 그자.
107) 바지랑대 빨랫줄을 받치는 장대.
108) 석탄산수(石炭酸水) 방부제, 소독제 따위로 쓰이는 무색투명한 액체.
109) 몰풍경 풍경이 삭막함.
110) 욕객(浴客) 목욕하러 온 손님.

들어앉아서 떠들어 댄다.

"오늘은 제법 까불릴걸!"[111]

"뭘, 이게 해변가니까 그렇지, 그리 세찬 바람은 아니야."

시골서 갓 잡아 올라오는 농군인 듯한 자가 온유하여 보이는 커다란 눈이 쉴 새 없이 디굴디굴하는 검고 우악한[112] 상을 이 사람 저 사람에게로 돌리면서 말을 꺼내니까, 상인인지 회사원 같은 앞의 사람이 이렇게 대꾸를 하는 것이었다.

"조선은 지금쯤 꽤 출걸?"

"그렇지만 온돌이 있으니까, 방 안에만 들어엎디었으면 십상[113]이지."

조선 사정에 익은 듯한 상인 비슷한 위인이 받는다.

"응, 참 온돌이란 게 있다지."

촌뜨기가 이렇게 말을 하니까, 나하고 마주 앉았는 자가 암상스러운[114] 눈으로 그자를 말끔히 치어다보더니,

"당신 처음이슈?"

하며 말참례를 하기 시작한다. 남을 멸시하고 위압하려는 듯한 어투며 뾰족한 조동아리가 물어보지 않아도 빚놀이쟁이의 거간[115]이거나 그따위 종류라고 나는 생각하였다.

"이 추위에 어째 나섰소? 어딜 가슈?"

---

111) 까불리다 키질하듯이 위아래로 흔들리다.
112) 우악하다(愚惡—) 미련하고 험상궂다.
113) 십상(十常) 썩 알맞음.
114) 암상스럽다 샘하는 마음이 많다.
115) 거간(居間) 팔고자 하는 사람과 사고자 하는 사람의 사이에 들어 흥정을 붙임. 또는 그런 일을 하는 사람.

"대구에 형님이 계신데 어머님이 편치 않으셔서 가는 길이죠."

"마침 잘되었소그려. 나도 대구까지 가는 길인데. 그래 백씨[116]께서는 무얼 하슈?"

"헌병대에 계시죠."

"네? 바로 대구분대(大邱分隊)에 계신가요? 네…… 그러면 실례입니다만, 백씨께서는 누구신지? 뭘로 계셔요?"

시골자의 형이 헌병대에 있다는 말에, 나하고 마주 앉은 자는 반색[117]을 하면서 금시로 말씨가 달라진다. 나는 그자의 대추씨 같은 얼굴을 또 한 번 치어다보지 않을 수 없었다.

"네, 우리 형님은 아직 군조[118]예요. 니시무라(西村) 군조, 혹 형공도 아시는지? 그런데 형공은 조선에 오래 계신가요?"

"네. 난 십여 년래로 그저 내 집같이 드나드니까요."

하고 궐자는 시골자를 한참 멀뚱멀뚱 치어다보다가,

"암, 대구 헌병대의 그 양반이야 알구말구요. 그 양반은 나를 모르실지 모르지만……."

어째 그 말눈치가 안다는 것보다도 모른다는 말 같다.

"어쨌든 십 년이라면 한밑천 잡으셨겠구려."

이번에는 상인 비슷한 자가 입을 벌렸다.

"웬걸요. 이젠 조선도 밝아져서 좀처럼 한밑천 잡기는 어렵지만……."

"그러나 조선 사람들은 어때요?"

---

"'요보'[119] 말씀요? 젊은 놈들은 그래도 제법들이지마는, 촌에 들어가면 대만(臺灣)의 생번[120]보다는 낫다면 나을까. 인제 가서 보슈…… 하하하."

'대만의 생번'이란 말에, 그 욕탕 속에 들어앉았던 사람들은 나만 빼놓고는 모두 껄껄 웃었다. 그러나 나는 기가 막혀 입술을 악물고 치어다보았으나 더운 김이 서리어서 궐자들에게는 분명히 보이지 않은 모양이었다. 욕객은 차차 꾸역꾸역 쏟아져 들어온다.

사실 말이지, 나는 그 소위 우국지사는 아니나 자기가 망국 백성이라는 것은 어느 때나 잊지 않고 있기는 하다. 학교나 하숙에서 지내는 데는 일본 사람과 오히려 서로 통사정[121]을 하느니만큼 좀 낫다. 그러나 그 외의 경우의 고통은 참을 수 없는 때가 많다.

그러나 또 한편으로 생각하면 망국 백성이 된 지 벌써 근 십 년 동안 인제는 무관심하도록 주위가 관대하게 내버려 두었었다. 도리어 소학교 시대에는 일본 교사와 충돌을 하여 퇴학을 하고 조선 역사를 가르치는 사립학교로 전학을 한다는 둥, 솔직한 어린 마음에 애국심이 비교적 열렬하였지마는, 차차 지각이 나자마자 일본으로 건너간 뒤에는 간혹 심사 틀리는 일을 당하거나 일 년에 한 번씩 귀국하는 길에 하관에서나 부산·경성에서 조사를 당하고, 성이 가시게 할 때에는 귀찮기도 하고 분하기도 하지마는 그때뿐이요, 그리 적개심이나 반항심을 일

119) 요보 일제 때 일본인들이 한국인을 낮춰 부르던 말.
120) 생번(生蕃) 일본이 대만을 통치하던 당시 대륙 문화에 동화되지 않고 원시생활을 하던 번족을 일본인이 부르던 이름.
121) 통사정(通事情) 저의 사정을 남에게 알림.

으킬 기회가 적었었다. 적개심이나 반항심이란 것은 압박과 학대에 정비례하는 것이나, 기실 그것은 민족적으로 활로를 얻는 유일한 수단이다. 그러나 칠 년이나 가까이 일본에 있는 동안에, 경찰관 이외에는 나에게 그다지 민족관념을 굳게 의식케 하지 않았을 뿐 아니라, 원래 정치 문제에 흥미가 없는 나는 그런 문제로 머리를 썩여 본 일이 거의 없었다 하여도 가할 만큼 정신이 마비되었었다. 그러나 요새로 와서 나의 신경은 점점 흥분하여 가지 않을 수가 없다. 이것을 보면 적개심이라든지 반항심이라는 것은 보통 경우에 자동적·이지적이라는 것보다는 피동적·감정적으로 유발되는 것인 듯하다. 다시 말하면 일본 사람은 지나치는 말 한마디나 그 태도로 말미암아 조선 사람의 억제할 수 없는 반감을 끓어오르게 하는 모양이다. 그러나 그것은 결국에 조선 사람으로 하여금 민족적 타락에서 스스로를 구하여야 하겠다는 자각을 주는 가장 긴요한 원동력이 될 뿐이다.

지금도 목욕탕 속에서 듣는 말마다 귀에 거슬리지 않는 것이 없지마는, 그것은 될 수 있으면 많은 조선 사람이 듣고, 오랜 몽유병에서 깨어날 기회를 주었으면 하는 생각을 자아낼 뿐이다.

그들은 여전히 이야기를 계속하고 있다.

"그래 촌에 들어가면 위험하진 않은가요?"

조선에 처음 간다는 시골자가 또다시 입을 벌렸다.

"뭘요. 어델 가든지 조금도 염려 없쇠다. 생번이라 하여도 요보는 온순한 데다가 가는 곳마다 순사요 헌병인데 손 하나 꼼짝할 수 있나요. 그걸 보면 데라우치(寺內)[122]상이 참 손아귀힘도 세지만 인물은 인물이야!"

매우 감격한 모양이다.

"그래 촌에 들어가서 할 게 뭐예요?"

"할 것이야 많지요. 어델 가기로 굶어 죽을 염려는 없지만, 요새 돈 몰 것이 똑 하나 있지요. 자본 없이 힘 안 들고…… 하하하."

표독한[123] 위인이 충동하는 수작이다.

"그런 벌이가 어디 있어요?"

촌뜨기 선생은 그 큰 눈을 더 둥그렇게 뜨고 큰 기대와 호기심을 가지고 마주 치어다보는 모양이다.

"왜요, 한번 해보시려우?"

그는 이렇게 한마디 충동이며, 무슨 의미나 있는 듯이 그 악독하여 보이는 얼굴에 교활한 웃음을 띠고 한참 마주 보다가,

"시골서 죽도록 땅이나 파먹다가 거꾸러지는 것보다는 편하고 재미있습넨다. 게다가 돈은 쓰고 싶은 대로 쓸 수 있고……."

여전히 뱅글뱅글 웃으면서 이 순실한,[124] 어머니 뱃속에서 나온 그대로 있는 듯한 촌뜨기를 꾄다.

"그런 선반에서 떨어지는 떡 같은 장사[125]가 있으면 하다뿐이겠나요."

촌뜨기는 차차 침이 괴어 오는 수작이다.

"그러나 밑천이 아주 안 드는 것은 아니지요. 우선 얼마 안 되지만 보증금을 들여놓아야 하고, 양복이나 한 벌 장만하여야 할 터이니까……

---

122) 데라우치 마사타케(寺內正毅, 1852~1919)  일본의 군인·정치가. 국권 탈취 후 초대 조선 총독으로 무단 식민정책을 폈다.

123) 표독하다(慓毒 ―)  사납고 독살스럽다.

124) 순실하다(純實 ―)  순진하고 참되다.

125) 선반에서 떨어지는 떡 같은 장사  '아주 쉬운 일'을 이르는 말.

그러나 당신이야 형님이 헌병대에 계시다니까 신분은 염려 없을 테니 보증금은 없어도 좋겠지.”

제 딴은 누구를 큰 직업이나 얻어 주는 듯싶이, 더구나 보증금은 특별히 면제하여 주겠다는 듯이 오만한 태도로 어깨를 뒤틀며 호기만장[126]이다. 일편 촌뜨기는 양복 신사가 돼야 하는 직업이라는 데에 속으로 혜에 하는 기색이다. 그러나 정작 그 직업의 종류가 무엇인가는 좀처럼 가르쳐 주지 않는다. 실상 곁에서 엿듣고 앉았는 나 역시 궁금하지만, 이러한 소리를 듣는 시골 궐자는 더 한층 호기의 눈을 번쩍이며 앉았는 모양이다. 그러나 그것을 토설치[127] 않는 것은 나와 그 외의 두세 사람이 들을까 꺼리어서 그리하는 것 같기도 하고, 또는 그 시골뜨기가 좀 더 몸이 달아 덤비며 자기의 부하가 되겠다는 다짐까지 받고서야 이야기하려는 수단 같기도 하다.

“그래 그런 훌륭한 직업이 무엇인데, 어데 있단 말요?”

이번에는 그 시골자의 동행인 듯한 사람이 가만히 듣고 있다가 욕탕에서 시뻘겋게 단 몸뚱어리를 무거운 듯이 끌어내며 물었다. 그자도 물속에서 불쑥 일어서서 수건을 등 뒤로 넘겨서 가로잡고 문지르며 한번 목욕탕 속을 휘돌아다 보고, 다른 사람들이 자기네의 이야기에는 무심히 이 구석 저 구석에서 먹을 감는 것을 살펴본 뒤에, 안심한 듯이 비로소 목소리를 낮추며 입을 벌린다.

“실상은 누워 떡 먹기지. 나두 이번에 가서 해오면 세 번째나 되오마는, 내지[128]의 각 회사와 연락해 가지고 요보들을 붙들어 오는 것인

---

126) 호기만장(豪氣萬丈) 거드럭거리며 뽐내는 기운이 가득 차서 겉으로 드러남.
127) 토설하다(吐說 —) 숨겼던 사실을 밝혀 말하다.

데…… 즉 조선 쿨리(苦力)[129] 말씀요. 농촌 노동자를 빼내 오는 것이죠. 그런데 그것은 대개 경상남북도나, 그렇지 않으면 함경, 강원, 그다음에는 평안도에서 모집을 해오는 것인데, 그중에도 경상남도가 제일 쉽습넨다. 하하하."

그자는 여기 와서 말을 끊고, 교활한 웃음을 웃어 버렸다.

나는 여기까지 듣고 깜짝 놀랐다. 그 불쌍한 조선 노동자들이 속아서 지상의 지옥 같은 일본 각지의 공장과 광산으로 몸이 팔리어 가는 것이, 모두 이런 도적놈 같은 협잡 부랑배[130]의 술중(術中)[131]에 빠져서 속아 넘어가는구나 하는 생각을 하며, 나는 다시 한 번 그자의 상판대기[132]를 치어다보지 않을 수 없었다.

'옳지! 그래서 이자의 형이 헌병 군조라는 것을 듣고 이용할 작정으로 반색을 한 게로군!'

나는 이런 생각도 하여 보며 가만히 귀를 기울이고 앉았었다.

궐자는 벙벙히 듣고 앉았는 그 두 사람의 얼굴을 이리저리 바라보고 빙긋 웃으며 또다시 말을 잇는다.

"왜 남선 지방에 응모자가 많고 북으로 갈수록 적은고 하니, 이 남쪽은 내지인이 제일 많이 들어가서 모든 세력을 잡았기 때문에, 북으로 쫓겨서 만주로 기어들어 가거나 남으로 현해탄(玄海灘)을 건너서

---

128) 내지(內地)  외국이나 식민지에서 본국을 이르는 말. 여기에서는 일본을 가리킨다.
129) 쿨리(coolie)  육체노동에 종사하는 중국이나 인도의 하층 노동자로 19세기에 아프리카, 인도, 아시아의 식민지에서 혹사당했다.
130) 협잡(挾雜) 부랑배(浮浪輩)  떠돌아다니면서 바르고 곧지 않은 짓으로 남을 속이는 무리.
131) 술중  남의 꾀 속. 술책.
132) 상판대기  '얼굴'을 속되게 이르는 말.

거나 두 가지 중에 한 가지 길밖에 없는데, 누구나 그늘보다는 양지가 좋으니까, 요보들 생각에도 일 년 열두 달 죽도록 농사를 지어야 주린 배를 채우기는 고사하고 보릿고개에는 시래기죽으로 부증[133]이 나서 뒈질 지경인 바에야, 번화한 동경·대판에 가서 흥청망청 살아 보겠다는 요량[134]이거든. 그러니 촌의 젊은 애들은 말할 것도 없고 계집애들까지 나두 나두 하고 나서거든. 뭐 모집이야 쉽지!"

"흥…… 그럴 거야!"

"아직 북선 지방은 우리 내지인이 덜 들어갔기 때문에 비교적 편안히 사니까 응모자가 적지만, 그것도 미구불원[135]에 쪽박을 차고 나설 거라. 허허허……."

이자는 자기 설명에 만족한 듯이 대단히 득의만면이다.

"그래 그렇게 모집을 해 가면 얼마나 생기나요?"

촌뜨기는 구수하다는 듯이 침을 흘리며 듣는다.

"얼마가 뭐요. 여비가 있지, 일당(日當)이 또 있지, 게다가 한 사람 모집하는 데에 일 원서부터 이 원이니까—그건 회사와 일의 종류에 따라서 다르지만, 가령 방적회사의 여직공 같은 것은 임금도 싼 데다가 모집원의 수수료도 헐하고,[136] 광부 같은 것은 지금 시세로도 일 원 오십 전으로 이 원 오십 전까지라우. 가령 천 명만 맡아 가지고 와서 보구려. 이삼 삭 동안 여비나 일당에서 남는 것은 그까짓 건 다 그만두

---

133) 부증(浮症) 몸이 붓는 증상.
134) 요량(料量) 앞일 따위를 잘 헤아려 생각하는 것.
135) 미구불원(未久不遠) 앞으로 얼마 오래지 아니하고 가까움.
136) 헐하다 값이 싸다.

고라도 일천오륙백 원, 근 이천 원은 간데없는 것일 게니, 그런 벌이가 이판에 어디 있소? 하하하. 나도 맨 처음에—그건 제주도에서 모집하여 갔지만—그때에 오백 명 모아다 주고 실살고[137]로 남긴 것이 천 원이었고, 둘쨋번에는 올가을 팔백 명이나 북해도[138] 족미탄광(足尾炭鑛)에 보내고 이천 원 돈이 들어왔다우."

노동자 모집원이라는 자는 입의 침이 없이 천 원, 이천 원을 신이 나서 뇌며 목욕탕 속에서 나왔다.

"예에, 예에, 그럴 거예요!"

하며, 일평생에 들어 보지도 못하던 천(千) 자가 붙은 돈 액수에 눈을 휘둥그렇게 뜨고 귀를 기울이고 앉았던 시골자는, 때를 다 밀었는지 그 장대한 구릿빛 나는 유착한[139] 몸집을 벌떡 일으키어 다시 욕탕 속에 출렁 집어넣으면서 만족한 듯이 또다시 말을 붙이었다.

"그래 조선 농군들이 가서 그런 공사일을 잘들 하나요?"

"잘하구 못하는 것은 내가 아랑곳 있겠소마는, 하여간 요보는 말을 잘 듣고 쿨리만은 못해도 힘드는 일을 잘하는 데다가 삯전이 헐하니까 안성맞춤이지…… 그야 처음 데려갈 때에는 품삯도 많고 일은 드러누워서 떡 먹기라고 푹 삶아야 하긴 하지만, 그래도 갈 노자며 처자까지 데리고 가게 하고, 게다가 빚까지 갚아 주는 데야 제 아무런 놈이기로 아니 따라나설 놈이 있겠소. 한번 따라나서기만 하면야 전차(前借)[140]가 있는데 그야말로 독 안에 든 쥐지. 일이 고되거나 품이 헐하

---

137) 실살고  겉으로 드러나지 아니한 실제의 이익.
138) 북해도(北海道)  '홋카이도'를 우리 한자음으로 읽은 이름.
139) 유착하다  몹시 투박하고 크다.

긴 고사하고 굶어 뒈진다기루 하는 수 있나, 하하하."

벌써 부하가 되었다는 듯이 득의만면하여 모집 방법의 비책[141]까지 도도히[142] 설명을 하여 주고 앉았다.

나는 좀 더 들으려고 일부러 머뭇머뭇하며 앉았으려니까, 승객이 다 올라탔는지 별안간에 욕객의 한 떼가 또 와자하고 들이 밀려오기에 나는 그만 듣고 몸을 훔치기 시작하였다.

스물두셋쯤 된 책상 도련님인 나로서는 이러한 이야기를 듣고 놀라지 않을 수 없었다. 인생이 어떠하니, 인간성이 어떠하니, 사회가 어떠하니 하여야 다만 심심파적으로 하는 탁상의 공론[143]에 불과한 것은 물론이다. 아버지나 조상의 덕택으로 글자나 얻어 배웠거나 소설 권이나 들춰 보았다고, 인생이니 자연이니 시(詩)니 소설이니 한대야 결국은 배가 불러서 투정질[144]하는 수작이요, 실인생·실사회의 이면의 이면, 진상의 진상과는 얼마만한 관련이 있다는 것인가? 하고 보면 내가 지금 하는 것, 이로부터 하려는 일이 결국 무엇인가 하는 의문과 불안을 느끼지 않을 수가 없었다. 일 년 열두 달 죽도록 농사를 지어야 반년짝은 시래기로 목숨을 이어 나가지 않으면 안 되겠으니까…… 하는 말을 들을 제, 그것이 과연 사실일까 하는 의심이 날 만큼 나의 귀가 번쩍하리만큼 조선의 현실을 몰랐다. 나도 열 살 전까지는 부모의 고향인 충청도 촌 속에서 자라났고, 그 후에도 일 년에 한두 번씩은 촌락에

140) 전차 뒷날에 받을 돈을 기일 전에 앞당겨 쓰는 것.
141) 비책(祕策) 아무도 모르게 숨긴 계책.
142) 도도히(滔滔—) 말하는 모양이 거침없이.
143) 탁상(卓上)의 공론(空論) 탁상공론. 실현성이 없는 헛된 이론.
144) 투정질 무엇이 마땅치 않거나 불만이 있어서 떼를 쓰며 조르는 일.

발을 들여놓아 보았지만, 설마 그렇게까지 소작인의 생활이 참혹하리라고는 꿈에도 생각해 본 일이 없었다.

"시(詩)를 짓는 것보다는 밭을 갈라고 한다. 그러나 밭을 가는 그것이 벌써 시가 아니냐…… 사람은 흙에서 나와서 흙에 돌아간다. 흙의 향기로운 냄새에 취할 수 있는 자의 행복이여! 흙의 북돋아 오르는 생기야말로 너 인간의 끊임없는 새 생명이니라……."

언젠가 이따위의 산문시줄이나 쓰던, 자기의 공상과 값싼 로맨티시즘[145]이 도리어 부끄러웠다. 흙의 냄새가 향기롭지 않다는 것도 아니다. 그 향기에 취할 수 있는 자가 행복스럽지 않다는 것도 아니다. 조반[146] 후의 낮잠은 위약(胃弱)[147]이라는 고등유민의 유행병에나 걸릴까 보아서 대팻밥모자[148]에 연경[149]이나 쓰고, 아침저녁으로 호미자루를 잡는 것이 행복스럽지 않고 시적(詩的)이 아니라는 것이 아니다. 그러나저러나, 일 년 열두 달, 소나 말보다도 죽을 고역을 다하고도 시래기죽에 얼굴이 붓는 것도 시일까? 그들이 삼복의 끓는 햇볕에 손등을 데우면서 호미자루를 놀릴 때, 그들은 행복을 느끼는가? ……그들은 흙의 노예다. 자기 자신의 생명의 노예다. 그들에게 있는 것은 다만 땀과 피뿐이다. 그리고 주림뿐이다. 그들이 어머니의 뱃속에서 뛰어나오기 전에, 벌써 확정된 단 하나의 사실은 그들의 모공이 막히고 혈청[150]

---

145) 로맨티시즘(romanticism) 낭만주의.
146) 조반(朝飯) 아침밥.
147) 위약 위의 소화력이 약해지는 병을 두루 이르는 말.
148) 대팻밥모자 나무를 대팻밥처럼 얇게 깎아 꿰매어 만든 여름 모자.
149) 연경(煙鏡) 알의 빛깔이 검거나 누런색으로 된 색안경.
150) 혈청(血淸) 혈액이 엉겨 굳을 때 혈병(血餠)에서 분리되는 담황색의 투명 액체.

이 마르기까지, 흙에 그 땀과 피를 쏟으라는 것이다. 그리하여 열 방울의 땀과 백 방울의 피는 한 톨의 나락[151]을 기른다. 그러나 그 한 톨의 나락은 누구의 입으로 들어가는가? 그에게 지불되는 보수는 무엇인가. ─주림만이 무엇보다도 확실한 그의 밭을 품삯이다⋯⋯.

나는 몸을 다 훔치고 옷 입는 터전으로 나왔다.

나는 사람, 드는 사람, 한참 복작대는 틈에서 부리나케 양복바지를 꿰며 섰으려니까, 어떤 보지 못하던 친구가 문을 반쯤 열고 중절모자를 쓴 대가리를 불쑥 디밀며, 황당한 안색으로 방 안을 휘휘 둘러보더니,

"실례올시다만, 여기 이인화란 이가 계십니까?"

하고 묻는다.

"네에, 나요. 왜 그러우?"

나는 궐자의 앞으로 두어 발짝 나서며 이렇게 대답을 하였다. 궐자는 한참 찾아다니다가 겨우 만난 것이 반갑다는 듯이 빙글빙글 웃으며, 문을 활짝 열어젖히고 서서 이리 좀 나오라고 명령하듯이 소리를 친다. 학생복에 망토를 두른 체격이며, 제 딴은 유창하게 한답시는 일어의 어조가 묻지 않아도 조선 사람이 분명하다. 그래도 짓궂이 일어를 사용하고 도리어 자기의 본색이 탄로될까 보아 염려하는 듯한, 침착지 못한 행색이 나의 눈에는 더욱 수상쩍기도 하고 마음이 근질근질하기도 하였다. 나의 성명과 그 사람의 어조를 듣고, 우리가 조선 사람인 것을 짐작한 여러 일인의 시선은, 나에게서 그자에게, 그자에게서 나에게로 올지 갈지 하는 모양이었다. 말하자면 우리 두 사람은 일본

151) 나락 '벼'의 사투리.

사람 앞에서 희극을 연작하는 앵무새 모양이었다.

"무슨 이야긴지 할 말 있건 예서 하구려."

그래도 나는 기연가미연가하여[152] 역시 일어로 대답하였다.

"하여간 이리 좀 나오슈."

말씨가 벌써 그러한 종류의 위인인 것을 의심할 여지가 없다고 생각한 나는, 그 언사[153]의 교만한 것이 첫째 귀에 거슬리어서 다소 불쾌한 어조로,

"그럼 문을 닫고 나가서 기다류."

하며 소리를 지르고 다시 내 자리로 와서 주섬주섬 옷을 마저 입기 시작하였다. 여러 사람의 경멸하는 듯한 시선은 여전히 내 얼굴에 어리는 것을 깨달았다. 더구나 아까 노동자를 모집할 의논을 하던 세 사람은, 힐끔힐끔 곁눈질을 하는 것이 분명하였으나, 나는 도리어 그 시선을 피하였다. 불쾌한 생각이 목구멍 밑까지 치밀어 오는 것 같을 뿐 아니라, 어쩐지 기운이 줄고 어깨가 처지는 것 같았다.

옷을 다 입고 문밖으로 나오니까, 궐자는 맞은편에 기대어 웅숭그리고[154] 서서 기다리는 모양이다.

"미안합니다만, 나하고 짐을 가지고 저리 좀 나갑시다."

뒤를 쫓아오면서 애원하듯이 말을 붙이는 양이, 아까와는 태도가 일변하였다.[155]

---

152) 기연가미연가하다 그런지 그렇지 않은지 확실하지 않다.
153) 언사(言辭) 말. 말씨.
154) 웅숭그리다 몸을 궁상스럽게 몹시 웅크리다.
155) 일변하다(一變—) 아주 달라지다.

"댁이 누구길래, 어델 가잔 말요?"

"녜에, 참 나는 서(署)에서 왔는데 잠깐 파출소로 가십시다."

자기의 직무도 명언하지[156] 아니하고 덮어놓고 가자고 한 것이 잘못되었다는 듯도 하고, 한편으로는 자기가 일인 행세를 하는 것이 내심으로 부끄럽고, 또한 나에게 '노형이 조선 사람이 아니오?' 하고, 탄로나 되지 않을까 하는 염려가 있어서 앞이 굽는다는 듯이, 언사와 태도는 점점 풀이 죽고 공손하여졌다. 이것을 본 나는 도리어 불쌍하고 가없은 생각이 나서, 층계를 느런히[157] 서서 내려가다가, 궐자의 얼굴을 치어다보았다. 아무 의미 없이 빙글빙글 웃는 그 얼굴에는 어색하여하는 빛이 역력히 보였다. 나는 잠자코 자기 자리로 가서 순탄한 말로,

"나는 나갈 새도 없고 짐이라곤 이것밖에 없으니, 혼자 가지고 가서 조사할 게 있건 조사하고 갖다 주슈."

하고 가방 두 개를 들어 내어주었다.

"안 돼요, 그건. 입회를 해줘야 이걸 열죠. 그러지 마시고 잠깐만 나가 주세요. 이건 내가 들고 갈 테니."

선실 안의 수백의 눈은 모두 나에게로 모여들었다. 여기저기서 수군거리는 소리도 들리었다. 나는 얼굴이 화끈화끈하여 더 섰을 수가 없었다.

"내가 도적질이나 한 혐의가 있단 말이오? 가지고 가서 마음대로 하라는데야 또 어쩌란 말이오. 정 그럴 테면 이리로 들어와서 조사를 하라고 하구려. 배는 떠나게 되었는데 나가자는 사람도 염치가 있지……."

---

156) 명언하다(明言 —) 분명하게 말하다.
157) 느런히 죽 벌여서.

나는 분이 치밀어 올라와서 이렇게 볼멘소리[158]를 질렀다.

"그러지 마시고 오늘 이 배로 꼭 떠나시게 할 테니, 제발 잠깐만 나가 주세요. 자꾸 시간만 갑니다…… 여기선 창피하실까 봐 그러는 것 아닙니까?"

"창피하다? 흥, 창피? 얼마나 창피하면 예서 더 창피할꾸. 그런 사패[159] 볼 것 없이 마음대로 하슈!"

홧김에 이렇게 소리는 질렀으나, 그 애걸하는 양이 밉살스런 중에도 가엾어 보이지 않는 것도 아니요, 어느 때까지 승강이만 하다가는 궐자 말마따나 이로울 것도 없고 시간만 바락바락 가겠기에 나가기로 결심하고 웃저고리를 집어 입고서, 어떻게 될지 사람의 일을 몰라서 아까 사가지고 들어온 벤또 그릇까지 가지고 가방을 들고 앞서 나가는 형사의 뒤를 따라섰다. 형사가 큰 성공이나 한 듯이 득의만면하여,

"진작 그러시지요. 별일은 없을 거예요."

하며 웃는 그 얼굴에는 달래는 듯하기도 하고 빈정대는 듯한 빛이 보였다. 나는 무심중에 주먹이 부르르 떨리는 것을 깨달았다.

갑판으로 나와서 승강구까지 불러다가 조사를 하게 하라 하여 보았으나, 그것도 들어주지 않아서 화가 나는 것을 참고 결국 잔교(棧橋)[160]로 내려섰다.

대합실 앞까지 오니까, 아까 내 명함을 빼앗아 간 인버네스가 양복에

---

158) 볼멘소리  불만스럽거나 성이 나서 퉁명스럽게 하는 말투.
159) 사패  일의 형편이나 사정.
160) 잔교  부두에서 선박에 닿을 수 있도록 해놓은 다리 모양의 구조물. 화물을 싣거나 부리고 선객이 오르내리는 데 쓰인다.

외투를 입은 또 한 사람과 무시무시하게 경계를 하고 섰다가, 우리를 보더니 아무 말 아니하고 기선 화물을 집더미같이 쌓아 놓은 뒤로 앞서 들어갔다. 가방을 가진 자도 아무 말 아니하고 따라섰다. 나는 가슴이 선뜩하는 것을 참고, 아무 반항할 힘도 없이, 관에 들어가는 소처럼 뒤를 대어 섰다. 네 사람이 예정한 행동을 취하는 것처럼, 묵묵하고 침중한[161] 가운데에 모든 행동을 경쾌하게 하는 것이, 마치 활동사진[162]에서 보는 강도단이나 그것을 추격하는 탐정 같았다. 네 사람은 화물에 가리어 행인에게 보이지 않을 만한 곳에 와서 우뚝우뚝 섰다. 대합실의 유리창에서 흘러나오는 전광[163]만은, 양복쟁이의 안경테에 소리 없이 반짝 비치었다.

"오늘 하루 예서 묵지 못하겠소?"

양복쟁이가 우선 입을 벌리며 가방을 빼앗아 든다. 좁은 골짜기에서 나직하게 내는 거세고도 굵은 목소리는 이 세상에서 들어 본 목소리 같지 않았다. 나는 얼빠진 놈 모양으로 아무 생각 없이 안경알이 하얗게 어룽어룽하는 그자의 두툼하고 둥근 상을 치어다보며 섰었다. 그자도 나의 표정을 하나라도 놓치지 않으려는 듯이 입술을 악물고 위협하는 태도로 노려보다가 별안간에 은근한 어조로,

"하루 쉬어서 가시구려."

하는 양이, 마치 정다운 진객[164]을 만류하는 것 같았다. 무슨 죄가 있는

---

161) 침중하다(沈重 一) 성격, 마음, 목소리 따위가 가라앉고 무게가 있다.
162) 활동사진(活動寫眞) '영화(映畵)'의 옛말. 움직이는 사진이라는 뜻으로, 무성(無聲)영화 같은 초기 영화를 오늘날의 영화에 상대하여 이르는 말로도 쓰인다.
163) 전광(電光) 전등의 불빛.
164) 진객(珍客) 귀한 손님.

것은 아니나, 이같이 으스한 골짜기에서 을러 보았다 달래 보았다 하는 것을 당하는 것은 나의 수명이 줄어들어 가는 것 같았다. 만일 내가 부호로서 이런 꼴을 당하였더면, 위불위없이[165] 강도나 맞았다고 생각하였을 것이다. 나는 정신을 바짝 차리고 대답을 하려 하였으나, 참 정말 귓구멍이 막혀서 입을 벌릴 기운이 없었다.

"묵긴 어데서 묵으란 말이오? 유치장에나 가잔 말씀이오? 이 배에 떠나게 한다는 약조를 하였기 때문에 나왔으니까 약조대로 합시다."

이렇게 강경히[166] 주장은 하면서도, 마음은 차차 두근거려지고 신경은 극도로 긴장하여졌다. 대체 나 같은 위인은 경찰서의 신세를 지기에는 너무도 평범하지만, 그래도 이 배만 놓치면 참 정말 유치장에서 욕을 볼 것은 뻔한 일, 하늘이 두 쪽이 되는 한이 있더라도 이 배를 놓쳐서는 큰일이라고 결심을 단단히 하고서도 웬일인지 가슴은 여전히 두근두근하지 않을 수가 없었다.

"그럼 예서 잠깐 할까?"

양복쟁이가 나와 인버네스를 반반씩 보며 저희끼리 의논을 한다. 나는 우선 마음을 놓았다.

"네, 그러지요."

인버네스가 찬성을 하니까, 양복쟁이는 나에게로 향하여,

"이것 좀 열어 보아도 상관없겠소?"

하고 열쇠를 내라고 한다. 나는 급히 열쇠를 내어주었다…… 가방은 양복쟁이의 손에서 덜컥 열리었다.

165) 위불위없이(爲不爲 —) 틀림없이. 의심 없이.
166) 강경히(剛勁 —) 성격이나 기질이 꿋꿋하고 굳세게.

어린아이 관(棺) 같은 긴 모양의 트렁크를 유리창 그림자가 환히 비치는 화물 쌓인 밑에다가 열어 놓고 들쑤시는 동안에, 그 옆에서 인버네스는 조그만 손가방을 조사하고 앉았다. 나는 이편에 느런히 섰는 학생복 입은 자와 함께 두 사람의 네 손길만 내려다보고 섰었다. 큰 트렁크를 맡은 자는 잠깐 쑤석쑤석하여 보더니, 그 위에 얹어 놓은 양복이며 화복들을 손에 잡히는 대로 획획 집어서 내 옆에 선 형사에게 주섬주섬 던져 주고 나서, 그 밑에 깔리었던 서류 뭉텅이와 서적 몇 권을 분주히 들척거리고[167] 앉았다. 조그만 트렁크 속에서 소득이 없었던지 그대로 뚜껑을 닫아서 옆에 놓고 인버네스도 다시 큰 가방으로 달려들어서 들여다보고 앉았다가 양복쟁이의 분부대로 서적을 한 권씩 들어 보아 가며 일일이 책명을 수첩에 기입하며 앉았다. 가방 속에서 갈팡질팡하는 형사의 네 손은 일 분, 이 분 시간이 갈수록 가속도로 움직인다. 나는 이놈들이 또 무슨 망령이나 부리지 않을까 하는 불안과 의혹을 가지고 전광에 벌겋게 번쩍이는 양복쟁이의 곁뺨을 노려보고 섰었다.

여덟 눈과 네 손길은 앞에 뉘어 놓은 트렁크 한 개에 모든 정력을 집중하고, 일분의 빈틈 없이 극도로 긴장하였으면서도 여덟 입술은 풀로 붙인 듯이, 아무도 입을 벌리려는 사람이 없었다. 절대 침묵이 한 칸통쯤 되는 컴컴한 골짜기에 숨이 막힐 듯이 가득히 찼다. 비릿한 해기(海氣)[168]를 품은 차디찬 저녁 바람이 귓가로 솔솔 지날 때마다 바삭바삭하는 종잇장 구기는 소리밖에 나에게는 들리지 않았다. 그보다 큰 배에 짐 싣는 인부의 소리도, 잔교 밑에 와서 부딪는 출렁출렁하는 파도

167) 들척거리다 이리저리 자꾸 들추어 뒤지다.
168) 해기 바다 위에 어린 기운.

158

소리도, 아마 이 네 사람의 귀에는 들리지 않았을 것이다. 무겁고 찌뿌드드한 침묵 속에 흐릿한 불빛에 싸여서 서고 앉고 하여 꾸물꾸물하는 양이, 마치 바다에 빠진 시체를 건져 놓고 검시(檢屍)[169]나 하는 것같이 처량하고 비장하며 엄숙히 보였다. 그러나 일 분, 이 분, 삼 분, 오분, 십 분…… 시간이 갈수록 나의 머릿속은 귀와 반비례로 욱신욱신하여졌다. 그 세 사람들이 일부러 느럭느럭하는[170] 것은 아니건마는 뺏어 가지고 내 손으로 하고 싶으리만큼 초초하였다. 나는 참다못하여 시계를 꺼내 들고,

"이제 이 분밖에 안 남았소. 난 갈 테요."

하고 재촉을 하였다. 그제야 양복쟁이는 눈에 불이 나게 놀리던 손을 쉬고, 서류 뭉텅이를 들어 뵈면서,

"이것만은 잠깐 내가 갖다가 보고, 댁으로 보내 드려도 관계없겠지요?"

하고 일어선다. 서두른 분수 보아서는 아무 소득이 없어 섭섭하고 열쩍으니, 서류 뭉치나 뺏어 두자는 눈치 같다. 나는 두말없이 쾌락하였다.[171] 사실 그 속에는 집에서 온 최근의 편지 몇 장과 소설 초고[172]와 몇 가지 원고 외에는 아무것도 없었다. 애를 써서 기록한 서적이라야 원래 나에게는 사회주의라는 사 자나 레닌이라는 레 자는 물론이려니와, 독립이라는 독 자도 없을 것은 나의 전공하는 학과만 보아도 알 것

169) 검시  죽은 사람의 시체를 검사함.
170) 느럭느럭하다  말이나 행동이 느리다.
171) 쾌락하다(快諾 —)  기꺼이 승낙하다.
172) 초고(草稿)  시나 소설 등 문학의 초벌 원고.

이었다. 아니, 설령 내가 볼셰비키에 관한 서적을 몇백 권 가졌거나 사회주의를 연구하거나, 그것은 학문의 연구라 물론 자유일 것이요, 비록 독립사상을 가진 나의 뇌 속을 X광선 같은 것으로나 심사법(心寫法)[173]으로 알았다 할지라도, 행동이 없는 다음에야 조사하기로 소용이 무엇인가.—이러한 생각은 나중에 한 것이지만 그 당장에는 하여간 무사히 방면되어 배에 오르게 된 것만 다행히 여겨 궐자들과 같이 허둥지둥 행구[174]를 수습하여 가지고 나섰다.

짐을 가볍게 하여 준 트렁크를 두 손에 들고, 어서 올라오라는 선원의 꾸지람을 들어 가며 겨우 갑판 위에 올라서자, 기를 쓰는 듯한 경적과 말울음[馬嘶] 소리 같은 기적소리가 나며 신경이 자릿자릿한 징[鉦]소리가 교향적으로 호젓이 암흑에 싸인 부두 일판에 처량하고도 요란하게 울리었다. 배는 소리 없이 미끄러져 벌써 두어 칸통이나 잔교에서 떨어졌다. 전송하러 온 여관 하인들이며 인부들의 그림자가 쓸쓸한 벌판에 성기성기[175] 차차 조그맣게 눈에 띄고 선창 위에서 휘두르며 가는 등불이 쓸쓸한 바람에 불리어 길어졌다 짧아졌다 한다.

나는 선실로 들어갈 생각도 없이 으스름한 갑판 위에 찬바람을 쐬어 가며 웅숭그리고 섰었다. 격심한 노역과 추위에 피곤하여 깊은 잠에 들어 가는 항구는, 소리 없이 암흑 속에 누웠을 뿐이요, 전시[176]의 안식을 지키는 야광주[177]는 벌써부터 졸린 듯이 점점 불빛이 적어 가고 수

173) 심사법 마음속의 생각을 꿰뚫어 보는 방법.
174) 행구(行具) 여행할 때 쓰는 도구.
175) 성기성기 간격이 뜬 모양.
176) 전시(全市) 도시 전체.
177) 야광주(夜光珠) 고대 중국에 있었다고 하는 밤에도 빛나는 구슬. 여기서는 가로등을 뜻한다.

효가 줄어 가면서 깜박깜박 졸고 있다. 나는 인간계를 떠나서 방랑의 몸이 된 자와 같이 그 불빛의 낱낱이 어떠한 평화로운 가정의 대문을 지키고 있으려니 하는 생각을 할 제, 선뜩선뜩하게 반짝이는 별보다도 점점 멀리 흐려 가는 불빛이 따뜻이 보였다. 나의 머릿속은 단지 혼돈하였을 뿐이요, 눈은 화끈화끈 단다.

외투 포켓에다가 두 손을 찌르고 어느 때까지 우두커니 섰는 내 눈에는 어느덧 뜨끈뜨끈한 눈물이 빚어 나와서, 상기가 된 좌우 뺨으로 흘러내렸다. 찬바람에 산뜩산뜩 스며들어 가는 것을 나는 씻으려고도 아니하고 여전히 섰었다.


4


사람이란 자기보다 우월하거나 열등한 사람에게 대할 때처럼, 자기의 지위나 처지라는 것을 명료히 의식할 때가 없는 모양이다. 동위 동격자끼리는 경우가 같기 때문에 서로 공명(共鳴)하는 점도 많고 서로 동정할 수도 있을 뿐 아니라, 누가 잘난 체를 하고 누가 굽힐 여지가 없다. 그렇지만 우열이 현격하면[178] 공명이나 동정이라는 것보다는 먼저 자기의 지위나 처지에 대한 의식이 앞을 서서, 한편에서는 거드름을 빼면 한편에서는 고개가 수그러지고, 저편이 등을 두드리는 수작을 하면 이편은 마음이 여린 사람일 지경 같으면 황송무지해서 긴한 체를

---

178) 현격하다(懸隔 —) 사이가 많이 벌어져 있다. 또는 차이가 매우 심하다.

하여 보이기도 하고, 자존심이 굳센 자면 굴욕을 느끼어서 반감을 품을 것이요, 또 저편이 위압을 하려는 태도로 나오면 이편은 꿈질하여 납청쟁이[179]가 되거나, 그렇지 않으면 반항적 태도로 나오는 것이다. 사회조직이라든지 교육이라든지, 한층 더 들어가서 사람의 심리가 근본적으로 잘되어 그렇든지 못되어 그렇든지 하여간 사람이란 그리하여 보고 싶은 것이다.

그러나 자기가 저편보다는 낫다, 한 손 접는다고 생각할 때에 느끼는 자랑과 기쁨이 자기를 행복케 하고 향상케 함보다는 저편보다 못하다, 감잡힌다고[180] 생각할 제에 일어나는 굴욕과 분개가 주는 불행과 고통과 저상(沮喪)[181]이 곱이나 큰 것이다. 더구나 자존심이 강한 사람에게 대하여는 보통 사람보다도 열 곱, 스무 곱, 백 곱이나 큰 것이다. 그뿐 아니라 그 우열감이 단순한 개인과 개인과의 관계를 벗어나서 집단적 배경이 있을 때에는 순전한 적대심으로 변하는 동시에, 좁고 깊게 사람의 마음속에 파고들어 앉아서 혹은 노골적으로 폭발되기도 하고 혹은 은근히 일종의 세력을 기르게 되는 것이다.

그러나 그중에도 다행한 일은 자존심이 많고 의지가 강한 사람일수록 그 굴욕과 비분으로 말미암아 받는 바 불행과 고통과 저상이 도리어 반동적으로 새로운 광명의 길로 향하여 용약케[182] 하는 활력소가 된다는 것이다. 그러나 사람이란 얼마나 강한지 의문이다. 약하기 때문

179) 납청쟁이(納淸 ─) 납청장. 되게 얻어맞거나 눌려서 납작해진 사람이나 물건을 비유적으로 이르는 말. 평안북도 정주의 납청 시장에서 만드는 국수는 잘 쳐서 질기다는 데서 유래하였다.
180) 감잡히다 남과 시비가 붙었을 때 약점을 잡히다.
181) 저상 기운을 잃음.
182) 용약하다(勇躍 ─) 용감하게 뛰어가다.

에 잘난 체도 하여 보고, 약한 죄로 남을 미워도 하여 보고, 웃지 않을 때에 웃어도 보며, 울지 않아도 좋을 것을 울고야 마는 것이라고 생각하는 나는 나 자신까지를 믿을 수가 없다.

되지 않게 감상적으로 생긴 나는 점점 바람이 세차 가는 갑판 위에서, 나오는 눈물을 억제하여 가며 가만히 섰다가, 목욕한 뒤의 몸이 발끝부터 차차 얼어 올라오는 것을 견디다 못하여 가방을 좌우쪽에 들고 다시 선실로 기어들어 갔다. 아까 잡아 놓았던 자리는 물론 남에게 빼앗기고 들어가서 낄 자리가 없었다. 나는 실없이 화가 나서 선원을 붙들어 가지고 겨우 한구석에 끼었으나, 어쩐지 좌우에 늘어앉은 일본 사람이 경멸하는 눈으로 괴이쩍게 바라보는 것 같아서 불쾌하기 짝이 없다. 사가지고 다니던 벤또를 먹을까 하여 보았으나 신산[183]하기도 하고 어쩐지 어깨가 처지는 것 같아서 외투를 뒤집어쓰고 누워 버렸다.

동경서 하관까지 올 동안을 일부러 일본 사람 행세를 하려는 것은 아니라도 또 애를 써서 조선 사람 행세를 할 필요도 없는 고로 그럭저럭 마음을 놓고 지낼 수가 있었지마는, 연락선에 들어오기만 하면 웬 셈인지 공기가 험악하여지는 것 같고 어떠한 압력이 덜미를 잡는 것 같은 것이 보통이다. 그러나 이번처럼 휴대품까지 수색을 당하고 나니 불쾌한 기분이 한층 더하지 않을 수 없었다. 눈을 감고 드러누워서도 분한 생각이 목줄띠까지 치밀어 올라와서 무심코 입살을 악물어 보았다. 그러나 사면을 돌아다보아야 분풀이를 할 데라고는 없다. 설혹 처지가 같고 경우가 같은 동행자를 만난다 하더라도 하소연을 할 수는 없다. 왜

183) 신산(辛酸) 힘들고 고생스러운 세상살이를 비유적으로 이르는 말.

그러냐 하면 여기는 배 속이니까 그렇다는 말이다. 나를 한 손 접고 내려다보는 나보다 훨씬 나은 양반들이 타신 배 속이기 때문이다……

날이 새었다. 밝기가 무섭게 하나 둘씩 부스스 부스스 일어나 쿵쾅거리며 오르락내리락하는 바람에 나도 일어나서 소세[184]를 하였다. 수백 명이나 되는 식구가 송사리 새끼 끼우듯이 끼여서 자고 난 판도방[185] 같은 속이 지저분하기도 하고 고약한 냄새에 머릿골이 아파서 나는 치장을 차리고 갑판으로 나갔다. 훨씬 해가 돋지는 못하여서 물은 꺼멓게 보일 뿐이요 훤한 하늘에는 뽀얀 구름이 처져 있는 것이 희미하게 보이나, 아직도 컴컴스레 하였다. 춥기는 하지만 그래도 상쾌하다. 선실 속에서는 벌써 아침밥이 시작되었는지 연해 밥통을 날라 들여가고, 갑판에 나왔던 사람들도 허둥지둥 뒤쫓아 들어가는 모양이다.

이 삼등실에 모인 인종들은 어디서 잡아 온 것들인지 내남직 할 것 없이[186] 매사에 경쟁이다. 들어가는 것도 경쟁, 나오는 것도 경쟁, 자는 것도 경쟁, 먹는 것에 이르러서는 한층 더한 것이 예사다. 조금만 웬만하면 이등을 탔겠지마는 씀씀이가 과한 나로는 어느 때든지 지갑이 얄팍얄팍하여서도 못 타게 되고, 그 돈으로 차 한 잔이라도 사먹겠다는 타산도 없지 않아서, 대개는 이 무료숙박소 같은 데에서 밤을 새우는 것이다. 하여간 차림차림으로 보든지 하는 짓으로 보든지 말씨로 보든지 하층사회의 아귀당[187]들이 채를 잡았고,[188] 간혹 하층 관리 부스러

184) 소세(梳洗) 머리를 빗고 낯을 씻음.
185) 판도방(判道房) 절에서 중들이 모여서 공부하는 크고 넓은 방.
186) 내남직 할 것 없이 내남직없이. 나와 다른 사람이나 모두 마찬가지로.
187) 아귀당 성질이 사납고 지독히 탐욕스러운 사람들을 비유적으로 이르는 말.
188) 채를 잡다 주도적인 역할을 하거나 주도권을 잡고 조종하다.

기가 끼여 있을 따름이다. 나는 그들을 볼 제 누구에게든지 극단으로 경원주의를 표하고 근접을 안 하려고 하지만, 그것은 나 자신보다는 몇 층 우월하다는 일본 사람이라는 의식으로만이 아니다. 단순한 노동자라거나 무산자[189]라고만 생각할 때에도 잇샅을 어우르기가 싫다.[190] 덕의적(德義的) 이론으로나 서적으로는 무산계급이라는 것처럼 우리 친구가 되고 우리 편이 될 사람은 없다고 생각하면서도 실제에 그들과 마주 딱 대하면 어쩐지 얼굴을 찌푸리지 않을 수 없다. 혹은 그들에게 대한 혐오가 심하여지면 심하여질수록, 그 원인이 그들 자신에게 있는 것이 아니라는 논법으로, 더욱더욱 그들을 위하여 일을 하여야 하겠다는 결론에 이르게 될지는 모르나, 감정상으로 그들과 융합할 길이 없다는 것은 아마 엄연한 사실일 것 같다.

　나는 이런 생각을 하다가 어제저녁도 궐하였기 때문에 시장한 증이 나서 선실로 기어들어 갔다. 한차례 치르고 난 식탁 앞에 우글우글하는 사람 떼가 꺼멓게 모여 서서 무엇인지 말다툼을 하고 있는 모양이다.

　"……그래 갖다 놓기 전에 와서 앉으면 어떻단 말이야?"

　신경질로 생긴 바짝 마른 상에 독기를 품고 빽빽 소리를 지르는 것은, 윗수염이 까무잡잡하게 난 키가 조그만 사람이다. 그리 상스럽지 않은 얼굴로 보아서 어쩌면 외동달이[191] 금테(판임관)[192]쯤은 되어 보

189) 무산자(無産者)　재산이 없는 사람. 또는 무산계급에 속하는 사람.
190) 잇샅을 어우르기가 싫다　말을 주고 받기 싫다. '잇샅'은 '잇새'의 잘못된 표현으로, '이와 이의 사이'를 뜻한다.
191) 외동달이　동달이가 하나라는 뜻. '동달이'는 병정의 등급에 따라 군복의 소매 끝에 단 가는 줄을 가리킨다.
192) 판임관(判任官)　일제강점기에, 장관이 마음대로 임명·해임하던 하위 관직.

인다.

"글쎄 그래도 아니 되어요. 차례가 있으니까, 지금부터 앉았어도 안 드려요."

검정 학생복을 입은 선원은 골을 올리려는 듯이 순탄한 어조로 번죽 번죽[193] 대꾸를 하고 섰다.

"우리로 말하면 이 배의 손님이지? 그래 손님을 그따위로 대접하는 법이 어디 있단 말이야? ······대관절 우리를 '요보'루 알고 하는 수작이란 말야?"

애꿎은 '요보'를 들추어낸다.

"누가 대접을 어떻게 했단 말예요. 밥상은 차려 놓거든 와서 자시라는 게 무에 틀렸단 말씀유?"

"급하니까 얼른 가져오라는 게 어째서 잘못이란 말이야? 조선에서만 볼 일이지마는, 그래 자네들은 어쨌다구 호기를 부리는 거야?"

까만 수염을 가진 자의 어기가 차차 줄어 가는 것을 보고 섰던 구경꾼 속에서는 불길을 돋우려는 듯이,

"뚜들겨 주어라. 되지 않게 관리 행세를 하려구, 건방지게!······"

"참 건방진 놈이다!"

"되지 않은 놈이 하급 선원쯤 되어 가지고 관리 행사는, 마뜩치 않게! ······흥!"

이런 소리가 여기저기서 떠들썩한다. 관리면 으레히 그렇게 하여도 관계없고 또 자기네들도 불복이 없겠다는 말눈치다.

---

193) 번죽번죽 번번하게 생긴 사람이 자꾸 매우 얄밉게 이죽이죽하면서 느물거리는 모양.

"도시[194] 조선의 철도가 관영(官營)[195]이기 때문에 저런 것까지 제가 잰 척을 하는[196] 거야. 사영(私營)[197] 같으면야 꿈쩍이나 할 텐가."

누구인지 일리 있는 듯한 이런 소리를 분연히 하는 강개가[198]도 있다. 여러 사람이 왁자히 떠드는 바람에 선원도 입을 답치고[199] 슬슬 빠져 달아나가니 싸움은 실미지근히[200] 흐지부지되고, 그 자리에 모였던 사람은 그대로 식탁에 부산히들 들어앉았다. 나는 그 싸우는 양이 다라워[201] 보이기도 하고 마음에 께름하여 다시 바깥으로 나가려다가 그래도 고픈 배를 참을 수가 없어서 누가 권하는 것은 아니지마는 마지못해 먹는 것처럼 제출물에[202] 쭈뼛쭈뼛하여 한구석에 끼어 앉아 먹기를 시작하였다.

'먹는 데 더러우니 구구하니 아귀들이니 하여도 배가 고프면 하는 수 없는 거다.'

젓가락을 짓고[203] 물을 마시며 나는 이런 생각을 해보고 혼자 뱃속으로 웃었다.

선실 속에서는 쌈싸우듯 하여 가며 겨우 아침밥들을 먹고 와서는 이 구석 저 구석에서 짐들을 꾸리는 빛에, 악다구니를 하여 가며 간신히

194) 도시(都是) 도무지.
195) 관영 국가기관에서 경영함.
196) 잰 척하다 잘난 척하며 으스대거나 뽐내다.
197) 사영 개인이 사사로이 사업을 경영함.
198) 강개가(慷慨家) 의롭지 못한 것을 보면 의기가 북받쳐 원통해하는 사람.
199) 답치다 '입을 다물다'의 속어.
200) 실미지근히 철저하지 못하고 열기나 열성이 없이.
201) 다랍다 언행이 순수하지 못하거나 조금 인색하다.
202) 제출물에 저 혼자서 저절로.
203) 젓가락을 짓다 젓가락을 한 짝 한 짝을 모아 한 매(한 쌍)를 만들다.

얻어먹은 밥을 다시 깩깩하며 도르는[204] 빛에, 또 한참 야단이다. 나도 밥을 먹고 나니까 어쩐지 메슥메슥한 증이 나서 자기 자리로 가서 누웠었다.

육지가 차차 가까워 오는지 배가 그리 흔들리지도 않고 선객의 절반쯤은 벌써부터 갑판으로 나갔다. 나도 짐을 꾸려 가지고 나갔다. 의외에 퍽 가까워진 모양이다. 선원들은 오르락내리락 갈팡질팡하며 상륙할 준비에 분주하고, 경적은 쉴 새 없이 처량하고 우렁찬 소리를 아침 바람에 날린다. 삼등 승객들은 일·이등과 격리를 시키려고 인줄같이 막아 맨 밑에 우글우글 모여 서서 제각기 앞장을 서려고 또 한참 법석이다. 그래야 일·이등의 귀객들이 다 나간 뒤라야 풀릴 것을.

배는 부산 선창에 와서 닿았다.

"영치기 영차, 영치기 영차……!"

닻줄을 낚는 인부들 틈에서 누렇게 더러운 흰 바지저고리를 입은 조선 노동자가 눈에 띌 제, 나는 그래도 반가운 것 같기도 하고 인제는 제집에 돌아왔다는 안심으로 마음이 턱 놓이는 것 같기도 하였다.

배에서 끌어내린 층층다리가 선창 위에 걸리니까, 앞장을 서서 올라오는 것은 흰 테를 두른 벙거지를 쓰고 외투를 입은 '순사보'와 육혈포[205] 줄을 어깨에 늘인 일본 순사하고, 누런 복장에 역시 육혈포의 검은 줄을 늘인 헌병들이다. 그리고 올라오는 길로 배에서 내려서는 어귀에 좌우로 지키고 서고, 그다음에는 이쪽저쪽으로 승객이 지나쳐 나가는 길의 중간에도 지키고 섰다. 이렇게 경관과 헌병이 소정한

204) 도르다  먹은 것을 토하다.
205) 육혈포(六穴砲)  탄알을 재는 구멍이 여섯 개 있는 권총.

자리에 서니까, 그제서야 일·이등 승객이 하나 둘씩 풀리기 시작하였다. 교통차단을 당한 우리들 삼등객은 배 속에 갇힌 포로 모양으로 매우 부러운 듯이 모든 광경을 바라만 보고 섰었다.

"삼 원이로군! 삼 원만 더 냈더면 한번 호강해 보는걸!"

이런 소리가 복작대는 속에서 들린다. 삼 원만 더 내면 이등을 타는 것이다. 이번에는 우리들의 차례가 되었다. 나는 한중턱에서 천천히 걸어 나갔다. 무슨 죄나 진 듯이 층계에서 한 발을 내려 디딜 때에는 뒤에서 외투자락을 잡아다리는 것 같았다. 그러나 열 발짝을 못 떼어 놓아서 층계의 맨 끝에는 골독히[206] 위만 치어다보고 섰는 네 눈이 있다. 그것은 육혈포도 차례에 못 간 순사보와 헌병보조원의 눈이다. 그 사람들은 물론 조선 사람이다.

나는 될 수 있는 대로 태연히 그들에게는 눈을 거들떠보지도 않고 확실한 발자취로 최후의 층계를 내려섰다. ─될 수 있으면 일본 사람으로 보아 달라고 속으로 빌면서. 유학생으로, 조선 사람으로 알면 붙들리기 때문이다. 그러나 나의 그 태연한 태도라는 것은 도수장[207]에 들어가는 소의 발자취와 같은 태연이었다.

"여보, 여보!" ─물론 일본말로다.

나는 나의 귀를 의심하였다. 으레 한 번은 시달리려니 하는 겁을 집어먹었기 때문에 헛소리를 들은 듯싶었다. 나는 모르는 체하고 두 서너 발짝 떼어 놓았다. 하니까 이번에는 좌우편에 쭉 늘어섰던 사람 틈에서, 일복(日服)에 인버네스를 입은 친구가 우그려 쓴 방한모 밑에서

206) 골독히  한 가지 일에 온 정신을 쏟아 딴생각이 없이. 골똘히.
207) 도수장(屠獸場)  고기를 얻기 위하여 소나 돼지 따위의 가축을 잡아 죽이는 곳. 도살장.

이상하게 번쩍이는 눈을 무섭게 뜨고 앞을 탁 막는다. 나의 등에서는 식은땀이 주르륵 흘렀다.

"저리 잠깐 갑시다."

인버네스는 위협하듯이 한마디 하고 파출소가 있는 방향으로 나를 끈다. 나는 잠자코 따라섰다. 멋도 모르는 지게꾼[208]은 발에 채이도록 성화가 나서 "나리, 나리" 하며 쫓아온다. 그 소리에는 추위에 떠는 듯도 하고, 돈 한 푼 달라고 애걸하는 것같이 스러져 가는 애조가 섞여 있었다. 나는 고개만 흔들면서 가다가 파출소로 끌려 들어갔다.

파출소에 들어선 나는 하관에서 조사를 당할 때와는 다른 일종의 막연한 공포와 불안에 말이 어눌하여졌다. 더구나 일본서 그런 종류의 사람들에게 대하듯이 퉁명을 부릴 수 없다는 생각이 머리에 떠올라 와서 제풀에 자기를 위압하는 자기의 비겁을 속으로 웃으면서도, 어쩐지 말씨도 자연 곱살스러워지고[209] 저절로 고개가 수그러지는 것을 깨달았다.

형사의 심문은 판에 박은 듯이 의외로 간단하였다. 나중에 가방에는 무엇이 들어 있느냐 하기에, 나는 하관에서 빼앗길 것은 다 빼앗겼으니까 볼 만한 것은 없겠지만, 그래도 미심쩍거든 열어 보라고 열쇠를 꺼내서 주려고 하였다. 아무리 형사라도 사람이란 우스운 것이다. 열쇠까지 내주니까 웃으면서 그만두라고 하며, 생색이나 내는 듯이 어서 나가라고 쾌쾌히 내쫓는다. 아마 하관서 온 형사에게 벌써 자세한 이야기를 듣고 있는 모양 같았다. 나는 겨우 마음이 놓여서 한숨을 휘 쉬

208) 지게꾼 지게를 진 사람. 또는 지게로 짐 나르는 일을 업으로 하는 사람.
209) 곱살스럽다 얼굴이나 성미가 예쁘장하고 얌전한 데가 있다.

170

고 나와서 우선 짐을 지게꾼에게 들려 가지고 정거장으로 가서 급히 맡겨 놓고 혼자 나섰다.


5


현대적 생활을 영위할 수단 방도도 없고 생산화식(生産貨殖)²¹⁰⁾에 어둡거든 안빈낙도의 생활철학에나 철저하다든지, 이도 저도 아닌 비승비속(非僧非俗)²¹¹⁾으로 엉거주춤하고 살아 온 가난뱅이의 이 민족이, 그 알뜰한 살림이나마 다 내놓고 협포²¹²⁾로 물러앉고 나니 열 손가락을 늘이고 앉아서 팔아라, 먹자! 하고 있는 대로 깝살리는²¹³⁾ 것이 능사라, 그러나 팔고 깝살리는 것도 한이 있지 화수분²¹⁴⁾으로 무작정하고 나올 듯싶은가! 그렇거나 말거나 이따위 백성을 휘둘러 내고 휩쓸어 내기야 누워서 떡 먹기다. 그래도 속임수에 빠진 노름꾼은 깝살릴 대로 깝살리고 두 손 털고 나서면서도 몸은 달건마는, 이 백성은 다 털리고 나서도 몸이 달긴커녕 고작 한다는 소리가,

"그저 굶어 죽으라는 세상야" 하는 한마디에 지나지 않는다.

그도 그럴 것이, 워낙이 구차한 놈이 책상물림으로 세상물정은 모르고, 게다가 유혹은 많은데 안고수비(眼高手卑)²¹⁵⁾ 하니 씀씀이는 남에

---

210) 생산화식 인간이 생활하는 데 필요한 각종 물건을 만들어 내고, 재물을 늘림.
211) 비승비속 중도 아니고 속인도 아니라는 뜻으로, 이것도 저것도 아닌 어중간함을 이르는 말.
212) 협포 협호(夾戸). 본채와 따로 떨어져 있어 딴살림을 하게 된 집채.
213) 깝살리다 재물이나 기회를 함부로 없애 버리다.
214) 화수분 재물이 계속 나오는 보물단지.

지지 않겠다. 뒤주 밑이 긁히면 밥맛이 더 난다는 셈으로 없는 놈이 대돈변[216]을 내서라도 돈푼 만져 보면 조상대부터 걸려 보지 못하던 것이나 얻은 듯이 전후불각하고[217] 쓸 데 안 쓸 데 함부로 써버려야지, 한 푼이라도 까불리지를[218] 못하고 몸에 지녀 두면 병이 되는 것이 구차한 놈의 버릇이다. 구차하기 때문에 이러한 얌전한 버릇이 생긴 것인지 이따위로 버릇이 얌전하여 구차한 것인지는 별문제로 치고라도, 어떻든 자기도 모르는 중에 흐지부지 까불리고 나서 안타까워하는 것이 구차한 놈의 갸륵한 팔자라는 것이다.

그러나 이러한 팔자가 좋고 그런 것은 제이 문제로 하고, 하여간 조선 사람의 팔자를 아무리 비싸게 따져 본대야 이보다 더 나을 것도 없고 더 신기할 것도 없다. 우선 부산(釜山)이란 데로만 보아도, 부산이라 하면 조선의 항구로는 첫손 꼽을 데요 조선의 중요한 첫 문호라는 것은 소학교에 한 달만 다녀도 알 것이다. 그러니만큼 부산만 와봐도 조선을 알 만하다. 조선을 축사(縮寫)한[219] 것, 조선을 상징한 것이 부산이다. 외국의 유람객이 조선을 보고자거든 우선 부산에만 끌고 가서 구경을 시켜 주면 그만일 것이다. 나는 이번에 비로소 부산의 거리를 들어가 보고 새삼스럽게 놀랐고 조선의 현실을 본 듯싶었다.

나는 배 속에서 아침을 먹었건마는, 출출한 듯하기도 하고, 차시간까

215) 안고수비 눈은 높고 마음은 크나 재주가 따르지 못한다는 뜻으로, 이상만 높고 실천이 따르지 못함을 이르는 말.
216) 대돈변(─邊) 돈 한 냥에 대해서 한 달에 한 돈씩 늘어 가는 비싼 변리. 한 달 10퍼센트의 이자.
217) 전후불각하다(前後不覺─) 앞뒤의 구별도 할 수 없을 만큼 정신이 없다.
218) 까불리다 재물 따위를 함부로 써버리다.
219) 축사하다 원형보다 작게 줄이어 베껴 쓰거나 그리다.

지는 서너 시간 남았고, 늘 지나다니는 데건마는 이때껏 시가에 들어가서 구경하여 본 일이 없기에, 조선 거리로 들어가 보기로 하고 나섰다.

부두를 뒤에 두고 서편으로 꼽들어서 전찻길을 끼고 큰길을 암만 가야 좌우편에 이층집이 쭉 늘어섰을 뿐이요, 조선 사람의 집이라고는 하나도 눈에 띄는 것이 없다. 얼마도 채 못 가서 전찻길은 북으로 꼽들이게 되고 맞은편에는 극장인지 활동사진인지 울그데불그데한 그림 조각이며 깃발이 보일 뿐이다. 삼거리에 서서 한참 사면팔방을 돌아다 보다 못하여 지나가는 지게꾼더러 조선 사람의 동리를 물어보았다. 지게꾼은 한참 망설이며 생각을 하더니 남쪽으로 뚫린 해변으로 나가는 길을 가리키면서 그리 들어가면 몇 집 있다 한다. 나는 가리키는 대로 발길을 돌렸다. 비릿하기도 하고 고릿하기도 한 냄새가 코를 찌르는 해산물 창고가 드문드문 늘어선 샛골짜기를 빠져서 이리저리 휘더듬어 들어가니까, 바닷가로 빠지는 지저분하고 좁다란 골목이 나타났다. 함부로 세운 허술한 일본식 이층집이 좌우로 오륙 채씩 늘어섰는 것이 조선 사람의 집 같지는 않으나 이 문 저 문에서 들락날락하는 사람은 조선 사람이다. 이 집 저 집 기웃기웃하며 빠져나가려니까, 어떤 이층 에는 장구를 세워 놓은 것이 유리창으로 비치어 보인다. 그러나 문간 에는 대개 여인숙이라는 패를 붙였다. 잠깐 보기에도 이런 항구에 흔히 있는 그러한 너저분한 영업을 하는 데인 것이 분명하다. 그러나 아침결이 돼서 그런지 계집이라고는 씨알머리도 눈에 아니 띈다.

쓸쓸한 거리를 이리저리 돌다가 그 여인숙이란 데를 한 집 들어가 보고 싶은 호기심이 불쑥 났으나, 차시간이 무서워서 발길을 돌쳤다. 다시 큰길로 빠져나와서 정거장으로 향하다가, 그래도 상밥[220] 파는 데라도 있으려니 하고 이 골목 저 골목 닥치는 대로 들어가 보았다. 서울 음식같이 간도 맞지 않을 것이요 먹음직할 것도 없겠지마는, 무엇보다도 김치가 먹고 싶고 숟가락질이 하여 보고 싶어서 찾아다니는 것이다. 그러나 조선 사람 집 같은 것은 그림자도 보이지를 않는다. 간혹 납작한 조선 가옥이 눈에 띄기에 가까이 가서 보면 화방[221]을 헐고 일본식 창틀을 박지 않은 것이 없다. 그러나 우스운 것은 얼마 되지도 않는 좁다란 시가지마는 큰길이고 좁은 길이고 거리에 나다니는 사람의 수효로 보면 확실히 조선 사람이 반수 이상인 것이다.

'대체 이 사람들이 밤이 되면 어디로 기어들어 가누?'

하는 생각을 할 제, 큰 의문이 생기는 동시에 그 불쌍한 흰옷 입은 백성의 운명을 생각해 보지 않을 수 없는 것이었다.

몇백천 년 동안 그들의 조상이 근기 있는 노력으로 조금씩 조금씩 다져 놓은 이 땅을 다른 사람의 손에 내던지고 시외로 쫓겨 나가거나 촌으로 기어들어 갈 제, 자기 혼자만 떠나가는 것 같고, 자기 혼자만 촌으로 기어가는 것 같았을 것이다. 땅마지기나 있던 것을 까불려 버리고, 집 한 채 지녔던 것이나마 문서가 이 사람 저 사람의 손으로 넘어 다니다가 변리[222]에 변리를 쳐서 내놓고 나가게 될 때라도 사람이 살려면 이런 꼴도 보고 저런 꼴도 보는 것이지 하며, 이것도 내 팔자소관이라는 값싼 낙천주의나 단념으로 대대로 지켜 내려오던 제 고향의 제집, 제 땅을 버리고 문밖으로 나가고 산으로 기어들 뿐이요, 이것이

220) 상밥(床—) 반찬과 함께 상에 차려서 한 상씩 따로 파는 밥.
221) 화방(火防) 땅에서부터 중방 밑까지 돌을 섞은 흙으로 쌓아 올린 벽.
222) 변리(邊利) 남에게 돈을 빌려 쓴 대가로 치르는 일정한 비율의 돈.

어떠한 세력에 밀리기 때문이거나 혹은 자기가 착실치 못하거나 자제력과 인내력이 없어서 깝살리고 만 것이라는 생각은 꿈에도 없었던 것이다. 그리하여 천 가구면 천 가구에서 한 집쯤 줄었어야, 다만 "아무개네는 이번에 아무 데로 이사를 간다네" 하고 그야말로 동릿집 이야기 삼아 저녁밥 후의 인사 대신으로 주고받을 뿐이요, 어떠한 사정이 어떻게 되어서 한 가구가 주는지 그 내막이야 아무도 몰랐을 것이다. 그뿐 아니라 천 가구에서 한 가구쯤 줄어진대야 남은 구백구십구 가구에게는 별로 영향이 없을 것이요, 또 한 가구가 줄었는지 늘었는지조차 전연 모르고 있는 사람이 대부분이었을 것이다. 그러는 동안에 한 집 줄고 두 집 줄며, 열 집이 바뀌고 백 집이 바뀌어 쓰러져 가는 집은 헐리고 어느 틈에 새집이 서고, 단층집은 이층으로 변하며, 온돌이 다다미가 되고 석유불이 전등불이 된 것이었다.

"아무개 집이 이번에 도로로 들어간다데."

하며 곰방담뱃대에 엽초를 다져 넣고 뻑뻑 빨아 가며 소견 삼아 숙덕거리다가, 자고 나면 벌써 곡괭이질 부삽질에 며칠 동안 어수선하다가 전차가 놓이고, 자동차가 진흙 덩어리를 튕기며 뿡뿡거리고 달아나고, 딸꾹나막신[223] 소리가 날마다 늘어 가고, 우편국이 들어와 앉고, 군아가 헐리고 헌병주재소가 들어와 앉는다. 주막이니 술집이니 하는 것이 파리채를 날리는 동안에 어느덧 한구석에 유곽이 생기어 샤미센(三味線) 소리가 찌릉찌릉 난다. 매독이니 임질이니 하는 새 손님을 맞아들인 촌서방님네들이, 병원이 없어 불편하다고 짜증을 내면 너무 늦

---

223) **딸꾹나막신** 일본 사람들이 신는 나막신.

어 미안하였습니다는 듯이 체면 차릴 줄 아는 사기사가 대령을 한다. 세상이 편리하게 되었다.

"우리 고을엔 전등도 달게 되고 전차도 개통되었네. 구경 오게. 얌전한 요릿집도 두서넛 생겼네…… 자네 왜갈보 구경했나? 한번 보여 줌세."

몇천 년 몇백 년 동안 가문에 없고 족보에 없던 일이 생기었다. 있는 대로 까불릴 시절이 돌아왔다. 편리해 좋아, 놀기가 좋아서 편해하며 한 섬지기 파는가 하면, 한편에서는,

"우리겐 인젠 이층집도 꽤 늘고 양옥도 몇 채 생겼다네. 아닌 게 아니라 여름엔 다다미가 편리해, 위생에도 매우 좋은 거야."
하고 두 섬지기 깝살릴 수밖에 없게 된다. 누구의 이층이요 누구를 위한 위생이냐.

양복쟁이가 문전 야료[224]를 하고, 요리장수가 고소를 한다고 위협을 하고, 전등값에 졸리고, 신문대금이 두 달 석 달 밀리고, 담배가 있어야 친구 방문을 하지. 원 찻삯이 있어야 출입을 하지 하며 눈살을 찌푸리는 동안에 집문서는 식산은행[225]의 금고로 돌아 들어가서 새 임자를 만난다. 그리하여 또 백 가구 줄어지고 또 이백 가구 줄었다.

"어디 살 수가 있어야지. 암만 해두 촌살림이 좋아! 땅이라두 파먹는 게 안전해."
하며 쫓겨 나가고 새로 들어오며 시가가 나날이 번화하여 가는 동안에

---

224) 야료(惹鬧) 까닭 없이 트집을 잡고 함부로 떠들어 댐.
225) 식산은행(殖産銀行) 일제강점기에, 일본이 조선에서 신용기구를 통한 착취를 강화하기 위하여 만든 은행. 보통 은행의 업무를 겸하면서 농촌 수탈에 자금을 대주고 식민지 산업을 지원하며 조선인에 대한 가혹한 착취와 약탈을 감행했다.

천 가구의 최후의 한 가구까지 쓸려 나가고야 말지만, 첫째 집이 쫓겨 나갈 때에는 벌써 첫째로 나간 사람은 오동잎사귀의 무늬를 박은 목배(木杯)를 고리짝에 넣어 가지고 압록강을 건너가 앉아서 먼 길의 노독을 배갈[226] 한 잔에 풀고 얼쩍하여 화푸념만 하고 있는 것이다.

까불리는 백성, 그들은 부지깽이[227] 하나 남기지 않고 들어내고 집어 낼 때에 자기가 이 거리에서 쫓겨 나갈 줄이야 몰랐으렷다. 구차한 놈이 주머니를 털 적에 내일부터 밥을 굶을지 거리에 나앉을지 저도 모르게 최후의 일 원까지를 말리듯이. 그러나 이 시가의 주인인 주민이 하나씩 둘씩 시름시름 쫓겨 나갈 제, 오늘날 씨알머리도 남지 않고 아주 딴판의 새 주인이 독점을 하리라는 것은 한 사람도 꿈에도 정신을 차리고 생각지는 못하였으렷다. 역시 구차한 놈의 주머니가 털리듯이 부지불식간에 그럭저럭 흐지부지 자취를 감추고 만 것이다……

이런 생각을 하여 볼 제, 잗단 세간 나부랭이를 꾸려 가지고 북으로 북으로 기어 나가는 '패자의 떼'의 쓸쓸한 뒷모양이 눈에 보이는 것 같다. 나는, 그리 늦을 것은 없으나 쓸쓸한 찬바람이 도는 큰길을 헤매기가 싫어서 단념하고 돌아서는 길에, 어떤 일본 국숫집 문간에서 젊은 계집이 아침 소제를 하고 있는 것을 보고 별안간 들어가 보고 싶은 생각이 나서 우뚝 섰다. 이때까지 혼자 분개하고 혼자 저주하던 생각은 감쪽같이 스러지고, 눈에 보이는 것은 걷어 올린 옷자락 밑에 늘어진

226) **배갈** 고량주. 수수를 원료로 하여 빚은 중국 특산 소주. 무색투명하며 향기가 있고 쏩쓰레하다.
227) **부지깽이** 아궁이 따위에 불을 땔 때에, 불을 헤치거나 끌어내거나 거두어 넣거나 하는 데 쓰는 가느스름한 막대기.

빨간 '코시마키'[228]하고 그 아래로 하얗게 나타난 추울 듯한 토실토실한 종아리다.

"어서 오세요."

모가지에만 분때가 허옇게 더께[229]가 앉은 감숭한[230] 상을 쳐들며 언제 본 사람이라고 나를 반갑게 맞는다. 뒤를 이어서

"어서 오십쇼, 들어옵쇼."

하고 줄레줄레 나와서 맞아들이는 계집애가 서넛은 되었다.

이러한 조그마한 집에 젊은 계집이 네다섯씩이나 있는 것은 물어보지 않아도 알조[231]다. 나는 걸려드나 보다 하는 불안이 있으면서도 더러운 호기심을 가지고 구경 삼아 이층으로 올라가서, 인도하는 대로 너저분한 다다미방에 들어앉았다. 우선 간단한 음식을 시키고 앉았으려니까, 다른 계집애가 부삽에 화롯불을 담아 가지고 바꾸어 들어왔다. 화로에 불을 쏟아 놓고 화젓가락으로 재를 그러모으며 앉았던 계집애는 젓가락을 든 손을 잠깐 쉬며,

"어디까지 가세요?"

하고 나를 치어다본다. 넓은 양미간[232]이 얼크러져서 음침하기도 하고 이맛전이 유난히 넓기 때문에 여무져 보이지는 않으나, 그래도 해끄무레한 이쁘장스런 상판[233]이다.

---

228) 코시마키(腰卷) 여자의 하반신에 두르는 천으로 일본의 속치마.
229) 더께  몹시 찌든 물건에 앉은 거친 때.
230) 감숭하다  잔털 따위가 드물게 나서 가무스름하다.
231) 알조  알 만한 일.
232) 양미간(兩眉間)  두 눈썹 사이.
233) 상판  '상판대기'의 준말로 '얼굴'의 비속어.

"서울까지…… 너는 어데서 왔니?"

"서울까지예요? 참 서울 구경을 좀 했으면…… 여기보다 좋겠죠?"

묻는 말에는 대답을 아니하고 이런 소리를 한다.

"그리 좋을 것은 없어도 여기보다는 좀 낫지."

우리의 수작은 음식이 나오는 바람에 허리가 잘리고 말았다. 나는 몸이 녹으라고 술을 몇 잔이나 폭배를 하고 나서, 계집애들에게도 권하였더니 별로 사양들도 아니하고 돌려 가며 잔을 주고받았다. 이번에는 다른 계집애가 갈아 들어오는 술병을 들고 들어왔다. 이 계집애도 판을 차리고 화로 앞에 앉는다. 이쁘든 밉든 세 계집애를 앞에다가 놓고 앉아서 술을 먹는 것은 그리 싫을 것은 없지만, 너무 염치가 없이 무례하고 뻔뻔하게 구는 데에는 밉살맞고 불유쾌하지 않을 수 없었다. 술 한잔이라도 얻어걸린다는 것보다는 주인에게 한 병이라도 더 팔게 하여 주는 것이 저의 공로요, 주인의 따뜻한 웃는 얼굴을 보게 될 것이니 그도 그럴 것이나, 내가 조선 사람이기 때문에 한층 더 마음을 놓고 더욱이 체면도 아니 차리고 저희 마음대로 휘두르며, 서넛씩 몰려들어와서 바가지를 씌우려고 판을 차리는 것이 못마땅하였다. 그래도 그중에 화롯불을 가져온 계집애만은 저희들 축에서 좀 쫄려 지내는지 한풀이 죽어서 떠드는 꼴만 웃으며 가만히 바라보고 앉았다.

"담바구[234]야, 담바구야, 동래(東萊)나 우루산〔蔚山〕의 담바구야……."

"잘하는구면. 그러나 너희들은 몇 해나 되었니? 여기 온 지가."

---

234) 담바구 담바귀. 담배.

한 년이 담바귀타령의 입내[235]를 우습게 내며 콧노래를 부르는 것을 들으며 물었다. 이것이 조선에 와 있는 일본 사람에게는 남녀를 물론하고 누구더러든지 물어보는 나의 첫인사다. 그것은 얼마나 조선 사람에게 대하여 오만한 체를 하며 건방지게 구는가 그 정도를 알아보는 바로미터[236]이기 때문이다. 아무리 불량하게 생긴 노가다패(우리 조선 사람은 일본 노동자를 특히 이렇게 부른다)라도, 처음에는 온순할 뿐 아니라 도리어 이국 풍정에 어두우니만큼 처음에는 공포를 품는 것이 보통이지만, 반년 있어 다르고, 일 년 있어 달라진다. 오 년, 십 년 내지 이십 년이나 있어서 조선의 이무기가 된 자에 이르러서는 더 말할 것도 없는 것이다. 그러나 여기서 제군이 생각할 것은 어찌하여 일 년, 이 년, 오 년, 십 년…… 해가 갈수록 그들의 경모(輕侮)하는[237] 눈이 나날이 날카로워 가고, 따라서 십 배, 백 배나 오만무례하도록 만들었느냐는 것이다.

여기에는 여러 가지 이유가 있는 것이다. 그러나 이러한 사실도 그 중의 중요한 원인들이 되었을 것이다. ─조선 사람은 외국인에게 대해서 아무것도 보여 준 것은 없으나, 다만 날만 새면 자릿속에서부터 담배를 피워 문다는 것, 아침부터 술집이 번창한다는 것, 부모를 쳐들어서 내가 네 애비니 네가 내 손자니 하며 농지거리로 세월을 보낸다는 것, 겨우 입을 떼어 놓은 어린애가 엇먹는[238] 말부터 배운다는 것, 주먹

235) 입내  소리나 말로 내는 흉내.
236) 바로미터(barometer)  사물의 수준이나 상태를 아는 기준이 되는 것. 잣대. 지표. 척도.
237) 경모하다  남을 하찮게 보아 업신여기거나 모욕하다.
238) 엇먹다  사리에 맞지 않는 말이나 행동으로 비꼬다.

없는 입씨름에 밤을 새우고 이튿날에는 대낮에야 일어난다는 것……
그 대신에 과학 지식이라고는 소댕뚜껑[239])이 무거워야 밥이 잘 무른다
는 것조차 모른다는 것을, 외국 사람에게 실물로 교육을 하였다는 것
이다. 하기 때문에 그들이 조선에 오래 있다는 것은 그들이 우리를 경
멸할 수 있는 사실을 골고루 보고 많이 안다는 의미밖에 아니 되는 것
이다.

"담바구야 담바구야…… 노이구곤 오데기루네……."

입을 이상하게 뾰족이 내밀었다 오므렸다 하고, 젓가락으로 화롯전
을 두들겨 가며 장단을 맞춰서 콧노래를 하다가 뚝 그치더니,

"얘가 제일 잘해요. 우리는 온 지가 삼사 년밖에 아니되었지만……."
하며 벙벙히 앉았는 화롯불 가져온 아이를 가리킨다.

"응! 그래? 너는 얼마나 있었길래?"

말담[240])도 별로 없이 조용히 앉았는 것이 어디로 보아도 건너온 지
얼마 안 되는 숫보기로만 생각하였던 것이, 조선 소리를 잘한다니 조
선 애가 아닌가도 싶다.

"예서 아주 자라났답니다. 제 어머니가 조선 사람인데요."
하며 담바귀타령을 하던 계집애가 이때까지 하고 싶던 이야기를 겨우
하게 되었다는 듯이 입이 재게 즉시 대답하고 나서,

"그렇지!"
하며 당자에게 얼굴을 들이댄다. 그 소리가 너무도 커닿기 때문에 조
소하는 것같이 들리었다. 일인 애비와 조선인 에미를 가졌다는 계집애

239) 소댕뚜껑  솥뚜껑.
240) 말담  입담. 말하는 솜씨나 힘.

는 히스테리컬하게 얼굴이 주홍빛이 되고 눈초리가 샐룩하여졌다. 어쩐지 조선 사람 어머니를 가진 것이 앞이 굽는다는 모양이다.

"정말 그래? 그럼 어머니는 어디 있기에?"

나는 호기심이 생겨서 물었다.

"대구에 있세요."

고개를 숙이고 앉았다가 간신히 쳐들면서 대답을 한다.

"그래 어째 여기 와서 있니? 소식은 듣니?"

왜 여기까지 와서 있느냐고 묻는 것은 우스운 수작이지만 나는 정색으로 이렇게 물었다.

그 계집애는 생글생글하며 나를 치어다보더니,

"글쎄 그러지 않아도 누가 대구 가시는 이나 있으면 좀 부탁을 해서 알아보고 싶어도 그것도 안 되구…… 천생 언문으로 편지를 쓸 줄 알아야죠."

하며 이번에는 자기 신세를 조소하듯이 마음 놓고 커닿게 웃는다.

"그럼 아버지하군 지금 헤져서 사는 모양이구나?"

"그야 벌써 헤졌죠. 내가 열 살 적인가, 아홉 살 적에 장기(長崎)[241]로 갔답니다."

"그래 그 후에는 소식은 있니?"

"한참 동안은 있었는데 지금은 어떻게 되었는지? ……하지만 이 설이나 쇠고 나건 찾아가 볼 테에요."

하며 흑흑 느끼듯이 또 한 번 어색하게 웃는다. 그 웃음은 어느 때든지

---

241) 장기 '나가사키'를 우리 한자음으로 읽은 이름.

자기의 기이한 운명을 스스로 조소하면서도 하는 수 없다는 단념에서 나오는, 말하자면 큰일을 저지르고 하도 귓구멍이 막혀서 나오는 웃음 같았다.

"아무리 조선 사람이라도 길러 낸 어머니가 정다울 테지? 너의 아버지란 사람이 어떤 사람인지는 모르겠다마는, 지금 찾아간대야 그리 반가워는 아니할걸?"

조선 사람 어머니에게 길리어 자라면서도 조선말보다는 일본말을 하고, 조선 옷보다는 일본 옷을 입고, 딸자식으로 태어났으면서도 조선 사람인 어머니보다는 일본 사람인 아버지를 찾아가겠다는 것은, 부모에 대한 자식의 정리를 지나서 어떠한 이해관계나 일종의 추세(趨勢)라는 타산이 앞을 서기 때문에 이별한 지가 벌써 칠팔 년이나 된다는 애비를 정처도 없이 찾아간다는 것이라고 생각할 제, 이 계집애의 팔자가 가엾은 것보다도 그 에미가 한층 더 가엾다고 생각지 않을 수 없었다.

"어머니도 불쌍하지만, 아버지도 나쁜 사람은 아니니까 찾아가면 설마 내쫓기야 할까요?"

하며 아범을 찾아가면 어떻게 맞아 줄까 하는 그 광경이나 그려 보듯이 멀거니 앉았다.

"그래도 어머니가 조선 사람이니까 싫구, 조선이니까 떠나겠다구 하는 게지, 조선이 일본만큼 좋았더면 조선 사람 뱃속에서 나왔다기루서니 불명예 될 것도 없고 아버지를 찾아가려는 생각도 안 났을 테지?"

나는 물어보지 않아도 좋을 것까지 짓궂이 물었다. 계집애는 잠자코 웃을 뿐이었다. 나는 차시간을 생각하고 인제야 들어온 밥을 먹기 시작하였다.

"애, 이 양반께 대구에 데려다 달라구 하렴! 너야말로 후레딸년이다. 어머니를 내버리고 뛰어나오는 망할 년이 어디 있단 말이냐."

담바귀타령 하던 계집애가 놀리듯 꾸짖듯 찔고 까분다.

"참 그러는 게 좋겠지. 여기 있어야 무슨 신기한 꼴이나 볼 줄 아니? 나 같으면 그런 어머니만 있으면 벌써 쫓아갔겠다!"

이번에는 곁에 앉았던, 커다란 입귀<sup>242)</sup>가 처지고 콧등이 얼크러진 계집애가 역시 놀리는 수작으로 말을 받는다. 저희들끼리도 업신여기면서 한편으로는 얼굴이 반반한 것을 시기를 하는 모양이다. 나는 밥을 먹다 말고,

"그럼 너는 왜 이런 데까지 와서 난봉을 피우니?"

하며 실없는 말처럼 역성<sup>243)</sup>을 들어 주었다.

"그야 부모도 없구 의지할 데가 없으니까 그렇죠."

하며 좀 분개한 듯이 한마디 하고 나서,

"그런 소린 고만 하구 술이나 좀 더 먹자…… 또 가져올까요."

하고, 고만두라는 것도 듣지 않고 뛰어 내려갔다.

"그러나 너 아버지를 찾아간대야 얼굴이 저렇게 이쁘니까, 그걸 미끼로 팔아먹으려고 무슨 짓을 할지 누가 아니? 그것보다는 여기서 돈 푼 있는 조선 사람이나 하나 얻어 가지고 제 맘대로 사는 게 좋지 않으냐. 너 같은 계집애를 데려가지 못해하는 사람이 조선 사람 중에도 그득하리라."

나는 타이르듯이 이런 소리를 하고, 계집애의 얼굴을 들여다보며 웃

242) 입귀 '입아귀'의 사투리로. 입의 양쪽 구석.
243) 역성 옳고 그름에 관계없이 한쪽만을 편들어 주는 일.

184

었다.

"글쎄요…… 하지만 조선 사람은 난 싫어요. 돈 아니라 금을 주어도 싫어요."

계집애는 진담으로 이런 소리를 한다. 조선이라는 두 글자는 자기의 운명에 검은 그림자를 던져 준 무슨 주문(呪文)이나 듣는 것같이 이에서 신물이 나는 모양이다. 이때에 나는 동경의 정자를 생각하면서,

"그럼 나도 빠질 차례로구나?"

하며 웃었다. 계집도 웃으며 잠자코 내 얼굴을 익숙히 치어다본다. 입귀가 처진 밉살맞은 계집이 술병을 들고 올라왔다. 나는 먹고도 싫지 않은 술잔을 받으면서,

"이거 보게, 이 미인을 데려갈까 하고 잔뜩 장을 대고 연해 비위를 맞춰 드렸더니, 나중에 한다는 소리가 조선 사람은 죽어도 싫다는데야 눈물이 쩔끔하는 수밖에, 하하하. 너는 그러지 않겠지?"

"객지에서 매우 궁하신 모양이군요. 글쎄…… 실컨 한턱내신다면…… 히히히."

이 계집애는 나의 한 말을 이상스럽게 지레짐작을 하고 딴청을 한다.

"넌 의외에 값이 싼 모양이로구나?"

하며 나는 인력거를 부르라 명하고 일어서 버렸다. 계집아이들이 짓궂이 붙들고 승강이를 하는 것을 간신히 뿌리치고 나섰다.

'이러기 때문에 시골자들이 빠지는 것이다!'

나는 일종의 불쾌를 느끼면서 인력거 위에서 이런 생각을 하여 보았다.

기차는 하마터면 놓칠 뻔하였다. 짐을 맡기고 간 것까지 잔뜩 눈독을 들여 둔 '그쪽 사람들'은 은근히 찾아보았던지, 내가 허둥지둥 인력

거를 몰아오는 것을 아까 만났던 인버네스짜리가 대합실 문 앞에서 힐끗 보고 빙긋 웃는다. 나는 본체만체하고 맡겼던 짐을 찾아 가지고 허둥허둥 포에 들어와 찻간으로 뛰어 올라왔다. 형사도 차창 밖으로 가까이 와서 고개를 끄덕하며 무어라고 중얼중얼하기에 나는 창을 열어주었다.

"바로 서울로 가시죠?"

하며 왜 그러는지 커닿게 소리를 지른다. 나는 웃으면서, 내 처가 죽게 되어서 시험을 보다가 말고 가니까 물론 바로 간다고(나중에 생각하고 혼자 웃었지만) 하지 않아도 좋을 말까지 기다랗게 늘어놓았다.

형사는 또 무엇이라고 중얼중얼하는 모양이었으나, 바람이 휙 불고 기차는 움직이기 때문에 자세히 들리지 않았다. 그러나 웬셈인지 나하고 수작을 하면서도 연해 왼편을 바라보는 게 수상스러웠다. 그러나 차가 움직이자 양복쟁이 하나가 저쪽 문으로 들어오는 것은 나 역시 무심코 보았을 뿐이었다.


6


기차가 김천역에 도착하니까, 지금쯤은 으레히 서울집에 있으려니 하였던 형님이 금테모자에다 망토를 두르고 마중을 나왔다. 그렇지 않아도 혹시 아는 사람이나 있을까 하고 유리창 바깥을 내다보며 앉았던 나는 깜짝 놀라 일어나서 창을 올리고 인사를 하려니까, 형님은 웃으며 창 밑으로 가까이 오더니 어떻든 내리라고 재촉을 한다. 어찌할까 하고 잠깐 망설이다가 형님이 그동안에 내려와서 있는 것을 보든지 웃는 낯을 보든지 병인이 그리 급하지는 않은 모양이기에, 나는 허둥지둥 짐을 수습하여 가방을 창밖으로 내주고 내려왔다. 뒤미쳐서 양복쟁이 하나도 창황히[244] 따라 내리었다.

형님은 짐을 들려 가지고 가려고 심부름꾼 아이까지 데리고 나왔다. 출구 앞에 섰던 아이놈에게 가방을 내주고 우리들이 나가려니까, 그 밑에 바짝 다가섰던 헌병보조원이 내 뒤로 내린 양복쟁이와 수군수군하다가 형님을 보고,

"계씨[245]가 오셨어요? 오늘 저녁에 떠나시나요?"
하며 묻는다. 형님은 웃는 낯으로,

"네, 대개 밤차로 올라갑니다."
하고 거진 기계적으로 오른손이 모자의 챙에 올라가 붙었다. 부자연하고 서투른 그 모양이 나에게는 우습게 보이면서도 가엾었다. 어떻든 형님 덕에 나는 별로 승강이를 아니 당하고 무사히 빠져나왔다.

형님은 망토 밑으로 들여다보이는 도금을 물린 검정 환도[246] 끝이 다리에 터덜거리며 부딪는 것을 왼손으로 꼭 붙들고 땅이 꺼질 듯이 살금살금 걸어 나오다가, 천천히 그동안 경과를 이야기하여 들려준다.

"네게 돈 부치던 날 아침은 아주 시각을 다투는 것 같았으나 낮부터 조금씩 돌리기 시작하여 그저께 내가 내려올 때에는 위험한 고비는 넘어선 모양이지만, 지금도 마음이야 놓겠니. 워낙 두석 달을 끌었으니

244) 창황하다(蒼黃 —) 놀라거나 다급하여 어찌할 바를 모르다.
245) 계씨(季氏) 남의 남동생을 높여 이르는 말.
246) 환도(還刀) 예전에 군복에 갖추어 차던 칼.

까…… 그러나 곧 떠나지 않은 모양이로구나? 나는 어제쯤 올 줄 알고 이틀이나 정거장에 나왔지!"

하고 형님은 차근차근한 목소리로 이렇게 물었다.

"전보 받던 날 밤에 떠났죠마는 오다가 신호에서 하룻밤을 묵었지요."

나는 꾸며 댈까 하다가, 입에서 나오는 대로 대답을 하였다.

"무슨 급한 볼일이 있기에 돈을 들여 가며 노중에서 묵었단 말이냐?"

벌써부터 형님의 말소리는 차차 거칠어 갔다.

"별로 볼일은 없지만, 몸도 아프고 완행이 되어서 여간 지리하여야지요."

"웬만하면 그대로 내친 길에 올 게지. 너는 그저 그게 병통[247]야."

하며 형님은 잠깐 눈살을 찌푸리는 듯하였다.

이 형님이라는 사람은 한학으로 다져 만든 촌생원님이나 신학문에도 그리 어둡지는 않을 뿐 아니라, 우리 집에는 없으면 안 될 사람이다. 부친이 합방 전후에 거진 정치열, 명예광에 달떠서[248] 경향으로 동분서주하며 넉넉지 않은 가산을 흐지부지 죽을 내어 놓은 분수로 보아서는 지금쯤 내가 유학을 하기는 고사하고 밥을 굶은 지가 벌써 오랜 일이었겠지마는, 얼마 아니 남은 것을 이 형님이 붙들고 앉아서 바자위게[249] 꾸려 나가기 때문에 이만치라도 부지[250]를 하게 된 것이다. 다른 것은 그만두고라도 보통학교 훈도쯤으로 이천여 원 돈이나 모은 것

247) 병통(病一) 깊이 뿌리박힌 잘못이나 결점.
248) 달뜨다 마음이 가라앉지 아니하고 조금 흥분되다.
249) 바자위다 성질이 너무 알뜰하여 너그러운 맛이 없다.
250) 부지(扶持) 상당히 어렵게 보존하거나 유지하여 나감.

을 보면 규모가 얼마나 짜인 사람인가를 상상하기에 어렵지 않을 것이다. 그러나 나로서는 존경하면서도 성미가 맞을 수는 없었다. 생각하면 우리 삼부자같이 극단으로 다른 길을 제각기 걸어 나가는 사람들은 없다. 세상에는 정치밖에 없다는 부친의 피를 받았으면서 보수적·전형적 형님과 무이상(無理想)한 감상적·유탕적 기분이 농후한 내가 태어났다는 것이 세상도 고르지 못한 아이러니다.

"그래 학교의 시험은 어떻게 되었단 말이냐?"

형님은 한참 있다가 또 물었다.

"보다가 두고 왔지요."

나는 또 무슨 소리가 나올까 보아서 우물쭈물할까 하다가 역시 이실직고를 하고 말았다.

"그럴 줄 알았더면 전보를 다시 놓을걸 그랬군!"

하며 시험을 중도에 폐하고 온 것을 매우 애석해하는 모양이나, 나는 전보를 다시 아니 놓아 준 것이 잘되었다고 생각하며 잠자코 따라 걸었다.

"그래 추후 시험이라도 봐야 하겠구나? 언제도 추후 시험인가 본다고 일찍이 나와서 돈만 들이고 성적도 좋지 못한 적이 있었지 않았니? ……어떻든 문학이니 뭐니 하구 공연히…… 그까짓 건 하구 난 대야 지금 세상에 얻다가 써먹는단 말이냐?"

이런 소리는 일 년에 한 번이나 두어 번 귀국할 때마다 꼭 두 번씩은 듣는다. 형님한테 한 번, 아버님한테 한 번이다. 그러나 어떠한 때에는 아버님에게는 귀에 못이 박이도록 들을 때가 있다. 처음에는 열심으로 반대도 하여 보았다. 교육이라는 것은 '사람'을 만들자는 것이요 기계를 제조하는 것이 아니니까, 학문을 당장에 월급푼에 써먹자고 하는 것도 아니요, '똥테'(나는 어느 때든지 금테를 똥테라고 불렀다) 바람에 하는 것도 아니라는 말도 하여 드리고, 개성은 소중한 것이니까 제각기 개성에 따라서 교육을 하여야 한다는 문제를 들추어 가지고 늘 변명을 하여 왔다. 그러나 결국은 단념하는 수밖에 없는 것을 깨달았다. 그들의 세계와 자기의 세계에는 통로가 전연히 두절된 것을 발견하였다. 그것은 마치 무덤 속과 무덤 밖이 판연히 다른 딴 세상임과 같은 것이라고 생각하게 되었다. 그래서 그 후부터는 부자나 형제로서 할 말 이외에는, 그리고 학비 이야기 이외에는 아무 말도 입을 벌리지 않기로 결심을 하였다. 모친이나 자기 처나 누이동생에게 하듯이만 하면 집안에 큰소리가 없을 줄 알았다. 되지 않은 이론이니 설명이니 사상 발표니 하기 때문에 감정이 상하고 충돌이 생기는 것이라고 생각하였다. 그러나 이렇게 생각을 하고 나니까 자기의 주위가 어쩐지 적막하여진 것 같고, 가정이란 것은 밥이나 먹고 잠이나 재워 주는 여관 같았다. 여관 중에도 제일 마음에 맞지 않는 여관 같았다.

지금도 일 년 만에 만나는 첫대바기[251]에 형님에게 또 새판[252]으로 그러한 소리를 들으니까 불쾌하지 않을 수 없는 동시에 작년 여름에 나왔을 때에 학교 문제로 삼부자가 한참 논쟁을 하다가 "집구석이라고 돌아오면 이렇게들 사람을 귀찮게 굴 테면 여관으로라도 나간다" 하고 이틀 사흘씩 친구의 집으로 공연히 떠돌아다니던 생각을 하여 보면서 잠자코 말았다. 어쩐지 마음이 쓸쓸하여지고 섭섭한 생각이 든다.

251) 첫대바기 맞닥뜨린 맨 처음.
252) 새판 새로 벌인 일의 판. 여기서는 '새로 말을 꺼냄'을 뜻한다.

우리는 한참 동안 잠자코 걷다가, 형님 집으로 들어가는 동구까지 와서 전에 보지 못하던 일본 사람의 상점이 길가로 하나 생기고 골목 안으로 들어서서도 두 집 문에 일본 사람의 문패가 붙은 것을 보고,

"그동안에 꽤 변하였군요!"

하며 형님을 치어다보니까, 형님은 조금도 이상할 것이 없다는 듯이 태연무심히 고개만 끄덕끄덕하였다.

나는 앞장을 선 형님을 따라 들어가며 작년보다도 한층 더 퇴락한 대문을 치어다보고,

"거진 쓰러지게 되었는데 문간이나 좀 고치시지?"

하며 혼잣말처럼 한마디 하였다.

"얼마나 살라구! 여기두 좀 있으면 일본 사람 거리가 될 테니까 이 대로 붙들고 있다가 내년쯤 상당한 값에 팔아 버리란다. 이래 봬도 지금 시세로 여기가 제일 비싸단다."

형님은 칠팔 년 전에 살 때와 비교하여서 거진 두세 곱이나 시세가 올랐다고 매우 좋아하는 모양이다. 나는 오늘 아침에 부산에서 본 광경을 생각하며,

"그야 다른 물가는 따라서 오르지 않았나요. 전쟁 이후에 어떤 것은 삼 배 사 배나 올랐는데요."

하고 대꾸를 하며 안으로 쫓아 들어갔다.

형수와, 작은아버지 오신다고 깡충깡충 뛰는 일곱 살짜리 딸년이 안 방에서 나와서 맞았다. 작년에 보던 것과는 다른 상스럽지 않은 노파 도 하나 있었다. 나는 안방으로 들어가서 귀찮은 맞절을 형수와 하고 나서 조카딸의 절도 받았다. 동경에서 가져온 과자를 절값으로 내놓으

니 계집애년은 경중경중 뛴다. 인사가 끝난 뒤에 형님은 무슨 생각을 하는 눈치로 벙벙히 앉았다가,

"건넌방에서도 나와 보라지!"

하며 형수를 치어다본다. 형수는 아무 말 아니하고 섰더니,

"얘! 너 가서, 건넌방 어머니 오라구 해라."

하며 딸을 시키었다. 나는 어리둥절하며,

"건넌방 어머니가 누구예요?"

하며 형수를 치어다보았으나 머리에는 즉각적으로 어느 생각이 떠올랐다. 형수는 애를 써서 헛웃음을 입가에 띠며 잠자코 말았다.

"네게는 이야기를 한다면서도 우환도 있구 해서 자연 이때껏 알리지를 못하였다만, 작은형수가 하나 생겼단다."

하며 형님이 웃는다. 단 형제가 사는 집안에 작은형수라는 말도 우습지만, 나는 대개 짐작하면서도,

"작은형수라니요?"

하고 되물으니까 윗목에 섰던 형수가,

"그동안에 난 죽었답니다."

하며 풀 없는 웃음을 일부러 보인다. 형수는 그동안에 완연히²⁵³⁾ 늙은 것 같았다. 눈가가 유난히 퍼레지고 이마와 눈귀에 주름이 현연히 보이었다. 형수의 말을 받아서 형님이 무어라고 입을 벌리려 할 제, 건넌방 형수가 들어오는 바람에 답쳐 버렸다. 분홍저고리에 왜반물치마²⁵⁴⁾를 입고 분을 하얗게 바른 시골 새악시가, 아까 눈에 띄던 늙은 부인이

253) 완연히(宛然 ─) 아주 뚜렷하게.
254) 왜반물치마 검은빛을 띤 짙은 남빛의 일본 치마.

열어 주는 방문으로 살짝 들어왔다. 고작해야 열아홉 살쯤 되어 보이는 조촐한[255] 색시다. 이맛전이 넓고 코가 펑퍼짐한 듯하고, 이 집에서 상성[256]이 난 아들깨나 날 것 같기도 하다. 그렇게 보아서 그러한지 뻣뻣한 치마가 앞으로 떠들썩한 것이 벌써 무에 든 것 같고, 얼굴에는 윤광이 돌아 보인다. '큰형수'와 느런히 세워 놓고 보면 고식(姑息)[257]이라 하는 것이 알맞을 것 같다. 나는 형님의 소원대로 상우례(相遇禮)[258]를 하였다. 두 사람의 맞절이 끝나니까 형수는 앞장을 서서 획 나가 버렸다. 새형수도 뒤미처 나갔다. 큰형수는 마루에 앉아서 짐을 지고 들어온 아이더러 무엇을 사오라고 분별을 하고, 새형수와 마누라는 뜰로 내려가서 나를 위하여 점심을 차리는 모양이다. 머리도 안 빗은 조그만 늙은 아씨가 마루 끝에서 왔다 갔다 하는 것이 창에 붙은 유리 밖으로 마주 내다보일 제, 시들어 가는 강국 같다는 생각이 머릿속에 떠올라 왔다. 어쩐지 가엾어 보이었다.

'그래도 세 식구가 구순하게[259] 사는 것이 희한한 일이다.'

나는 이런 생각을 하며 벙벙히 앉았으려니까, 형님은 무슨 말을 꺼낼 듯 꺼낼 듯하다가,

"넌 지금 일 년 만에 나오지?"

하며 딴소리를 붙인다.

"올 여름방학에는 안 나왔지요."

255) 조촐하다 행동, 행실 따위가 깔끔하고 얌전하다.
256) 상성(喪性) 본래의 성질을 잃어버리고 아주 다른 사람처럼 되는 것.
257) 고식 부녀자와 어린아이.
258) 상우례 신랑이나 신부가 처가나 시가의 친척과 정식으로 처음 만나 보는 예식.
259) 구순하다 서로 사귀거나 지내는 데 사이가 좋아 화목하다.

"응, 그래…… 너도 혹 짐작할지 모르겠다만, 청주 읍네에서 살던 최참봉이라면 알겠니?"

하며 형님은 목소리를 한층 더 낮추었다.

"알지요."

"그 집이 지금 말이 아니되었지. 웬만큼 가졌던 것은 노름을 해서 없앴겠니마는, 최씨가 작고하기[260] 전에 벌써 다 까불려 버렸지…… 지금 데려온 저것이 그이의 둘째딸이란다. 어렸을 젠 너두 보았을걸?"

"네에!"

하며 나는 무심코 웃었다. 최참봉이라면 내가 어렸을 때에는 우리 집하고 격장[261]에서 살던, 청주 일군은 고사하고 충청도 원판에서도 몇째 안 가는 재산가이었다. 술 잘 먹기로도 유명하고 외입깨나 하였지마는 보짱[262] 크기로도 유명하였다. 작은형수라는 사람은 내가 소학교에 들어갈 때에 지금 마루에서 뛰어다니는 형님의 딸년만 하였었다. 그렇게 생각을 하여 보니까, 부엌에서 음식을 차리고 있는 노부인이 낯이 익은 법하기도 하고 일편 반갑기도 하여서 혼자 웃으며,

"그럼 저 마님이 최참봉의 부인이 아녜요?"

하고 물어보았다. 형님은 반색을 하면서,

"응, 참 너는 그 집에 늘 드나들며 놀지 않았니?"

하며 나를 치어다보았다. 나는 어쩐지 가슴이 선뜩하면서 몸이 근질근질한 것 같았다. 최참봉 마누라라는 이는 딸 형제밖에는 낳아 보지 못

---

260) 작고하다(作故 —) 고인이 되었다는 뜻으로, 사람의 죽음을 높여 이르는 말.
261) 격장(隔墻) 담 하나를 사이에 두고 이웃함.
262) 보짱 마음속에 품은 꿋꿋한 생각이나 요량.

한 사람이었다. 내가 어려서 놀러 가면, "내 아들 왔니!" 하기도 하고, "내 사위 왔구나!" 하기도 하며 퍽 귀여워하였었다.

"금순아, 금순아! 넌 어디루 시집갈련? 저 경만이(내 아명) 집으로 가지?"

하면, 지금의 저 형수는 똥그란 눈으로 나를 말뚱말뚱 치어다보다가, 어떤 때에는 "응!" 하기도 하고, 나는 시집 안 간다고 짜증을 내어 보이기도 하였던 것이다. 지금 학교에 다니는 내 누이동생과는 한 살이 위든가 하기 때문에 나보다는 두 살이 아래일 것이다. 나는 우리 남매하고 돌아다니던 십사오 년 전의 어렴풋한 기억을 머릿속에 그려 보면서 제풀에 얼굴이 화끈거리는 것을 깨달았다. 어렸을 적 일이니까 당자도 잊어버렸을 것이요, 누이도 모르겠지마는 저 마누라는 나를 알아볼 것이요, 실없는 소리라도 사위니 아들이니 하는 말을 하였던 것을 생각하여 본다면 마주 대면하기가 피차에 어떠할까 하고 지금부터 내가 도리어 얼굴이 간지러운 것 같다. 아무튼지 이상한 연분이다. 물론 그때만 해도 반상(班常)의 별을 몹시 차리던 시절이니까 두 집의 부모끼리는 왕래가 별로 없었고, 더구나 저편에서는 나를 데리고 실없는 소리를 하였을 뿐이지 감히 내 딸을 누구의 몫으로 데려가시오라고는 못 하였었다. 하지만, 지금 형님의 장모요 그때의 금순 어머니는 혹시 정말 나를 사위로 삼았으면 하는 공상이 있었던지 모른다. 그러면서도 기어코 우리 집으로 들여보내고야 만 그 어머니의 심사는 알 수 없는 것이다. 형님은 잠깐 동[263]을 떼어서 다시 입을 벌렸다.

263) 동 언제부터 언제까지의 동안. 또는 어디서 어디까지의 사이.

"그래 우리 집이 서울로 이사한 뒤에는 최참봉이 실패하고 울화[264]에 떠서 연전에 죽었다는 것은 알았지만, 그렇게까지 참혹하게 된 줄은 몰랐었더니, 올 여름에 산소[墓地] 일절로 해서 청주에 들어갔다가 최씨의 큰사위를 만나니까, 장모하고 처제가 자기 집에 들어와서 사는데, 저 역시 실패를 하고 지금은 자동차깨나 부리지마는, 그것도 근자에는 세월이 없어 지탱을 해갈 수가 없는 터이요, 혼기가 넘은 처제를 처치할 가망조차 없다면서, 어떻게 한밑천을 대어 주었으면 좋을 듯이 말을 비추기에, 집에 올라가서 무슨 말 끝에 우연히 그런 이야기를 하였더니……."

"최참봉 큰사위라면 그때 우리 살 때에 혼인한 김현묵(金賢默)이 말씀이죠?"

나는 어려서 보던 조그만 초립둥이를 머리에 그려 보며 듣다가 형님 말의 새치기로 물었다.

"옳지 그래! 그때는 열두어 살밖에 안 되었지만, 지금은 퍽 건강해지기도 하고 위인이 착실해서 조치원에서는 상당한 신용이 있지…… 그래 아버지께서도 얼마간 밑천을 대어 주는 것도 좋겠지마는, 그보다도 그 처제 애를 데려오는 것이 어떠냐고 하시기에 들을 때뿐이요 흐지부지하였었지. 그런데, 그 후에 아버지께서 내려오셨던 길에 김현묵이를 만나 보시고, 우리 집안이 절손이 될 지경이니 우리 집으로 데려오고 싶은즉, 저편 의향을 들어 보라고 별안간 일을 버르집어[265] 놓으시니까, 현묵이야 어떻든 인연을 맺어 놓기로만 위주니라 물론 찬성이

264) 울화 마음속이 답답하여 일어나는 화.
265) 버르집다 작은 일을 파서 헤치거나 크게 벌리다.

196

요, 그 집안에서들도 유처취처[266]라는 것을 매우 꺼리는 모양이나 우리 집안 내력도 알고, 그보다도 자기네 형편이 매우 급하니까 결국은 승낙을 한 모양이지."

형님은 장황히 변명 삼아 설명을 하는 것이었다.

"어쨌든 큰아주머니만 불평이 없으시다면 잘되었습니다그려. 어머니께서도 좋게 생각하시겠죠?"

나는 구태여 잘잘못을 말할 일도 아니기에 좋도록 대꾸를 하였다.

"아버지께서는 원래 큰형수를 미흡하게 여기시니까 말씀할 것도 없지만, 어머니께서는 처음에는 반대를 하시다가, 역시 손주 새끼를 보겠다고 첩을 얻어 들이는 것보다는 낫다고 하시고, 당자도 인제는 자식이라고는 나볼 가망도 없구 하니까 아무려나 하라기에, 되어 가는 대로 내버려 두었지."

나는 잠자코 듣기만 하였다. 그러나 아들자식이란 그렇게도 낳고 싶은 것인지 나에게는 알 수 없는 일이었다. 무후(無後)한 것이 조상에 대한 죄라거나 부모에게 불효가 된다는 말부터 나에게는 이해할 수 없는 것이었다. 우연이든 필연이든 낳은 자식은 죽일 수 없으니까 남과 같이 길러 놓기는 하여야 하겠지마는, 그렇게 성화를 하면서 부친까지 나서서 서두르고 애를 쓸 것이 무엇인지? 사람이란 의외의 호사객[267]이라고 생각하였다. 나이 먹으면 생각이 달라질지는 모르지마는, 아들자식을 낳아서 공을 들여 길러 논다기로 그것이 어떻다는 것인지 알 수 없다. 요행 장수하여서 자기보다 앞서지 않을 지경이면 삿갓가마[268]나

266) 유처취처(有妻娶妻) 아내가 있는 사람이 또 아내를 얻음.
267) 호사객(好事客) 일을 벌이기를 좋아하는 사람.

타고 상여 뒤에 따르리라는 것만은 분명히 예기(豫期)할 수 있는 일이 겠지만 그다음 일이야 누가 알 일인가. 위인이 착실할 지경이면 부모가 남겨 주고 간 땅뙈기나 파서 먹다가 뒤따라 땅속으로 굴러들어가 버릴 것이요, 그렇지도 못하면 그나마 다 까불리고 제 몸뚱어리 하나도 추스르지 못하는 것은 말할 것도 없지만 거기에 매달린 처자의 운명까지 잡쳐 놓을지도 모른다. 기껏 잘났대야 저 혼자 속을 썩이다가 발자취도 없이 스러질 것이며, 자칫하면 제 목숨까지가 성이 가시다고 낳아 준 부모를 원망할지도 모를 것이다. 그러나 종족을 연장하려는 것이 생물의 본능이라고 할지도 모른다. 하지만 종족의 보전이나 연장이라는 의식으로 사람은 결혼을 원하는 것인가. 그보다도 한층 더한 충동이 더 굳세게 사람의 마음속에서 움직이지는 않는 것일까. 자식이 주줄이 있어도 첩 얻지 않던가? 그는 고사하고 절손이 무섭고 자기가 돌아간 뒤에 술 한잔이라도 부어 놓을 맏손주를 생전에 보겠다고 애를 부득부득 쓰는 부친이 가엾고, 의외로 완고인 데에 놀랐다. 사람의 관념이란 무서운 것이라고 새삼스럽게 생각되는 것이었다.

"서울집에 있는 것이나 데려다가 기르셨더면 좋았죠. 에미도 죽게 되구, 저는 있는 게 도리어 귀찮을 지경인데."

하며 형님의 눈치를 보았다. 나는 자기 소생을 형님에게 떼어 맡겼으면 짐이 덜려서 시원스럽겠다는 말이나, 듣는 사람에게는 양자라도 할 수 있는데 왜 유처취처까지 해서 남 못할 일을 하였느냐고 나무라는 것같이 들린 모양이다.

268) 삿갓가마 초상 중에 상제가 타는 가마.

"글쎄 그도 그렇지마는 너도 앞일을 생각하면 그럴 수야 있니. 그뿐 아니라 저편 처지가 말 못되었으니까, 사람 하나 구하는 셈 치고 어떻든 데려온 것이지."

하고 형님은 변명을 하였다. 나는 그 이상 더 말할 필요가 없다고 생각하면서도 사람 하나 구한다는 말이 귀에 거슬리기에, 밖에서 듣지 않도록 일본말로 반대의 의사를 늘어놓았다.

"그건 형님 잘못 생각이세요. 설혹 결혼을 하여서 한 사람이 구하여졌다 하더라도 형님은 그것을 자기의 공으로 아실 것도 못 되거니와, 처음부터 구한다는 생각을 가지고 결혼을 하셨다는 것은 형님이 자기를 과대평가하신 것이죠. 또 사실상 그러한 것은 둘째, 셋째로 나오는 문제이겠지요. 누구든지 저 사람을 행복스럽게 할 사람은 이 넓은 세상에는 나밖에 없다고 생각하는 것은 한편으로 보면 좋은 일 같지마는 다른 한편으로 보면 불완전한 '사람'으로서는 너무 지나친 자긍이겠지요."

형님이 잠자코 앉았는 것을 보고 나는 또다시 입을 벌렸다.

"진정한 사랑은 그 사람의 행복을 비는 마음에서 나오는 것이요, 그 사람의 생활을 지배하고 운명의 진로까지를 간섭하는 것은 아니겠지요. 구(救)한다는 것은 이기적 충동을 떠나서 자기를 다소간 희생하게 될 것인데, 형님은 아들 낳겠다는 욕심으로 한 결혼이 아닙니까? 하하하."

나는 아니하여도 좋을 말을 오금을 박듯이[269] 입바른 소리를 하고 말았다. 형님은 잠자코 듣고 앉았다가,

---

269) 오금을 박다 다른 사람에게 함부로 말이나 행동을 하지 못하게 단단히 이르거나 으르다.

"구한다는 사실이 이 세상에 없다 하면 너부터 굶어 죽을라? 그는 고사하고 여기 어린아이가 우물로 기어 들어가면 너도 쫓아가서 붙들겠구나?"

하며 형님은 웃으면서도 덜 좋은 기색이었다.

"그건 구제가 아니라 의무지요."

나는 구하지 않으면 너부터 굶어 죽으리라는 말에 불끈해서 한마디 한 뒤에 다시 뒤를 이었다.

"의무라 하면 당연히 할 일, 또는 하지 않아서는 안 될 일을 의미하는 것이 아니겠습니까? 그러면 자식을 나서 교육을 시키든지, 우물에 빠지려는 아이를 붙들어 낸다는 것을 자선적 행위라고야 할 수 없겠지요. 그는 그만두고 지금 자살하려는 사람을 붙들어 냈다 하기로 그 행위가 자선도 아니요, 그 사람의 행복을 위한 것도 아니죠. 다시 말하면 목숨이라든지 산다는 데에, 공통한 처지에서 자기는 사는 것을 긍정하기 때문에, 생(生)을 부정하는 자를 자기의 의견에 동화시키려고 하는 행위가 즉 자살을 방지하는 노력이외다그려. 하고 보면 결국은 자기를 중심으로 하고 하는 일이 아닌가요? ……하여간 소위 구제니 자선이니 하는 것을 향기 있고 아름다운 말이나 행위로 알지만, 실상은 사회가 병들었다는 반증밖에 아니 되고, 그 어느 구석에든지 이기적 충동이 있다고 보이는데요……."

무어나 반항적 태도로 자기 의견을 한마디 꺼내 놓고야 마는 이맘때의 나로는 형님이 어떻게 듣거나 말거나 한바탕 주워섬기고 말았다. 형님은 내 이론이 되고 안 된 것을 별양 탄하고도 싶지 않고, 그저 못마땅하나 먼 데서 온 아우를 불쾌케 아니하려는 듯이 웃으면서,

"너같이 극단으로 나가면 이 세상에 살아갈 수 있겠니? 그래도 상호 부조의 정신도 있어야 하고 인생의 이상이니 목적이라는 것은 없어 안 될 거요……."

하고 온화한 낯빛으로 입을 다물었다. 아까 문학은 배운대야 써먹을 데가 없다고 눈살을 찌푸리던 때보다는 달라졌다.

"인생의 이상이란 것은 나는 생각해 본 일도 없습니다마는, 구태여 말하자면 자기를 위하여 산다 할까요. 하지만 결코 천박한 이기주의로 하는 말은 아닙니다."

내가 이렇게 대답을 하니까 형님은 나를 잠깐 치어다보는 양이,

'너야말로 이기주의자로구나!'

하고 핀잔을 주고 싶은 것을 참아 버리는 모양이다.

부산히 차려 들어온 점심을 형제가 겸상[270]을 하여 먹은 뒤에 나는 아랫목에 잠깐 누웠었다. 어쩐둥 잠이 들어 한잠 늘어지게 자고 나서 눈을 떠보니까, 흐린 날이 저물어 들어가는지 방 안이 한층 더 우중충하여졌다. 아까 식후에 학교에 다시 갔다가 온다던 형님은 벌써 돌아와서 건넌방에 들어가 앉았는 모양이다. 내가 일어나서 양치질을 하는 소리를 듣고 형님은 안방으로 건너와서,

"눈이 올지 모르는데 술이나 한잔 먹고 떠나련?"

하며 밖에다 대고 술상을 차리라고 일렀다. 형님이 나에게 술을 권하는 것은 여간한 마음으로 하는 것이 아니다. 더구나 학교에서 오다가 자기는 먹을 줄도 모르는 일본 청주를 사들고 온 것이라 한다. 나는 이

270) 겸상(兼床)  둘 또는 그 이상의 사람이 함께 음식을 먹을 수 있도록 차린 상. 또는 그렇게 차려 먹음.

것이 혼인상 대신인가? 하는 실없는 생각을 하여 보며 속으로 웃었다. 형님도 대작을 하기 위하여 억지로 몇 잔 한다.

"그런데 이번에 올라가거든 좀 집에 붙어 앉아서 약 쓰는 것도 다잡아 살펴보구, 모든 것을 네가 거두어 줄 도리를 차려라."

형님은 두 잔째 마시고 나서 이런 소리를 들려주었다. 나는 잠자코 말았다. 사실 내가 약 쓰는 묘리를 알 까닭이 없는 일이다. 형님은 또 화두를 돌렸다.

"나도 며칠 있다가 형편 되는 대로 곧 올라가겠지만, 아버님께 산소 사건은 아직도 사오일은 더 있어야 낙착이 날 듯하다고 여쭈어라. 역시 공동묘지의 규정대로 하는 수밖에 없을 모양이야."

나의 귀에는 좀 이상하게 들리었다. 내 처가 죽을 것은 기정의 사실이라 치더라도 죽기도 전에 들어갈 구멍부터 염려들을 하고 있는 것은, 아들을 낳지 못하여서 성화가 난 것보다도 구성없는[271] 짓이요 일 없는 사람의 헛공사라고 생각 않을 수 없다.

"죽으면 묻을 데가 없을까 봐서 그러세요. 공동묘지는 고사하고 화장을 하든 수장을 하든 상관없는 일이 아닌가요? 아버지께서는 공연히 그런 걱정을 하시지만, 이 살기 어렵고 바쁜 세상에 그런 걱정까지 하는 것은 생각해 볼 일이지요."

나는 이렇게 핀잔을 주듯이 역시 반대의 의사를 표시하였다.

"공연히가 무에 공연히란 말이냐?"

형님은 눈을 똑바로 뜨고 나를 꾸짖고 나서 말을 이었다.

---

271) 구성없다 격에 어울리지 않다.

"너도 지각이 났으면 생각을 해보렴. 총독부에서 공동묘지 제도를 설정한 것은 잘되었든 못되었든 하는 수 없이 쫓아간다 하더라도, 대대로 내려오는 자기의 선산이 남의 손에 들어가게 되고 게다가 앞길이 멀지 않으신 늙은 부모가 계신데, 불행한 일이 있는 날에는 어떻게 한단 말이냐? 그래 아버님 어머님을 공동묘지에다가 모신단 말이 될 말이냐? 자식 된 도리는 그만두고라도 남이 부끄러워서 어떡한단 말이냐…… 계수만 하더라도 만일에 불행한 경우를 당하면 어떻든 작은 산소 아래다가 써야지 여기저기 뿔뿔이 흐트러져 있으면 그게 무슨 꼬락서니란 말이냐?"

형님은 매우 화가 난 모양이다. 그러나 내게는 그리 다급히 들리는 문제는 아니었다.

"그래 어떡하신단 말씀예요?"

다만 산판²⁷²⁾이나 묘위전(墓位田)²⁷³⁾이 남의 손에 들어갔다는 데에는 나도 잠자코 있을 수가 없었다.

"어떻든지간에 충북 도장관과는 아버님께서도 안면이 계시고 나도 아주 모르는 터는 아니니까, 아버님 대(代)만이라도 작은산소에 모시도록 지금부터 허가를 맡아 두고 계수도 사람의 일을 모르니까 이번에 아주 자리를 잡아놓아 두자는 말이야. 그런데 그보다도 더 시급한 것은 큰산소하고 가운데산소의 '제절'²⁷⁴⁾ 앞의 산판을 물러 가지고 식목이라도 다시 하자는 것인데…… 뭐 아주 말이 아니야, 분상²⁷⁵⁾이 벌

272) 산판(山坂) 산의 일대.
273) 묘위전 묘에서 지내는 제사의 비용을 마련하기 위하여 경작하던 밭.
274) 제절(祭砌) 자손들이 늘어서서 절할 수 있도록 산소 앞에 마련된 평평하고 널찍한 부분.

거벗은 셈이요……."

분상이 벌거벗었다는 말에 나는 속으로 웃었다.

"그 문제가 이때껏 낙착이 안 났어요?"

하며 나는 또 한 잔 들었다.

"낙착이 다 무어냐, 뼈골은 뼈골대로 빠지고 일은 점점 안 돼가니, 어떻게 해야 좋을지…… 지금 붙들어다가 징역을 시킨달 수도 없고……."

하며 형님은 눈살을 찌푸린다.

산소 문제라는 것은 셋쨋집 종형이 문서를 위조해서 팔아먹은 것이다. 우리 집이 종가는 아니나 실권은 여기서 잡고 있는, 말하자면 우리 문중 소유로 만들어 놓은 것인데, 몇 평이나 되는지 노름에 몰려서 두 군데의 분상만 남겨 놓고 상당히 굵은 송림째 얼러서 불과 백여 원에 팔아먹은 모양이나, 워낙 헐가로 산 것이기 때문에 당자가 좀처럼 물러 주지 않는 터이라 한다. 제절 앞에 거름을 하고 논을 풀든[276] 밭을 갈든 그는 고사하고 이해관계로라도 물러야 할 것은 물론이다.

"어떻든 무를 수는 있겠죠?"

공동묘지에 성화가 나서 하는 것은 코웃음 치는 나도 조상의 산소를 팔아먹은 데에는 분개하고 있는 터이다.

"글쎄, 셋째아버지께서만 증인으로 스셨으면 아무 말 없이 본전에 찾겠지마는, 번연히 자기가 관계를 하시고 내용까지 자세히 아시면서 모른다고만 하시니까 무사히 될 일도 이렇게 말썽만 되지 않겠니?"

"그럼 셋째아버지도 공모를 하셨던가요?"

275) 분상(墳上) 무덤에서 조금 소복하게 높은 부분. 또는 무덤의 위.
276) 논을 풀다 생땅이나 밭을 논으로 만들다.

"그러게 망령이 나셨단 말이지…… 그나 그뿐이라던! 자식을 잘못 둬서 그랬기로서니, 어찌하란 말이냐고 되레 야단만 치시니 기막히지 않니?"

"그럼 당자를 붙들어 내면 될 게 아녜요?"

"당자야 벌써 어디론지 들구 튀었다 하드라만, 아마 요새는 들어와 있 나 보드라. 일전에도 갔더니 셋째아버지가 앞장을 서서 우는소리를 하 시며 자식 하나 없는 셈 칠 테니 그놈을 붙들어다가 징역을 시키든 목을 돌려놓든 마음대로 하고, 인제는 그 문제로 우리 집에는 와야 쓸데가 없 다고 하시는 것을 보면, 어디 갔다는 말은 공연한 소리요, 모두 부동이 되어서 귀찮게만 굴자는 수작 같애서 실없이 화가 나지만……."

셋째삼촌이라는 이는 집의 아버지와 이복인 데다가, 분재한[277] 것을 몇 부자가 다 까불려 버린 뒤로는 한층 더 말썽이 많아졌다. 언젠지 나 더러도,

"네 형도 딱하지, 그예 징역을 시키고 나면 무에 시원할 게 있니? 돈 푼 더 주고 무르면[278] 고만 아니냐? 고까짓 것쯤 더 쓰기로 얼마나 더 잘살겠니?"

하며 갉죽갉죽 꼬집는 소리를 한 일이 있었다. 그런 소리를 들으면 머 릿속까지 지끈지끈한 나는,

"내야 뭘 압니까. 그런 이야기는 형더러 하시죠."

하며 피해 버렸었다. 원체 나는 적서(嫡庶)의 차별 관념이란 꿈에도 없건마는 머릿살 아픈 일이다.

277) 분재하다(分財 ―) 가족이나 친척에게 재산을 나누어 주다.
278) 무르다 사거나 바꾼 물건을 판 사람이 원래 임자에게 도로 주고 돈이나 물건을 되찾다.

"아무쪼록 구순하게 하시구려."

하고 나는 말을 끊어 버렸다. 그러나 형님으로서 생각하면 단 형제뿐인데 내가 집안일에 탐탁히 의논 한마디라도 거들지 않는 것이 불만인 모양이다.

실쭉한[279] 저녁을 조금 뜨고 나서, 캄캄히 어둔 뒤에 다시 짐을 지워 가지고 형님과 같이 정거장으로 나왔다. 드문드문 전등불이 반짝이는 큰길가에는 인적도 벌써 드물어 가고, 모진 바람이 쌀쌀히 부는 대로 가다가다 눈발이 차근차근하게 얼굴에 끼치었다.

"오늘 밤에는 꽤 쌓이겠다!"

형님은 이런 소리를 하며 앞서 간다. 정거장 안에 들어서니까, 순사보 한 사람이 형님하고 인사를 하며 나를 아래위로 한번 훑어보았으나, 별로 조사를 하자고는 아니한다. 지워 가지고 온 짐을 받아 가지고 형님과 아는 일본 사람 사무원이 들어오라고 권하는 대로 우리는 사무실로 들어가서 난로 앞에 불을 쬐고 섰었다. 두세 사무원이 우리를 돌아다보며 앉은 채 묵례를 한다. 우리들더러 들어오라고 한 사무원은,

"매우 춥지요? 동기방학[280]에 나오시는군요."

하며 나의 옆에 와서 말을 붙이며 불을 쬔다. 이러한 경우에 일본 사람이 조선 사람보다 친절한 때가 있다고 나는 생각하였다. 순사나 헌병이라도 조선인보다는 일본인 편이 나은 때가 많다. 일본 순사는 눈을 부라리고 그만둘 일도, 조선 순사는 짓궂이 뺨을 갈기고 으르렁대고서야 마는 것이 보통이다. 계모 시하에서 자라난 자식과 같은 몹쓸 심보

279) 실쭉하다 마음에 차지 아니하다.
280) 동기방학(冬期放學) 겨울방학.

다. 불쌍한 처지에 있는 사람끼리 만나면 피차에 동정심이 날 때도 있지마는, 자기 자신의 처지에 스스로 불만을 가지고 자기 자신에 대한 증오가 심하면 심할수록 자기와 똑같은 처지에 있는 사람이 더 밉고 보기 싫어서 그런가 보다. 혹시는 제 분풀이를 여기다가 하는 것일 것이다. 조선 사람에게 대한 조선인 관헌[281]의 태도가 그러한 심리에서 나오는 것인지? 혹은 일본 사람은 뒤로 물러서고 시키니까 그러는지? 하여간 조선인 순사나 헌병보조원이 더 미우면서도 불쌍도 하다.

　사무원은 내가 일본서 왔다는 데에 흥미를 가지고 이야기를 자꾸 건다. 한참 주거니 받거니 하며 섰으려니까, 외투에 모자우비[282]까지 푹 뒤집어쓴 젊은 조선 사람 역부[283]가 똥그란 유리등을 들고 창황히 들어오며 일본말로,

　"불이 암만 해도 안 켜져요."

하고 울상이다. 역부의 외투에 쌓였던 하얀 눈이 훈훈한 방 안 온기에 금시로 녹아서 조그만 이슬이 반짝거리며 뚝뚝 듣는다.

　"빠가! 안 켜지면 어떡한단 말이야. 시간은 다 되었는데."

　이때까지 웃는 낯으로 나하고 이야기를 하며 섰던 사무원이 눈을 부라리며 소리를 지르고 나서, 저쪽 구석으로 향하더니,

　"이서방, 오소오소, 같이 가서 켜고 와요!"

하며 조선말로 이서방에게 명한다. 나는 사무원의 살기가 등등한 뚱뚱한 얼굴을 바라보고 외면을 하였다. 두 역부는 다른 등에 또 불을

---

281) 관헌(官憲) 관직에 있는 사람.
282) 모자우비 비를 가리기 위하여 쓴 모자.
283) 역부(驛夫) 역무원.

켜 들고 허둥허둥 나갔다. 두 사람이 나가는 것을 보고 사무원은 픽 웃으며,

"허는 수 없어!"

하며 무책임한 이 꼴을 좀 보라는 듯이 혀를 차며 나를 치어다보았다. 나도 따라서 웃어 보였으나, 머리로는 눈보라가 치는 속에서 신호등으로 기어 올라가서 허둥거리는 두 역부의 검은 그림자를 그려 보며 익숙지 않은 일에 가엾은 생각도 난다. 조금 있으려니까 땡땡 하는 소리가 몇 번 난 뒤에 역부들이 들어왔다. 불은 켜지고 차는 조금 있다가 들어왔다. 눈이 푹푹 내리는 속을 나는 형님과 헤어져서 차에 올랐다.

석윳불을 드문드문 켠 써늘한 기차 속은 몹시 우중충하고 기름 냄새가 코를 찌른다. 외투를 벗어서 눈을 털었으나 몸은 구중중하고,[284] 컴컴한 석윳불을 볼수록 조선은 이런 덴가 싶어 새삼스레 을씨년스럽다. 하여간 난로 앞에 가서 자리를 잡고 앉아 보니 찻간에 사람은 그리 많지 않다. 끄레발[285]에 갈모[286]를 우그려 쓴 촌사람 오륙 인하고 양복쟁이 서너 사람이 난로 가까이 앉고, 저편으로 떨어져서 대구에서 탔는 듯싶은 기생 같은 젊은 여자가 양색 왜증[287]인지 보라인지 검붉은 두루마기를 입고 이리로 향하여 앉은 것이 그중에 반가워 보였다. 나는 심심파적으로 잡지를 꺼내 들었으나 불이 컴컴하여 몇 장 보다가 덮어 버렸다.

---

284) 구중중하다 사람이나 물건의 모양새가 깔끔하지 않고 지저분하다.
285) 끄레발 단정하지 못하고 덥수룩한 옷차림.
286) 갈모(—帽) 예전에, 비가 올 때 갓 위에 덮어 쓰던 고깔과 비슷하게 생긴 물건.
287) 왜증 바탕이 얇은 일본 비단.

저편으로 중앙에 기생에게 등을 두고 앉은 사십 남짓한 신사를 바라보다가 나는 무심코 우리 집에 다니는 김의관 생각이 났다. 기생하고 동행인지 혼자 가는지는 모르나 수달피 댄 훌륭한 외투를 입고 금테안경을 쓰고 버티고 앉았는 것이 돈푼 있어 보이기도 하나, 안경 너머로 이 사람 저 사람의 얼굴을 유심히 바라보는 작은 눈은 교활하여 보였다.

기차가 추풍령에 와서 닿으니까, 일본 사람의 사냥꾼 한 떼가 개를 두 마리나 데리고 우중우중 들어와서 기다란 총을 여기저기다가 세우고 탄환 박힌 혁대를 끌러 논 뒤에 난로 앞으로 모여든다. 객차에 산 짐승은 아니 태우는 법인데 이 행차는 특대우인 모양이다. 하여간 개가 싫어서 나는 자리를 피하여 저편으로 가서 앉았다. 촌사람들도 비실비실 피하여서 이리저리 흩어졌다.

"아, 영감! 이거 웬일이쇼?"

누구인지 이렇게 소리를 버럭 지르는 바람에 나는 무심코 고개를 돌렸다. 방한모를 우그려 쓴 얼금얼금한[288] 사냥꾼 하나가 손가락 사이에는 반쯤 타다가 남은 여송연에 불을 붙이며 난로를 등을 지고 섰는 자의 말소리다. 헌 양복에 각반[289]을 치고 일본 버선에 조선 짚신을 신은 꼴이 손에 든 여송연과는 어울리지 않으나, 동행하는 일본 사람이 난로 앞에 설 자리를 사양하는 것을 보면 일행 중에서는 지위가 높은 모양이다.

"그러나, 영감은 웬일이슈?"

288) 얼금얼금하다  굵거나 얕게 얽은 자국이 듬성듬성 있다.
289) 각반(脚絆)  걸음을 걸을 때 발목 부분을 가뜬하게 하기 위하여 발목에서부터 무릎 아래까지 돌려 감거나 싸는 띠.

수달피털을 붙인 외투를 입고 앉았었던 금테안경이 앉은 채 인사를 하며 묻는다. 이자도 그만큼 버틸 힘이 있기에 이러한 '똥테' 두 동달이쯤은 되는 영감을 앉아서 인사하는 것일 거라.

"군청에서들 산에 가자기에 나섰더니 인제야 눈이 오시는구려."

하며 얼금뱅이[290]가 웃었다.

"이 바쁜 세상에 사냥은 너무 호강이신걸, 허허허. 공무태만[291]으로 감봉이나 되면 어쩌려우?"

김의관 같은 안경잽이가 한층 내려다보는 수작을 한다.

"영감같이 돈이나 벌려면 세상도 바쁘지만 시골구석에 엎뎠으니까 만사태평이외다. 한데 지금 어딜 다녀오슈?"

"대구에를 갔다 오는데, 이때까지 장관에게 붙들려서……."

"에? 그래 그건 어떡하셨소?"

"그거라니?"

안경잽이는 딴청을 붙이는 말눈치다.

"아, 저 토지 사건 말씀요."

얼금뱅이는 주기가 도는 뻘건 얼굴이 한층 더 붉어지는 듯하며 여전히 난로를 등지고 서서 묻는다.

"그러지 않아도 그 일절로 내려온 것인데, 계약은 성립이 되었지만 내 일이 낭패가 돼서…… 연이틀을 붙들고 놓아주어야지. 매일 기생에 아주 멀미를 대었소…… 술 잘 먹고 놀기 좋아하고 참 노당익장(老當益壯)[292]야……."

290) 얼금뱅이 얼굴에 굵거나 얕게 얽은 자국이 듬성듬성 있는 사람을 낮잡아 이르는 말.
291) 공무태만(公務怠慢) 공무원이 일을 열심히 하려는 마음이 없고 게으름.

경북 도장관이라면 일본 사람이거니와, 도장관을 칭송을 하는 것인
지 긴하게 보인 자랑이 더 긴해서 떠드는 것인지 알 수 없다.

"에! 에!"

하며 얼금뱅이는 감탄하는 듯 부러운 듯하게 대꾸를 하다가,

"그래 지금 인천으로 가시는 길인가요?"

하며 또 묻는다. 금테안경은 또 한 번 눈살을 잠깐 찌푸리는 듯하더니
다시 얼굴빛을 고치며,

"내야 원래 관계있소. 저 사람이 죄다 하니까. 한데, 영감하고 이야
기하던 것은 아주 틀리는 모양이오? 어떻게 과히 무엇하지도 않겠고,
영감 체면도 상하지 않게 할 터이니 잘해 보시구려."

하며 한층 소리를 낮춰서 다정한 듯이 웃어 보인다.

"글쎄 나중에 기별하지요마는 어떻든 반승낙은 받았으니까 그쯤만
알아 두시구려."

얼금뱅이는 이렇게 대답을 하고 좌우를 한번 휙 돌아보았다. 이야기
는 뚝 끊기고 얼금뱅이는 그 옆에 빈자리에 앉았다. 두 사람의 수작은
어쩐지 암호를 써가며 하는 수수께끼 같으나 누가 듣든지 반짐작은 할
것이다. 첫눈에 벌써 김의관 같은 위인이라고 대중을 댄 것이 틀림없
었던 것이 한편으로 유쾌도 하지마는 불하운동(拂下運動)[293]을 다니는
놈을 도장관이 한박[294] 먹였다는 것은 이자의 허풍이기도 하겠지마는
사실이면 까닭수[295]가 있는 것이리라.

292) 노당익장  늙었지만 의욕이나 기력은 점점 좋아짐. 또는 그런 상태.
293) 불하운동  국가 또는 공공단체의 재산을 개인에게 팔아넘기는 일.
294) 한박  한판. 한바탕.
295) 까닭수  까닭으로 삼을 만한 근거.

김의관이라면, 나는 진고개 헌병사령부에 쫓아가 보던 생각을 어느 때든지 잊지 않고 있다. 우리 집이 아직 시골에 있을 때에 나는 소학교를 졸업하고 서울 와서 김의관의 집에서 중학교에 통학을 하였었다. 첩의 집에만 들어박혔던 김의관이 그때는 돈에 꿀려서 본집에 와서 있었던지, 나 있는 방과 마주 보이는 건넌방에 있었다. 그게 그해 팔월 스무날께쯤 되었었는지 빗방울이 뚝뚝 듣는 초가을날 오후이었다. 학교에서 막 돌아와서 문간에 들어서려니까 김의관 마누라가 울상을 하고 뛰어나와서 책보를 받으면서,

"경식이 아버지가 지금 뉘게 붙들려 가셨는데 이리 나간 모양이니 좀 쫓아가봐 주게."

하며 그렇게 못마땅해하던 영감이건마는 허겁지겁이었다. 나도 깜짝 놀라서 가리키는 편으로 골목을 빠져서 달음박질을 하여 가노라니까, 양복쟁이 두 사람에게 옹위가 되어 가는 모시 두루마기를 입은 김의관의 뒷모양이 눈에 띄었다. 나는 가슴이 두근두근하나 사오 칸통이나 떨어져서 살금살금 쫓아갔었다.

김의관이 붙들려 가는 것을 쫓아가 본 일이 이번째 두 번이다. 몇 달 전에 내가 학교에 들어간 지 얼마 아니 되어서다. 그때가 아마 첩과 헤어지자고 싸우고 본집으로 기어든 지 며칠 안 되던 때인 듯싶다. 어느 날 순검[296]이 와서 위생비든가 청결비든가를 내라고 독촉을 하니까,

"없는 것을 어떻게 내란 말요? 이 몸이라도 가져갈 테거든 가져가구려."

---

296) 순검(巡檢) 순찰하여 살핌. 또는 그런 일을 하는 사람.

하고 소리소리 질러 가며 순검에게 발악을 하다가 그예 순검이 가자고 끌어내니까 문지방에 발을 버티고 아니 나가려고 한층 더 발악을 하며,

"이놈, 이놈, 사람 죽이네. 어구, 사람 죽이네……."

하고 순검에게 멱살을 붙들린 김의관은 순검보다도 더 야단을 치다가 그예 붙들려 가고야 말 제, 나는 가는 곳을 알려고 뒤쫓아 나섰었다. 그때에 나는 김의관이 이 세상에서 제일 잘난 사람이라고 생각하였었다. 나는 시골구석에서 순검이라면 환도 차고 사람 치고 잡아가는 이 세상의 제일 무서운 사람으로 알고 자라났다. 그런데 김의관은 그 제일 무서운 사람더러 이놈 저놈 하며 할 말을 다 하고 하인 부리듯이,

"이놈! 거기 섰거라. 누가 잘못했나 해보자!"

하며 안으로 들어와서 문지방에서 벗겨진 정강이에다가 밀태상[297]을 기름에 개어 바른다, 옷을 갈아입는다, 별별 거레[298]를 다 하고 나서 의기양양하게 순검보다 앞장을 서서 나가는 것을 보고 나는 어린 마음에 유쾌도 할 뿐 아니라 제일 무서운 사람이 제일 못나 보이고, 제일 우습던 김의관이 제일 잘나 보였던 것이다. 더구나 쫓아가서 교번소[299]에 들어가더니 거기 앉았던 일본 순검더러 무어라 무어라 몇 마디 하고 웃으며 나오는 김의관을 볼 제, 나는 이 늙은이가 이렇게도 권리가 좋은가 하고 혼자 놀랐었다.

그러나 이번에 붙들려 가는 것을 보니, 아무 말도 없이 올가미를 씌운 개새끼처럼 고개를 축 늘어뜨리고 두 양복쟁이에게 끌리어가더니,

297) 밀태상 꿀과 밀가루를 섞어 만들어 상처에 바르던 고약의 한 종류.
298) 거레 까닭 없이 지체하며 매우 느리게 움직임.
299) 교번소(交番所) 순검이 일을 보던 자그마한 막으로 지금의 파출소에 해당함.

병정이 좌우에서 파수를 보고 섰는 커다란 퍼런 문으로 들어가서 자취가 사라지고 말았다. 나는 무서워서 가까이 가지도 못하고 가던 길을 휘더듬어 급히 돌아와서 집안 식구더러 이러저러한 데더라고 가르쳐 주었었다.

그날 저녁부터 경식이와 행랑아범은 하루 세 끼 밥을 나르기에 골몰하였었다. 그러더니 한 보름쯤 지나니까 한일합병이 반포되고 뒤미처서 김의관은 해쓱한 얼굴로 별안간 풀려나왔다. 그때의 김의관은 조금도 잘나 보이지 않았다. 그러나 무슨 까닭인 줄은 나도 짐작하였었다. 그런데 반달쯤 갇혔다가 나온 김의관은 금시발복³⁰⁰⁾이 되었는지 늙은 이가 양복을 몇 벌씩 새로 장만을 하고, 헤졌던 첩을 다시 불러다가 큰 마누라하고 한집에 살게 하며, 매일 나가서는 술이 취하여 들어오기도 하고, 나이가 아깝게 새 양복을 찢어 가지고 들어오는 때도 있었다. 그러한 지 한 달쯤 되더니, 시골에다가 집과 땅을 장만하였으니 내려가자 하고 처첩을 다 데리고 낙향을 하여 버렸다. 그때서야 제일 무서운 사람에게도 발악을 쓰던 김의관이, 두어 달 전에, 올가미 쓴 개새끼처럼 유순히 끌려가던 까닭을 더 분명히 알게 되었었다.

김의관은 내가 일본에 가기 전에는 자기 시골에서 학교를 세워 가지고 교장 노릇도 하고 장거리에 나와서는 정미소를 한다는 소문도 들었으나, 그 후에 나와서 들으니까 그것도 인천 가서 미두(米豆)³⁰¹⁾에 다 까불리고 지금은 남의 집의 협포에 들어서 다른 첩과 산다고 한다. 지

---

300) 금시발복(今時發福) 어떤 일을 한 뒤에 이내 복이 돌아와 부귀를 누리게 되는 것.
301) 미두 현물 없이 쌀을 팔고 사는 일. 실제 거래를 목적으로 하는 것이 아니고 쌀의 시세를 이용하여 약속으로만 거래하는 일종의 투기 행위.

금 이 좋은 외투에 몸을 싸고 금테안경을 쓴 신사도 인천을 가느니 토지의 계약을 하였느니 하는 말을 들으면, 이전에 붙들려가 보기도 하고 낙향도 하고 정미소도 하여 보다가 인천 미두에 다니지나 않는가 하는 생각이 머리에 떠올랐다.

'그러다가 호상차지(護喪次知)[302]나 하러 다니고…….'

나는 이렇게 생각을 하여 보고 혼자 속으로 웃으며 금테안경을 또 한 번 돌려다보았다.

기차가 영동역에 도착하니까 사냥꾼의 일행은 내리고 승객의 한 떼가 몰려 올라왔다.

"눈이 이렇게 몹시 왔다가는 내일 어디 장이 서겠나? 오늘두 얼매 손인지 알 수가 없는데……."

"공연히 우는소리 말게, 누가 뺏어 가나? 허허허."

하며 장꾼 같은 일행이 들어와서 자리들을 잡느라고 어수선하게 쿵쾅거리며 주거니 받거니 제각기 떠들어 댄다.

정거장에 도착할 때마다 드나드는 순사와 헌병보조원이 차례차례로 한 번씩 휘돌아 나가자 기차는 또다시 움직이기 시작하였다.

내 앞에는 역시 갓에 갈모를 쓰고 우산에 수건을 매어 든 삼십 전후의 촌사람이 들어와서 앉았다. 곰방담뱃대에 엽초를 부스러뜨려서 힘껏 담고 나더니 두루마기 속에 손을 넣어서 이 주머니 저 주머니를 한참 뒤적거리다가, 내 옆에 성냥이 놓인 것을 보고,

"이것 잠깐만……."

302) 호상차지 초상 치르는 데 관한 온갖 일을 책임지고 맡아 보살피는 사람.

하며 내 얼굴을 뚫어지게 들여다본다. 갓장이로는 구격이 맞지 않게 손끝과 머리를 끄덕하며 빠르게 나의 눈치를 보는 것이, 분명히 내가 일본 사람인가 아닌가 하는 미심쩍고 겁이 나는 눈치다. 나는 웃으며 성냥통을 집어 주었다.

담배를 붙이고 난 장꾼은 또 한 번 고개를 끄덕하며 나에게 성냥갑을 도로 주고 나서, 인제는 안심하였다는 듯이 싱글싱글 웃으며 나의 얼굴을 멀거니 치어다보다가,

"우리 인사하십시다."

하며 번잡스럽게 말을 붙인다.

나는 몹시 덜렁대는 위인이라고 생각하고 웃으며 하자는 대로 하였다.

인사를 한 뒤에 매캐하고 독한 연기를 훅훅 뿜으며,

"어디로 오시나요?"

하고 묻는다. 내가 사방모(四方帽)[303]를 쓴 것을 보고 일본에서 오나 싶어 이야기가 하고 싶은 눈치다.

"김천서요."

나는 마주 앉은 자의 광대뼈가 내밀고 두꺼운 입술을 커다랗게 벌린 시커먼 얼굴을 치어다보며 대답을 하였다.

"고향이 거기신가요?"

"네에."

"말소리가 다르신데요?"

부전부전한[304] 친구라고 생각하며 나는 웃어만 버렸다.

303) 사방모 사각모자.
304) 부전부전하다 남의 사정은 돌보지 않고 자기가 하고 싶은 일에만 서두르다.

"어떤 학교에 다니시나요? 일본서 오시지 않으시는가요?"

무료한 듯이 잠자코 앉았다가 또다시 묻는다.

"어떻게 아슈?"

나는 웃으며 되물었다.

"아, 일본 갔다 오시는 분은 모두 그런 양복을 입으십디다그려."

하며 궐자는 외투 위로 내다보이는 학생복 깃에 달린 금글자를 바라보고 웃었다. 일본 유학생이 더구나 합병 이후로는 신시대·신지식의 선구(先驅)인 듯이 치어다보이는 때라, 이 촌청년도 부러운 눈으로 나를 자꾸 치어다보며 이것저것 묻고 싶으나 무얼 물을지 몰라서 망설이는 모양 같다.

"당신은 무엇을 하슈?"

나는 대답 대신에 딴소리를 하였다.

"네에, 갓〔笠〕 장수를 다니는 장돌뱅이입니다."

그는 자비(自卑)하듯이[305] 웃지도 않으며 자기 입으로 장돌뱅이라 한다.

"갓이오? 그래 요새도 갓이 잘 팔리나요?"

"그저 그렇지요. 촌에서들은 그래도 여전히 갓을 쓰니까요."

나는 좀 의외로 생각하였다. 두 사람은 잠깐 말을 끊었다가, 나는 다시 물었다.

"그러나 당신부터 왜 머리는 안 깎우우? 세상이 바뀌었을 뿐 아니라 귀찮고 돈도 더 들지 않소?"

305) 자비하다 스스로 자신을 낮추다.

"웬걸요. 촌에서 머리를 깎으려면 더 폐롭고[306] 실상 돈도 더 들죠 …… 게다가 머리를 깎으면 형장[307]네들 모양으로 '내지어(內地語)'도 할 줄 알고 시체학문(時體學問)도 있어야 하지 않겠나요. 머리만 깎고 '내지 사람'을 만나도 말대답 하나 똑똑히 못 하면 관청에 가서든지 순사를 만나서든지 더 성이 가신 때가 많지요. 이렇게 망건을 쓰고 있으면 '요보'라고 해서 좀 잘못하는 게 있어도 웬만한 것은 용서를 해주니까 그것만 해도 깎을 필요가 없지 않아요?"

하며 껄껄 웃어 버린다.

"그도 그럴듯하지마는 같은 조선 사람끼리라도 머리만 깎고 양복을 입고 개화장(開化杖)[308]을 휘두르고 하면 대접이 다른 것같이, 역시 머리라도 깎는 것이 저 사람들에게 천대를 덜 받지 않소. 언제까지든지 함부로 홀뿌리는[309] 대로 꾸적꾸적하고 요보란 소리만 들으려우?"

나는 궐자의 말이 일리가 있다고 동정은 하면서도, 무어라고 하나 들어 보려고 이렇게 물었다.

"홀뿌리거나 요보라고 하거나 천대는 받을 때뿐이지마는 머리나 깎고 모자를 쓰고 개화장이나 짚고 다녀 보슈. 가는 데마다 시달리고 조금만 하면 뺨따귀나 얻어맞고 유치장 구경을 한 달에 한두 번쯤은 할 테니! 당신네들은 내지어나 능통하시지요? 하지만 우리 같은 놈이야 맞으면 맞았지 별수 있나요?"

306) 폐롭다 성가시고 귀찮다.
307) 형장(兄丈) 나이가 엇비슷한 친구 사이에서 상대를 높여 부르는 말.
308) 개화장 개화기에 '단장(短杖)'을 이르던 말. 개홧지팡이.
309) 홀뿌리다 업신여겨 함부로 대하다.

218

천대를 받아도 얻어맞는 것보다는 낫다! 그도 그럴 것이다. 미친 체하고 떡목판[310]에 엎드려진다는 셈으로 미친 체하고 어리광 비슷한 수작을 하거나, 스라소니[311] 행세를 하거나 하여, 어떻든지 저편의 호감을 사고 저편을 웃기기만 하면 목전에 닥쳐오는 핍박은 면할 것이다. 속으로는 요놈 하면서라도 얼굴에만 웃는 빛을 띠면 당장의 급한 욕은 면할 것이다. 공포, 경계, 미봉(彌縫),[312] 가식, 굴복, 도회(韜晦),[313] 비굴…… 이러한 모든 것에 숨어 사는 것이 조선 사람의 가장 유리한 생활방도요, 현명한 처세술이다. 실상 생각하면 우리의 이러한 생활철학은 오늘에 터득한 것이 아니요, 오랫동안 봉건적 성장과 관료 전제 밑에서 더께가 앉고 굳어 빠진 껍질이지마는, 그 껍질 속으로 점점 더 파고들어 가는 것이 지금의 우리 생활이다.

"어떻든지 그저 내지인과 동등한 대우만 해주면 나중엔 어찌되든지 살아갈 수 있겠죠."

청년은 무엇에 쫓겨 가는 사람처럼 차 안을 휘휘 돌려다보고 나서 목소리를 한층 낮추어서 다시 말을 잇는다.

"가령 공동묘지만 하더라도 내지에도 그런 법률이 있다 하면 싫든 좋든 우리도 따라가는 수밖에 없겠죠. 하지만 우리에게는 또 우리의 유풍[314]이 있지 않습니까. 대관절 '내지'에도 그런 법이 있나요?"

---

310) 떡목판 떡을 담아 나르는 나무 그릇.
311) 스라소니 고양이과의 짐승으로 표범보다 작고 개만 함. 새나 짐승을 잡아 먹는데 양이나 돼지, 닭 따위의 가축에 해를 많이 끼친다. 약하고 주견 없는 사람을 얕잡아 이르는 말로도 쓰인다.
312) 미봉 일의 빈 구석이나 잘못된 것을 임시변통으로 이리저리 주선하여 꾸며 댐.
313) 도회 재능이나 학식 따위를 숨겨서 감춤.

의외에 이 장돌뱅이도 공동묘지 이야기를 꺼낸다. 나는 아까 형님한테 한참 설법을 듣고 오는 길에 또 이러한 질문을 받고 보니, 언제 규정이 된 것이요 어떻게 시행하라는 것인지는 나로서는 알고 싶지도 않고, 그까짓 것은 아무렇거나 상관이 없는 일이지마는, 아마 요사이 경향에서 모여 앉으면 꽤들 문젯거리, 화젯거리가 되는 모양이다. 나는 한번 껄껄 웃어 주고 싶었으나 그리할 수는 없었다.

"일본에도 공동묘지야 있다우."

나 역시 누가 듣지나 않는가 하고 아까부터 수상쩍게 보이던 저편 뒤로 컴컴한 구석에 금테를 한 동 두른 모자를 쓴 채 외투를 뒤집어쓰고 누웠는 일본 사람과, 김천서 나하고 같이 오른 양복쟁이 편을 돌려다보았다. 나의 말이 조금이라도 총독정치를 비방하는 것은 아니지만, 그중에서 무슨 오해가 생길지 그것이 나에게는 염려되는 것이었다.

"정말 내지에도 공동묘지가 있어요? 하지만 행세하는 사람야 좀 다르겠죠?"

"그야 좀 다르겠지마는, 어떻든지 일본에서는 주로 화장을 지내기 때문에 타고 남은…… 아마 목구멍뼈라든가를 갖다가 묻고 목패[315]든지 비석을 세운다우…… 그러지 않아도 살아 있는 사람도 터전이 좁아서 땅조각이 금조각 같은데, 죽는 사람마다 넓은 터전을 차지하다가는 이 세상에는 무덤만 남고 말지 않겠소, 허허허."

나는 이러한 소리를 하면서도 묘지를 간략하게 하여 지면을 축소하고 남는 땅은 누구의 손으로 들어가고 마나 하는 생각을 하여 보았다.

314) 유풍(遺風) 예로부터 내려오는 풍습.
315) 목패(木牌) 나무로 만든 패.

"그리구서니 자기의 부모나 처자를 죽었다구 금세루 살라야 버릴 수가 있습니까? 더구나 대대로 내려오는 제집 산소까지를……."

이 사람은 나의 말이 옳다는 모양으로 고개를 끄덕끄덕하면서도 그래도 반대를 한다.

"화장을 지낸다기로 상관이 뭐겠소. 예전에 애급[316]이라는 나라에서는 왕후장상의 시체는 방부제를 쓰고 나무관에 넣은 시체를 다시 석관까지에 튼튼히 넣어서 '피라미드'라는 큰 굴 속에 묻어 두었지만, 지금 와서는 '미이라'밖에는 되지 않고 만 것을 보면 죽은 송장에게 능라주의(綾羅紬衣)[317]를 입히고 백 평, 천 평 되는 땅에다가 아무리 굳게 파묻기로 그것이 무엇이란 말이오. 동상을 세우면 무얼 하고 송덕비를 세우면 무엇에 쓴다는 말이오……."

내 앞에 앉았는 장꾼은 무슨 소리인지 귀에 자세히 들어오지 않는 모양이다.

"녜에, 그런 것이 있어요?"

하고 멀거니 앉았다.

"하여간 부모를 생사장제(生事葬祭)[318]에 예(禮)로써 받들어야 할 거야 더 말할 것 없지마는, 예로 하라는 것은 결국에 공경하는 마음이나 정성을 말하는 것 아니겠소? 그러니 공동묘지법이란 난 아직 내용도 모르지마는, 그것은 별문제로 치고라도, 그 근본정신은 생각지 않고 부모나 선조의 산소 치레를 해서 외화(外華)[319]나 자랑하고 음덕(蔭

316) 애급 이집트.
317) 능라주의 비단옷과 명주옷을 아울러 이르는 말.
318) 생사장제 장사 지내는 일을 살아서 섬기듯이 함.

德)[320]이나 바란다는 것도 우스운 수작이란 것을 알아야 할 거 아니겠소. 지금 우리는 공동묘지 때문에 못살게 되었소? 염통 밑에 쉬스는 줄은 모른다[321]구 깝살릴 것 다 깝살리고 뱃속에서 쪼르륵 소리가 나도 죽은 뒤에 파묻힐 곳부터 염려를 하고 앉았을 때인지? 너무도 얼빠진 늦둥이 수작이 아니오? 허허허."

나는 형님에게 하고 싶던 말을 장돌뱅이로 돌아다니는 이자를 붙들고 한참 푸념을 하였다. 이야기를 하고 나니까 어쩐지 열쩍었다.[322] 그러나 내가 한참 떠드는 바람에 여러 사람의 시선은 이리로 모인 모양이다. 저편에 앉았는 기생 아씨도 몸을 틀고 돌려다보며 귀에 들어오지도 않는 이야기를 열심으로 듣는 모양이다.

"나도 모르겠습니다마는 그래 형장께서도 양친이 계시겠지요? 어떻게 하실 텐가요?"

갓장수는 내 말은 어찌되었든지 불평이 있으니만큼 시비조로 덤빈다.

"되어 가는 대로 합시다."

하며 나는 웃고 입을 답쳤다.

"그래도 누구나 부모나 조상을 위하는 것은 똑같겠죠?"

나는 더 말해야 쓸데가 없다고 생각하며 아무 말 아니하려다가, 그래도 오해를 사면 안 되겠기에 또 대꾸를 하여 주었다.

"글쎄 공동묘지가 좋으니 부모를 그리 모시겠다는 것이 아니라, 우

319) 외화  외관의 화려한 차림새.
320) 음덕  조상의 덕.
321) 염통 밑에 쉬스는 줄 모른다  '심장 아래에 구더기 생기는 줄 모른다.' 작은 일은 알고 큰일은 모를 때, 혹은 눈앞에 보이는 일은 알고 눈에 보이지는 않으나 중요한 일은 모를 때 쓰는 말.
322) 열쩍다  열없다. 좀 겸연쩍고 부끄럽다.

222

리에게는 그보다도 더 절급한[323] 문제가 하도 많다는 말 아니오? 그 절급한 문제는 내버려 두고 —산 사람 문제는 내버려 두고 왜 죽은 뒤의 문제부터 기가 나서 법석이냔 말요. 아버지, 어머니가 굶어 돌아가도 공동묘지에만 장사를 안 지내면 되겠소? 당신은 몇 대조까지나 선영(先瑩)[324]을 찾는지 모르겠지마는, 가령 십 대조 이상의 묘지를 못 찾는다면 그것은 공동묘지기 때문이란 말요…….”

하고 나는 화를 버럭 내다가 목소리를 낮추면서,

“그러니까 공동묘지가 좋다는 것이 아니라 근본 문제, 앞으로의 문제, 자식의 문제를 생각하여 놓고 이야기하자는 것이 아니오.”

하고 나는 눙쳐[325] 버렸다.

“나는 모르겠습니다.”

하며 갓장수는 픽 웃어 버린다. 나는 잠자코 말았으나 어쩐지 불유쾌하였다. 갓장수 따위를 데리고 그러한 논란을 한 것이 점잖지 않은 것 같기도 하고 남이 들으면 웃을 것 같아서 혼자 부끄러웠다.

두 사람이 잠자코 앉았으려니까 차는 심천(深川) 정거장엔지 도착한 모양이다. 새로운 승객도 별로 없이 조용한 속에 순사가 두리번두리번하고 뚜벅 소리를 내며 들어와서 저편 찻간으로 지나간 뒤에 조금 있으려니까, 누런 양복바지를 옹구바지[326]로 입고 작달막한 키에 구두 끝까지 철철 내려오는 기다란 환도를 끌면서 조선 사람의 헌병보조원

323) 절급하다(切急 —) 몹시 급하다.
324) 선영 조상의 무덤.
325) 눙치다 어떤 행동이나 말을 문제 삼지 않고 넘기다.
326) 옹구바지 발목 부분이 옹구(새끼로 망태처럼 엮어 만든 농기구)의 불처럼 축 처지게 된 바지.

이 또 들어왔다. 여러 사람의 눈은 또 긴장해지며 일시에 구랄만 한[327] 누렁저고리를 입은 조그마한 사람에게로 모이었다. 이 사람은 조그만 눈을 똥그랗게 뜨고 저편서부터 차츰차츰 한 사람씩 얼굴을 들여다보며 이리로 온다. 누구를 찾는 것이 분명하다. 나는 공연히 가슴이 선뜩하였으나, 이 찻간에는 나를 미행하는 사람이 있으리라는 생각을 하니까 안심이 되었다. 찻간 속은 괴괴하고[328] 헌병보조원의 유착한 구두 소리만 뚜벅뚜벅 난다. 그러나 여러 사람의 가슴은 컴컴한 남포[329]의 심짓불이 떨리듯이 떨리었다. 한 사람, 두 사람 낱낱이 얼굴을 들여다보고 지나친 뒤의 사람은 자기는 아니로구나, 살았구나! 하는 가벼운 안심이 가슴에 내려앉는 동시에 깊은 한숨을 내쉬는 모양이 얼굴에 완연히 나타났다. 헌병보조원의 발자취는 점점 내 앞으로 가까워 왔다. 나는 등을 지고 돌아앉았고, 내 앞의 갓장수는 담뱃대를 든 채 헌병의 얼굴을 똑바로 치어다보고 앉았다. 헌병보조원은 내 곁에 와서 우뚝 선다. 나는 가슴이 뜨끔하여 무심코 치어다보았다. 그러나 헌병보조원은 나를 본체만체하고 내 앞에 앉았는 갓장수를 한참 내려다보고 섰더니 손에 들었던 종잇조각을 펴본다. 내 가슴에서는 목이 메게 꿀떡 삼키었던 토란만 한 것이 쑥 내려앉는 것 같았다. 찻간은 고작 헌병보조원—어린 조선 청년 하나의 한마디로 괴괴하여졌다.

　"당신, 이름이 뭐요?"

　헌병보조원은 갓장수더러 물었다.

---

327) 구랄만 한　구람만 한. 도토리처럼 몸집이 작은. '구람'은 굴밤이나 도토리를 가리킨다.
328) 괴괴하다　쓸쓸한 느낌이 들 만큼 매우 고요하다.
329) 남포　석유를 넣은 그릇의 심지에 불을 붙이고, 유리로 만든 등피를 끼운 등.

"나요? 김××예요."

하며 허둥지둥 일어선다.

"당신이 영동(永同)서 갓을 부쳤소?"

"네, 네."

"그럼 잠깐 내립시다."

찻간 속은 쥐 죽은 듯한 공포에서 겨우 벗어났다. 여기저기서 수군수군하는 소리가 난다.

나의 앞에 앉아서 이때까지 노닥거리던 말동무는 헌병보조원의 앞을 서서 허둥지둥 차에서 내렸다.

그러나 문밖으로 나간 뒤에 정신을 차리고 보니까, 내 앞에는 수건으로 질끈 동인 헌 우산 한 개가 의자의 구석에 기대어 섰다. 나는 유리창을 올리고, 캄캄한 밖을 내다보며 소리를 쳤으나 벌써 간 곳이 없었다…… 난로에 석탄을 넣으러 들어온 역부에게 그 우산을 내주면서 물어보니, 주는 우산은 받으면서도 이편 말은 못 알아들은 듯이,

"나니(무엇이냐)? 나니?"

하며 여전히 못 알아들은 체하고 일본말로 묻는 데에는 어이가 없었다. 발길로 지르고 싶었다.

자정이나 넘은 뒤에 차는 대전(大田)에 와서 닿았다. 김의관 같은 금테안경 채비330)의 하이칼라331) 신사는 커다란 가죽가방에 담요를 비끄러매어서 옆에 놓았던 것을 앞에 앉았던 사람에게 들려 가지고 내려

330) 채비 어떤 일을 하기 위하여 필요한 물건, 자세 따위를 미리 갖추어 차림. 또는 그 물건이나 자세.
331) 하이칼라(high collar) 서양식 예절을 따르는 멋쟁이.

갔다. 그러나 기생은 내리지 않는다.

얼마나 정거하느냐고 소제하는 역부더러 물어보니까, 삼십 분 동안 이라고 먹따는 소리를 꽥 지르고 달아난다. 나는 하도 심심하기에 모자를 집어 쓰고 차에서 내려서 플랫폼으로 어슬렁어슬렁 걸어 나갔다. 그동안에 눈이 서너 치나 쌓인 모양이다. 지금은 뜸하나 뼈에 저린 밤바람이 모가지를 자라목처럼 오그라뜨리었다. 맨 끝에 달린 찻간 앞까지 오니까 불을 환하게 켠 차장실 속에 얼굴이 해끄무레한 두 청년이 검정 방한모에 소매통이 좁은 옥색 두루마기를 입고, 누런 양복을 입은 헌병과 마주 서서 웃으며 이야기를 하는 것이 환히 보이었다. 얼굴 모습이 같은 것을 보면 두 청년은 형제 같고, 헌병 가슴에 권총을 단줄이 늘어진 것을 보면 보조원이 아니오 이것이 분명하다. 나는 창 밑으로 가까이 가보니까 세 사람은 여전히 웃으며 무어라고 속살거린다.[332] 그러나 그 청년들의 어설프게 웃는 낯빛과 입술이 경련적으로 위로 뒤틀린 것은 공포 그것 같았다.

'스파이는 아니군!'

하는 가벼운 생각으로 나는 발길을 돌이켜 목책으로 막은 입구 앞으로 가서 내 손으로 열고 나갔다. 아무도 막지 않고 좌우편으로 눈발이 쳐들어오는 휑뎅그렁한 속에는 한가운데에 난로랍시고 놓고 그 가에 옹기옹기 사람들이 모여 섰다.

'대합실도 없이 이런 벌판에 세워 둘 지경이면 어서 찻간으로 들여보낼 일이지!'

332) 속살거리다 자질구레한 말로 속닥거리다.

나는 이런 생각을 하며 난로 옆을 흘끗 보려니까 결박[333]을 지은 범인이 댓 사람이나 오르르 떨며 나무의자에 걸터앉고, 그 옆에는 순사가 셋이서 지키고 있는 것이 눈에 띄었다. 나는 무심코 외면을 하였다. 그 중에는 머리를 파발[334]을 하고 땟덩이[335]가 된 치마저고리의 매무시[336]까지 흘러내린 젊은 여편네도 역시 포승[337]을 지어서 앉아 있다. 부끄럽지도 않은지 나를 부러워하는 듯한 눈으로 물끄러미 치어다보다가 고개를 숙인다. 자세히 보니 등 뒤에는 쌕쌕 자는 아이가 매달렸다. 여자의 이런 꼴을 처음 보는 나는 가슴이 선뜩하며 멀거니 얼이 빠져 섰었다. 나는 흉악한 꿈을 꾸며 가위에 눌린 것 같은 어리둥절한 눈으로 한참 바라보다가 발길을 돌쳤다.

정거장 문밖으로 나서서 눈을 바삭바삭 밟으며 큰길 거리로 나가니까 칠 년 전에 일본으로 달아날 제, 오정 때 대전에 내려서 점심을 사 먹던 그 집이 어디인지 방면[338]도 알 수 없이 시가(市街)가 변하였다. 길 맞은편으로 쭉 늘어선 것은 빈지[339]를 들였으나 모두가 신축한 일본 사람 상점이다. 우동을 파는 구루마[340]가 쩔렁쩔렁 흔드는 요령[341] 소리만이 괴괴한 거리에 처량하다. 열네다섯쯤에 말도 모르고 단신[342]

---

333) 결박(結縛) 몸이나 손 따위를 움직이지 못하도록 동이어 묶음.
334) 파발 머리카락을 풀어 헤침.
335) 땟덩이 때가 덩어리진 모양.
336) 매무시 옷을 입고 나서 매만지는 뒷단속.
337) 포승(捕繩) 죄인을 잡아 묶는 노끈.
338) 방면(方面) 어떤 장소나 지역이 있는 방향. 또는 그 일대.
339) 빈지 한 짝씩 끼었다 떼었다 하도록 만들어진 문으로 흔히 가게에서 앞문 대신에 씀.
340) 구루마 짐을 싣는 수레.
341) 요령(搖鈴) 놋쇠로 만든 큰 방울.
342) 단신(單身) 홀몸. 혼자의 몸.

일본으로 공부 간다는 데에 호기심이 있었던지 친절히 대접을 해주던, 그때의 그 주막집 주인 내외가 그립다.

다시 돌쳐 들어오며 보니, 찻간에서 무슨 대수색을 하는지 승객들은 아직도 아니 들여보내고, 결박을 지은 여자는 업은 아이가 깨어서 보채니까 일어서서 서성거린다.

'젖이나 먹이라고 좀 풀어줄 일이지.'

하는 생각을 하니 곁에 시퍼렇게 얼어서 앉은 순사가 불쌍하다가도 밉살맞다. 목책 안으로 들어오며 건너다보니까 차장실 속에 있던 두 청년과 헌병도 여전히 이야기를 하고 섰다. 나는 까닭 없이 처량한 생각이 가슴에 복받쳐 오르면서 한편으로는 무시무시한 공기에 몸이 떨린다.

젊은 사람들의 얼굴까지 시든 배추잎 같고 주눅이 들어서 멀거니 앉았거나, 그렇지 않으면 빌붙는[343) 듯한 천한 웃음이나 '헤에' 하고 싱겁게 웃는 그 표정을 보면 가엾기도 하고, 분이 치밀어 올라와서 소리라도 버럭 질렀으면 시원할 것 같다.

'이게 산다는 꼴인가? 모두 뒈져 버려라!'

찻간 안으로 들어오며 나는 혼자 속으로 외쳤다.

'무덤이다! 구더기가 끓는 무덤이다!'

나는 모자를 벗어서 앉았던 자리 위에 던지고 난로 앞으로 가서 몸을 녹이며 섰었다. 난로는 꽤 달았다. 뱀의 혀 같은 빨간 불길이 난로 문틈으로 날름날름 내다보인다. 찻간 안의 공기는 담배 연기와 석탄재의 먼지로 흐릿하면서도 쌀쌀하다. 우중충한 남폿불은 웅크리고 자는

343) 빌붙다 남에게 들러붙어 아첨하고 알랑거리다.

228

사람들의 머리 위를 지키는 것 같으나 묵직하고도 고요한 압력으로 지그시 내리누르는 것 같다. 나는 한번 휘 돌려다보며,

'공동묘지다! 공동묘지 속에서 살면서 죽어서 공동묘지에 갈까 봐 애가 말라하는 갸륵한 백성들이다!'

하고 혼자 코웃음을 쳤다.

'공동묘지 속에서 사니까 죽어서나 시원스런 데 가서 파묻히겠다는 것인가? 그러나 하여간에 구더기가 득시글득시글하는 무덤 속이다. 모두가 구더기다. 너도 구더기, 나도 구더기다. 그 속에서도 진화론적 모든 조건은 한 초 동안도 거르지 않고 진행되겠지! 생존경쟁이 있고 자연도태가 있고 네가 잘났느니 내가 잘났느니 하고 으르렁댈 것이다. 그러나 조만간 구더기의 낱낱이 해체가 되어서 원소가 되고 흙이 되어서 내 입으로 들어가고 네 코로 들어갔다가, 네나 내나 거꾸러지면 미구에 또 구더기가 되어서 원소가 되거나 흙이 될 것이다. 에잇! 뒈져라! 움도 싹도 없이 스러져 버려라! 망할 대로 망해 버려라! 사태[344]가 나든지 망해 버리든지 양단간[345]에 끝장이 나고 보면 그중에서 혹은 조금이라도 쓸모 있는 나은 놈이 생길지도 모를 것이다…….'

—나는 차가 떠나기 전에 자기 자리로 와서 드러누웠다. 어느덧 난로 옆으로 등 너머에 와서 누운 기생의 머리에서 가끔가끔 끼쳐 오는 머릿내와 향긋한 기름내, 분내를 코로 은은히 맡아 가며 눈을 감고 누웠었다.

344) 사태(沙汰)  산비탈이나 언덕 또는 쌓인 눈 따위가 비바람이나 충격 따위로 무너져 내려앉는 일.
345) 양단간(兩端間)  어찌 되든지 두 가지 가운데 하나.

'이것도 구더기 썩는 냄새이기는 일반이다!'

나는 이런 생각을 하여 보면서도 코를 막으려고는 아니하였다. 차가 움직이기 시작하였다…… 어느덧 잠이 소르르 왔다.

몇 번이나 눈을 떴다 감았다 하며 편치 못한 잠을 잔 둥 만 둥 하고 눈을 떠보니까 긴긴밤도 흐지부지 훤히 밝았다. 으스스하기에 난로 앞으로 가서, 불을 쬐며 옆 사람더러 물어보니 시흥(始興)에서 떠났다 한다.

인제는 서울도 다 왔구나!고 생각하니, 그래도 반갑지 않을 수 없다. 영등포를 지나서 한강 철교를 건널 때에는 대리석으로 은구[346]를 놓은 듯한, 사람 그림자라고는 없는 빙판을 바라보고 무심코 기지개를 켜며 두 다리를 쭉 뻗었다. 용산역에까지 오니까 뒤의 기생이 일어나서 매무시를 만적거리고 곧 내릴 사람같이 나를 유심히 바라보며 머뭇거리다가, 차가 떠나려고 호각을 부는 소리를 듣고서 그대로 앉아 버렸다. 서울이 처음길이라 마음이 불안해서 무엇을 물어보려고 그리하는지 수상하다. 내가 자기 자리로 와서 선반에서 짐을 내려놓고 내릴 채비를 차리는 동안에도 일거일동[347]을 눈으로 좇으면서 무슨 말을 붙일 듯 붙일 듯하다가 입을 벌리지 못하고 마는 모양이다. 서울에 내려서 찾아갈 길을 묻자든지 무슨 까닭이 있는 것 같아서 이편에서 먼저 입을 벌리고 싶었으나, 대학 제복 제모에 경의를 표하기 위하여 모른 척해 버렸다.

기차는 남대문에 도착하였다. 집에서 나온 큰집 종형님과 짐을 나누어 들고 나와서 인력거를 타다가 보니, 그 기생은 길 잃은 아이처럼 길

346) 은구(銀鉤) 은으로 만든 고리.
347) 일거일동(一擧一動) 하나하나의 동작이나 움직임.

체[348]로 비켜서서 우두커니 이쪽을 바라보고 있다. 걱정 아니하여도 저 찾아갈 데로 찾아가겠지마는, 어떤 사정인지 이 추운 아침에 가엾어 보였다.


7


온밤 새도록 쏟아진 눈은 한 자[349] 길이는 쌓였을 거라. 인력거꾼은 낑낑 매며 끄나 바퀴가 마음대로 돌지를 않는다. 북악산에서 내리지르는 바람은 타고 앉았는 사람의 발끝 코끝을 쏙쏙 쑤시게 하고, 안경을 쓴 눈이 어른어른하도록 눈물을 핑 돌게 한다. 남문 안 '신창'으로 나가는 술집 더부살이[350] 같은 것이 굴뚝에서 기어 나온 사람처럼 오동[351]이 된 두루마기 위로 치룽[352]을 짊어지고 팔짱을 끼고 충충충 걸어가는 것이 가다가다 눈에 띌 뿐이요, 아직 거리에는 사람 자취도 별로 없다. 불이 나가지 않은 문전의 외등(外燈)은 졸린 듯이 뽀얗게 김이 어리어 보인다. 인력거꾼은 여전히 허연 입김을 헉헉 뿜으며 다져진 눈 위로 꺼불꺼불하며 달아난다.

나는 일 년 반 만에 보는 시가를 반가운 듯이 이리저리 돌려다보고 앉았다가, 어느덧 머릿속에 아내의 가죽만 남은 하얗게 센 얼굴이 떠

348) 길체 한쪽으로 치우져 있는 자리.
349) 자 길이의 단위. 한 자는 한 치의 열 배로 약 30.3센티미터에 해당한다. 척(尺).
350) 더부살이 남의 집에서 먹고 자면서 일을 해주고 삯을 받는 일. 또는 그런 사람.
351) 오동(烏銅) 검붉은 빛이 나는 구리. 여기서는 때가 몹시 절어 반짝반짝해진 상태를 뜻한다.
352) 치룽 싸리나무의 대로 가로 퍼지게 둥긋이 어긋매끼게 엮어 짠 그릇.

올랐다.

'이래도 남편이라고 기다리고 있을 테지?'

나는 이런 생각도 하여 보았다. 그러나 가엾은 생각이라고는 아니 난다. 도리어 별안간 아까 정거장에서 섭섭한 듯이 바라보고 섰던 대구 기생의 얼굴이 떠올랐다. 갸름하고 감숭한 얼굴, 무슨 불안을 호소하려는 듯한 그 눈.

'지금쯤 어데를 헤매누? 말을 좀 붙여 보았더라면 좋았을걸!'

나는 추운 생각도 잊어버리고 멀거니 이런 생각을 하고 앉았다가, 우리 집에 들어가는 동리를 지나쳤다. 인력거꾼의 꾸지람을 들어 가며 두어 칸통이나 되짚어 내려와서 내렸다.

집안 식구들은 벌써 일어나서 세수까지 하고 앉아서 기다리고 있던 모양이다.

"공부도 중하지만 그렇게도 좀 아니 나온단 말이냐."

하며 어머님은 벌써부터 우는 목소리다.

"그래도 눈을 감기 전에 만나라도 보게 되었으니 다행이다."

하고 또 우신다. 과부가 된 뒤로 본가살이를 하는 큰누이도 훌쩍훌쩍 하고 섰다. 작은누이도 덩달아서 눈을 비빈다. 뜰에서 멀거니 바라보고 섰던 큰집 사촌형수도 까닭 없이 돌아서며 행주치마로 콧물을 씻는 눈치다. 그래도 아버지만은 벌써 안방에 들어와 앉으셔서 잠자코 절을 받으셨다.

"아, 무엇 때문에 이렇게들 우셔요?"

나는 모친 앞에서도 여러 아낙네에게 핀잔을 주었다. 해마다 오면 어머니의 울고 맞아 주는 것이 귀찮다. 그러한 때에는 내 처도 으레히

제 방으로 피해 들어가서 홀짝거리었다. 반갑다고 우는 것이겠지마는, 아내에게 있어서는 그런 것만도 아니었다. 나는 혼자서 눈물이 핑 돌 때가 없지 않지만, 남이 우는 것을 보면 도리어 웃어 주고도 싶고 무어라고 위로할 수도 없었다.

"좀 어떤 셈예요?"

인사가 끝난 뒤에 어머니에게 물으니까,

"그저 그렇지. 어서 들어가 보렴."

하며 어머니가 안방에서 나와서 건넌방으로 앞장을 서서 들어갔다.

"아가 아가! 서방님 왔다. 얘, 얘, 일본서 서방님 왔어……."

혼수상태에 있던 병인은 눈을 슬며시 뜨고 시어머니의 얼굴을 바라다보고 나서 곁에 앉은 나를 물끄러미 치어다보더니, 까맣게 탄 입술을 벌리고 생그레 웃는 듯하더니, 깔딱 질린 눈에 눈물이 글썽글썽하여지며 외면을 한다. 두꺼운 이불을 덮은 가슴이 벌렁거리며 괴로운 듯이 흑흑 느낀다.

"우지 마라, 우지 마라, 인제 낫는다."

어머니는 이렇게 달래면서도 역시 홀짝거리며 나가 버리신다. 병풍으로 꼭꼭 막고 오줌똥을 받아 내는 오랜 병인의 방이라 퀴퀴한 냄새에 약내가 섞여서, 밤차에 피로한 사람의 비위를 여간 거스르는 게 아니지마는, 그래도 금시로 나가 버릴 수가 없어서 그 옆에 앉았었다.

"울지 말아요, 병에 해로우니."

나는 겨우 한마디 하고 무슨 말로 위로를 해야 좋을지 몰라서 병병히 앉았었다.

"중기(重基), 중기 보셨소?"

병인은 눈물을 씻으며 겨우 스러져 가는 목소리로 한마디를 하고 나를 치어다본다. 곁에 앉았던 계집애년이 집어 주는 수건을 받는 손을 볼 제, 나는 비로소 가엾은 생각이 났다. 가죽이 착 달라붙고 뼈가 앙상한 손이 바르르 떨리었다.

'저 손이, 이 몸에 닿던 포동포동하고 제일 귀여워 보이던 그 손이던가?'

하는 생각을 하여 보니, 어쩐지 마음이 아프고 실쭉하여졌다.

"······난, 나는 죽는 사람이에요······ 하, 하지만 저 중기만은······."

하며 또 기운 없이 입을 벌리다가 목이 메고 말았다. 그저 그 소리지마는 시원하게 울고 싶어도 기운이 진하여서 눈물만 쏟아지는 모양이다.

"그런 소리 말아요, 죽기는 왜 죽어······ 마음을 턱 놓고 있으면 나아요."

"인제는 더 살구 싶지도 않아요······ 어떻든 저것만은 잘 맡으세요······."

또다시 흑흑 느끼다가,

"저것을 생각하니까, 하, 하루라도 더 살려는 것이지······."

하며 엉엉 목을 놓고 우나, 가다가다 목이 메어서 모기소리만큼 졸아들어 갔다.

나는 무어라고 대꾸를 하여야 좋을지 망단하였다.[353] 죽어 가면서도 자식 생각을 하는 것이 불쌍하기도 하고, 부질없는 일 같기도 하다. 오래 앉았으면 점점 더 울 것 같고, 또 사실 더 앉았기도 싫기에 나는 울

353) 망단하다 이러지도 저러지도 못하고 주저하다.

지 말라고 달래면서 안방으로 건너와서, 아랫목에 깔아 놓았던 조선옷과 갈아입었다. 정거장에 나왔던 사촌형이 들어와서,

"사랑[354]에서 부르시네."

하며 이르고 자기 방으로 들어간다. 이 형님은 종가의 장남으로 태어난 덕에 일평생 손 하나 까딱하지 않고 우리 집에서 사십 년을 지내 왔다. 그러나 이 형님에게 자식이 없는 것이 집안의 또 큰 걱정거리란다.

사랑에 나가서 깜짝 놀란 것은 김의관이 아버님 옆에 앉았는 것이다.

'언제부터 또 와서 있누?'

하며 어제 차 속에서 보던 금테안경을 생각하고 들어가서 인사를 하니까,

"잘 있었나? 내환[355]이 위중해서 얼마나 걱정이 되나?"

하며 한층 더 점잔을 빼고, 양복은 입었으나 장죽[356]을 물고 앉았다. 아랫목에 도사리고 앉으셨던 아버님은,

"거기 앉아라."

하며 그동안 병세의 경과를 소상히[357] 이야기하며 무슨 탕(湯)[358]을 몇 첩이나 썼더니 어떻게 변하고, 무슨 음(飮)[359]을 몇 첩을 써보니까 얼마나 효험이 있었고, 무엇이 어떻게 걸리어서 얼마나 더치었다는[360] 이야기를 기다랗게 들려주셨으나 나에게는 무슨 소리인지 잘 알아들

354) 사랑 집의 안채와 떨어져 있는, 바깥주인이 거처하며 손님을 접대하는 곳.
355) 내환(內患) 아내의 병.
356) 장죽(長竹) 긴 담뱃대.
357) 소상히 분명하고 자세히.
358) 탕 달여 먹는 약.
359) 음 마시는 약.
360) 더치다 나아 가던 병세가 더 심해지다.

을 수가 없었다. 나는 가만히 듣고 앉았다가,

"그 유종(乳腫)[361]은 총독부 병원에 가서 얼른 파종[362]을 시켰더면 좋았을걸요?"

하며 한마디 하니까,

"요새 양의가 무어 안다던? 형도 그따위 소리를 하기에 죽여도 내 손으로 죽인다고 하였다만……."

하며 역정을 내셨다. 나는 잠자코 말았다.

안에 들어와서 급히 차려 주는 조반을 먹다가,

"김의관은 왜 또 와 있세요?"

하고 어머니께 물어보았다.

"집을 뺏기구 첩허구 헤어진 뒤에 벌써부터 와 있단다."

"그럼 큰집은 어떡하구요?"

"큰집은 있기야 있지만, 언제는 안 돌아다니나 보던. 더구나 셋방으로 돌아다니는 터에! ……매일 술타령이요, 사람이 죽을 지경이다."

하며 어머니는 눈살을 찌푸리셨다.

"그, 왜 붙여요?"

김의관에 대한 숭배심을 잃은 나는 그 반동으로 보기가 싫었다.

"왜 붙이는 게 뭐냐? 아버지께서는 이 세상에 김의관만 한 사람이 없다고, 누가 무어라고만 하면 야단이시구, 꼭 겸상해서 잡숫다시피 하시는데……."

김의관은 합방 통에 무슨 대신으로 합방에 매우 유공한 서자작(徐子

---

361) 유종  유방염으로 젖이 곪는 종기.
362) 파종(破腫)  종기를 터뜨리는 일.

爵)의 일긴(一緊)[363]으로서 그 서씨의 집을 얻어 들었는데, 서씨가 올여름에 죽은 뒤에는 집까지 뺏겼다는 것이다. 그러나 그 대신으로 서자작이 하던 사업―이라야 별다른 게 아니라 귀족들의 초상집 호상차지 하는 것이지만, 이것만은 대를 물려받아서 한다는 소문이다.

"그건 고사하고, 여보. 김의관이 유치장에 들어갔다가 그저께야 나왔다우…… 모닝코트를 입구, 하하하."

시험이 며칠 아니 남았다고 책상머리에 앉아서 무엇인지를 꼼지락꼼지락하고 앉았던 누이동생이 돌려다보며 말참견을 한다.

"응? 허허. 그거 걸작이다! 헌데 무슨 일루?"

나는 김의관이 예전에 두 번이나 붙들려 가는 것을 따라가 본 일이 있느니만큼 유치장이란 말에 커닿게 웃었다.

"누가 아우. 밤중에 요릿집에서 부랑자 취체[364]에 붙들려 들어갔다가 이 주일 만에 나왔다우. 하하하……."

"허허허……."

나는 합병 통에 헌병사령부에 가던 일을 생각해 보고,

"이번에는 누가 쫓아갔던?"

하며 또 한 번 웃었다.

"아, 참 너두 밤출입 하지 마라. 요새는 부랑자 취체도 퍽 심한 모양인데……."

어머니는 곁에서 주의를 시킨다.

"왜 내가 부랑잔가요? 그런데 김의관이 유치장에서 나와서 무어라

363) 일긴 가장 긴요한.
364) 취체(取締) 규칙, 법령, 명령 따위를 지키도록 통제함. 단속.

구 해?"

하며 누이더러 물어보았다.

"아버지께서는 누가 먹어 내기 때문에 들어갔다고 하시지만, 큰집 오빠가 그러는데, 요릿집에서 취체를 당하니까, 물론 독립운동자를 잡 으려는 것인데, 김의관이 호기 좋게 정무총감(政務總監)에게 전화를 걸 테라구 법석을 하기 때문에 형사들은 더 아니꼬워서, 웬 되지 않은 놈이 이 기승이냐고 골려 주었나 보다던데요."

"넌 뭘 안다구 어른들 이야기를 그렇게 하니!"

어머니는 누이를 잠깐 꾸짖고 나시더니, 아랫방에서 중기가 깨었다 고 안고 나오는 것을 받아 가지고 들어오신다.

"자아, 네 아범 봐라. 네 아범 왔다. 좀 봐라! 왜 인제 오셨소?"

어머니는 겨우 핏덩어리를 면한 조그만 고깃덩어리를 얼러 가며 나 에게로 디미셨다. 처네에 싸인 바짝 마른 아이는 추워서 그러는지 두 팔을 오그라뜨리고 바르르 떨면서, 핏기 없는 앙상한 얼굴을 이리로 향하고 말끄러미 나를 치어다보다가 으아 하며 가냘픈 목소리로 운다.

"그, 왜, 그 모양이에요?"

나는 눈살을 찌푸리며 고개를 돌렸다.

"왜 어떠냐? 모습이 너 닮아 이쁘지 않으냐? 인제 석 달쯤 된 게 그 렇지…… 그러나 나면서 어디 에미 젖이라군 변변히 먹어 봤니. 유모 를 한 달쯤 댔다가 나가 버린 뒤로는 똑 우유로만 길렀는데."

울음을 시작한 어린아이는 좀처럼 그치지를 않고 점점 더 발악을 한 다. 파랗게 질리어서 두 발을 뻐드덩거리고[365] 배를 발딱발딱 처들어 가며 방 안을 발깍 뒤집어 놓는다.

238

"에그, 이게 웬 야단이야?"

하며 누이는 보던 책을 덮어 놓고 눈살을 찌푸리며 마루로 홱 나가 버렸다. 나도 상을 밀어 놓고 총총히 일어났다. 사랑으로 나가서 건넌방에 들어가 담배를 피우며 누웠으려니까, 낯 서투른 청년이 하나 찾아왔다. 동경의 소할(所轄)경찰서에서 지금 종로서로 인계를 하여 왔는데 다시 떠날 때까지 자기가 미행을 하게 되었다고 하면서,

"얼마 아니 계실 테지요? 늘 쫓아다니지는 않겠습니다. 가끔가끔 올 테니 그 대신에 문밖이나 시골을 가시거든 요 앞 교번소로 통기를 좀 해주슈."

하며 매우 생색이나 내는 듯이 중언부언하고[366] 가버렸다. 마음대로 하라고 하였다.


8


삼사일은 집구석에서 그럭저럭 세월을 보냈다. 아버지는 무슨 일이 그리 분주하신지 매일 아침만 자시면 김의관하고 나가셨다가 어슬어슬해서야 약주가 취하여 들어오시기도 하고 친구를 한 떼씩 몰아 가지고 들어오시기도 하였다. 큰집 형님한테 들으니, 요사이 동우회[367]의 연종총회[368]가 있어서 그렇다 한다.

---

365) 뻐드덩거리다 뻐드럭거리다. 큰 팔다리나 몸을 좀 느리고 세게 자꾸 내젓다.
366) 중언부언하다(重言復言 —) 이미 한 말을 자꾸 되풀이하다.
367) 동우회(同友會) 일정한 목적 아래 뜻과 취미가 같은 사람끼리 모여서 만든 모임.

"그런 데 관계를 마시래도 한사코 왜 다니신단 말요? 모두 반미친 놈들이 모여서 협잡질[369]들이나 하고 남한테 시빗거리만 장만하면서⋯⋯ 공연히 김의관이 들쑤셔 내서 엄벙뗑하고[370] 돈푼이라도 갉아 먹으려고 그러는 것을 그걸 왜 짐작을 못 허셔?"

"내가 아나? 평의원이라는 직함 바람에 다니시는 게지, 허허허. 그런데 중추원 부찬의라도 하나 생길 줄 아시는지도 모르지."

큰집 형님은 이런 소리를 하며 웃었다.

"중추원 부찬의는 벌써 철겨운 지가 언젠데? 설령 그게 된다기로 그건 왜 하지 못해 애를 쓰신답디까? 참 딱한 일이야."

"그래도 김의관은 무엇이든지 하나 운동해 드리마든데, 하하하."

"미친 소리! 저도 못 하는 것을 누구를 시키구 말구. 흥, 또 유치장에나 들어가구 싶은 게로군?"

"그래도 김의관 말은 자기가 총독이나 정무총감하고 제일 긴하다는데, 하하하."

"서가의 집을 뺏겼으니까, 아버지께 알랑알랑하고 집이나 한 채 얻어 들려는 거지."

"허허허. 그런 집 있으면 나부터 줍시사 하겠네."

사실 이 큰댁 형님을 집 한 채 주어 세간을 내야 하겠다고 생각하였다.

동우회라는 것은 일선인(日鮮人)[371]의 동화(同化)를 표방하고 귀족

<hr>

368) 연종총회 연말에 가지는 모임.
369) 협잡질(挾雜 —) 옳지 아니한 방법으로 남을 속이는 짓.
370) 엄벙뗑하다 얼렁뚱땅하다.
371) 일선인 일본인과 조선인.

떨거지들을 중심으로 하여 '파고다' 공원패[372]보다는 조금 나은 협잡배들이 모여서 바둑·장기로 세월을 보내고 저녁때면 술추렴이나 다니는 회이다. 회의 유일한 사업은 기생연주회의 후원이나 소위 지명지사(知名之士)가 죽으면 호상차지나 하는 것이다.

"나는 요새 좀 바빠서 약 쓰는 것도 자세히 볼 수 없고 하니, 낮에는 들어앉아서 잘 살펴보아라."

내가 도착하던 날 아침에 아버지께서 이렇게 이르시기도 하였고, 또 나간대야 급히 찾아가 볼 데가 있는 것도 아니기에, 들어엎드려서 큰집 형님하고 저녁때면 술잔 먹고 사랑 구석에서 버둥거리고 있었지마는, 알고 보니 다니신다는 데라야 고작 동우회뿐이다. 병인은 하루 한 번이고 두어 번 들여다보아야 더 나은 것 같지도 않고 더친 것 같지도 않고, 의사가 와서 맥인가 본 뒤에 방문[373]을 내면 큰집 형님이 쫓아가서 약봉지를 받아다가 끓여 디밀면 먹는지 마는지 하는 모양이다. 그래도 어머니께서만은 여전히 혼자 애를 쓰시나, 인제는 병구원[374]에 지치시고 집안사람들의 마음도 심상하여져서[375] 일과로 약시중만 하면 그만인 모양이다. 나부터 병구원을 해본 일이 없으니 어떻게 되어가는지 대중을 모르겠다.

"그 망한 놈의 흰지 무언지 좀 그만두고 어떻게 다잡아서 약이나 잘

---

372) 파고다 공원패  파고다 공원에 모여들어 온갖 허황된 논리들을 과장해서 떠들어 대던 양반 가문 출신의 난봉꾼들을 일컬음.
373) 방문(方文)  약방문. 약을 짓기 위하여 약 이름과 약의 분량을 적은 종이.
374) 병구원  '병구완'의 원말. 앓는 사람을 돌보아 주는 일.
375) 심상하다(尋常—)  대수롭지 않고 예사롭다.

쓸 도리를 하셨으면 아니 좋을까."

하며 어머니께서 부친을 원망을 하시는 소리도 들었다.

"오늘도 또 나가우? 어젯밤부터는 좀 이상한 모양이던데……."

며느리를 들여다보고 나오시는 아버지를 치어다보며, 어머니께서 책망하듯이 물으시니까,

"오늘은 좀 늦을지도 모를걸! 그리 다를 것은 없군."

하시고 나가시는 날도 있었다. 그러나 더하다는 날도 그 모양이요 낫다는 날도 제턱[376]이다. 또 며칠 음산한 날이 계속하였다.

'어서 끝장이나 났으면!'

하는 생각이 불쑥 날 때에는, 정자의 생각이 반드시 뒤미처 머리에 떠올라 왔다.

'지금쯤 무얼 하고 있누? 경도로나 가지 않았나?'

하고 엽서를 띄운 것은, 서울 온 지 일주일이나 지난 뒤이었다.

정자에게 엽서를 부치던 날 저녁때에, 을라는 그동안 나왔나? 하고 인사 겸 병화(炳華)의 집을 찾아가 보았다. 병화는 동경 유학시대에는 나의 감독자 행세를 하였을 뿐 아니라 비교적 정답게 지냈지만, 을라의 문제가 있은 후로는 그럭저럭 나하고 데면데면하여지기도 하고, 만나면 어쩐지 이렇다 할 표면적 별 이유가 있는 것은 아니지마는 피차에 겸연쩍게 되었다. 더구나 이 사람 역시 지금 집에 있는 큰집 형님의 이복동생이기 때문에 형제간 자별하지도[377] 못하려니와 우리 집에는 한 달에 한 번쯤 들를 뿐이다.

376) 제턱 변함없이 그대로의 정도나 분량.
377) 자별하다(自別—) 친분이 남보다 특별하다.

242

나는 동대문 밑에서 전차를 내려서 아직도 눈에 녹은 땅이 질척거리는 길을 휘더듬어 들어가며, 눈에 익은 거리가 오래간만에 반가운 듯이 여기저기를 휘돌아보았다. 작년 여름에는 여기를 날마다 대어 섰었다. 그때 을라는 천안(天安) 자기 집에는 가끔 다니러만 가고 서울 와서 이 집에 묵고 있었다. 나는 하루가 멀다고 이 집에 와서는, 밤이고 낮이고 을라와 형수를 데리고 문안을 헤매기도 하고, 달밤에 병화 내외와 을라를 따라서 탑골승방<sup>378)</sup>까지 가본 것도 그때였다. 밤이 늦었다고 붙들면 마지못하는 척하고 묵은 일도 한두 번이 아니었었다.

'그러나 그때는 나도 참 단순하였어!'

나는 발자국 난 데를 따라서 마른 곳을 골라 디디며 속으로 그때 재미있게 놀던 것을 생각하여 보았다. 김장을 다 뽑아낸 밭에는 눈이 길길이 쌓이고 길가로 막아 놓은 산울〔生籬〕<sup>379)</sup>은 말라빠진 가지만 앙상하게 남았고 얽어맨 새끼도 꺼멓게 썩어 문드러졌다.

'그때에는 여기에 퍼런 호박덩굴, 외덩굴이 쫙 깔리고 누런 꽃이 건들거리었겠다.'

벽돌담을 쌓은 어떤 귀족의 별장인가 하는 것을 지나서 좁은 길을 한 마장쯤 걸어가려니까, 오른편은 낭떠러지가 된다.

'응, 저기가 자던 날 아침이면 나와서 세수도 하고, 달밤에 나와서 을라와 수건을 잠가 놓고 물 튀기기를 하던 데로군.'

하며 바위 밑을 내려다보니까, 물이 말랐는지 얼음눈이 허옇게 뒤집어

---

378) **탑골승방** 탑골에 있는 여승들이 사는 절. '탑골'은 서울 종로에 있던 마을로, 원래 원각사(圓覺寺)의 옛 터로 추정되는 곳이다.
379) **산울** 산울타리. 산 나무를 촘촘히 심어 만든 울타리.

씌워 있다. 병화 집에는 마침 주인도 돌아와 들어 있었다.

"언제 나왔나? 나왔다는 말은 들었지만. 한번 간다면서 자연 바빠서……."

하며 양복을 입은 병화는 방에서 뛰어나왔다. 지금 막 들어온 모양이다.

"아씨는 좀 어떠세요?"

하며 형수도 반가운 듯이 어린아이를 안고 나와서 인사를 한다.

"명이 길면 살겠지요. 하나를 낳아 놓으니까 신진대사로 하나는 가야지요."

하고 나는 방으로 따라 들어갔다.

"에그, 흉한 소리도 하십니다."

"아, 참, 좀 차도가 있으신 모양인가? 처음부터 양의를 대어 가지고 수술을 한 뒤에 한약을 들이댄다든지 하였더면 좋았을걸…… 언젠가 그런 말씀을 하였더니 아버지께서는 펄쩍 뛰시는 모양이기에 시키지 않은 참견은 하기가 싫어서 그만두었지만……."

"나 역시 하시는 대로 내버려 두지. 지금 어쩌니 어쩌니 한들 쓸데도 없구, 제 계집이니까 어떤다구 하실까 봐서 되어 가는 대로 내버려 두지. 하지만 며칠 못 갈 듯싶어."

"그래서 어쩝니까?"

형수가 웃으면서 눈살을 지푸린다. 한참 병인의 이야기를 하다가 나는 생각난 듯이,

"아, 그런데 을라 오지 않았세요?"

하고 형수를 치어다보았다.

"아뇨. 왜, 나왔대요?"

하고 형수는 나의 얼굴을 살피듯이 치어다본다. 병화는 못 들은 체하고 일어나서 양복을 벗기 시작한다.

"아뇨, 글쎄, 나왔는가 하구요."

"아뇨."

하며 형수는 생글생글 웃다가 끼고 앉은 어린애를 들여다보고 말았다. 나는 어쩐지 온 것을 속일 것은 무언구? 하며 불쾌하였다.

"오는 길에 신호에 들렀더니, 부득부득 같이 가자는 것을 떼어 버리고 왔는데, 이삼일 후에는 떠나겠다 했으니까 벌써 왔을 텐데요?"

하며 숨길 것이 무어냐는 듯이 불쾌한 내색을 보였다.

"네에. 하지만 바쁘신 길인데 거기는 어째 들르셨세요?"

하고 형수는 책망하듯이 묻는다.

"심심하기에 들렀다가 형님께 소식이라도 전해 드리려구요."

하며 나는 슬쩍 웃어 버렸다. 형수도 기가 막힌 듯이 웃어 버린다.

"미친 소리로군. 내가 올라 소식 알겠다던가?"

병화는 옷을 갈아입고 자기 자리로 와서 앉으며,

"그 무어 없지? 무얼 좀 사오라구 하지."

하며 아내와 대접할 의논을 한다.

"아, 난 곧 갈 테에요…… 그런데 작년 생각 하십니까?"

하며 나는 짓궂이 종형수에게 을라의 이야기를 꺼냈다. 형수는 얼굴이 발개지며 픽 웃고 말았다. 나도 상기가 되는 것 같았다.

"자네도 퍽 변하였네그려?"

병화는 을라가 하던 말과 똑같은 소리를 하고 나를 치어다보았다. 그전 같으면 을라하고 아무 까닭은 없어도 누가 을라란 을 자만 물어

보아도 얼굴이 발개지던 사람이 되짚어서 을라의 이야기를 태연히 하고 앉았는 것이 병화에게는 다소 불쾌하기도 하고 이상쩍은 모양이다.

종형수는 일 년 전에 무슨 실수가 생길까 보아 두 틈바구니에 끼여서 혼자 마음만 졸이고 있던 일을 머리에 그려 보는지 한참 말없이 앉았다가,

"그래, 공부는 잘해요?"

하고 묻는다.

"그저 여전하드군요. 무어 노자 오기를 기다리고 있나 보던데 보내 주셨나요?"

하며 모자를 들고 일어서려니까,

"조금만 앉았어. 좋은 술이 한 병 생겼으니 한잔하구 가란 말이야. 어디 나가서 할까?"

"술이 웬 거요? 아, 참 올가을에 한 동 올랐답디다그려? 그러지 않아도 한턱해야 하지 않소?"

하고 내가 웃으니까, 병화는 매우 유쾌한 듯이 따라 웃다가,

"어쨌든 앉아요. 누가 양주를 한 병 선사를 하였는데……."

하며 묻지도 않은 말을 끌어낸다. 아닌 게 아니라 한 동 올라간 덕에 그런지 집안 세간도 그전보다는 는 모양이다. 윗목에 양복장도 들여놓고 조끼에는 금시곗줄도 늘이었다. 아버지가 보내 주시던 넉넉지 않은 학비를 가지고, 한간방에 들어 엎드려서 구운 감자를 사다 놓고 혼자 몰래 먹던 옛날을 생각하면 여간한 출세가 아니다. 나는 더 앉아서 이야기를 하고 싶었으나, 늦으면 귀찮기에 병인 평계를 하고 나와 버렸다.

해가 거진 다 떨어진 뒤에 집에 들어와 보니, 사랑에는 벌써 영감님

246

들이 채를 잡고 앉아서 술상이 벌어졌다. 그럴 줄 알았더면 좀 늦게 들어올걸―하며 안으로 들어가 보니까 저녁밥 때에 술 치다꺼리가 겹쳐서 우환 있는 집 같지도 않게 엉정벙정하고[380] 야단이다.

"사랑에 누가 왔니?"

나는 마루로 올라오며 약두구리[381]를 올려놓은 화로에 부채질을 하고 앉았는 누이더러 물으니까,

"누가 아우? '차지'가 또 왔단다우."

하며 깔깔 웃는다.

"뭐, 그게 무슨 소리냐?"

"자네 차지도 모르나? 일본 가서 그것도 모르다니, 헛공부[382] 했네그려. 허허허."

술이 얼근하게 취해서 축대 위에 섰던 큰집 형이 놀리듯이 웃으며 치어다보았다. 여편네들도 깔깔 웃었다.

"'차지'라니 누구 집 택호(宅號)요? 내 차지(次知)[383] 네 차지 말요?"

"그건 조선 차지지. 버금 차(差) 자하고 지탱 지(支) 자의 차지(差支)[384]를 몰라?"

하며 또 웃는다. 나는 무슨 소리인지 몰라서,

"그래, 일본 차지가 어떡했어?"

하고 덩달아 웃었다.

---

380) 엉정벙정하다 쓸데없는 것들을 너절하게 벌여놓다.
381) 약두구리 탕약을 달이는 데 쓰는 자루가 달린 놋그릇.
382) 헛공부 헛공부.
383) 차지 상전을 대신하여 형벌을 받던 하인. 여기서는 심부름꾼을 가리킨다.
384) 차지 사시쓰카에. '지장' '장애' '어려움'이라는 뜻의 일본어.

"일본말로 붙여 보시구려."

이번에는 누이가 웃는다.

"사시쓰카에(差支)란 말이지?"

"잘 알았네!"

하고 또들 웃는다.

지금 사랑에 온 손님이 김의관의 '봉'인데, 처음에 찾아왔을 때에 방으로 들어오라니까 들어가도 관계없느냐는 말을 가장 일본말이나 할 줄 안다는 듯이,

"차지(差支) 없습니까?"

고 한 것을 큰집 형이 옆에서 듣고 앉았다가 나중에 김의관더러 물어보니까, 그것이 일본말로 이러저러한 뜻이라고 설명을 하여 준 것을 듣고, 안에 들어와서 흉을 보기 때문에 어느덧 '차지'라는 별명을 얻게 된 것이라 한다. 집 안에서들은 코빼기도 못 보고 이름도 모르면서 '차지 차지' 하고 부르는 모양이다.

"미친 영감쟁이로군! 무얼 하는 사람인데 그래?"

나는 다 듣고 나서 큰집 형더러 물어보았다.

"지금 세상에 오십이 넘어서 하긴 무얼 한단 말인가? 김의관한테 빨리러 다니는 위인이지. 그는 그렇다 하고 한잔 안 하겠나?"

하며 큰집 형은 자기가 한잔 내듯이 아내더러 술상을 보라고 분부를 한다.

"또 먹어요? 형님이나 자슈."

"자네야 언제 먹었나? 나는 한잔했지만."

나는 먹고도 싶지만 조선에 돌아오면 술이 금시로 느는 것이 걱정이

었다. 조선 와서 보아야 술이나 먹고 흐지부지하는 것밖에는 사실 할 일이 없다는 것도 무리가 아닐 것 같기도 하지마는, 생각하면 조선 사람이란 무엇에 써먹을 인종인지 모르겠다. 아침에도 한잔, 낮에도 한잔, 저녁에도 한잔, 있는 놈은 있어 한잔, 없는 놈은 없어 한잔이다. 그들이 이렇게 악착한 현실 앞에서 눈을 감는다는 것은 그들에게 무엇보다도 가치 있는 노력이요, 그리하자면 술잔밖에 다른 방도와 수단이 없다. 그들은 사는 것이 아니라 목표도 없이 질질 끌려가는 것이다. 무덤으로 끌려간다고나 할까? 그러나 공동묘지로는 끌려가지 않겠다고 요새는 발버둥질을 치는 모양이다. 하여간 지금의 조선 사람에게서 술잔을 뺏는다면 아마 그것은 그들에게 자살의 길을 교사(敎唆)하는[385] 것일 것이다.

부어라! 마셔라! 그리고 잊어버려라! ―이것만이 그들의 인생관인지 모르겠다.

"그럼 한잔하십시다."

하며 나도 끌리고 말았다. 큰집 형을 안방으로 청하여 저녁상을 마주 받고 앉으니까, 어머니께서 다가앉으시면서,

"아까 김의관의 친구의 천(薦)[386]이라면서 용한 시골의원이 있다고 해서 들어와 보았는데, 또 약을 갈아대면 어떻게 될는지?……"

하며 못 믿겠다는 듯이 나를 바라보셨다.

"김의관의 친구가 누구예요?"

"차지 말일세."

385) 교사하다 남을 꾀거나 부추겨서 나쁜 짓을 하게 하다.
386) 천 사람을 어떤 자리에 추천함.

잔이 나기를 기다리고 앉았던 큰집 형님이 대신 대답을 하였다.

"차지라는 소리나 하고 다니는 위인이면, 그까짓 게 무얼 안다구?……"

하며 내가 눈살을 찌푸리니까,

"글쎄 말일세. 김의관이나 차지가 진권(進勸)한[387] 것이 된 게 있을 리가 있나?"

"어떻든 나는 모르니까 아버님께 잘 여쭈어 보구 하십쇼그려."

"난 모른다면 누가 안단 말이냐? 아버지는 밤낮 저 모양으로 돌아다니시거나 술로 세월을 보내시고……."

어머니는 나는 모르겠다는 말이 매우 귀에 거슬리고 화증이 나시는 모양이다.

"글쎄 내야 무얼 알아야죠…… 그래 지금 그 의원이란 자를 대접하는 것이에요?"

"그건 그런 게 아니란다네. 김의관이 일전에 유치장에 들어갔었다지 않았나?"

하며 큰집 형이 대답을 한다.

"글쎄 그랬다는군요."

"그런데 잡혀가던 날이 바로 '차지'가 한턱을 내던 날인데, 그러한 횡액[388]에 걸려서 미안하게 되었다고, 나오던 이튿날 차지가 또 한턱을 내었다나. 그래서 오늘은 김의관이 벼르고 벼르다가 어디 가서 돈을 만들었는지 일금 오 원야라[389]를 내놓고 지금 한턱 쓰는 모양이라

387) 진권하다 소개하여 추천하다.
388) 횡액(橫厄) 뜻밖에 닥쳐 오는 불행.

네. 그런데 의원이란 자는 말하자면 곁두리지."

"차진가 무언가 하는 자는 무엇 하는 자길래 두 번씩이나 턱을 내어 가며 그렇게 김의관을 떠받치드람?"

"그게 다 김의관의 후림새[390]지. 자세한 것은 몰라도 저희끼리 숙덕거리는 소리를 들으면 군수나 하나 얻어 하든지, 하다못해 능참봉(陵參奉)[391]이라도 하나 얻어걸릴까 하구 연해 돈을 쓰며 따라다니나 보데. 그런 놈이 내게도 하나 얻어걸렸으면 실컷 빨아먹구 혹 불어세겠구먼…… 하하하."

큰집 형은 이따위 소리를 하고 취흥에 겨워 웃었다. 옆에 앉으셨던 어머님은,

"그것도 입담이 좋다든지 재주가 있어야지 아무나 되는 줄 아는군." 하며 웃으셨다.

"응! 그래서 일본말 하는 체를 하고 차지를 휘두르며 다니는군마는 김의관 주제에…… 군수, 참봉은 땅에 떨어졌든가!"

나는 하도 어이가 없어서 이렇게 한마디 하고 술잔을 내주며,

"그래 그 틈에 아버지께서도 끼셨나요?" 하며 물으니까,

"아닐세, 천만에. 김의관이 그런 일야 변변히 이야기나 한다든가? 먹을 자국야 혼자 끼구 돌지. 또 그러나 지금 세상에 협잡꾼 아니구 술 한잔이나 입에 들어간다든가? 김의관만 나무라면 뭘 하겠나?"

---

389) 야라(やら) '~인지'라는 뜻의 일본어.
390) 후림새 남을 유혹하여 정신을 매우 흐리게 한 것.
391) 능참봉 조선 시대에, 능을 관리하는 일을 맡아보던 종구품 벼슬.

하고 큰집 형은 매우 김의관의 생화392)가 부럽기도 한 모양이다.

술이 취하여 가니까 독한 것이 비위에 당기어서 어머니께서 그만 먹고 어서 밥을 뜨라시는 것도 안 듣고 나는 차 속에서 먹다가 남겨 가지고 온 위스키를 가져오라고 해서 따랐다.

"애는 병구원하러 오지 않구 술만 먹으러 왔나. 죽어 가는 병인은 뻗어뜨려 놓고 안팎에서 술타령들만 하구…… 응!"

하며 어머니께서는 한숨을 쉬시고 밥상을 받으셨다. 생각하면 그도 그렇지마는 하는 수 없는 일이다.

"참, 아까 병화형한테 갔더니 양주가 생겼다구 붙드는 걸……."

나는 양주를 보니까 생각이 나서 이런 말을 꺼냈다.

"응! 잘들 있던가? ……그놈 주임대우(奏任待遇)393)인지 뭔지 했다면서 돈 한 푼 써보란 말도 없구……."

얼쩌하여진394) 큰집 형은 또 아우의 시비를 꺼내려는 모양이기에 나는,

"맬겠습디까. 주면 주나 보다 안 주면 안 주나 보다 할 뿐이지, 시비는 왜 하슈. 저도 살아가야지."

하며 말을 막아 버렸다.

"그래 아우에게 얻어먹어야 하겠나? 삼촌이나 사촌에게 비럭질을 해야 하겠나?"

"형편 되어 가는 대로 하는 거 아니겠소."

392) 생화 먹고사는 데 도움이 되는 벌이나 직업.
393) 주임대우 주임관과 같은 대우를 함. 또는 그런 대우를 받는 사람. '주임관'은 갑오개혁 이후 일본식 관계(官階)를 본떠 제정된 관직으로, 대신이 임금에게 추천하여 임명하였다.
394) 얼쩌하다 얼쩡하다. 술기운이 조금 빨리 올라 얼얼하다.

"계집은 둘씩이나 데리구, 그래 명색이 형이라면서 모른 체해야 옳단 말인가?"

하며 소리를 빽빽 지른다.

"계집이 둘이라니요?"

"아, 그 을라라든가 하는 미친년의 학비를 대주나 보던데! 그저껜가 잠깐 들렀더니 벌써 불러내 왔나 보드군."

"네, 와 있세요?"

나는 놀랄 것도 없으나 아까 병화댁이 웃기만 하고 말을 시원히 안 하던 것을 생각하면 역시 불쾌하다. 그러나 그 집 형수가 나와 을라가 교제하는 것을 은근히 막으려는 것은 작년부터의 일이다. 한때는 오해도 없지 않았지마는 일전 을라의 말을 들으면 그 집 형수가 그런 태도를 취하는 데는 여러 가지로 생각되는 점이 없지도 않다. 지금 이 형님의 말을 들으면 병화와 벌써 전부터 그렇지 않은 사이 같기도 하지마는, 을라의 말 같아서는 병화댁은 친한 동무지마는 이씨 집에 들어오게 하고 싶지 않다는 단순한 의미로 막는 것인지도 모를 일이다. 더구나 작년만 해도 아내가 시퍼렇게 살아 있으니 으레 그랬을 것이다. 또 이번은 내가 신호에 들러서 만나고 왔다니까 한층 더 경계를 하느라고 만나지도 못하게 하려는 눈치인 듯도 싶다. 혹은 아내가 죽게 되었으니까 딴생각을 먹고 신호까지 찾아갔는가 하는 의심이 있어 그러는지도 모를 일이다. 그러나저러나 나의 을라에 대한 향의[395]는 작년에 멋모르고 덤비던 첫 서슬과는 지금은 딴판이다. 문제도 아니 되는 것이다.

---

395) 향의(向意) 마음을 기울임. 또는 그 마음.

"그래 정말 학비를 대나요? 박봉[396] 받아 가지고 웬 돈이 자랄라구요?"

을라에게 전부터 학비를 대는 사람이 따로 있는 것을 나도 짐작하는 터이기에 재차 물었다.

"글쎄 자세한 내용야 누가 아나마는, 안에서들 그런 이야기들을 하기에 말일세!"

나는 그러면 그렇지! 하는 생각을 하였다. 안에서들 공연히 그러는 것이지, 다른 것은 몰라도 그 점만은 을라의 말이 진담일 것이라고 생각하였다.

그 이튿날이던가, 병화댁이 병위문 오는 길에 을라를 데리고 왔었다.

"어제 저기 오셨더라지요. 오늘 아침차에 들어와서 동무 집에 짐을 두고 놀러 갔다가 잠깐 뵈러 왔습니다."

하고 묻기도 전에 발뺌을 하는 것이었다.

나는 구태여 변명을 듣자는 것도 아니요, 무슨 흥미를 느끼는 것도 아니었다. 그러나 병화댁이나 을라나 제각각 그 무엇을 변명하려고 하는 눈치는 나도 잘 알아차렸다.


9


민주를 대면서도[397] 하루바삐 납시사고[398] 축원을 하고 축원을 하면서도 민주를 대던 병인은 그예 숨이 넘어가고 말았다. 김의관이나 차

396) 박봉(薄俸) 적은 봉급.
397) 민주를 대다 몹시 귀찮고 싫증나게 하다.

254

지가 댄 의원의 약이 맞지를 않아서 그랬던지 죽을 때가 된 뒤에 횡액에 걸려드느라고 그 의원이 불쑥 뛰어들었던지는 모르지마는, 그 약을 쓴 지 이틀 만에 죽고 말았다. 누구보다도 어머니께서 가엾어하시고 섧게 우셨다. 사람의 정이란 서로 들면 저런 것인가? 하여 보았다. 어머니 말씀마따나 시집이라고 왔어야 나하고 살아 본 동안이 날짜로 따져도 몇 달이 못 될 것이다. 내가 열셋, 당자가 열다섯에 비둘기장 같은 신랑방을 꾸몄으니까, 십 년 동안이나 시집살이를 한 셈이나 내가 열다섯 살에 일본으로 달아난 뒤로는 더구나 부부라고 말뿐이다. 섣달 그믐날에 시집온 새색시가 정월 초하룻날에 앉아서 시집온 지 이태나 되었다는 셈밖에 아니 된다.

"그러나 하는 수 없지 않아요. 그것도 제 팔자니까."

어머니께서 불쌍하다고는 우시고 우시고 할 때마다, 나는 냉정히 이렇게 대답을 하였다.

죽던 날 밤중이었다. 사랑 건넌방에서 널치가 되어서[399] 한잠이 깊이 들어 가는 판에 "여보게 여보게" 하며 깨우는 바람에 눈을 떠보니까, 큰집 형이 얼굴이 해쓱하고 두 눈이 뚱그래져서 아무 말 않고,

"일어나게, 어서 일어나 안에 좀 들어가 보게."

하며 앞에 섰었다. 나는 '인젠 그른 게로구나!' 하며 옷을 걸치고 따라나섰다. 저편 방에서 주무시던 아버님도 창황히 나오셨다. 안으로 들어가서 건넌방을 들여다보니 온 집안 식구가 조그만 방에 그득히 들어섰다. 어머니는 염주를 돌려 가며 나무아미타불을 중얼중얼 외시며 자

398) 낚시사고 나으라고.
399) 널치가 되다 '넙치가 되다'. 널브러지다. 너저분하게 흐트러지거나 흩어지다.

리를 비켜 주시고 병인의 얼굴 앞으로 가라고 손짓을 하셨다. 아무도 입을 벌리는 사람은 없이 무슨 장숙(莊肅)하거나[400] 그렇지 않으면 이로부터 시작되려는 보지 못하던 일을 구경이나 하듯이 숨도 크게 쉬지 못하고 우중우중 늘어섰다. 나는 하라는 대로 병인 앞으로 가서 앉으면서 그저 숨을 쉬나? 하고 손을 코에다가 대어 보니까 따뜻한 김이 살짝 힘없이 끼치었다.

"언제부터 그래?"

하며 아버님도 잠깐 문을 열고 들여다보시는 기척이었다. 병인의 목은 점점 재어지게[401] 발랑거린다. 감았던 눈을 실만큼 떠서 옆에 앉은 내게로 향하더니, 별안간 반짝 뜨며 한참 노려보다가 다시 감는다. 나는 머리끝이 쭈뼛하고 가슴이 선뜩하였다. 나를 원망하는 것이나 아닌가 하며 정이 떨어졌다. 누운 사람은 당장 숨이 콕 막히는 것 같더니 방긋이 벌린 입가에 이번에는 생긋하는 웃음빛이 보이는 것을 보고 나는 비로소 마음을 놓았다.

나는 어머님이 이르시는 대로 지금 데워서 들여온 숭늉 같은 미음을 한 술 떠서 열린 듯 만 듯 한 입술에 흘려 넣었다. 병인은 또 한 번 눈을 힘없이 뜨더니 곧 다시 감는다. 또 한 술 떠서 넣었다. 병인은 한 숟가락 반의 미음이 흘러들어 가던 입을 반쯤이나 벌리더니, 가죽만 남은 턱을 쳐들면서 입에 문 것을 삼키려는 듯이 고개를 뒤로 젖히고 두어 번이나 연거푸 안간힘을 쓴다. 목에서는 담이나 걸린 듯이 가랑가랑하는 소리가 모깃소리만큼 났다.

400) 장숙하다 엄숙하다.
401) 재다 동작이 재빠르다.

여러 사람들은 눈을 한층 더 크게 뜨며 고개를 앞으로 내미는 듯하고 들여다보았다. 어머님은 여전히 염불을 부르시면서 베개 위로 넘어가려는 머리를 쳐들어 놓으셨다. 베개를 만지시던 어머님의 손이 떨어지자 깔딱 하는 소리가 겨우 들릴 만큼 숨소리도 없는 환한 방에 구석구석이 잔잔하게 파동을 치며 문틈으로 흘러 나갔다…… 이것이 모든 것이었다. 이 이상 아무것도 없었다. 다만 나는 이상할 뿐이었다. 대관절 이것이 죽음이라는 것인가 하며 눈을 꼭 감은 하얀 얼굴을 물끄러미 들여다보고 앉았었다. 가엾은지 슬픈지 아무 생각도 머리에 떠오르지는 않았으나, 나를 치어다보던 그 눈! 방긋한 화평스러운 그 입이 머릿속에서 오락가락하는 일편에, 내 손으로 미음을 떠넣어 준 것만이 무슨 큰일이나 한 것같이 유쾌하였다. 어머님은 윗입술을 쓰다듬어서 입을 다물게 하여 주시고 가만히 들여다보시더니, 염주를 들고 눈물을 뚝뚝 흘리셨다.

나는 벌떡 일어나서 사랑으로 나왔다. 책상머리에 기대어 담배를 피워 물고 앉았으려니까 큰집 형님이 데리고 온 양의(洋醫)가 허둥지둥 들어왔다. 마침 아는 의사이기에 들어와서 녹여 가라고 하였더니, 죽었다는 말을 듣고는 부정이나 타는 듯이 뺑소니를 쳐 가버린다. 사망진단서니 뭐니 성이 가신 일이나 맡을까 보아서 그런지, 의사도 주검이란 싫어서 그런지 나는 속으로 코웃음을 쳤다.

이튿날 어둔 뒤에 김천 형님 내외가 딸까지 데리고 올라온 뒤에는 나도 모든 것을 쓸어맡기고 사랑에 나와서 담배만 피우며 가만히 누웠었다. 미음 한술 떠넣어 주려 나왔던가 생각하면 공연히 온 것 같았다. 그러나 시체를 청주까지 끌고 내려간다는 데에는 절대로 반대하였다.

오일장[402]이니 어쩌니 떠벌리는 것도 극력 반대를 하여 삼 일 만에 공동묘지에 파묻게 하였다. 처가 편에서 온 사람들은 실쭉해하기도 하고 내가 죽은 것을 시원히나 아는 줄 알고 야속해하는 눈치였으나, 나는 내 고집대로 하였다.

그러나 초상 중에 또 한 가지 나의 고통은 눈물이 아니 나오는 울음을 울라는 것이었다. 이것도 처가붙이[403]끼리라든지 집안 식구들까지 뒷공론[404]을 하는 모양이나, 파묻고 들어올 때까지 나는 눈물 한 방울을 흘릴 수가 없었다.

"팔자가 사납거던 계집으로 태어날 거야. 어쩌면 눈물 한 방울 안 흘리누?⋯⋯"

하며 과부댁 누이가 마루에서 나더러 들어 보라는 듯이 한마디 하니까 김천 형수가,

"남편네란 다 그렇지. 두구 보시구려. 달이 가시기도 전에 여학생을 끌어들이실 거니."

하며 소곤거리는 것을 나는 안방에서 혼자 밥을 먹으며 들었다. 나는 속으로 웃었다.

"너도 내년 봄이면 졸업이지? 인젠 어떻게 할 셈이냐? 곧 나와서 무어라도 붙들 모양이냐? ⋯⋯더 연구를 하련?"

장사 지낸 지 이틀 만에 사랑에서 아침을 같이 먹다가, 조용한 틈을 타서 형님은 불쑥 이런 소리를 꺼냈다.

---

402) 오일장(五日葬) 죽은 후 오 일 만에 치르는 장사.
403) 처가붙이 처가 가족들.
404) 뒷공론 겉으로 나서지 않고 뒤에서 이러쿵저러쿵 말하는 것.

"글쎄, 되어 가는 대로 하죠. 하지만 무어든지 내 일은 내게 맡겨 두시는 게 좋겠죠."

나는 이렇게 우선 한마디 해놓고 나의 계획을 대강 말하였다. 그리하여 자식은 요행히 잘 자라면 김천 형님이 데려가거나, 만일 김천 형님이 아들을 낳게 되면 큰집 형님이 데려가는 대신에, 내 앞으로 오는 것이 다소간 있을 것이니, 그 반분405)은 양육비와 교육비로 제공하되 장성할 때까지 김천 형님이 보관하기로 김천 형님과만 내약406)을 하여 두었다. 간단한 일이지마는 이렇게 수편하게407) 끝이 나니까, 한시름 잊은 것 같고 새삼스럽게 자유로운 천지에 뛰어나온 것 같았다.

그동안 청명한 겨울날이 계속하더니 오늘은 또 무에 좀 오려는지, 암상스런 계집이 눈살을 잔뜩 찌푸린 것처럼 잿빛 구름이 축 처지고 하얗게 얼어붙은 땅이 오후가 되어도 대그락거리었다.408) 사랑은 무거운 침묵과 깊은 잠에 잠긴 것같이 무서운 증이 날 만큼 잠잠하다. 김의관은 자기가 칭원409)이나 들을까 보아서 제풀에 미안하여 그러는지, 그저께 발인410) 때 잠깐 눈에 띈 뒤로는 보이지를 않는다.

우중충한 사랑방에 온종일 혼자 가만히 드러누웠으려니까 무슨 무거운 돌멩이나 납덩어리로 가슴을 내리누르는 것 같았다. 상처411)를 하였다 해서 별안간 섭섭하거나 서러운 생각이 나서 그런 것도 아니요,

405) 반분(半分) 절반의 분량.
406) 내약(內約) 드러내지 않고 은근히 하는 약속.
407) 수편하다(隨便—) 편한 것을 따르다.
408) 대그락거리다 작고 단단한 물건들이 서로 맞닿는 소리가 잇따라 나다.
409) 칭원(稱寃) 원통함을 들어서 말함.
410) 발인(發靷) 상여가 집에서 묘지를 향하여 떠나는 것.
411) 상처(喪妻) 아내의 상을 당하는 것. 아내가 죽은 것.

아이들이 없어서 조용한 집안이 초상 뒤에 한층 더 쓸쓸하여진 것 같아서 그런 것도 아니다. 혹시는 세계대전이 끝나고 세상은 떠들썩하며 무슨 새로운 희망에 타오르는 것 같건마는, 조선만은 잠잠히 쥐 죽은 듯이 들어엎디어서 그저 파먹기나 하며 버둥버둥 자빠져 있고, 눈에 보이지 않는 무슨 무거운 뚜껑이 꽉 덮여 있는 것 같아서 답답한 것인지도 모르겠다. 그러나 또다시 생각하면 아내가 죽어 가는 꼴을 마주 앉아 보았으니만큼 어느 때까지 그것이 머리에서 떠나지를 않고 지난 일이 곰곰이 생각이 나서, 가엾은 추회(追懷)[412]가 새삼스럽게 머리에 떠올라서 기분이 무거운 것도 사실이었다. 살아 있을 때에는 죽거나 말거나 될 대로 되라고 냉담하였지마는, 파묻고 들어와 보니 역시 한 구석이 허전한 것 같고 지난 일이 뉘우쳐지는 것도 있는 것이었다. 아내가 살아 있을 때에는 꿈에도 생각지 못하던 가엾은 생각이, 동정하는 마음이 유연히[413] 마음속에 괴어오르는 것을 깨달았다.

"에잇, 하여튼 한시바삐 빠져 달아나자!"

나는 부친과 형님이 들어오시면 오늘 저녁차로라도 떠나 버릴 작정으로 건넌방으로 건너가서 가방 속을 정리하고 앉았으려니까, 어느 틈에 왔던지 안에서 병화댁과 을라가 인사를 나왔다.

"얼마나 섭섭하시구 언짢으십니까?"

을라는 위문이라느니보다도 젊은 남편의 상처란 그저 그런 거라는 듯이 생긋 웃으며 다시 장가갈 치하[414]를 하는 듯한 어조다.

---

412) 추회  지나간 일이나 사람을 생각하며 그리워함.
413) 유연히(油然一)  생각이 솟아오르는 모양이 왕성하게.
414) 치하(致賀)  칭찬하거나 축하한다는 뜻을 나타냄.

"죽은 사람이야 가엾지만, 생자필멸[415]이니 하는 수 없지요."

나는 금방 비로소 죽은 아내가 가엾다는 생각을 하고 난 끝이라 도리어 정중히 이렇게 대거리[416]를 하며, 사랑에 올라올 리는 없지마는 인사로 올라오라고 하였다.

"그래도 섭섭하시겠죠?"

을라는 이런 소리를 하며 말똥히 나의 기색을 살피려는 눈치다. '그래도 섭섭'이란, 인사답지 않은 인사지마는 나는 웃고 말았다.

"언제 떠나십니까? 이번엔 꼭 같이 가세요."

인사를 온 것이 아니라 동행하자고 맞추러 온 것 같은 수작이다.

"오늘 저녁이라도 떠날까 하는데 함께 나서시겠나요? 동행을 해주시면 심심치도 않고 매우 좋기야 하겠지만……."

나는 실없이 웃어 보였다.

"아, 그렇게 서두르실 게 뭐예요?"

을라가 놀라는 소리를 하려니까 한 걸음 뒤처져 안에서 나온 병화가 다가오며,

"뭐, 오늘 떠나?"

하고 알은체를 하다가, 오늘 떠나든 말든 자기 집으로 가서 저녁이나 같이 먹자고 발론[417]을 한다.

"아무려면 오늘 떠나시게 되겠세요? 아무것도 없지만 잠깐 가시죠."

병화댁도 옆에서 권한다. 자기네끼리 오늘 나를 찾아 인사도 하고

---

415) 생자필멸(生者必滅) 생명이 있는 것은 반드시 죽음.
416) 대거리 상대방에 맞서서 대드는 것.
417) 발론(發論) 먼저 의견을 냄.

위로 삼아 저녁 대접을 하려고 의논이 된 모양이다. 그러나 나는 그런 한가로운 기분이 나지를 않았다. 또 그것이 병화 내외로서는 을라에 대한 자기네끼리의 입장을 명백히 하려는 기회를 만들려는 뜻인지도 모르겠고, 을라는 을라대로 딴생각이 있는지 모르나, 나는 그런 것이 도리어 성이 가신 생각이 났다. 하여간 이 사람들의 이러한 눈치로만 도 나는 작년 이래로 지나치게 오해였던 것이 풀린 것은 기쁘고 마음 이 거뜬하여진 것 같았다.

마루 끝에서 실랑이를 하다가 이 사람들을 돌려보낸 뒤에 나는 짐을 다시 싸기 시작하였다. 서류를 정리하다가 가방 속에서 나온 정자의 편지를 다시 한 번 펴보았다. 이것은 초상 중에 온 것을 대강 보고 집 어넣어 두었던 것이다.

"……과장(誇張) 없는 말씀으로, 저는 이제야 겨우 악몽에서 깨어 나서 흐리터분하고[418] 어리둥절하던 제정신이 반짝 든 듯싶습니다. 오 랜 방황에서 이제야 제 길을 찾아든 것도 같습니다. 그렇다고 무슨 신 앙을 붙든 것도 아니요, 생활의 도표(道標)[419]를 별안간 잡은 것은 아 닙니다마는, 언젠가 말씀처럼 고민은 역시 제 길, 저 살길을 열어 주고 야 말았는가 합니다. ……반년 동안 레스토랑의 경험은 컴컴하고 끈 죽끈죽한 생활이었습니다마는 그래도 저는 그 생활 속에서 새 길을 찾 았는가 싶습니다. 인간 수양, 세간 수양이 조금은 되었는가 합니다. 만 일 내가 지금 지향하는 길로 나갈 수 있다면 M헌에서의 반년 동안 얻 은 문견[420]이 무슨 보토[421]가 될지도 모르겠지요. 그러나 그보다도 그

418) 흐리터분하다 분명하거나 산뜻하지 않다.
419) 도표 방향이나 거리 등을 적어 길가에 세운 표지물. 이정표.

동안에 당신을 만나 뵈었다는 것은 저의 일생에 잊지 못할 새로운 기록이었겠지요……."

정자의 편지는 저번 내가 부친 엽서의 답장이나, 매우 희망과 감격에 찬 기분으로 씌었다. 동경역에서 헤어질 때 경도로 갈 듯하다더니 역시 설〔正初〕 전으로 M헌을 하직하고, 경도 고모집으로 갈 작정이라는 것이다. 그리고 고모집에를 가면 소원대로 이번 신학년부터는 동지사대학(同志社大學)⁴²²⁾ 여자부에 입학할 예정이라 한다. 아마 저의 본집과도 양해가 되어 학비도 나오게 되고, 제 자국⁴²³⁾에 다시 들어설 눈치인지 모르겠다. 저의 집이 경도·대판에서 뱃길〔船路〕로 대여섯 시간이면 건너서는 사국(四國)⁴²⁴⁾ 고송(高松)⁴²⁵⁾이라는 데에서 해물상을 한다는 말은 들었지마는, 경도에 가서 동지사대학에 들어갈 준비를 할 터이라는 말을 듣고 보니, 나는 동경서 떠나올 제 목도리를 사다가 함부로 허리춤에 찔러주고 온 것을 생각하고, 혼자 속으로 찔끔하는 생각이 들며 혼자 얼굴이 뜨뜻해 왔다. 물론 보통 '카페 걸'로 여긴 것은 아니지마는 좀 너무 함부로 한 것 같아서 열쩍은 생각이 드는 것이다. 저의 집이 얼마나 잘살거나 그거야 알 바 아니지마는 대학까지 가려는 생각인 줄은 몰랐던 것이다.

420) 문견(聞見) 보고 들은 것. 체험.
421) 보토(補土) 패어서 우묵한 땅을 흙으로 메워서 채우는 것. 여기서는 '삶에 도움이 되는 것' 정도의 의미로 쓰였다.
422) 동지사대학 일본 교토에 있는 대학교. 도시샤대학.
423) 자국 본디의 상태나 수준.
424) 사국 '시코쿠'를 우리 한자음으로 읽은 이름. 일본을 구성하는 네 개의 섬 중에서 가장 작은 섬.
425) 고송 '다카마쓰'를 우리 한자음으로 읽은 이름.

"……인생은 오뇌(懊惱)로 쌓아 올라가는 것인가 봅니다. 아니 번민, 오뇌로 쌓아 올라가는 노력이 있어야 할 것인가 합니다. 왜 이 말씀을 하는고 하니, 당신이 너무나 인생문제와 사회문제에 대하여 자기의 불만불평보다는 더 큰 것을 위하여 애쓰시는 것이 가엾어 그럽니다. 민족의 운명에 대해서 번민하시고 오뇌하시기 때문에, —또 저는 거기에 경의를 느끼기 때문에 이런 말씀을 하고 싶은 것입니다. 고진감래(苦盡甘來)[426]라는 그런 속된 말로가 아니라 괴로움을 알아야 사람은 거듭나는가 합니다. 일본의 남자들은 너무나 괴로움을 모릅니다. 역시 대륙적이라 할지? 괴로움을 꾹 참고 딱 버티고 섰는 거기에 깊이 있는 생활이 있는가 싶습니다……."

이런 말도 씌어 있다. 다감하고 예민한 계집애가 연애에 실패하고 집안에서는 쫓겨나고 하니까 보통 여자와는 다르겠지마는, 어떻게 생각하면 자기 나라 남성—일본 남성에게 반기를 들고 내게로 오겠다는 사연인가도 싶다.

끝에는 동경으로 가는 길에 부디 경도로 전보를 미리 치고 자기에게 들러 달라고 고모집 번지수까지 씌어 있었다. 그러나 이번에 만나면 전과는 달라서 퍽 여러 가지 이야기할 것도 많을 것 같지마는 한편으로는 어색도 하고 겁도 나는 것이었다.

'이번에 만나면 어떤 얼굴로 만날까?'

혼자 상상을 하여 보고는 큰 기대도 있고 큰 흥미도 있으리라고 궁리가 많았다. 갑갑하고 화가 나는 김에, 어서 가서 정자나 만나면 이

---

426) **고진감래** 쓴 것이 다하면 단 것이 온다는 뜻으로, 고생 끝에 즐거움이 옴을 이르는 말.

무거운 기분이 조금은 나을 것도 같다.

가방을 꾸려 놓고 어머님께 오늘 밤차로 떠나겠다고 여쭈러 안으로 들어가니까, 출입하였던 큰형님이 뒤미처 들어왔다.

"얘가 오늘 저녁으로 떠나겠다는구나! 내 이런 주착없는 애가 있니?"

모친으로서 생각하면 딸자식이 죽은 것과는 다르다 하여도 둘째며느리를 열다섯부터 앞에서 키운 정이 있으니, 집이 한구석 텅 빈 것 같은데 아들마저 초상을 치르자마자 훌쩍 가버리겠다니 어이가 없는 것이다.

"별안간 이것은 무슨 소리냐? 가자면 나부터 가야지. 네가 왜 먼저 서두르느냐? 나는 아이들을 놀려 놓고 온 터 아니냐?"

하고 큰형님은 역정을 낸다. 나는 이 말에 찔끔하였다. 사실 경우가 틀렸다.

"너는 너무 기분주의야. 어쨌든 나는 내일 떠나야 하겠지만, 방학 동안은 좀 들어앉았으렴. 어머니께서 섭섭해 안 하시니?"

나는 떠나는 것을 무기 연기하기로 하였다.

사람이 죽어 나간 건넌방에는 안에서들 들어가 자기를 싫어하는 모양이기에 내가 자기로 하였거니와, 형님이 떠난 뒤로는 더구나 혼자 드러누워서 이 생각 저 생각에 전전반측(輾轉反側)하며[427] 잠을 못 이루는 날이 많았다. 곰곰 생각하면 날이 갈수록 죽은 사람에게 역시 미안한 생각이 간절하였다. 더 산대야 하나 날 자식을 두셋 더 낳았을 것밖에 별수야 없겠지마는 좀 더 따뜻이 해주었더면 하는 후회도 난다.

---

[427] 전전반측하다 몸을 이리저리 뒤척이며 잠을 이루지 못하다.

그러나 생각하면 이런 뉘우침도 결국에는 자기가 당장 고적하고[428] 아쉬우니까 그런가 보다는 생각도 든다. 지금 애인이라도 있다면 이 생각 저 생각 없이 뛰어 달아났을 것이다. 그러나 당장 어린것을 기를 걱정은 없다 하여도 조만간—삼사 삭 후에 졸업하고 나오면 역시 혼자는 어려우니 장가는 들어야 할 것이나 누구를 고를까? 마음에 맞는 사람이 있기로 누가 선뜻 와줄까? ······이런 걱정도 머리에 떠오른다.

'을라?······'

나는 코웃음을 쳤다. 정자? 더구나 안 될 말이다. 공부를 시작한다는 것은 말 말고라도 인제 겨우 부모의 노염도 풀려 가는 눈치인데, 또다시 나 같은 사람과 문제가 새판으로 생긴다면 피차에 비극을 되풀이할 것이다. 그것은 고사하고 정자 같은 사람은 우리 집에 들어와서 살 수 없는 일이요, 장래를 생각하거나 민족적 감정으로나 문제도 아니된다. 이것저것 실제 문제를 생각하면 그래도 아내가 더 살아 주었더면 내 몸 하나는 편하였던걸······ 하는 생각도 든다. 죽으면 죽으라지 또 계집이 없을까 하는 방자한[429] 생각이 뉘우쳐지기도 하였다.

그는 하여간에 정자의 열심으로 써 보내 준 편지에 어느 때까지 모른 척하고 내버려 두기도 안 되어서 이튿날 이런 답장을 써 부치었다.

모든 것이 순조로이 해결되어 가고 학교에 들어가시게 되었다 하오니 얼마나 반가운지 모르겠습니다. 과거 반년간의 쓰라린 체험이 오늘의 신생(新生)을 위한 커다란 준비 시기이셨던 것을 생각하면,

428) 고적하다(孤寂 —) 외롭고 쓸쓸하다.
429) 방자하다(放恣 —) 꺼리거나 삼가는 태도가 보이지 않고 교만하다.

266

그동안 나의 행동이 부끄럽지 않을 수 없습니다마는, 한편으로는 내 생애에 있어서도, 다만 젊은 한때의 유흥 기분만에 그치지 아니하였던 것을 감사하며 기뻐합니다. 그러나 뒷날에 달콤하고 아름다운 추억으로 남아 있으리라고 생각할 뿐이라면 이렇게 섭섭한 일도 없고, 당신은 또 자기를 모욕하였다고 노하실지도 모르나, 언제까지 그런 기쁨과 행복에 잠겨 있도록 이 몸을 안온하고[430] 자유롭게 내버려 두지 않으니 어찌하겠습니까. 나도 스스로를 구하지 않으면 아니 될 책임을 느끼고, 또 스스로의 길을 찾아가야 할 의무를 깨달아야 할 때가 닥쳐오는가 싶습니다…… 지금 내 주위는 마치 공동묘지 같습니다. 생활력을 잃은 백의(白衣)의 백성과, 백주[431]에 횡행하는[432] 이매망량(魑魅魍魎)[433] 같은 존재가 뒤덮은 이 무덤 속에 들어앉은 나로서 어찌 '꽃의 서울'에 호흡하고 춤추기를 바라겠습니까. 눈에 보이는 것, 귀에 들리는 것이 하나나 내 마음을 부드럽게 어루만져 주고 용기와 희망을 돋우어 주는 것은 없으니, 이러다가는 이 약한 나에게 찾아올 것은 질식밖에 없을 것이외다. 그러나 그것은 장미 꽃송이 속에 파묻히어 향기에 도취한 행복한 질식이 아니라, 대기(大氣)에서 절연된[434] 무덤 속에서 화석(化石) 되어 가는 구더기의 몸부림치는 질식입니다. 우선 이 질식에서 벗어나야 하겠습니다.

……소학교 선생님이 '사벨'(환도)을 차고 교단에 오르는 나라

430) 안온하다(安穩─) 조용하고 평안하다.
431) 백주(白晝) 대낮.
432) 횡행하다(橫行─) 거리낌 없이 제멋대로 행동하다.
433) 이매망량 온갖 도깨비.
434) 절연되다(絶緣─) 인연이 끊기다.

가 있는 것을 보셨습니까? 나는 그런 나라의 백성이외다. 고민하고 오뇌하는 사람을 존경하시고 편을 들어주신다는 그 말씀은 반갑고 고맙기 짝이 없습니다. 그러나 스스로 내성(內省)하는[435] 고민이요 오뇌가 아니라, 발길과 채찍 밑에 부대끼면서도 숨이 죽어 엎디어 있는 거세된 존재에게도 존경과 동정을 느끼시나요? 하도 못생겼으면 가엾다가도 화가 나고 미운증[436]이 나는 법입넨다. 혹은 연민의 정이 있을지 모르나, 연민은 아무것도 구(救)하는 길은 못 됩니다.

……이제 구주(歐洲)의 천지는 그 참혹한 살육의 피비린내가 걷히고 휴전조약이 성립되었다 하지 않습니까. 부질없는 총칼을 거두고 제법 인류의 신생을 생각하려는 것 같습니다. 그러나 이 땅의 소학교 교원의 허리에서 그 장난감 칼을 떼어 놓을 날은 언제일지? 숨이 막힙니다…….

우리 문학의 도(徒)[437]는 자유롭고 진실된 생활을 찾아가고, 이것을 세우는 것이 그 본령인가 합니다. 우리의 교유, 우리의 우정이 이것으로 맺어지지 않는다면 거짓말입니다. 이 나라 백성의, 그리고 당신의 동포의, 진실된 생활을 찾아 나가는 자각과 발분을 위하여 싸우는 신념 없이는 우리의 우정도 헛소리입니다…….

나는 형님이 떠날 제 초상에 쓰고 남은 것이라고, 동경 갈 노자와 함께 책값이며 용돈으로 내놓고 간 삼백 원 속에서 백 원을 이 편지와 함

435) 내성하다(內省─) 자신을 돌이켜 살펴보다.
436) 미운증 병적으로 미워하는 버릇.
437) 도 무리. 동아리.

께 부쳐 주었다. 혹시는 다른 의미나 있는 줄로 오해할 것이 성이 가시기도 하나, 동경에서 떠날 제 선사받은 것도 있으려니와, 정자의 새출발을 축하하는 의미라고 한마디 쓰고, 다소 부조가 될까 하여 보낸 것이다. 실상은 동경 가는 길에 들르지 않겠다는 결심을 다시 하였기 때문에, 아주 이것으로 마감을 하여 버리고, 나도 이 기회에 가뜬한 몸이 되고 싶었던 것이다.

나는 한 열흘 더 있다가 졸업논문도 있고 아무래도 학교 일이 걱정이 되어서 떠나고 말았다. 정거장에는 큰집 형님, 병화 내외, 을라 들이 나왔다. 을라는 입도 벌리지 않고 오도카니 섰고, 병화 내외도 플랫폼의 보꾹[438]에 매달린 시계만 치어다보며 선하품[439]을 하고 섰었다. 그러나 병화의 얼굴에는 그렇게 보아서 그런지 모든 오해를 풀고, 인제는 안심하였다는 듯이 화평한 기색이 도는 것 같았다.

차가 떠나려 할 제 큰집 형님은 승강대에 섰는 나에게로 가까이 다가서며,

"내년 봄에 나오면 어떻게 속현(續絃)할[440] 도리를 차려야 하지 않겠나?"

하고 난데없는 소리를 하기에 나는,

"겨우 무덤 속에서 빠져나가는데요? 따뜻한 봄이나 만나서 별장이

---

438) 보꾹 지붕 안쪽의 겉면.
439) 선하품 몸에 이상이 있거나 흥미 없는 일을 할 때에 나오는 하품.
440) 속현하다 금슬(琴瑟) 즉, '거문고와 비파의 끊어진 줄을 다시 잇다'라는 뜻으로, 아내를 여읜 뒤 다시 결혼하는 일을 비유적으로 이르는 말.

나 하나 장만하고 거드럭거릴441) 때가 되거든요!……"
하며 웃어 버렸다.

441) **거드럭거리다** 거만스럽게 잘난 체하며 자꾸 버릇없이 굴다.

# 1 제목 '만세전'이 의미하는 것은 무엇일까요?

이 작품은 동경 유학생인 주인공이 학기말 시험을 치르던 도중 아내가 위급하다는 전보를 받고 경성으로 귀국했다가 다시 동경으로 떠나려는 시기까지를 다루고 있습니다.

이 작품은 "조선에 만세가 일어나기 전해 겨울이다"라는 문장으로 시작됩니다. 즉, 시간적 배경이 '만세(1919년 3·1만세운동)'가 일어나기 전(前) 겨울이라는 것을 알 수 있습니다. 이는 일차적으로 만세운동이 일어나기 전의 조선의 상황을 다루고 있음을 의미하지만, 더 나아가 3·1운동이 일어날 수밖에 없었던 필연성을 보여 주는 데 더 큰 의의가 있다고 볼 수 있습니다.

이즈음 제1차 세계대전이 막 끝나 세상은 걱정거리가 사라지고 평화로워지는 듯 보이며, 정의, 인도, 자유 등을 부르짖는 가운데 발맞춰 동양의 각국도 활력이 넘칩니다. 전쟁 덕에 일본은 졸부가 되었다고 합니다. 그러나 주인공 이인화의 눈에 그려지는 조선의 모습과 조선인들의 의식 상태, 그리고 일본인들의 조선인 억압 등 여타의 상황들은 도저히 인간으로서의 삶을 불가능하게 만드는 '묘지'와도 같은 상황이었습니다. 주인공이 식민지 모순으로 인한 비참한 현실과 충격적인 참상을 목격하는 것은, 이를 타개하고 사람으로서의 '진실된 생활'을 살아가기 위해서는 만세운동이 불가피했다는 것을 보여 줍니다.

## 2 주인공 이인화는 소학교 시절 어떤 학생이었나요?

이인화 스스로의 말을 통해 살펴본 어린 이인화는 한마디로 애국자입니다. 조선에서 소학교를 다닐 때에는 일본인 교사와 충돌하여 퇴학을 하고, 조선 역사를 가르치는 사립학교로 전학을 갔다고 합니다. 아마도 일본인 교사와 충돌한 학교는 관립학교이면서 조선 역사는 가르치지 않는 학교였나 봅니다. 솔직한 어린 마음에 애국심이 비교적 열렬하였다고 말하고 있습니다.

# 3 이인화는 일본에서 유학하는 동안 어떻게 지냈나요?

칠 년 전 열다섯 살 때 일본으로 가서 대학에서 문학을 공부하고 있는 주인공은 경성의 집에서 부쳐 주는 학비며 용돈으로 생활을 합니다. 그러다 일 년에 한 번 정도 경성으로 가곤 하는데, 지난여름에 가고는 올겨울까지 가보지 않았습니다.

동경에서는 조선에서 온 유학생이라고 하면 돈 있는 집 자제이면서 인물까지 좋다고 평판이 나 있습니다. 주인공도 'M헌'이라는 카페에 자주 들러 장을 치며 그 시간만큼은 '태평시대'라고 생각합니다. 그곳에 있는 동안에는 조선인이라고 하여 받는 차별이나 멸시를 피할 수 있어 마음이 편하기 때문입니다.

주인공은 'M헌' 이외의 공간에서는 자신을 옭아매고 있는 온갖 시선들에 붙잡혀 갑갑함을 느낍니다. "위선 없이 살지 못하리라는 것이 오늘날 우리의 운명"이라고 생각하며, 어디를 가나 머릿살 아픈 형사 떼의 승강이를 받는 탓에 우국지사까지는 아니지만 자신이 망국 백성임은 잊지 않고 지낸 것입니다. 그러한 상황에서 벗어나지 못한다면 숨이 막혀 죽을 것 같은 느낌을 받기도 하지만 여기에서 벗어나려는 어떠한 행동도 하지 않습니다. 이에 대하여 주인공은 경찰관 외에는 적개심이나 반항심을 갖게 하지 않으니 민족 관념을 그다지 의식하지 않고 지내게 되고, 정신이 차츰 마비되었다고 말합니다.

**4** 작품을 참고로 하여 일본의 조선 착취를 살펴봅시다.

관부연락선에서 일본인들이 주고받는 대화를 통해서 일본의 조선 노동력 착취를 알 수 있습니다. 일본인들이 일본의 회사와 연계하여 조선의 농촌 노동자를 빼내가 '천상의 지옥'인 일본 각지의 공장이나 광산으로 팔아넘기는 것입니다. 일 년 내내 죽도록 농사를 지어도 반년을 시래기로 연명해야 하는 소작인들의 참혹한 생활은 식민지 이후 가속화된 조선의 피폐한 현실을 말해 줍니다. 품삯도 많고 일도 쉽고 빚까지 갚아 준다는 일본인의 말에 속아서 그들을 따라나선 조선인들은 일본으로 팔려 가 인간 이하의 삶을 살게 되는 것입니다.

조선에 도착해서 주인공이 목격한 것은 일본의 문화적·경제적 착취입니다. 샤미센 소리가 거리에 가득하고, 조선인의 집은 점점 줄어들고, 식산은행의 금고는 나날이 두둑해집니다. 물가는 점점 올라가고 살기 어려워질 뿐만 아니라, 가진 사람들은 너나없이 미두(米豆)에 재산을 다 잃어버렸습니다.

# 5 주인공이 비판하는 조선인의 모습은 어떠한가요?

주인공 '나'는 부친의 전근대적 의식과 식민정책에 동화되어 가는 모습을 몹시 못마땅하게 생각합니다. 가문의식이나 산소를 잘 써서 임시방편으로 가문의 영달을 도모하려는 고식적인 생활의식, 아내의 병에 한방 치료만 고집하는 비과학적 태도, 며느리를 공동묘지에 묻지 않으려는 권위의식 등 전근대적인 생활의식을 비판하는 동시에, 친식민지적 행태인 정치적 협잡과 동우회 활동, 일본인의 손에 놀아나는 조선 양반들의 권세욕 등 당대 현실의 허위성에 대해 비판적 시선을 견지합니다.

주인공은 조선의 참담한 현실이 식민지 수탈과 식민지 정책에 굴종한 채 무기력하게 살아가는 민중들 때문이라고도 생각합니다. 더불어, 조선인들이 새로운 시대에 적응하지 못하고 봉건적 무지에 얽매여 있는 것도 큰 이유라고 여깁니다. 젊은이들조차 일제 강점하의 현실을 타개하려는 노력 없이 비굴하고 무기력하게 살아가는 모습을 본 주인공은 조선의 현실이 암담하기만 합니다. 아들을 중시하여 대를 이으려고 처녀를 들여놓고도 그녀를 '구제'하려고 그랬다는 형님이나, 친척집에 빌붙어 연명하려는 일가, 공동묘지법에 반대하는 갓장수, 충분히 고칠 수 있는 병임에도 불구하고 서양 의사를 믿지 못해 아내를 죽게 만드는 가족들에게서 알 수 있듯이, 과거의 것에만 얽매여 현실적이고 미래지향적인 문제는 생각지 못하니 답답하기만 합니다.

과학적 지식이 없고, 일어나자마자 담배를 피워 물고, 아침부터 술

집에 드나들며, 밤새 입씨름을 한 후에는 대낮에나 일어나고, 끼니 때마다 술을 마셔 대는 조선인의 모습은 한심스럽다 못해 가관입니다.

'나'의 이러한 부정적 현실 인식 태도는 당대 식민지 조선을 '무덤'으로 인식하게 합니다. '너'도 구더기요, '나'도 구더기인 이 사회는 구더기가 우글우글하는 공동묘지라는 것입니다.

주인공 이인화의 울분은 조선의 공동체가 파멸되었다는 것과 아무도 그것을 느끼지 못한 채 자신만이 혼자서 속으로만 그것을 인식하고 있다는 사실에서 비롯된 것입니다.

**6** 이인화의 여정을 정리하고 각각의 장소에 따른 심리 변화를 추적해 봅시다.

주인공 이인화가 동경에서 경성으로 귀국했다가 다시 동경으로 떠나려는 과정을 시간적 순서에 따라 다룬 이 작품에서 주인공의 여로는 단순히 여행의 경로만을 의미하는 것이 아니라, 조선의 다양한 식민지적 현실을 목도하고 현실을 새롭게 인식하고 각성해 가는 과정이기도 합니다.

'동경(도쿄)·신호(고베)·하관(시모노세키)·부산·김천·대전·경성(서울)'을 지나며 주인공이 관찰하고 경험한 것은 억압과 핍박 속에 병든 조선을 '무덤'으로 인식하게끔 합니다. 또한 모국 식민지 조선의 현실과 자신의 위치에 대한 깨달음도 심화됩니다.

일본에서 돌아오기 전 이인화의 의식은 자신의 문제에 국한되어 있었습니다. 동경에서는 귀국을 준비하면서 이발도 하고, 고베의 M헌에 가서 정자와 P를 만나 술을 마시며 수작하고, 하숙집에 돌아오는 길에 친구 ×를 찾아 귀국을 알리고, 동경역에 도착하여서는 정자가 내미는 보자기 상자를 받으면서 이별을 하며, 신호에서는 을라를 만나기도 하는 등 위급한 전보에 걸맞지 않은 여유로운 태도를 보입니다.

그러나 일본에서 부산, 김천을 거쳐 서울로 돌아오면서 경험한 조선의 암울한 현실을 통해 점차 사회적 의식에 눈을 뜨게 됩니다.

일본에서 부산으로 가는 배 안에서 주인공은 일본 형사와 조선인 보조원의 조사와 감시를 받습니다. 승선한 후 목욕탕에 들어가서는 조선인을 멸시하고 노동자를 착취하는 일본인들의 악랄함에 모멸감을 느낍니다. 이때부터 주인공의 관심은 민족의 현실 쪽으로 기울어집니다.

주인공은 다음 날 새벽 부산에 도착하여 김천 가는 기차를 기다리는 동안 부산 거리를 둘러봅니다. 일본인이 많이 늘었고, 집도 거의 일본식으로 지어졌으며, 조선인들은 매우 초췌해졌고, 거의 변두리로 쫓겨나 있는 듯합니다. 부산은 일본인들의 도시가 되어 가고 있었던 것입니다. 거리를 돌아다니다가 일본 국숫집으로 들어갑니다. 그곳에서 만난, 일본인 아버지와 조선인 어머니 사이에서 태어난 술집 아이는 일본인 아버지를 찾아 나설 거라며 "조선인은 죽어도 싫다"는 말을 하여 나로 하여금 식민지 백성의 비애를 절감하게 합니다.

김천에 도착해서는 형의 생활을 보는 순간 식민지 정책이 조선인들을 얼마나 변화시키고 있는지를 실감합니다. 형은 보통학교 교사이지만 일본 순사처럼 환도를 차고 다니며, 아들을 얻고자 어린 여자를 첩으로 얻는 등 유교의식에 젖어 있습니다. 식민지화되어 가는 현실과 전근대적 인습의 타성을 버리지 못하는 조선인의 생활 태도가 못마땅합니다.

서울로 가는 밤기차에서 주인공은 헌병보조원에게 붙잡혀 가는 갓장수, 환도를 찬 조선인 헌병보조원, 사기꾼처럼 생긴 신사, 사냥을 다니는 일본인 관리들, 대전역 구내에 붙잡혀 와 묶여 있는 조선인 여자, 분내 나는 기생 등을 목격합니다. 그들에게 가여움을 느끼기도 하고, 울분이 치밀기도 합니다. 창밖은 컴컴하고, 눈이 내리고, 기차간은 불안과 긴장이 감돕니다. 김천에서 서울까지의 밤기차 풍경은 공포의 현장이면서, 식민지하의 민족 현실이 공동 묘지와 다를 바 없다는 것을 인식하게 합니다.

# 7 주인공은 조선의 현실을 '구더기가 끓는 공동묘지'라고 생각합니다. 그 이유는 무엇인가요?

「만세전」의 발표 당시 제목은 '묘지'입니다. 주인공은 조선인의 실상을 보며 "무덤이다! 구더기가 끓는 무덤이다!" "공동묘지다! 공동묘지 속에 살면서 죽어서 공동묘지에 갈까 봐 애가 말라하는 갸륵한 백성들이다!"라고 외칩니다. 이 작품은 당대 조선의 상황을 '무덤'으로 인식하면서 일제하에서 신음하던 우리 민족의 암담한 현실을 냉정하게 폭로하며 비판하고 있습니다. 이는 조선인들이 무덤 속의 구더기와 다를 바 없는 비참한 생활을 하고 있으면서도 현실에 대해 아무런 저항도 하지 못한 채 일제의 탄압에 순종하는 현실을 비판한 것입니다. 이는 3·1운동 직전의 조선 사회가 얼마나 비참한 지경이었는지를 사실적으로 보여 줌으로써, 3·1운동이 숨막혀 죽을 것 같은 상황에서 벗어나기 위한 필연적 과정이었음을 말해 주는 것이기도 합니다.

## 8 아내의 죽음과 사후 처리가 의미하는 것은 무엇일까요?

이 작품의 전체적인 분위기는 불안감과 위기의식으로 둘러싸여 있습니다. 어딘가 모르게 불안하고 초조한 느낌입니다. 이러한 불안감은 위급전보와 아내의 죽음보다는, 일제하에서 식민지의 삶을 살아가는 민족 현실과 관련이 있습니다.

주인공은 경성으로 가면서, 이토록 전근대적이고 비과학적이며 친일적인 무기력한 조선에서는 가능성을 찾을 수 없다고 여깁니다. 이렇게 보면 아내가 죽은 원인은 산후더침에 있는 것이 아니라, 이 인화가 여행에서 확인한 민족 현실에 있습니다. 구더기 같은 인간들, 무덤 같은 현실의 상징적인 죽음이 말하자면 아내의 죽음입니다. 지금껏 자신의 의견을 강하게 피력하고 관철하려 한 적이 없는 주인공은 아내가 죽자 그와 관련된 일에서만큼은 적극적으로 나섭니다. 오일장을 반대하여 삼일장으로 끝내고, 청주의 가족묘가 아닌 공동묘지에 아내를 묻게 한 것입니다. 산 사람의 문제에는 관심도 없으면서 죽으면 어디에 묻힐 것이냐를 고민하는 조선 사람들의 고민을 일축해 버린 것입니다. 즉, 아내의 죽음은 '전근대의 죽음'이면서도 '근대로의 전환'을 의미하며, 우유부단했던 주인공이 적극적인 성격으로 변모할 가능성까지 내포하고 있습니다.

# 9 정자에게 보낸 편지를 통해 주인공의 의중을 추측해 봅시다.

아내가 죽은 뒤, 주인공이 동경에서 만났던 여급 정자에게 보낸 편지에는 이 작품의 핵심적 의미가 내포되어 있습니다. 정자에 대한 개인적인 감정의 문제와 더불어 식민지 사회의 억압적 현실과 주인공의 심리적 혼란이 드러나 있기 때문입니다. 더군다나 정자와의 작별이라는 일차적 의미 이외에도, 적극적으로 행해야 할 것은 무엇이며 버려야 할 것은 무엇인지를 명확히 하고 있습니다.

주인공은 편지에서, 공동묘지 같은 현실에서 스스로의 길을 찾아가야 할 의무를 느끼며, 자신은 소학교 선생이 환도를 차고 교단에 오르는 나라의 백성이라고 말합니다. 또한 문학을 하는 자신의 본령은 자유롭고 진실된 생활을 찾아가 이를 세우는 것이라며 '진실된 생활' 없이는 일본인인 정자와 조선인인 자신의 우정은 쓸모없다고 말합니다. 그리고 동경 가는 길에 정자에게 들르지 않겠다는 결심까지 합니다. 지금은 '진실된 생활'이 없는 상황이기 때문입니다.

이렇게 정자에게 절교의 편지를 보낸 주인공은 동경으로 떠나지만 그 확실한 방향성은 작품 속에 제시되어 있지 않습니다. 다만 동경에서 경성으로 오면서 의식의 변화를 겪은 주인공의 생활이 그전과는 다를 것임을 짐작할 수 있을 뿐입니다. 이제는 을라와도, 정자와도 예전의 관계를 유지하지 않을 것이기 때문이며, 정자의 그동안의 생활이 신생(新生)을 위한 준비기였듯이 주인공의 여정도 신생을 위한 준비의 성격을 띠기 때문입니다.

# 10 주인공과 정자의 공통점과 차이점을 생각해 봅시다.

두 사람 모두 체험을 통해 깨달음을 얻는다는 공통점을 지닙니다. 주인공은 귀국길에서 조선인의 비극적인 삶을 목도한 것과 아내의 죽음을 통하여, 정자는 여급 생활을 통하여, 각각 삶의 또 다른 의미를 발견하고 새로운 방향을 모색합니다.

정자가 찾은 새로운 삶의 방향은 대학에 진학해 공부를 하는 것입니다. 정자는 계모와의 불화와 부친의 몰이해, 실연까지 겹쳐 반년 동안 M헌이라는 카페에서 여급으로 생활하다가 새 길을 찾아 동지사대학 여자부에 입학하려고 합니다.

주인공 이인화가 찾은 새로운 삶의 방향은 '진실된 생활'입니다. 지금까지 유탕적이고 개인적인 생활을 해왔던 그는 조선의 실상을 확인하고 조선인과의 연대의식을 가지게 되면서 자아각성을 하게 됩니다. 그리고 여기에서 벗어나 '진실된 생활'을 찾아가려는 첫 시도로서 지금까지의 자신의 삶을 청산하고 정자와의 관계를 절연하려 합니다.

다만, 구체적 방향성이 있는 정자의 신생(新生)과는 달리, 주인공의 '진실된 생활'은 암시적인 수준에 그친다는 차이가 있습니다.

## 11 주인공이 동경 유학생으로 설정된 이유는 무엇일까요?

이 작품은 식민지 현실에 대한 날카로운 비판의식을 담고 있으므로 주인공은 이러한 현실을 판단하고 비판할 수 있는 지적 능력을 갖춘 사람이어야 합니다. 동경 유학생은 당대 최고의 지식인으로서 이러한 역할을 충분히 해낼 만합니다.

주인공 이인화는 스스로도 이지적이고 타산적이라고 생각하는 인물이며, 합리적이고 비판적인 성격을 지니고 있습니다. 일본의 대학에서 근대 학문을 습득한 유학생으로서, 봉건적인 무지 속에서 식민 지배에 유린당하기만 하는 조선의 참담한 현실을 조목조목 비판할 안목과 식견을 지녔습니다.

또 다른 이유로, 작가 염상섭이 중산층의 지식인이었으며 그가 그려 낸 인물 대부분이 중산층의 삶을 살아가는 이들이었듯이, 이 작품의 주인공 역시 중산층 출신의 동경 유학생으로 그려진 것이라고도 볼 수 있습니다.

## 12 이 작품의 전체적인 분위기는 어떠합니까?

이 작품의 분위기는 질식할 것 같은 느낌, 공포와 불안 그 자체입니다. 일본에서부터 소지품을 검사당하고 누군가 자신을 미행하는 듯한 기분을 느끼며, 조선에 도착해서도 여전히 일본인 순사나 경찰, 헌병의 눈에서 벗어나지 못하는 주인공은 귀찮음과 분함, 불쾌함을 느끼는 동시에 일본인의 시선에서 자신을 경멸하는 듯한 느낌을 받습니다. 헌병이나 경찰이 자기 쪽으로 다가오면 가슴이 두근거리고 바짝 긴장되며 주변을 경계하게 됩니다. 그러다 경찰이 자기 쪽을 별일 없이 지나가면 "목이 메게 꿀떡 삼키었던 토란만 한 것이 쑥 내려앉는 것 같은" 기분을 느낍니다. 김천에서 서울로 가는 기차 안에서 만난 기생의 '불안한 듯한 눈빛'을 가여워하는 것도, 기생에게서 자신과 비슷한 불안감을 보았기 때문입니다.

동경의 소할(所轄)경찰서에서 조선의 종로경찰서로 인계되어 경성을 떠날 때까지 주인공을 미행하게 되었다고 말하는 청년은, 그로 하여금 겨울날 잔뜩 찌푸린 잿빛 구름 속에서 무거운 돌멩이나 납덩이로 가슴을 내리누르는 것 같은 느낌을 지울 수 없게 합니다. 이는 비단 그 자신만이 아니라 현재 조선의 상황이 "눈에 보이지 않는 무거운 뚜껑"이라도 덮여 있는 듯 답답하기만 한 주인공의 심정과도 연결됩니다.

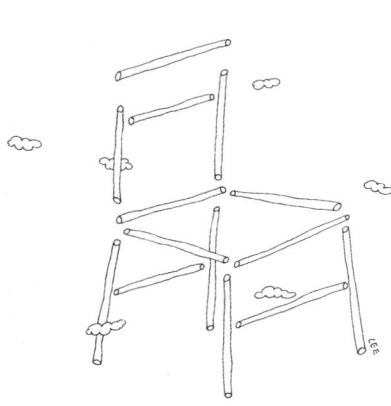

# 전화

전화 가설에 당첨된 어느 가정에서
전화를 놓은 후 팔기까지의
일주일간을 생동감 있게 그린 작품.

# "여보, 우리 어떻게
# 또 전화 하나 맬 수 없소?"

### 신문물을 접한 사람들의 소소한 일상

이 작품은 1925년 2월 『조선문단』에 발표된 단편소설로, 어느 가정에서 전화를 놓은 후 다시 되팔기까지 칠팔 일 동안 일어난 재미난 사건을 그리고 있습니다.

요즘은 저마다 전화를 가지고 다닐 정도로 휴대전화가 보편화되어 있지만, 1920년대만 해도 전화는 신기한 물건이었고 아무나 가질 수 없는 값진 '신문물'이었습니다.

이 작품의 내용은 이러합니다. 전화 가설에 당첨이 되어 아내의 옷과 패물을 저당 잡혀 마련한 거금 삼백 원으로 들여놓은 전화가 결국 부부 사이에 분란을 일으키는 매개로 변합니다. 가설한 다음 날부터 원수에다가 괴물로 변해 버린 전화를 팔아넘긴 후에야 가정은 평온해집니다.

이 작품에서는 크게 세 가지 이야기가 전개됩니다.

첫 번째는 전화를 둘러싼 이주사 부부의 이야기입니다. 전화를 놓는 부부의 모습은 새로운 문물에 대한 인간의 호기심과 욕망을 여실히 보여주며, 당대에 전화라는 것이 어떤 의미를 지녔는지 말해 줍니다. 아내는 자신의 옷과 패물을 전당국에 맡기고 전화를 놓지만, 전화는 오히려 아내에게 마음의 상처와 갈등을 가져다주는 괴물로 변해 버립니다. 옷가지와 패물을 집어삼켰고, 남편을 찾는 기생의 전화를 받게 하며, 저녁상을 받은 남편을 밖으로 불러내는 등 온종일 부아를 돋우어 놓고 밤잠까지 뺏어 가는 괴물입니다.

두 번째는 요릿집 채홍, 기화라는 기생과 김주사, 이주사의 얽히고설킨 이야기입니다. 이주사는 채홍의 김장과 장작을 걱정하며 아내와 다투기도 하는데, 김주사와 채홍은 둘의 관계를 숨긴 채 이주사를 속이며 이를 은근히 즐깁니다. 이러한 사실을 알고 있는 기화는 채홍을 괘씸하게 생각하는데, 과연 이주사는 채홍이의 김장값을 대주게 될까요?

마지막으로, 전화 매매를 둘러싼 이주사와 김주사, 그리고 김주사의 아버지와 아내의 모습이 실감나게 펼쳐집니다. 이주사는 김주사의 아버지에게 전화를 팔게 되는데, 김주사는 중간에서 전화 매매가격을 속여 그 차액을 가로챕니다.

이 소설은 우리 일상에서 흔히 볼 수 있는 현실과 매우 비슷합니다. 평범한 사람들의 일상생활을 그려 낸 사실주의 작품으로 생동감을 느낄 수 있고, 우리들의 삶의 모습을 반성할 계기를 마련해 주는 것이지요.

야무지게도 김주사가 가로챈 차액을 받으러 나서는 이주사의 아내는, 그 돈을 받게 된다면 자기가 가지겠다며 호언장담을 합니다. 아내는 과연 그 차액을 받아 올 수 있을까요?

# 전화

1

"네, 네. 어디세요? 네? 누구세요? 네? ……네! 거긴 누구시냔 말예요? ……종로예요? 지금 안 계슈."

때르릉 소리가 유난히 쩅쩅히 나더니 주인아씨의 겁을 집어먹은 듯한 허청[1] 나오는 목소리가 들리다가, 저편이 누구인지 말씨가 곱지 않아지며 탁 끊는다.

'흥, 그렇게 기다리던 전화가 그예 왔군! 하지만 안 계시다니? 뉘게서 왔길래 따[2] 버리누?'

주인은 자기 방으로 쓰는 구석방에서 서류를 뒤적거리면서 혼자 이런 생각을 하고 있으려니까, 아씨가 마루에서 통통거리고 들어와서 방문을 펄쩍 연다.

1) 허청  말이나 소리가 헛 나옴.
2) 따다  찾아온 사람을 핑계를 대고 만나 주지 않다. 또는 그 일에 관계없게 하다.

290

"나 좀 보세요."

아씨는 방 문설주에 기대어 서며 남편이 치어다보기를 기다리다가 표독스런 소리를 친다.

'또 시작이로구나!'

주인은 이런 생각을 하며,

"응? 왜 그래?"

하고 인제야 고개를 쳐든다.

"지금 전화가 왔에요!"

또 한마디 톡 쏘고 나서 어색한 빛을 감추랴, 복받쳐 오르는 웃음을 참으랴, 성을 내어 보이랴, 단순한 그러나 여러 갈피의 감정이 얼굴에 발리었을까 보아서 남편의 시선을 피하며 외면을 살짝 하였으나 꼭 다문 입술이 눈웃음과 함께 쫑긋쫑긋하는 게 주인의 눈에 스치어 갔다. 주인도 슬며시 우스운 증이 나는 것을 참으며,

"전화가 왔으면 그런 반가울 데가 있나! 인제는 소원 성취했구려."

하고 놀리다가,

"그래 뉘게서 왔습디까?"

하고 시치미를 떼고 묻는다.

"거기서 지금 전화가 왔다니까!"

주인아씨는 겨우 가라앉은 목소리로, 내 이런 답답한 양반은 처음 보겠다는 듯이 또 한마디 핀잔을 준다.

"거기가 어디야? 그래 뭐랬어?"

주인은 역정을 내어 보인다.

"안 계시다구 했죠."

"왜?……"

"왜가 뭐예요!"

주인아씨는 다시 뾰로통한 소리를 지르며 눈초리가 촉 처진다.

"잘했소. 하지만 미쳤나? 왜 멀쩡하게 들어앉았던 사람을 전화로까지 따드람? 제아무리 그악한 빚장이기루 설마 전화루 먹살이야 들라구!"

주인은 꾸짖는 듯한 어조를 변하여 농쳐[3] 버리고 말았다.

"미치긴 누가 미쳐요? 응…… 기껏 그 애를 쓰고 전화를 매어 노니까 온다는 전화가 그따위……."

하며 화를 내어 보았으나, 그래도 받고 싶던 전화를 받은 것이 난생처음 해보는 전화처럼 신기한지 생긋하는 웃음이 상큼한 콧마루 위로 지나갔다.

"글쎄 왜 없다구 했어?"

"낸들 알 수 있에요. 생각해 보시면 아시겠지."

남편의 얼굴을 눈으로 나무라듯이 말끔 치어다본다.

"그따위 소리가 어디 있드람? 전화 하나 똑똑히 못 받구. 전화 괜히 맸군! 겉똑똑이야!"

그러나 젊은 주인은 그저께 밤에 요릿집에서 술을 먹다가 채홍이에게 자랑삼아서 그날 저녁때 맨 전화번호를 가르쳐 준 것이 인제야 생각났다.

"누가 헐 소린지! 참 어이가 없어서! ……어떤 망할 년인지 잠두 없던가 봐! 식전 개동[4]에 남의 집에다가 전화를 걸구 문안인지 밤사이

---

3) 농치다 좋은 말로 마음을 풀어 노그라지게 하다.
4) 개동(開東) 먼동이 틈.

그립던 만단정화[5]를 못 해서 지랄을 치니! ……어서 나가시다가 그년의 집에 문안이나 가슈. 마누라 등쌀에 전화를 못 받으셔서 말라죽을 뻔했다구 하소연이라두 해야지!"

그래도 예사롭게 비꼬기만 하는 것이 다행하기에 주인은 깔깔 웃으며,

"아닌 게 아니라 그렇지! 마누라 청이니 나가다가 어디 들러 볼까?"

하고 농쳐 버리려니까,

"난 몰라요!"

하고 방문을 탁 닫아 버린다. 남자의 머리를 숙이게 할 별 재주는 없고 말은 막히니, '난 몰라요!'가 나오고 말았다. 군색한 피난처다. 절연체(絕緣體)[6]로 문을 딱 닫은 모양이다. 그러나 방 속에 혼자 남은 주인은 픽 웃으면서,

'공교하게두 새로 맨 지 이틀 만에 처음으로 온다는 전화가 하필 그애에게서 왔더람!'

하고 속으로 또다시 웃으면서도 어젯밤에 마누라가,

"전화가 왜 한 번두 안 오누?"

하며 누워서 걱정을 하다시피 은근히 전화가 오기를 기다리던 생각을 하니 어쩐지 가엾기도 하다.

양복을 혼자 주섬주섬 떼어 입고 안방으로 나오려니까 아내는 그저 뾰로통하여 경대 앞에 앉아서 열심으로 가르마를 타고 있는 모양이다.

"오늘은 언제 들어오시랴우? 회삿시간이 늦어두 그년한테 좀 들러 보시지?"

5) 만단정화(萬端情話) 여러 가지 정다운 이야기.
6) 절연체 인연을 끊을 것 같은 모양.

돌아다보지도 않고 연해 바가지를 긁다가 남편이 안방 문을 열고 마루로 나가려는 것을 거울 속으로 보고 놓칠까 보아 입을 잽싸게 놀린다.

"그 빌어먹을 전화, 내 이따가 떼어 버려야지! 기생년하구 새벽부터 시시덕거리며 이야기하자구 옷을 잡혀 가며 맸드람? 참 기가 막혀서! ······그럴 테면 마루에 매지 말구 아주 저 방 속에다가 맬 일이지······."

하며 구석방을 돌아다보다가 남편과 눈이 마주치자 외면을 하더니 반드르르한 머리 밑에 빨간 자름댕기[7]를 감아서 보얀 오른편 볼을 잘록 눌러서 입에 물고 곁눈으로 거울을 들여다보며 머리를 땋기 시작한다.

주인은 한참 바라보다가,

"느느니 말솜씨로군!"

하고 방문 밖으로 휙 나오면서 좌우 북창 사이에 달린 전화통을 건너다보았다. 네모반듯한 나무갑 위에 나란히 얹힌 백통(白銅)[8]빛 쇠종 두 개는 젊은 내외의 말다툼에 놀란 고양이 눈같이 커닿게 반짝한다.


2


×회사 이층에서 하물[9]계(荷物係) 주임 나리가 감숭한 윗수염 위에 뭉툭한 큰 코를 얹어 놓고 또 그 위에는 검정 대모테[10] 안경을 끼어 놓

7) 자름댕기 넓거나 크지 않은 조금 짧고 가느다란 댕기.
8) 백통 구리, 니켈, 아연의 합금으로 은백색을 띠며 화폐나 장식품 등에 쓰인다.
9) 하물 다른 곳으로 옮기기 위하여 챙기거나 꾸려 놓은 물건. 짐.
10) 대모테 대모(바다거북과의 한 종류)의 껍데기로 만든 안경테.

고서, 인천 운송점에서 도착한 하물표를 들여다보며 주판질을 하고 있으려니까 따르릉따르릉 하는 소리가 뒷구석에서 나더니,

"네, 네, 그렇습니다. 어디세요? ……글쎄 누구세요? ……네에, 그러세요! 잠깐만 기다리세요!"

하고 전화를 받던 아이 녀석이 시룽대는[11] 소리로 말끝을 길게 빼다가 툭 재치는[12] 어조가 저편이 여자인지 놀리는 수작 같다.

"이주사[13] 나리, 전화 받읍죠. 급한 전화랍니다."

여드름바가지의 사환[14] 아이놈은 달뜬 목소리로 한마디 외치고 나서, 저편에 앉았는 출하계(出荷係) 주임인 김주사를 바라보고 콧날을 으쓱한다.

이주사라는 하물계 주임은 놓던 주판을 가만히 내려놓고 눈살을 찌푸리며 전화통 앞으로 가서,

"네, 누구세요?"

하고 바쁜데 성이 가시다는 듯이 짜증을 내더니 금시로 눈살이 펴지며 목소리를 가다듬어서,

"응? 누구야?"

하고 등을 쓰다듬는 수작으로 돌변을 한다.

"……응, ……좀, 좀 볼일이 있었어……."

저편에서 무어라고 하는지는 모르겠으나 이주사 나리의 입가에는

11) 시룽대다 경솔하고 방정맞게 까불며 자꾸 지껄이다.
12) 재치다 재우치다. 빨리 몰아치거나 재촉하다.
13) 주사(主事) 사무를 책임지고 맡아보는 사람. 남자의 성 뒤에 붙여 상대편을 점잖게 높이어 이르는 말로도 쓰인다.
14) 사환(使喚) 관청이나 회사, 가게 따위에서 잔심부름을 하는 사람.

헤에 하고 웃음이 떠올라 왔다.

"……글쎄 알았어. ……응, 응, 아무쪼록 곧 가 뵙죠……."

반말이 다시 공대[15]로 변하더니,

"네, 네, 기대려 주세요."

하고 뚝 끊는다.

"여보게! 나두 대서[16] 볼까?"

김주사는 하물계 주임이 자기 자리로 가서 앉는 것을 건너다보며 놀린다.

"미친 사람! 가긴 어딜 간단 말인가?"

하고 이주사는 시치미를 떼었으나 속으로는 아까 집에서 마누라가 쫑알거리던 것을 생각하고 겸연쩍은 듯이 혼자 웃었다.

시계를 치어다보니 아직 새로 두시다. 별안간 일이 귀찮은 증이 와락 났다.


3


두 시간 동안 도지개를 틀면서 시계만 바라보고 앉았다가 네시를 치는 소리가 떵 하고 나자 이주사는 책상 위에 늘어놓았던 서류를 허둥허둥 휩쓸어서 서랍에 넣고 모자와 외투를 떼어 들고 미처 입을 새도 없이 뛰어나왔다. 이 꼴을 바라보며 앉았는 김주사는 싱긋 혼자 코웃

15) 공대(恭待) 상대에게 높임말을 함.
16) 대서다 뒤를 따라나서다.

음을 쳤다.

　이주사는 채홍이 집에 들어서며 늦지나 않았나 하고 시계를 꺼내 보았다. 네시 이십분이다.

　"그래두 오시는구려. 십 분만 더 기대리다가 나가 버릴까 했더니!"
하며 채홍이는 어떻게 보면 냉소가 섞인 웃음을 띠어 보이며 머리를 빗고 난 손을 아랫목에 놓인 대야에 씻는다. 어쩐지 얼굴이 불그스름하게 상기가 되고 어제 잠을 잘 못 잤는지 눈이 유난히 퀭하여 보인다.

　"어제는 어디를 가셨길래 댁에도 안 들어가셨에요? 사람을 눈이 빠지게 기대리게 하구 인제야 무슨 염치루 어슬렁어슬렁 기어드시는 거요?"
하며 커다란 수건에 손을 훔치다가 남자의 넓적다리를 꼬집는다. 그러나 채홍이는 웬일인지 남자의 눈과 마주치는 것을 피하려 하며 하동하동하는[17] 눈치다.

　"그만하면 다 알았에요. 멀쩡한! 기화가 바루 전에 와서 어제 밤새두룩 놀았다구 제 입으루 그러던데."

　이주사는 헤에 하고 웃으며 혼자 속으로,

　'이건 드나 나나 이 성화야……'
하고 매우 몸이 괴롭다는 모양이나 이런 괴롬은 날마다 당하여도 싫지는 않았다.

　"글쎄 그런 법두 있나? 사람을 바람을 맞혀두 분수가 있지. 하지만 여보게, 참 정말 전활랑은 아예 걸지 말게. 그러다가는 우리 집 마나님께 이혼당할까 무서우이."

---

17) **하동하동하다** 어찌할 줄을 몰라 갈팡질팡하여 조금 다급하게 서두르다.

"흥, 자볼기[18]가 되우 무서우신 게로군."

남자의 말을 들으면 아까 전화를 걸었을 제 집에 있었던 모양이니 기화가 저의 집으로 끌고 가서 잔 듯이 풍을 치던 말눈치도 빨간 거짓말 같다. 그러나 어젯밤에 자기가 지낸 일을 생각하면 죄밑[19] 같은데 지금 이 남자가 오라는 대로 다소곳이 온 것이 고맙다기보다도 가엾은 한편에 무슨 승리나 얻은 듯이 유쾌하기도 하다.

삼십 분쯤 앉았는 동안에 채홍이는 시계를 여섯 번은 치어다보았을 거다.

"어디 지휘[20]받았나?"

남자는 아니 일어날 수 없었다.

"아직 괜찮아요."

그러나 채홍이는 일어나는 남자를 붙들려고도 않고 따라 일어서며,

"그럼 이따가 지점으로 오시랴우?"

하고 남자의 어깨에 손을 건다. 유난히 섭섭해하는 기색이다.

"글쎄, 기화나 간다면 가볼까?"

남자는 이런 소리로 비꼬아 보면서 머릿속으로는 밀린 요릿값을 따져 보았다. 마루 끝까지 나오려니까 채홍이는 쫓아 나와서 남자의 목을 얼싸안듯이 하며 입을 귀에다가 대고,

"이따 열한시쯤 해서 들르세요. 내가 없드래두 좀 기대려 주슈. 꼭 할 말두 있구 하니…… 네?"

---

18) **자볼기** 막대기로 때리는 볼기. 여기서는 아내에게 듣는 나무람을 뜻한다.
19) **죄밑** 지은 죄로 인한 마음의 불안.
20) **지휘**(指揮) 기생을 불러오도록 지시하는 일을 속되게 이르는 말.

하고 속살거리었다.

4

남자는 채홍이 집에서 나오면서 일전에 김장 걱정을 하며 슬쩍 비추던 말눈치를 생각하여 보았다.

'적어도 오륙십 원은 들어야 해줄 텐데, 집의 것하고 합하면 하불하[21] 백 원이로군.'

그는 자기 집과 채홍이 집의 김장 걱정을 하면서 종로로 나오다가 벌써 전등불이 환한 잡화상[22] 앞을 지나다가 유리창 안을 기웃이 들여다보며 한참 생각한 뒤에 결단하고 들어섰다. 그는 분홍빛 부인용 속적삼 한 벌하고 회색 장갑을 삼 원 육십 전에 사가지고 나왔다. 그것도 전화를 매느라고 전당을 잡히고 동서대취[23]를 하고 하여 가설료[24] 삼백 원을 간신히 치르고 남은 잔돈푼 속에서 불계하고[25] 산 것이다.

'이만하면 아침의 전화 사건은 무사타첩[26]되겠지마는 오늘 밤에 또 나가다가는……'

하는 생각을 해보니 역시 걱정이다.

<hr>

21) 하불하(下不下) 적게 잡아도.
22) 잡화상 여러 가지 잡다한 일용품을 파는 장사. 또는 그 장수.
23) 동서대취(東西貸取) 동쪽에서 구하고 서쪽에서 빌린다는 뜻으로 여러 곳에서 빚을 진다는 말.
24) 가설료(架設料) 전기나 전화 따위를 연결하여 주고 그 대가로 받는 요금.
25) 불계하다(不計 —) 옳고 그른 것이나 이롭고 해로운 것 따위의 사정을 가려 따지지 아니하다.
26) 무사타첩(無事妥帖) 아무 사고 없이 일이 잘 끝남.

"강짜[27]를 하는 계집에게는 손수건 하나라도 사들고 들어가라"는 것이 이 사람의 결혼생활의 철학이지마는 지금 이 남자의 머리를 어수선하게 하는 또 한 가지의 유혹은 아까 들은 채홍이의 분부를 시행하느냐 마느냐는 것이다.

'오래간만이니 하룻저녁만 가주고도 싶지마는…… 그랬다가는 짐이 점점 무거워지는데…….'

그는 이런 속따짐[28]도 해보았다. 아닌 게 아니라 전당이니 빚이니 하는 것은 그만두고라도 오늘 저녁에 채홍이 집에 발을 다시 들여놓는다면 채홍이 집의 김치 깍두기는 말할 것도 없지마는 마누라 입을 틀어막기에만도 이번이야말로 속셔츠 나부랭이나 장갑짝쯤 가지고는 그 등쌀에 견디어 내지 못할 것이 뻔하다. 그러나 단념해 버리기는 아깝다.

'그놈의 전화나 팔아 버릴까?'

하는 생각을 하다가 코웃음을 쳤다. 매던 맡에 며칠이 못 가서 떼어 내기가 동네에 창피하고 섭섭도 한 일이요, 또 일 년인가 얼마 기한이 지나야 팔 수 있는 것이다.

집에 들어와 보니 안방 윗목에서 김을 쟁이고[29] 앉았던 아씨가 아직도 직성이 덜 풀렸는지 거들떠보지도 않는다.

"오늘 내 큰마음 먹구 큰돈을 썼는데…… 꼭 갖다가 줄 데가 있건마는 사가지고 나와서 생각을 해보니 그래두 어디 그렇습디까? 아무래두 우리 댁 아씨 생각이 더 간절하거던……."

27) 강짜 '강샘'을 속되게 이르는 말. 질투.
28) 속따짐 속다짐. 속셈. 마음속으로 하는 궁리나 계획.
29) 쟁이다 고기 따위의 음식을 양념하여 그릇에 차곡차곡 담아 두다.

하며 종이에 싼 봉지를 아내 앞에 던지고 옷을 벗기 시작한다.

"응."

하고 아씨는 안간힘을 쓰더니,

"누가 갖다 주지 말랍디까? 그런 건 입으라구 고사를 지내두 입을 년은 없으니까!"

하고 아씨는 여전히 짱알거리다가,

"괜히 그따위 객쩍은30) 짓 하느라구 살림이 이 꼴인 줄은 모르구!"

하며 한숨을 쉰다.

"그래 싫단 말야? 공연히 좋거든 그저 좋대! 일금 삼백예순댓 냥을 분발해서 구해 온 것인데…… 좀 펴보구나 이야기를 해요."

젊은 주인은 윗목으로 내려가서 봉지를 자기 손으로 풀더니,

"자아, 이만하면 하이카라지! 기생집 가려는 남편두 붙들어 놀 만하구…… 또 이 장갑 좀 봐요. 활동사진 구경 가시려 밤출입하실 제 똑 알맞지. ……내가 입었으면 똑 좋겠지만…… 그래라 이왕 마음 먹구 사온 거니 주어 버려라! 자아, 좀 입어나 봐요."

젊은 이주사는 실없이 얼렁거리며31) 아내의 뒤로 가서 검은 때가 묻은 옥색 명주 저고리 위에 분홍 셔츠를 덮어 놓는다. 전등 불빛을 받은 연분홍빛이, 한층 더 환하니 고와 보였다.

아내는 나오는 웃음을 참느라고 아랫입술을 악물며 발갯깃32)을 놓고 잔등이33)의 붉은 속적삼을 집어서 저리로 팽개를 친다. 그러면서도

---

30) 객쩍다 행동이나 말, 생각이 쓸데없고 싱겁다.

31) 얼렁거리다 남의 비위를 맞추거나 환심을 사려고 더럽게 자꾸 아첨을 떨다.

32) 발갯깃 꿩에서 떼어 낸 깃털로 흔히 김 따위에 기름을 바를 때 씀.

옆에 놓인 장갑이 궁금해서 살짝 곁눈질로 거들떠보았다.

"아씨, 또 수가 나셨습니다그려."

화로에 불을 담아 들고 들어오던 아이년이 흐트러진 장갑짝이며 셔츠를 부러운 듯이 집어 본다.

"나리께서 입으실 거란다."

하고 아씨는 그예 웃고 말았다.

"아, 이 분홍 샤쓰를요?"

하고 아이년은 탐이 나서 차마 놓지를 못하며 깔깔댄다.

"왜, 난 분홍 적삼 못 입는다던? 아씨가 싫다니 너나 입으련?"

"주시면 입죠."

"입는 사람두 많으이. 어서 갖다가 그년이나 주어요."

아내는 또 톡 쏜다.

"아씨두 욕심이 많으셔. 뺏길까 봐서 염려십니까? 나리께서 설마 갖다주실 데가 있으시면 가지구 들어오셨을라구요."

"네 말이 옳다. 그년 그년 하니 갖다줄 년이 있기나 했으면 좋겠다. 암만 해두 그 샤쓰는 네 차례가 되나 보다."

나리는 이런 소리를 하면서도 채홍이가 은근히 귓속말을 하던 것이 잊혀지지를 않아서 가슴속이 근질근질한 것 같다.

"천만의 말씀입니다. 제가 이런 걸 몸에 걸쳤다가는 살이 부르트게요!"

하고 아이년은 셔츠를 개킨다.

33) 잔등이 '등'을 속되게 이르는 말.

"요년은 입만 깠어![34] 넌 뭘 안다구 납실거리는[35] 거야?"

아씨가 핀잔을 주는 통에 아이년은 '에그머니나!' 하고 나가 버렸다. 아씨는 계집애년이 나리 앞에서 알찐대고[36] 새롱거리는[37] 것도 덜 좋은 것이었다.

그러나 이 바람에 아씨의 역정은 부지중 풀리고 말았다. 김을 다 쟁여 가지고 나간 아씨는 창에다 대고,

"지금 진짓상 들여갈까요? 약주 한잔 사오랄까요?"

하고 은근히 술을 사오려는 눈치였다.


5


주인이 밥상을 받고 마누라의 시중으로 술을 두어 잔 기울이고 앉았으려니까 전화가 따르릉 운다. 오늘로—아니, 전화를 맨 뒤로 두 번째다.

"네, 네, 누구세요? 계십니다."

이것도 속적삼의 보람이라 할지 이번에는 따지지도 않고 그 덕에 주인이 자기 집에 앉아서 처음으로 전화를 받아 보게 되었다. 그러나 여자가 아닌 것은 분명하다.

---

34) 까다  행동 없이 말만 앞세워 입을 놀리다.
35) 납실거리다  입을 재빠르고 경망스럽게 놀리어 말하다.
36) 알찐대다  남의 비위를 맞추려고 가까이 붙어서 계속 아첨하다.
37) 새롱거리다  경솔하고 방정맞게 까불며 자꾸 지껄이다.

"누구야?"

"회사의 김주사가 봐요."

같은 전화건마는 아씨의 말씨가 무척 곱살스러웠다.

"누구요? 응, 응, ……혼자야? ……난 지금 밥을 막 먹는 중인데. ……응, 그럼 가지."

주인은 빠져나갈 길이 막연하던 판에 마침 잘되었다고 은근히 좋아하였다. 전화 덕 보았다고 생각하는 것이었다.

"왜 그래요? 지금 어딜 가신다는 거예요?"

아내는 마루에서 전화를 받는 소리에 귀를 기울이고 있다가 방으로 들어오는 남편을 치어다본다.

"저녁을 먹으러 오라는데 안 간맨 수가 있나. 가마구 했지."

따라 놓았던 술잔을 들어 마시고 부득부득 나갈 차비를 차린다. 아내가 모처럼 마음먹고 받아다가 준 술을 좋은 기분으로 맛있게 먹던 판이나 요릿집 가서 정종을 먹지 하는 생각을 하니 술맛도 금시로 씁쓸한 것이었다.

"또 요릿집이겠군요? 또 술로 밤을 새실 테니 진지를 좀 뜨시구 나가시구려. 참 원수의 전화를 달더니 밥상 받고 있는 이까지 불러내 가구, 별일이 다 많군!"

아내는 눈살이 찌푸려지지 않을 수 없었다. 아이가 없는 이 아씨는 더구나 밤에는 남편을 내놓기가 무엇보다도 싫었지마는 오늘은 애를 써 차려 놓은 저녁상을 받고 마악 재미있게 먹으려는 판에 그놈의 전화가 간신히 마음을 잡고 들어앉았는 사람을 들쑤셔 끌어내 가니 전화 탓이 저절로 나는 것도 무리가 아니다. 그러나 주인은 들은 체 만 체하고 두루마기를 꺼내라 해서 입고 나가 버렸다.

그날 밤으로 주인이 나간 뒤에 전화가 또 두 번이나 왔다. 처음 한 번은 주인이 나간 지 얼마 안 되어서 아침에 걸던 여자와 같은 목소리로 안 계시다 하여도 부득부득 대어[38] 달라고 하는 것이 성이 가시기에 한바탕 몰아세우고 딱 끊어 버린 것은 슬며시 화풀이도 되고 통쾌도 하였거니와 그다음에 밤이 이슥하여 온 것은 남편이 요릿집에서 건 것이었다.

부부가 전화로 이야기를 해본 일은 처음이라 목소리가 반갑기도 하여 혼자 전화통에 대고 부끄러운 듯이 웃음도 저절로 나왔고 눈이 빠지게 기다리던 판이니 이런 때는 전화도 쓸모가 있다고 고맙게 생각하였지마는 술 취한 목소리로,

"난 오늘 못 들어가겠는데 그래두 상관없겠소? ……그년한테 가는 길야! 문 꼭 닫고 잘 주무시죠……."

어쩌고 하는 주정 비슷 농담 비슷한 소리를 하는 것을 듣고는 화가 치밀어 올라서 처분대로 하라 하고 끊어 버렸던 것이다.

그러나 취중에도 그동안 어디서 전화가 오지 않았더냐고 묻는 것을 보면 그 좌석에는 아까 전화를 걸던 그 기생이 없는 것은 알조다.

'하지만 그년하고 오늘 저녁에 만나자는 약조가 있었기에 서로 전화질들을 하고 찾느라고 야단들이지.'

하는 생각을 하니, 아까 셔츠 조각, 장갑 나부랭이로 어벌쩡하고[39] 나간 것이 밉살맞기도 하고 또 속은 것이 분하다.

38) 대다 서로 연결이 되게 하다.
39) 어벌쩡하다 제 말이나 행동을 믿게 하려고 말이나 행동을 일부러 슬쩍 어물거려 넘기다.

'김주사하고 둘이 짜고서 옷을 갈아입으러 들어와서 할 말이 없으니까 저녁을 먹는 체하다가 전화로 불러내게 한 것일 게다.'

이런 추측도 하여 보았다. 그는 그렇다 하더라도 새 두루마기를 입혀 내보낸 것이 더욱이 아깝고 화가 난다.

그래도 전화를 건 지 한 시간쯤 지난 뒤에 주인은 고주[40]가 되어서 인력거를 타고 들어왔다. 아씨는 일변 반갑고 안심이 되면서도 술김에 속을 좀 뽑아 보느라고,

"아침에 전화 걸던 그 색시가 또 전화 걸었던데 왜 못 만나셨소? 못 만났길래 허는 수 없이 기어드셨겠지마는⋯⋯."
하고 비양거렸다.[41]

"응? 응? 정말 전화가 왔어? 그래 뭐, 뭐라구 했소?"

"뭘 뭐라구 해요. 요릿집에 가셨는데 아마 나중에 댁으로 가신다나 보드라고 그랬지."

"흥, 그런데 왜 내, 내게루 전화를 걸지 않구? ⋯⋯그년 곤장을 맞을 년야. 오늘 열한시에 만나자구 꿀떡같이 맞췄더란 말야. 그런데 그년이 ⋯⋯ 음, 그 안됐다. 김장을 해줘야 할 판인데⋯⋯ 에에 그 안됐다!"

혀 꼬부라진 소리로 큰 낭패나 된 듯이 입맛을 쩝쩝 다신다.

"안됐거던 어서 가보시구려? 당신이 안 가시면 김장을 못 할 거니 김장을 거들어 주러 가신단 말이군요? 어서 그년의 집 가서 무나 썰어 주시구려."

마음이 좀 풀렸던 아씨는 어이가 없어 옷도 안 벗기고 고개를 외로

---

40) 고주 고주망태. 술을 많이 마셔 정신을 못 차리는 상태.
41) 비양거리다 비아냥거리다. 얄미운 태도로 빈정거리다.

꾄다.[42]

"썻어 주다마다! 썻는 건 나중 일이요, 사주어야 할 판야. 이거 왜 정신없이 되지 않게 강짜만 하는 거야? 오십 원은 들여야 우리 채홍이 김치 깍두기를 담가 멕일 텐데……."

"흥, 당신댁 김치 깍두기는 마련됐답디까? 기껏 정신이 있어 이 모양요?"

"우리 집야 마누라가 오죽 잘 알아 할라구. 나더러—적어도 장래 사장더러 고까짓 걱정까지 하라는 거야?"

하고 나중에는 어기(語氣)가 부풀어지며 소리를 꽥 지른다.

"이거 왜 이러는 거요? 기 쓰우? 기 써? 냄새 피우는 괭이 새끼들 모양으로 오밤중까지 전화질들을 하구 갈팡질팡 찾으러 다니구 하다가 변변치 못하게 저희끼리 만나지 못한 화풀이를 왜 내게다 하는 거요?"

아내는 악을 바락바락 쓰고 덤빈다.

"그 무슨 말을 그렇게 상스럽게 해! 적어두 ××회사 장래 사장 실내마님[43]의 체모가 있지!"

부스럭부스럭 옷을 벗어 걸며 좀 정신이 드는지 이렇게 농치며 나무란다.

"응, 장래 사장 체면 보시느라구, 기생년과 전화질하느라구, 계집년의 깝데기를 벗겨서 시급히 전화를 매달았군!"

"그 전화 동티[44] 무섭다! 오늘은 마누라가 왜 이리 더 악바리가 됐는

42) 외로 꼬다 왼쪽으로 돌리다. '고개를 외로 꼬다'는 언짢거나 싫다는 뜻.
43) 실내마님 남의 아내를 높여 이르는 말.
44) 동티 건드리지 말아야 할 것을 잘못 건드려서 생긴 걱정이나 불행.

지? 신새벽부터 전화 전화 하구 상성45)이니…… 그러지 말아요. 그래 두 전화 덕에 불려 가서 한잔 잘 먹구 오지 않았나?"

주정꾼은 유착한 몸을 가누지 못하고 자리 위에 픽 쓰러지더니,

"기다릴걸? 우리 채홍이가 눈이 빠지게 기다릴 걸 생각하면 차마 애처러워 눈을 붙일 수가 있나!"

하고 콧노래 삼아 씨부렁거리다가 그만 눈을 스르르 감는다.


6


이튿날 아침 꼭두식전이다. 이번이야말로 주인아씨의 바가지 긁는 소리에는 유산태평(遊山泰平)46)인 주인도 꿈쩍을 못 하고 자는 척하고 누웠을 수밖에 없다. 분홍 속셔츠나 회색 장갑이 뾰드라진 그 입에 반창고만 한 효험도 없는 것을 생각하면, 삼 원 육십 전만 올려 보낸 것이 앵하다면47) 앵할지 모른다.

어젯밤에 술김에 무슨 소리를 다 하였는지 조금도 생각이 아니 나지마는 위선 식전 댓바람에 김장 타령이 나온다. 아씨의 가정학상(家政學上) 견지로 보면 김장이라는 것은 입동 전후 삼 일간에 해 넣어야 사람도 편하고 물건도 물건다운 것이 걸리는 것인데 올에는 더구나 친정아버지의 환갑이 끼였으니까 그전으로 해치우지 않으면 큰 야단이라 한다.

45) 상성(喪性) 몹시 보챔.
46) 유산태평 어떤 일에도 개의하지 않고 마음이 태평함. 무사태평.
47) 앵하다 기회를 놓치거나 손해를 보아서 분하고 아깝다.

그는 그렇다 하고 환갑 노래에 뒤따라 나오는 큰 문제는 옷 걱정이다. 하다못해 삼팔[48]로라도 바지, 저고리, 안팎 꼽지른[49] 두루마기, 공단 마고자, 거기에 버선 한 죽[50]은 해야 한다는 것이다. 일전만 해도 정 할 수 없으면 버선 한 죽만 하지 하는 남편의 의견에 그리 반대도 아니하였고 조르지도 않기에 마음을 놓았었는데, 그년의 채홍이의 김장 노래를 섣불리 내놓은 죄로 기생집 김장해 줄 돈으로 우리 아버지 환갑빔[51] 해내라는 최후통첩이다. 김장 들여오기 전에 늦어도 내일 안으로는 옷감을 끊어 들이라는 분부다.

"그건 고사하구, 첫째 대문 밖에 발을 내놓으려두 뀔[52] 게 있어야지. 나들이옷이란 옷은 좀 반반한 것은 모주리 몰아다 넣고…… 참 어이가 없어서! 옷만 해두 백 원이 넘겠지! 게다가 비녀, 가락지, 뒤꽂이까지 싹싹 쓸어 내갔으니 이를 어쩌잔 말이야. 그 빌어먹을 전환지 난장 맞인[53] 것인지 그 원수의 것이 없으면 행세가 깎인담! 입에 밥이 안 들어가던가? 저까진 나무통하구 쇠방울 두 개가 무엇으루 삼백 원 탬이 되더람?"

갖은 푸념의 화풀이가 결국에는 또다시 애꿎은 전화통으로 갔다. 그도 그럴 것이 주인아씨의 옷가지 금붙이가, 때때로 무엇에 놀란 듯이

48) 삼팔(三八) 삼팔주. 중국에서 생산되는 올이 고운 명주.
49) 꼽지르다 한 번 꺾어서 호고, 다시 또 접어서 박아 솔기를 깔끔하게 처리하다. 솔기를 곱솔로 처리하다.
50) 죽 옷, 그릇 따위의 열 벌을 묶어 세는 단위.
51) 환갑빔 환갑 때에 새 옷을 차려입음. 또는 그 옷.
52) 뀌다 꿰다. 옷을 입거나 신을 신다.
53) 난장(亂杖) 맞다 '난장을 맞을 만하다'라는 뜻으로, 몹시 못마땅해서 저주하는 말. '난장'은 고려·조선시대에, 신체의 부위를 가리지 아니하고 마구 매로 치던 고문을 가리킨다.

때르릉 때르릉 하며 어제 온종일 사람의 부아를 돋아 놓고 밤중까지 잠도 못 자게 한 저 전화통이란 괴물이 집어삼켰으니, 이 아씨가 아니기로 잠자코 있을 리가 없다.

"······어쨌든 난 몰라요. 오늘루 죄다 찾어 줘요. 자식두 없는 년이 밤낮 할 것 없이 혼자 웅크리구 들어앉어서 갈보년[54]의 전화 시중이나 들구. ······이 집에 전화 교환수루 들어왔습디까? 난 갈 테예요!······"

최후의 무기인 간다는 소리까지 나오고 말았다.

주인은 이불 속에 눈을 감고 쥐 죽은 듯이 누워서, 듣다 듣다 못하여 벌떡 일어나며,

"인젠 더 할 소리 없어?"

하고 소리를 쳤다.

"무얼 어쨌단 말예요? 그래 벌거벗구 앉어서라두 기생년하구 아침 저녁으루 씩둑거리는[55] 것이나 찍소리 없이 듣구 있으란 말예요?"

아내는 여전히 화로 곁에 앉어서 야죽거린다.[56] 그러나 전화가 시앗[57]이나 되는 듯싶이 하도 전화 전화 하고 신이야 넋이야 하니 이주사는 가뜩이나 작취미성(昨醉未醒)[58]으로 떵한 머리가 욱신욱신한다.

"다 찾어 줄 텐데 왜 이 모양야. 김장도 곧 들여다 주고 환갑에는 옷 한 벌만 해갔으면 그만 아닌가? 그것두 누가 전화를 매구 싶어 맸나! 추첨에 빠졌으니까[59] 울며 겨자 먹기로 한 노릇이지. 하지만 지금이라

---

54) 갈보년  남자들에게 몸을 파는 여자를 속되게 이르는 말.
55) 씩둑거리다  쓸데없는 말로 지껄이다.
56) 야죽거리다  '야기죽거리다'의 준말. 자꾸 밉살스럽게 재깔이며 짓궂게 빈정거리다.
57) 시앗  남편의 첩.
58) 작취미성  어제 마신 술이 아직 깨지 아니함.

두 팔면 제 값어치는 있는 거였어. 공연히 멋두 모르구 무슨 걱정야."

어제 취중에 무슨 추태를 부렸는지 애가 씌느니만치 슬슬 달랬다.

"삼백 원 들여서 삼백 원에 팔면 그동안 전당 변리는 손 아닌가? 기생한테 자랑하자구 몇십 원씩 날려 보내요?"

셈속이 빠르다. 그러나 전화—전당—기생—김장—하고 맴을 도는 것이 듣기에 지긋지긋하여 무어라든지 너 해라 나 듣는다 하고 잠자코 앉았다.

오늘 아침도 또 그놈의 전화 타령으로 불쾌한 입씨름에 지쳐서 주인은 부리나케 빠져나오려니까 아내는 그래도 미진한 듯이 또 한마디 비양거린다.

"채홍이 집엘랑은 오십 원어치만 김장을 들여보내 주고 들어오슈, 부디."

콧날을 혼자 째긋하고 유리 구멍으로 마루 끝에서 구두를 신는 남편을 내다본다. 전화를 다시 팔아서라도 전당을 찾고 환갑빔을 해주마고 선선히[60] 하는 말에 젊은 아내는 마음이 풀리고 자기의 강짜가 승리를 하였다고 유쾌한 기분이다.

"채홍이 집은 식구가 많으니까 한 백 원어치 해줄까 하는데!"

채홍이란 이름을 부르고 오십 원이라고 명토[61]를 박는 것이 취중에 객설[62]을 한 모양이나 이주사는 짓궂이 이렇게 대꾸를 하여 주고 빙긋 웃는다.

59) 추첨에 빠지다 추첨에 당첨이 되다.
60) 선선히 성질이나 태도가 쾌활하고 시원스럽게.
61) 명토(名—) 구체적으로 지적하는 것.
62) 객설(客說) 쓸데없는 말. 객담(客談).

"왜 안 그렇겠에요. 당신두 저녁 한 끼씩은 가서 잡숴 주셔야 할 거니까 백 원어치두 적은 셈이지."

이런 객담을 뒤에 남겨 놓고 나온 하물계 주임은 그날도 회사에 들어가 앉아서 채홍이가 전화나 걸어오지 않을까 하고 은근히 기다리었다. 그러나 파해 나올 때까지 전화는 아니 왔다. 혹시 노하지나 않았나? 하고 나오는 길에 싫다는 김주사를 끌고 들러 보니까 집에도 없다. 그러나 김주사에게 대한 채홍이 모의 태도가 유난히 은근한 것이 그의 눈에도 띄었다. 좀 고개를 기웃하며 다시 생각하여 보았다.

"여보게, 채홍이 눈치가 좀 다르데. 날은 추어지고 이렇게 세월은 없고 그만 식구에 여간 꿀리지[63] 않는가 보데. 게다가 김장밑[64]이지! 장작바리[65]라두 들여놔야지……."

김주사는 채홍이 집 문을 나서며 이런 소리를 하고 친구의 눈치를 유심히 바라본다. 그는 가슴이 뜨끔하며 까닭 없이 혼자 빙글빙글 웃었다.

"그러지 않어도 내게 기대는 모양이던데, 낸들 요새 같애서야……." 하고 이주사는 채홍이가 자기 것이라는 자랑 반 걱정 반으로 이런 소리를 하였다.

"자네두 속 좀 차려 보게. 이 사람아, 김치만 먹고 삼동[66]을 난다던가?"

김주사에게 핀잔을 만난 그는 돈 궁리에 얼이 빠져 걷다가,

"그는 고사하고 요새 나는 우리 마누라하고 전시 상태에 있네."

63) 꿀리다  경제 형편이 옹색하게 되다.
64) 김장밑  김장하기 전.
65) 장작바리  소나 말의 등이나 수레에 장작을 가득 실은 바리.
66) 삼동(三冬)  겨울 석 달.

312

하며 말을 돌린다.

"채홍이한테를 너무 대어서니까 왜 안 그렇겠나."

"그런 게 아니야. 전화를 매는 맡에 공교히도 그 애가 어제 아침에 전화를 걸었겠지."

그는 역시 자랑삼아 설명을 하였다.

"어제 아침에? 응, 그래 어쨌나?"

김주사는 속으로 웃으며 무슨 짐작이나 선 듯이 정색을 하고 묻는다.

"뭐, 야단났지. 최후통첩이 왔다 갔다 하구, 국교단절을 선언하구, 오늘은 추방령까지 내릴 뻔하였네."

역시 젊은 기운이라 공연히 과장해서 떠들어 놓는다.

"이래저래 잘됐네그려. 내친걸음에 어쩐다고, 홧김에 채홍이게로나 가서 안방 차지를 하고 며칠 버티어 보게그려. 누가 먼저 백기를 드나 해보지."

하고 김주사는 간사스럽게 콧날을 으쓱으쓱 충동인다.

"글쎄, 나는 채홍이 집에 드러누웠고 채홍이는 전화만 걸고 하면 우리 마누라는 사흘이 못 가서 백기를 들걸. 그러나저러나 그 전화 누가 가져가지 않으려나?……"

그는 은근히 딴생각이 있어 비추어 보았으나 김주사는 채홍이나 기화의 집에 옮겨 매라고 실없는 소리를 한다.

"그럴 지경이면 자네 집에 옮겨 매고 누웠겠네."

"몸 괴로우이. 우리 마누라까지 선전포고를 하란 말인가?"

"아, 참, 팔기라두 해버려야 하겠어. 사실 쓸데없는 것을 매달아 놓고 통화료를 물어 가며 성화를 받을 묘리야 있나."

하고 그는 은근히 김주사의 눈치를 보았다.

"번호는 몇 번이던가?"

"1223!"

"응, 그만하면 상당하군. 지금 팔아두 적어두 사오백 원은 나갈걸!"

이번 추첨에 빠지지를 않아서 분해하던 김주사는 비위에 당기는 모양이다.

"자네가 맨다면 거저라두 떼 가게."

그는 속으로는 잔뜩 당길심[67]이 있으나 선선히 이런 소리를 한다.

"나 역 쓸데는 별루 없지만······."

김주사는 위선 이렇게 변죽을 울려 놓고[68] 헤어졌다.


7


그 후 이삼일 지난 뒤에 회사에서 점심을 먹다가 김주사는,

"그래 그 전화를 요정[69]을 낼 텐가?"

하고 묻는다.

"왜, 자네가 가져갈 텐가?"

"아, 글쎄 말야."

"누구든지 상당한 값에 가져간다면 내놓지."

67) 당길심  자기에게로만 끌어당기려는 욕심.
68) 변죽을 울리다  바로 집어 말을 하지 않고 둘러서 말을 하다.
69) 요정(了定)  무엇을 결판내거나 끝냄.

"그럼, 자네, 오백 원에 산다는 사람이 있으니 그렇게 하려나?"

그는 오백 원이라는 소리에 귀가 번쩍 띄었다.

"오백 원? 좀 더 내진 못하겠나?"

매우 마음에 싸지 않은 듯이 버티어 보았다.

"지금 시세루 그것두 번호가 좋구 자네니까 그렇게 하자는 거지, 단 며칠 동안에 이백 원이 얼만가?"

"글쎄…… 대관절 누가 사겠대?"

"그런 게 아니라 집의 아버지께서 전방[70]에 전화를 매시구 싶어하시기에 말씀을 했더니 오백 원이면 좋겠다구 하시는구면."

하며 김주사는 다시 실없이,

"그는 하여간에 채홍이 집 김장도 급하지 않은가?"

하고 웃는다.

"자네 댁에서 쓰신다면 아무려나 하게. 하지만 조금만 더 묵히면 칠팔백 원은 넉넉히 받는 것인데……."

사실 그런 줄은 뻔히 알면서도 마누라 짜증에 그는 더 참을 형편이 못 되었다.

이튿날 김주사는 점심시간에 다른 방으로 가방을 들고, 이주사를 데리고 가서 지폐뭉치를 꺼내더니 오백 원을 세어 주고 나서 몇백 원이나 남았는지 나머지는 다시 가방에다 넣으며,

"이따가 한잔 내게."

하고 어깨를 탁 치면서,

70) 전방(廛房) 물건을 파는 곳. 점방. 가게.

"우리 새에 영수증이고 뭐고 할 것 있나마는 이전(移轉) 수속에 도장이나 찍어 주게."

하고 헤어졌다.

근자에 백 원 돈을 모아서 주머니 속에 지녀 보지 못하던 그는 별안간 오백 원이나 주머니에 넣으니 마음이 느긋하여졌다. 일을 하면서도 여러 가지 생각이 머릿속에 떠올라 왔다.

─우선, 오십 원은 채홍이 집 김장값, 또 오십 원은 자기 집 김장에, 이백 원은 전당 찾고 빚 갚을 것, 삼십 원은 장인 환갑에 옷 해갈것, ……이만하면 마누라의 바가지 긁는 소리도 쏙 들어가겠고, 합계 삼백삼십 원 제하고, 일백칠십 원으로 당분간 술잔 먹고 월급 때까지 용돈 쓴다면 잔돈냥에 꿀릴 리는 없다고 생각하였다. 느긋한 김에 이따가 채홍이하고 기화를 불러 놓고 놀 생각이 불현듯이 나며 신바람도 났다.

네시를 채 치기도 전에 김주사도 몸이 다는[71] 조건이 있는지 허둥지둥 앞장을 서서 같이 나가자고 끈다. 두 청년은 우선 채홍이 집에부터 들렀다. 마루 끝에서 씩둑꺽둑하다가[72] 김주사가 눈짓을 하며,

"자네 영감이 오늘 한턱낸다네. 기화하구 피로연이라네……."

하며 인력거를 보내마 하고 나왔다. 그러나 그는 김주사가 채홍이한테 눈짓 한 것도 못 보고, 또 그때 채홍이가 웃는 입가며 김주사를 보고 눈웃음을 치는 그 눈치도 놓쳐 버렸다.

요릿집에서 김주사가 채홍이를 불러온 뒤에, 기화가 들어오는 것을 보고, 이주사는 김주사 몫으로 기생을 또 하나 부르라고 하였으나 김

71) **몸이 달다** 안타깝거나 조마조마하여 마음이 몹시 조급해지다.
72) **씩둑꺽둑하다** 이런저런 말로 쓸데없이 부질없이 수다스럽게 자꾸 지껄이다.

주사는 칸죠오 난다(돈 든다)고 한사코 말리었다. 채홍이도,

"속 좀 차려요. 돈을 그렇게 쓰구 자볼기 맞으려구."

하며 가장[73] 위하여 주는 듯싶이 천연덕스럽게 말리면서 김주사를 건너다보고는 생글생글 웃는 것이었다.

기화는 방에 들어서다가 좌중의 기분을 코로 맡듯이 휘 둘러다보고 이 사람 저 사람의 눈치만 보다가 겨우 인사를 하고 멀찌막이 떨어져 앉는다. 지금 그는 뉘게로 가까이 가서 앉아야 좋을지를 몰랐다. 자기 생각 같아서는 남자들 중에 한 사람이 없거나 자기네 기생 중에서 하나가 바뀌어 오거나 하여야 자리가 편할 것 같았다. 그것은 어저께 김주사와 놀 제 채홍이의 태도로도 짐작하였지마는 같이 왔던 은희가 그 자리에서 귀띔을 해주던 것으로도 확실히 이상하다고 생각하였기 때문이다. 기화는 속으로 '흐흥……' 하고 채홍이를 못마땅하게 생각하는 것이다.

"어저께 나리 어디 가셨에요?"

상이 들어오니까 기화는 이주사에게로 가까이 다가앉으며 말을 붙인다.

"가긴 어딜 가. 마누라 감시가 무서워서 꼭 붙들려 앉었었지."

이주사가 마음에도 없는 딴전을 입에서 나오는 대로 하니까,

"이건 다 무슨 수작이슈. 내가 모르는 줄 알구?"

하고 채홍이가 말을 가로막으며 기화에게 눈을 찌푸려 보인다. 어제 이야기는 말 말라는 뜻이다.

73) 가장(假裝) 태도를 거짓으로 꾸밈.

술이 어지간히 취하니까 김주사는 먼저 가겠다고 일어섰다. 이주사는 김주사를 붙들다가 마지못하는 체하고 보내 버렸다. 일전에 열한시의 약조를 지키지 못한 뒤로 채홍이와 한자리에 노는 것은 오늘이 처음이다. 주머니가 묵직한 김에 오늘은 제집으로 데리고 가서 김장값도 주자는 생각이다. 그러나 김주사가 자리를 뜨니까 채홍이도 전화를 받으러 간다 하고 나가서 꿩 구워 먹은 수작이다. 이주사가 연해 채홍이를 불러들이라고, 보이[74]를 시달리는[75]것을 가만히 보고 앉았던 기화는 딱한 생각이 들었던지,

　"속 좀 차리세요!"

하고 혼자 웃으며 꼭 의논할 이야기가 있으니 자기 집으로 가자고 한다. 그러자 채홍이가 들어와서 입원해 있는 동생이 다 죽게 되었다고 애걸복걸하고 빠져 달아났다.

　그날 밤 그는 자기 집에 못 들어가고 말았다. 이튿날 아침에 눈을 뜨고 보니 기화가 곁에 누워 있었다.

　"인젠 약주가 다 깨셨에요?"

하고 기화는 옆에서 바스락거린다. 어떻게 된 셈판인지 얼떨하였다.

　"어제 어떻게 되지 아세요?"

　"몰라······?"

　이주사는 아직도 속을 못 차리는 꼴이었다. 그러나 알고 보니 김주사는 채홍이와 자리를 옮겨 간 것이라 한다. 이주사는 천연히 웃어 보이면서도 놀라지 않을 수 없었다. 질투라기보다도 너무나 의외요 괘씸

74) 보이(boy) 식당이나 호텔 따위에서 접대하는 남자.
75) 시달리다 괴롭히거나 성가시게 하다.

하다. 깜빡 속아 넘어간 것이 분하다.

기화의 이야기를 들으면 채홍이가 자기 집에 처음으로 전화를 걸어서 그 풍파를 일으키던 전날 밤에 요릿집에서 헤어진 뒤에도 김주사는 채홍이와 또 어울려서 이차회를 하였고, 김주사가 전화로 불러내서 밥 먹다가 말고 가던 날은 김주사가 은근히 채홍이를 위해서 꾸민 놀음인데 당자가 다른 데로 가서 못 오게 되니까 김주사는 취한 이주사를 따돌려 보내고 열한시나 되어 채홍이가 가 있는 데로 쫓아갔던 것이라 한다.

"망할 것들! 연놈이 똑같지만, 사람이 그럴 수야 있나. 어디 두구 보자!"

이주사는 실없는 듯이 이렇게 별렀으나 하여간 불쾌하였다. 김장값, 장작바리에 몸이 달아서 그랬다 하더라도 같이 다니는 김가, 이가를 놓고 이 등 쳐먹고, 저 등 쳐먹고 하는 채홍이란 년은 치지도외[76]요, 김가란 놈이 더 괘씸하였다.

그날 회사에 들어가서는 피차에 어제 일은 입 밖에도 내지 않았다. 이주사는 모든 것을 모르는 척해 버렸다.

김주사는 웬 돈이 별안간 생겼는지 양복장이를 불러다가 새로 양복을 맞추고 법석을 하는 눈치였다.

'저놈이 전화값이나 떼먹지 않았나?'

하는 의심이 들며 이주사는 눈살이 흐려졌다.

그날 낮에 이주사 집에는 김장 바리가 들어가기 시작하였다. 기화의 집에도 채홍이의 집에 들어갈 김장 짐이 집을 잘못 찾았는지 꾸역꾸역

---

76) 치지도외(置之度外) 내버려 두고 문제로 삼지 않음.

들어갔다. 그러나 채홍이 집에도 기화 집만큼은 김장이 벌어졌었다.

그 이튿날 파사[77] 뒤에 이주사가 집에 들어가니까 뜰에서 김장을 해 넣느라고 부산히 돌아다니던 아내가,

"아침에 전화를 떼갔죠!"

하고 앓던 이나 빠진 듯이, 그러나 일대 사변이나 일어난 듯이 남편을 보는 말에 보고를 하면서 그래도 매우 서운한 기색으로 선웃음[78]을 친다. 마루 위를 치어다보니 딴은 전화통을 받치었던 나무판만 허옇게 담벼락에 붙어 있다. 이주사도 좀 섭섭하였다.

"그런데 우편국 사람을 데리구 왔던 사람이 이런 편지를 두구 갔어요."

하고 아씨는 남편을 따라 들어와서 뜯어 보고 난 편지 한 장을 내어 준다.

"뭐야?……"

"글쎄 보세요?"

하고 아내는 말뚱히 남편의 기색만 살피는 양이 수상하다. 채홍이란 년이 부부 쌈이나 붙여 놓으려고 장난으로 편지를 한 것이나 아닌가 하는 겁도 나고 불쾌한 생각이 나면서 꺼내 보니 김주사의 부친이 한 편지다.

자기 아들에게 여러 번 채근[79]을 하였으나, 전화값 칠백 원의 영수증을 왜 아니 써 보내느냐? 또 아들의 말을 들으면 그 전화는 일 년이 지난 뒤에 명의를 변경하는 규정이라니 팔고 사는 형식은 취할 수 없

---

77) 파사(罷仕) 그날의 일을 끝냄.
78) 선웃음 우습지도 않은데 꾸며서 웃는 웃음.
79) 채근(採根) 어떤 일의 내용, 원인, 근원 따위를 캐어 알아냄.

을 것인즉 전화를 담보로 하고 칠백 원을 취해 가는 차용증서를 곧 써 보내라는 것이다.

편지를 보던 이주사는 눈이 뚱그레지며 이맛살을 잔뜩 찌푸렸다.

"전화값이 칠백 원이래죠? 그래 이백 원은 어디 갔어요?"

편지를 먼저 본 아내는 남편을 한바탕 해낼 작정으로 눈독을 잔뜩 들이고 벼르고 앉았다.

"글쎄 말야! 이놈이 떼어먹은 게로군!"

"그게 무슨 어림없는 소리예요. 오백 원이고 챌백 원이고 돈을 받았으면 영수증을 써주셨겠죠?"

"우리 새에 영수증 여부가 있느냐기에 돈만 받구 영수증은 안 써주었어."

"그런 흐리멍텅한 일이 있을 리가 있나! 돈만 받구 전화 안 내주면 어쩌게! 조화가 붙은 거예요. 그 돈 이백 원 어서 마저 내노슈."

"뭘 내노라는 거야? 이런 주착없는!" [80]

주인은 어이가 없어 웃어 버린다.

"무에 주착이 없에요? 채홍이년의 입으루 들어갔지 뭐예요."

"잘 알았소. 채홍이년의 입으루 들어갔던지, 코루 들어갔던지 한 것은 사실이지만 내가 어쨌을 듯싶어? 이백 원 떼어 쓰자면 칠백 원 영수증 써놓고는 못 쓰겠기에! 영수증에는 임자의 도장을 찍어야 하니 임자를 속이겠을까?"

듣고 보니 딴은 그렇다. 아내는 얇은 생각에 남편이 정녕 자기를 속

80) 주착없다 주책없다.

였으리라고만 단순히 생각한 것이 열쩍기도 하다.

"그래두 김주사하구 짜구 떼어 쓰셨지 뭐야?"

"짜구 쓰기루, 김주사 어른에게 영수증야 못 써 들여놓을까."

그도 그렇다. 아내의 낯빛이 좀 어색해졌으나, 다시 생기가 돌면서,

"그럼 됐구려. 그 이백 원은 내가 받아 올 테니, 영수증만 써주슈. 이 편지하구 지금이라두 가지구 가서 부자를 한자리에 앉히구 따져서 당장 받아 올 테니!"

그도 그럴듯하고 자기가 나서서 맞대해 놓고는 아무래도 거북하니까 그편이 도리어 좋을 것 같다.

"아무려나 해보구려."

하고 영수증을 써주었다.

"그 이백 원, 받아 오면 그건 내 거예요!"

아내는 옷을 부덩부덩81) 갈아입는다.

"아무려나 처분대로 하우. 그 대신 인제는 바가지나 긁지 않는다는 다짐은 받아야 헐걸!"

하고 남편은 웃었다.

아씨는 전당국82)에서 나온 두루마기에 외투에 여우 목도리를 걸치고 남편이 저번날 사온 회색 장갑을 끼고 고양이같이 신이 나서 나갔다.

어떻게 되누? 하고 이주사는 안방에 누웠으려니까 두어 시간이나 거레를 하더니 또 풍우같이83) 들어온다.

---

81) **부덩부덩**  매달리거나 자빠지거나 주저앉아서 팔다리를 내저으며 자꾸 움직이는 모양. 부드덩부드덩. 버둥버둥.

82) **전당국(典當局)**  물건을 잡고 돈을 빌려 주어 이익을 취하는 곳. 전당포.

"가다간 이런 일두 있어야 살 자미[84]가 있는 거야."

아씨의 신기가 이렇게 좋기란 결혼 이후에 처음일 것이다.

"그래 아무 소리 없이 내놉디까?"

"마침, 아들(김주사)두 나와 있겠죠. 영감은 일이 이렇게 될 줄은 모르고, 전화를 안 내놓거나 하면 돈만 뜯어 봐 겁은 나구, 아들은 못 믿겠구 해서 뒷구멍으로 알아보느라구 이리 직접 편지를 했던가 봅디다. 그러나 아들이 오백 원에 흥정이 된 거라고 고집을 부립디다마는, 그럼 무르자고 야단을 쳤드니 결국 영감이 수그러지드군요. 칠백 원이래두 저희는 이[85]가 되기에 선뜻 또다시 이백 원을 내놓겠지."

"흥, 자식이 떼먹은 것이니까 창피한 생각도 들어서 내놓은 것이겠지만, 그 영감 결국 채홍이에게 아들의 해웃값[86] 무리꾸럭해[87] 준 셈이군."

하고 슬며시 아내더러 들어 보라고 이런 소리를 하였다.

"그럼 채홍이 집 김장은 김주사가 해줬구려? 흥, 그래?"

인제야 안심이 되었다는 듯이 아내는 샐쭉 웃다가,

"여보, 우리 어떻게 또 전화 하나 맬 수 없소?"

하고 옷도 채 못 벗고, 턱밑에 다가앉아서 조르듯이 의논을 한다.

남편은 하 어이가 없어서 웃기만 하며 아내의 얼굴을 빤히 들여다본다.

---

83) 풍우(風雨)같이  비바람같이. 매우 거세게.
84) 자미  재미.
85) 이(利)  이익.
86) 해웃값  기생이나 창녀들과 관계를 가지고 그 대가로 주는 돈.
87) 무리꾸럭하다  남의 빚이나 손해를 대신 물어 주다.

# 1 어떻게 하여 전화를 가설하게 되었나요?

작품 내용을 살펴봤을 때, 당시에는 전화를 설치하고 싶어도 '추첨에 빠져야' 가능한 일이었습니다. '추첨에 빠지다'라는 말은 당첨이 되어야 한다는 뜻입니다. 아파트 분양권을 얻는 것과 비슷하다고 볼 수 있습니다.

전화 가설에 추첨된 이주사는 있는 돈 없는 돈 끌어 모아서 가설료 삼백 원을 마련해야 합니다. 삼백 원이 없으면 아무리 추첨이 되었다 해도 전화를 가설할 수 없는 것이지요. 이주사 부부는 아내의 두루마기 외투를 비롯해서 값나가는 옷이며, 여우 목도리, 금붙이 등을 전당국에 맡기고 이백 원을 빌려 와 가설료 삼백 원을 마련하여 전화를 가설합니다.

## 2 아내가 전화를 없애자고 한 이유는 무엇인가요?

어렵게 전화를 가설한 후, 아내는 전화벨이 울리기를 얼마나 기다렸을까요? 더군다나 옷이며 패물을 모두 내놓고 마련한 것이니만큼 아내에게 전화는 남다른 의미을 지녔을 것입니다.

그런데 전화를 놓은 지 이틀 만에, 그것도 아침 댓바람부터 울린 전화는 남편을 찾는 기생 채홍이의 전화였습니다. 상한 마음에 남편을 닦달하긴 했지만, 저녁에는 남편과 화해를 하고 저녁을 먹었지요. 그런데 그때 김주사가 전화를 걸어 남편을 불러냅니다. 술에 잔뜩 취해 집에 돌아온 남편은 기생 채홍이의 김장값을 걱정하는 말까지 중얼거립니다. 그러니 아내에게 있어 전화는 아침부터 기생의 전화를 받게 하고, 저녁을 먹는 남편을 불러내는 '원수'가 되어 버린 셈입니다. 남편을 눈이 빠지게 기다릴 때 걸려 오는 전화는 쓸모가 있고 고맙긴 했지만, 온종일 사람의 부아를 돋워 놓고 밤중까지 잠을 못 자게 하는 전화는 없애 버려야 할 괴물인 것입니다.

3 남편 이주사가 아내를 대하는 태도가 어떤지 살펴보고, 그 의미를 생각해 봅시다.

이주사는 기생 채홍이의 전화를 받고 기분이 상한 아내를 위해 퇴근길에 잡화상 앞을 지나다가 분홍 속적삼과 회색 장갑을 사다 주며 마음을 풀어 주려 애씁니다. 하지만 이주사는 아내에게 미안한 마음이 드는 것이 아니라, 가엾다고 생각할 뿐입니다. 그는 여전히 요릿집을 드나들고, 기생 채홍이를 만나는 사실을 아내에게 스스럼 없이 말합니다. 심지어 집안의 김장값을 해주는 것과 채홍이의 김장값을 대어 주는 것을 거의 동일시하고 있습니다.

당시 남성들이 기생집을 드나들면서도 아내에게 별다른 죄의식을 느끼지 못했음을 알 수 있는 대목입니다.

**4** 이 작품은 1925년에 발표되었습니다. 작품 내용으로 미루어 볼 때 당시 '전화'는 어떤 물건이었을까요?

당시 전화는 '추첨'이라는 절차를 거쳐 가설료 삼백 원을 내야 설치할 수 있었습니다. 때문에 추첨만 되면 어떻게 해서든 가설료를 마련하여 설치하려고 했을 듯합니다. 전화를 가설한 후에는 얼마간의 기한이 지나야 팔 수 있습니다. 또한 이주사네 번호가 '1223'이라고 하자 '상당한 번호'라고 하면서 가설한 지 이틀 만에 팔아도 사오백 원은 받을 수 있을 것이라고 하는 이주사의 말로 미루어 볼 때, 번호가 좋으면 많은 돈을 받고 다른 사람에게 팔 수 있었던 것으로 보입니다. 실제로 이주사의 경우 삼백 원을 들여 전화를 설치한 지 칠팔 일 만에 칠백 원을 받고 팔았으니 열흘도 안 되어 사백 원을 번 셈입니다.

그러니 전화는 당시 '재산 목록 1호'라고 해도 좋을 만큼 값나가는 물건이었으며, 설치 후 되팔아도 상당한 차액을 남길 수 있는 '돈벌이 목록 1호'라고 보아도 좋을 것입니다.

**5** 결말 부분에서 아내가 "여보, 우리 어떻게 또 전화 하나 맬 수 없소?"라고 말한 이유는 무엇인가요?

그토록 없애고 싶어했던 전화를 김주사의 부친에게 팔아넘긴 후 또다시 전화를 놓고 싶어한 이유로 세 가지를 들 수 있습니다.

첫째는, 기생 채홍이가 남편이 아닌 김주사와 더 가깝게 지낸다는 것을 확인했기 때문입니다. 채홍이의 김장값을 김주사가 마련해 준 것이지요. 아내는 남편이 채홍이에게 빠져서 겨울을 날 수 있게 김장값과 장작을 대주려 했던 것, 그리고 채홍이를 찾아가 술을 마시고 집에서 함께 저녁을 먹다가도 전화를 받고 나가는 것을 못마땅하게 여겼습니다. 그러나 남편을 막을 방법이 딱히 없을뿐더러 가지 못하게 막는다고 안 갈 남편도 아니기에 속만 탈 뿐 뾰족한 수가 없었는데, 채홍이가 남편에게서 떨어져 나갔다는 것을 알게 되었으니 새로 전화를 놓더라도 아침 댓바람에 채홍이의 전화를 받으면서 기분 상할 일은 없으리라고 생각한 것입니다.

둘째는, 삼백 원을 들여 가설한 전화를 칠백 원을 받고 팔아넘겼으니 그 차액이 사백 원이나 되었기 때문입니다. 전당국에 맡겼던 옷이며 금붙이는 이미 다 찾았고, 전화를 새로 놓고도 백 원이 남는 큰돈을 며칠 사이에 번 것입니다. 혹, 이번처럼 가설한 후에 다른 사람에게 넘길 경우 또다시 차액을 남길 수 있기 때문입니다.

아내가 전화를 다시 가설하자는 가장 큰 이유는, 김주사가 자신의 아버지를 속이고 가로챈 이백 원을 자신이 받아 오면 그것은 자기가 갖겠다고 남편에게 말한 후 정말로 그 돈을 받아 왔으니 이백 원은 오롯이 아내의 돈이 되었기 때문입니다. "가다간 이런 일두 있어야 살 자미가 있는 거야"라고 말하는 아내는 신기(身氣)가 이렇게 좋기란 결혼 이후 처음입니다. 여기에서 오는 기쁨이 만만치 않았을 것임을 우리는 짐작할 수 있습니다.

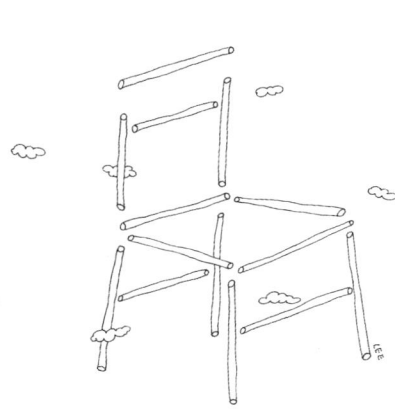

# 두 파산

해방 직후의 혼란 속에서
물질만능주의가 판을 치게 된 상황을
사실적으로 그려 낸 작품.

# "나는 살림이나 파산 지경이지
옥임이는 성격 파산인가 보더군요"

**해방의 혼란기 속에서 살림도 성격도 온전히 유지할 수 없어 너나없이 파산하던 사회**

어렸을 적부터 삼십 년이 넘도록 친하게 지낸 친구가 자신의 재산을 가로채려 한다면 기분이 어떨까요? 아들딸 뒷바라지도 해야 하고, 정치네 사업입네 하면서 자리를 잡지 못하는 남편을 대신해서 가정도 꾸려 나가야 하는데, 여성해방운동을 열심히 하고 문학을 좋아했던 신여성 친구는 어찌된 일인지 친일파의 후처로 들어가더니 이제는 우정도, 인간의 도리도 잊어버린 모양입니다.

자신은 나이 많은 남편과 함께 미래를 알 수 없는 불안감 속에서 작은 기쁨조차 없이 살아가고 있는데, 친구에게는 잘 자란 자식이 셋이나 있고 젊고 혈기왕성한 남편도 있다면 기분이 어떨까요? 자식 하나 없는 자신은 어떻게 살아가야 하며, 불안한 미래는 무엇으로 채워야 할까요?

해방이 되긴 했지만 일상을 살아가는 사람들에게는 그 기쁨도 잠시일 뿐 살아가는 문제는 여전히 어렵기만 합니다. 먹을 걱정에, 입을 걱정에 일상생활은 해방 전과 달라진 것이 없고, 해방 후의 사회상은 혼란스럽기만 합니다. 그러한 상황 속에서 개개인은 어떻게 삶을 꾸려가야 할지 나름의 방법을 모색해야 했습니다.

「두 파산」은 1949년 8월 『신천지』에 발표된 작품으로, 경제적·정신적 가치가 혼란해진 해방 직후를 살아가는 두 여인의 생활을 통해 물질만능의 가치관이 만연되어 가는 당시의 사회상을 풍자하고 있습니다.

이 소설에 등장하는 '김옥임' '교장 선생' '정례 모친' '정례 부친'은 해방 이후 혼란한 사회 속에서 볼 수 있었던 전형적인 인간상을 보여 줍니다. 김옥임은 새로운 시대에 빠르게 적응하는 인물입니다. 일제강점기에는 세도 좋은 영감의 후실로 들어앉아 호화롭게 살다가, 세상이 변해 남편의 과거 친일 행적 때문에 위기에 처하자 재빠르게 살길을 모색하고 고리대금업에 뛰어들어 돈을 모읍니다. 정례 모친은 김옥임과 함께 일본에서 유학하고 온 신여성으로 당시에는 상당한 인텔리였다고 할 수 있는데, 해방 후 생활고 때문에 소학교 앞에서 문방구를 운영합니다. 이 과정에서 친구 김옥임과 교장 선생의 돈을 빌려 쓰게 되지요. 하지만 남편이 택시를 굴리다가 생활이 어려워지자 김옥임은 자신이 낸 동사 자금에 이자까지 합쳐 모두 받아 가려 합니다. 그 돈을 제때 갚지 못한 정례 모친은 사람들이 많이 오가는 사거리에서 김옥임에게 봉변을 당하기에 이릅니다. 오랜 친구 사이지만, 금전 관계 속에서 두 사람의 우정은 온데간데없습니다.

이들이 엮어 나가는 일상은 해방 직후의 시대상과 중산층의 삶을 사실적으로 보여 주기에 모자람이 없습니다. 해방 직후, 그들의 삶을 들여다볼까요?

# 두 파산 破産

## 1

"어머니, 교장 또 오는군요."

학교가 파한[1] 뒤라 갑자기 조용해진 상점 앞길을, 열어 놓은 유리창 밖으로 내다보고 등상[2]에 앉았던 정례가, 눈살을 찌푸리며 돌려다본다. 그렇지 않아도 돈 걱정에 팔려서 테이블 앞에 멀거니 앉았던 정례 모친도 저절로 양미간이 찌붓하여졌다.[3] 점방[4] 안에는 학교를 파해 가는 길에, 공짜 만화를 보느라고 아이들이 저편 구석 진열대에 옹기종기 몰려섰다가, 교장이라는 말에 귀가 반짝하였는지 조그만 얼굴들을 쳐든다. 그러나 모시 두루마기 자락이 펄럭하며, 우둥퉁한[5] 중늙은이[6]

---

1) 파하다(罷 —) 어떤 모임이나 하던 일 따위가 끝나서 다 헤어지다.
2) 등상(藤床) 등나무 줄기로 만든 의자.
3) 찌붓하다 눈을 살짝 찡그리다.
4) 점방(店房) 가게.
5) 우둥퉁하다 몸이 크고 퉁퉁하다.

가 단장을 짚고 쑥 들어서는 것을 보고, 학생아이들은 저희끼리 눈짓을 하고 킥킥 웃어 버린다. 저희 학교 교장이 온다는 줄 알았던 모양이다.

"어째 이렇게 쓸쓸하우?"

영감은 언제나 오면 하는 버릇으로 상점 안을 휘휘 둘러보며 말을 건다.

"어서 옵쇼…… 아침 한때와 점심 한나절이 한참 붐비죠. 지금쯤이야 다 파해 가지 않았에요."

안주인은 일어나지도 않고 앉은 채 무관히[7] 대꾸를 하였다. 교장은, 정례가 앉았던 등상을 내어주니까 대신 걸터앉으며,

"딴은 그렇겠군요. 그래도 팔리는 거야 여전하겠죠?"

하고 눈이 저절로 테이블 위의 손금고로 갔다. 이 역시 올 제마다 늘 캐어묻는 말이지마는, 또 무슨 딴 까닭이 있어서 붙이는 수작 같아서 정례 어머니는,

"그야 다소 들쭉날쭉이야 있죠마는, 온 요새 같아서는……."

하고 시들히 대답을 하여 준다.

"어쨌든 좌처[8]가 좋으니까…… 하루에 두어 번쯤 바쁘고, 편히 앉아서 네다섯 식구가 뜯어먹고 살면야, 아낙네 소일[9]루 그만 장사가 어디 있을까마는, 그래 그러구두 빚에 쫄리다니[10] 알 수 없는 일이로군."

왜 그런지 이 영감이 싫고 멸시하는 정례는, '누가 해달라는 걱정인

6) 중늙은이 젊지도 아니하고 아주 늙지도 아니한, 조금 늙은 사람.
7) 무관히(無關—) 관계없는 듯이.
8) 좌처(坐處) 집이나 상점이 있는 자리. 목.
9) 소일(消日) 마음을 붙여 심심치 않게 세월을 보냄.
10) 쫄리다 쪼들리다. 형편이 어렵다.

감!' 하는 생각에 입이 삐죽하여졌다.

"날마다 쑬쑬히[11] 나가기야 하지만, 원체 물건이 자〔細〕니까[12] 남는 게 변변해야죠."

여주인은 마지못해 늘 하는 수작을 뇌었다. 그러나 오늘은 이 영감이 더 유난히 물건 쌓인 것이며 진열장에 늘어놓은 것을 눈여겨보는 것이었다. 정례 모녀는 그 뜻을 짐작하겠느니만큼 불쾌하였다.

여기는 여자 중학교와 국민학교가 길 건너로 마주 붙은 네거리에서 조금 외진 골목 안이기는 하나, 두 학교를 상대로 하고 벌인 학용품 상점으로는 그야말로 좌처가 좋은 셈이다. 원체는 선술집[13]이었다든가 하는 방 한 칸 달린 이 점방을 작년 봄에 팔천 원 월세로 얻어 가지고 이것을 벌이고 앉을 제, 국민학교 안에는 벌써 매점이 있어서 어떨까도 하였으나, 여학교만은 시작하기 전부터 아는 선생을 새에 넣고 선전도 하고 특약하다시피[14] 하였던 관계인지, 이때껏 재미를 보는 편이지, 이 장삿속으로만은 꿀리는 셈속은 아니다.

"이번에, 두 달 셈을 한꺼번에 드리쟀더니 또 역시 꿀립니다그려. 우선 밀린 거 한 달치만 받아 가시죠."

정례 어머니는 테이블 위에 놓인 손금고를 땡그렁 열고서 백 원짜리를 척척 센다.

"이번에는 본전까지 될 줄 알았는데, 이자나마 또 밀리니…… 장사

11) 쑬쑬히 어지간히.
12) 잘다 작다. 남는 게 적다.
13) 선술집 선 채로 간단하게 술을 마시게 되어 있는 술집.
14) 특약하다(特約—) 특별한 편의나 이익이 있는 약속을 하다.

는 깔축없이[15] 잘되는데, 그 원 어째 그렇단 말씀유?"

하며, 영감은 혀를 찬다. 저편에서 만화를 보며 소곤거리던 아이들은 교장이라던 이 늙은이의 본전이니 변리니 하는 소리에 눈들이 휘둥그레서 건너다본다.

"칠천오백 원입니다. 세보십쇼. 그러니 댁 한 군델 세야 말이죠. 제일 무거운 짐이 아시다시피 김옥임이네 십만 원의 일 할 오 부, 일만 오천 원이죠, 은행 조건[16] 삼십만 원의 이자가 또 있죠…… 기껏 벌어서 남 좋은 일 하는 거예요. 당신에게 이자 벌어 드리고 앉았는 셈이죠."

영감은 옆에서 주인댁이 하는 말은 귀담아듣지도 않고 골똘히 돈을 세더니, 커다란 검정 헝겊 주머니를 허리춤에서 꺼내서 넣는다. 옆에 섰는 정례는 그 돈이 아깝고 영감의 푸둥푸둥한 넓적한 손까지 밉기도 하여 가만히 내려다보고 있으려니까,

"그래 이달치는 또 언제쯤 들르리까? 급히 내가 쓸 데가 있으니까 아무래도 본전까지 해주어야 하겠는데……."

하고, 아까와는 딴판으로 퉁명스럽게 볼멘소리를 하였다. 만화를 들여다보던 아이들은 또 한 번 이편을 건너다본다.

부옇고 점잖게 생긴 신수[17]가 딴은 교장 선생 같고, 저기다가 양복이나 입고 운동장의 교단에 올라서면 저희들도 꿈질하려니 싶은 생각이 드는데, 이잣돈을 받아 넣고 나서도 또 조르고 두덜대는 소리를 들으니, 설마 저런 교장이 어디 있으랴 싶어서 저희들끼리 또 눈짓을 하

15) 깔축없이 축나거나 버릴 것이 없이.
16) 은행 조건 은행에서 빌린 돈의 이자 조건.
17) 신수(身手) 사람의 얼굴에 나타난 건강 상태 및 용모와 풍채.

였다.

"되는 대로 갖다 드리죠. 하지만 본전은 조금만 더 참아 주십쇼. 선생님 같으신 어른이 돈 오만 원쯤에 무얼 그렇게 시급히 구십니까."

정례 어머니는 본전을 해내라는 데에 얼레발[18]을 치며 설설 기는 수작을 한다.

"아니, 이자 안 물구 어서 갚는 게 수가 아니겠나요?"

"선생님두 속 시원한 말씀을 하십니다."

정례 어머니는 기가 막혀 웃어 보인다.

"참, 그런데 김옥임 여사가 무어라지 않습니까?"

그만 일어설 줄 알았던 교장은 담배를 붙이며 새판으로 말을 꺼낸다.

"왜, 무어라구 해요?"

정례 모녀는 무슨 말이 나오려는지 벌써 알아채고 입이 삐죽들 하여졌다.

"글쎄, 그 이십만 원 조건을 대지르구[19] 날더러 예서 받아 가라니 그래 어떻게들 이야기가 귀정[20]이 났지요?"

영감의 말이 떨어지기가 무섭게 정례는 잔뜩 벼르고 있었던 듯이 모친의 앞장을 서서 가로 탄한다.[21]

"교장 선생님! 그따위 경위[22] 없는 말이 어디 있에요? 그건 요나마 우리 가게를 판들어[23] 먹게 하구 말겠단 말이지 뭐예요!"

18) 얼레발 엉너리. 남의 환심을 사려고 능청스러운 수단을 쓰는 일.
19) 대지르다 찌를 듯이 대들다.
20) 귀정(歸正) 그릇되었던 것이 바른길로 돌아옴. 여기서는 '결판' '결정'을 의미한다.
21) 가로 탄하다 남의 말을 맞잡아 따지고 나서다.
22) 경위(經緯) 사리의 옳고 그름이나 이러하고 저러함의 분간.
23) 판들다 가지고 있던 재산을 함부로 써서 없애 버리다.

하고, 얼굴이 발끈해지며 눈을 세로 뜬다.

"응? 교장이라니? 교장은 별안간 무슨 교장…… 허허허……."

영감은 허청 나오는 웃음을 터뜨리며 저편 아이들을 잠깐 거들떠보고 나서,

"글쎄, 그러니 빤히 사정을 아는 터에 이럴 수도 없고 저럴 수도 없고……."

하며 말끝을 어물어물해 버린다. 이 영감이 해방 전까지 어느 시골선지 오랫동안 보통학교[24] 교장 노릇을 하였다는 말을 옥임에게서 들었기에 이 집에서는 이름은 자세히 모르고 하여 교장 교장 하고 불러 왔던 것이 입버릇으로 급히 튀어나온 말이나, 고리대금업[25]의 패를 차고[26] 나선 지금에는 그것을 내세우기도 싫고, 더구나 저런 소학교 아이들 앞에서는 창피한 생각도 드는 눈치였다.

"교장 선생님이 이럴 수도 없구 저럴 수도 없으실 게 뭐예요. 그 아주머니한테 받으실 건 그 아주머니한테 받으십쇼그려."

정례는 또 모친이 입을 벌릴 새도 없이 풍풍 쏘아 준다.

"앤 왜 이러니!"

모친은 딸을 나무라 놓고,

"그렇겐 못 하겠다구 벌써 끝낸 말인데 또 왜 그럴꾸."

하며, 말을 잘라 버린다.

"아, 그런데 김씨 편에서는 댁에서 승낙한 듯이 말하던데요?"

24) 보통학교 일제강점기에, 우리나라 사람들에게 초등교육을 하던 학교.
25) 고리대금업 고리대금 즉, 부당하게 비싼 이자를 받는 돈놀이를 직업으로 하는 일.
26) 패를 차다 좋지 못한 일로 별명을 얻다.

영감의 말눈치는 김옥임이 편을 들어서 이십만 원 조건인가를 여기서 받아 내려는 생각인 모양이다.

"딴소리! 내가 아무리 어수룩하기루 제 사폐만 봐주구 제 춤에만 놀까요?"

정례 어머니는 코웃음을 쳤다.

김옥임이의 이십만 원 조건이라는 것이, 요사이 이 두 모녀의 자나 깨나 큰 걱정거리요, 그것을 생각하면 밥맛이 다 없을 지경이지마는, 자초(自初)[27]는, 정례 모녀가 이 상점을 벌이고 나자, 장사가 잘될 성부르니까 김옥임이가 저도 한몫 끼자고 자청을 하여 십만 원을 들여놓고 들어왔던 것이다. 그리고 그 가지고 들어온 동사[28] 밑천 십만 원의 두 곱을 빼가고도 또 새끼를 쳐서 오늘에 와서는 이십이만 원까지 달라는 것이다.


2


정례 모친은 남편을 졸라서 집문서를 은행에 넣고 천신만고하여 삼십만 원을 얻어 가지고, 부비[29] 쓰고 당장 급한 것 가리고 한 나머지 이십이삼만 원을 들고 이 가게를 벌였던 것이었다. 팔천 원 월세의 보증금 팔만 원은 말 말고라도 점방 꾸미고 탁자 들이고 진열대 세 채 들

27) 자초 어떤 일이 비롯된 처음.
28) 동사 사업을 함께함. 공동으로 장사를 함.
29) 부비(浮費) 무슨 일을 하는 데 써서 없어지는 돈.

여놓고 하기만도 육칠만 원 들었으니, 갖다 놓은 물건이라야 십만 원 어치도 못 되는 것이었다. 그러나 학생아이들이 차츰 꾀게[30] 될수록 찾는 것은 많아 가고 점심때에 찾는 빵이며 과자라도 벌여 놓고 싶고, 수(繡)실이니 수틀이니 여학교의 수예(手藝) 재료들도 갖추갖추 갖다 놓고는 싶은데, 매일 시내로 팔리는 것을 가지고는 미처 무더기 돈을 돌려 빼내는 수도 없는데, 쫄끔쫄끔 들어오는 그 돈 중에서 조금씩 뜯어서 당장 그날그날 살아가야는 하겠으니, 자연 쫄리는 판에 김옥임이가 한 다리 걸치자고 덤비니, 동사란 애초에 재미없는 일이거니와, 요조그만 구멍가게를 동사로 해서 뜯어먹을 것이 무에 있겠느냐는 생각도 없지 않았으나, 당장에 아쉬우니 오만 원씩 두 번에 질러서 십만 원 밑천을 받아들였던 것이었다. 그러나 말이 동사지 이 할 넘어의 고리(高利)로 십만 원 빚을 쓴 거나 다름없었다. 빚놀이에 눈이 벌게 다니는 옥임이는 제 벌이가 바빠서도 그렇겠지마는, 하루 한 번이고 이틀에 한 번 저녁때 슬쩍 들러서 물건 판 치부장[31]이나 떠들어 보고 가는 것밖에는 별로 거드는 일도 없었다. 실상은 그것이 쌩이질[32]이나 하고 부라퀴[33]같이 덤비는 것보다는 정례 모녀에게는 편하기도 하였던 것이다. 하여튼 그러면서도 월말이 되면 이익의 삼분지 일가량은 되는 이만 원 돈을 또박또박 따가곤 하였다. 담보물이 있으면 일 할, 신용 대부로 일 할 오 푼 변(邊)인데, 동사란 말만 걸고 이 할, 이 할이 안 될 때도 있었지마는 셈속 좋은 때면 이 할 이상의 배당도 차례에 오니,

30) 꾀다 많이 모여들다.
31) 치부장(置簿帳) 돈이나 물건의 출납을 기록하는 장부.
32) 쌩이질 '씨양이질'의 준말. 한창 바쁠 때 쓸데없는 일로 남을 귀찮게 구는 짓.
33) 부라퀴 자신에게 이로운 일이라면 기를 쓰고 덤비는 사람.

옥임이 생각에는 실속으로는 이익이 좀 더 되려니 하는 의심도 없지 않았으나, 그래도 별로 힘드는 일을 하는 것도 아니요, 가만히 앉아서 이 할이면, 허구한 날 뻘뻘거리고 싸지르면서[34] 긁어 들이는 변리돈보다는 나은 셈이라고 생각하였던 것이었다. 하여간 올 들어서 밑천을 빼어 가겠다고 하기까지 아홉 달 동안에 이십 만 원 가까운 돈을 벌어 갔던 것이다.

그러나 정례 부친이 만날[35] 요 구멍가게서 용돈을 얻어다 쓰는 것도 못할 일이라고, 작년 겨울에 들어서 마지막 남은 땅뙈기를, 그야 예전과 달라서 삼칠제(三七制)[36]인 데다가 세금이니 비료니 하고 부담에 얽매이니까 그렇겠지마는, 하여간 아버지 천량[37]으로 물려받은 것의 마지막으로 남은 것을 팔아 가지고 연래에 없는 눈[降雪]이라고 하여, 서울 시내에서 전차가 사흘을 못 통할 동안에, 택시를 부르면 땅 짚고 기기라 하여, 하이어[38]를 한 대 사들여 놓고 택시로 부려 보았던 것이라서, 이것이 사흘돌이[39]로 말썽을 부려 고장이요 수선이요 하고, 나중에는 이 상점의 돈까지 하루만 돌려라, 이틀만 참아라 하고, 만 원 이만 원 빼내 가고는 시치미를 떼기 시작하니 점방의 타격은 의외로 큰 것이었다. 이 꼴을 본 옥임이는 에그머니나 하는 생각이 들었던지, 올 들어서부터 제 밑천은 빼내 가겠다는 것이었다. 사실 잘못하다가는 자

34) 싸지르다 '싸다니다'를 속되게 이르는 말.
35) 만날 매일.
36) 삼칠제 예전에, 수확한 곡식의 30퍼센트를 지주에게 소작료로 주고 나머지 70퍼센트를 소작인이 가지던 제도.
37) 천량 개인 살림살이의 재산.
38) 하이어 세를 주고 산 차.
39) 사흘돌이 사흘에 한 번씩.

동차가 이 저자 터까지 들어먹을 판인데, 별안간 옥임이가 빠져나간다니 한편으로는 시원하나 십만 원을 모개로[40] 빼내 주는 도리가 없었다.

"이렇게 거덜거덜할[41] 바에야 집어치우지."

겨울방학 때라, 더구나 팔리는 것은 없고 쓸쓸하기도 하였지마는, 옥임이는 날마다 십만 원 재촉을 하러 와서는 이런 소리도 하는 것이었다. 남은 집문서를 잡혀서 이거나마 시작해 놓고, 다섯 식구의 입을 매달고 있는 터인데, 제 발만 쓱 빼놓겠다고 이런 야멸찬[42] 소리를 할 제, 정례 모녀는 얼굴을 빤히 쳐다보곤 하였다.

"세전[43] 보증금이나 빼내구 뉘께 넘겨 버리지? 설비한 것하구 물건 남은 것 얼러서[44] 한 십만 원은 받을까? 그렇다면 내 누구 하나 지시해 줄까?"

이렇게 권하기도 하는 것이었다. 뉘께 넘기게 해서라도 자기가 십만 원만 어서 뽑아 가려는 말이겠지마는, 어떻게 보면 십만 원에 이 점방을 자기가 맡아 잡겠다는 말눈치인 듯도 싶었다.

"내가 바쁘지만 않으면 도틀어[45] 맡아 가지고 훨씬 화장을 해놓으면 이 꼴은 안 되겠지만, 어디 내가 틈이 있는 몸이어야지……."

이렇게 운자를 떼는 것을 들으면, 한 발 들여놓고 한 발 내놓는 수작 같기도 하였다. 자동차 동티로 밑천을 홀짝 집어먹힐까 보아서 발을

40) 모개로 한데 몰아서.
41) 거덜거덜하다 살림이나 무슨 일이 결딴나려 하다.
42) 야멸차다 태도가 차고 매섭다.
43) 세전 셋돈.
44) 어르다 여럿을 모아 한 덩어리가 되게 하다.
45) 도틀어 이러니저러니 할 것 없이 죄다 통틀어.

뺀다는 수작이다. 한편으로는 이렇게 한참 꿀리고, 학교들은 방학을 하여 홍정이 없는 이 판에, 번히 나올 구멍이 없는 십만 원을 해내라고 못살게 굴면, 성이 가시니 상점을 맡아 가라는 말이 나오고 말리라는 배짱 같아 보이는 것이었다. 모녀는 그것이 더 분하였다.

"저의 자수[46]로는 엄두도 안 나구, 남이 해놓으니까 꿴 듯싶어서, 솔개미가 까치집 채어 들 듯이[47] 이거나마 뺏어 가지고 저의 판을 만들어 보겠다는 것이지만, 첫째 이런 좋은 좌처를 왜 내놓을라구."

누구보다도 정례가 바르르 떨었다.

"매사가 그렇지. 될성부르니까 뺏어 차구 앉겠지, 거덜거덜하면 누가 눈이나 떠본다던!"

정례 모친은 코웃음을 치기만 하였다.

하여간 이렇게 졸리기를 반달 짝이나 하다가 급기야 팔만 원 보증금의 영수증을 옥임에게 담보로 내주고, 출자금 십만 원은 일 할 오 푼변의 빚으로 돌라매고[48] 말았다. 옥임으로서는 매삭[49] 이 할 배당의 맛도 잊을 수 없었으나, 이왕 상점을 제 손으로 못 휘두를 바에는 이편이 든든은 하였던 것이다.

그러고도 정례 모친은, 옥임이와 가끔 함께 들러서 알게 된 교장 선생님의 돈 오만 원을 얻어 가지고, 개학 초부터 찌부러져 가던 상점의 만회책을 다시 세웠던 것이다. 그러나 땅뗴기는 자동차 바람에 날려

---

46) 자수(自手) 자기 혼자의 노력이나 힘.
47) 솔개미가 까치집 채어 들 듯 솔개가 만만한 까치를 둥지에서 몰아내고 그 둥지를 차지하듯 한다는 뜻으로, 힘을 써서 남의 것을 강제로 빼앗는 경우를 이르는 말.
48) 돌라매다 본전에 얹어서 매다.
49) 매삭(每朔) 매달.

보내고, 자동차는 수선비로 녹여 버리고 나니, 상점에서 흘려 내간 칠팔만 원이라는 돈은 고스란히 떼버렸고, 그 보충으로 짊어진 것이 교장의 빚 오만 원이었다. 점점 더 심해 가는 물가에 뜯어먹고 살아야 하겠고, 내남직없이 종이 한 장, 연필 한 자루라도 덜 사갔지, 더 팔리지는 않으니, 매삭 두 자국 세 자국[50]의 변리만 꺼가기도 극난[51]이었다. 그러고 보니 자연 좋지 못한 감정으로 헤어진 옥임이한테 보낼 변리가 한두 달 밀리기 시작했던 것이다. 팔만 원 증서가 집문서만큼 믿음직하지 못하다고 기어이 일 할 오 푼으로 떼를 써서 제멋대로 매놓은 것이 얄미워서, 어디 네가 그 이자를 긁어다가 먹나, 내가 안 내고 배기나 해보자는 뱃심도 정례 모친에게는 없지 않았다. 옥임이는 역시 제가 좀 과하게 하였다고 뉘우쳤던지, 또 혹은 팔만 원 증서를 가졌느니만큼 마음이 놓여서 그런지, 별로 들르지도 않으려니와 들러서도 변리 재촉은 그리 아니하였다. 도리어 정례 어머니 편에서 변리가 밀려 미안하다는 말을 꺼내고 그 끝에,

"이 여름방학이나 지내고 개학 초에 한몫 보면 모개 내리다마는 원체 일 할 오 부야 과한 것이요 그때 형편에는 한 달 후면 자동차를 팔아서라두 곧 갚겠거니 해서 아무려나 해둔 것이지만 벌써 이월서부터 여덟 달이나 됐으니 무슨 수로 그걸 다 내우. 일 할씩만 해두 팔만 원이구려. 어이구…… 한 반만 깎읍시다."

하고, 슬쩍 비쳐 보면 옥임이도 그럴싸한 듯이,

"아무려나 좋도록 합시다그려."

50) 두 자국 세 자국 두 군데 세 군데.
51) 극난(極難) 아주 힘듦.

하고 웃어 버리곤 하였다. 그러던 것이 개학이 되자 이달 들어서 부쩍 재치면서 일 할 오 부 여덟 달치 변리 십이만 원 어울러서 이십이만 원을 이 교장 영감에게 치러 달라는 것이다. 급한 조건으로 이 영감에게 이십만 원을 돌려썼는데, 한 달 변리 일 할 이만 원을 얹으면 이십이만 원 부리가 맞으니,[52] 셈치기도 좋고 마침 잘되었다고 생글생글 웃어 가며 조르는 옥임이의 늙어 가는 얼굴이 더 모질어 보이고 얄밉상스러워 보였다. 마치 이십이만 원 부리[53]를 채우느라고 그동안 여덟 달을 모른 체하고 내버려 두었던 것 같다. 정례 어머니는 기가 막혀 말이 아니 나왔다. 옥임이에게 속아 넘어간 것 같아서 분하였다. 그러나 분한 것은 고사하고 이러다가 이 구멍가게나마 들어먹고 집 한 채 남은 것마저 까불리지나 않을까 하는 생각을 곰곰 하면 가슴이 더럭 내려앉는 것이었다. 소학교 적부터 한 반에서 콧물을 흘리며 같이 자라났고 동경 가서 여자대학을 다닐 때도 함께 고생하던 옥임이다. 더구나 제가 내놓은 십만 원은 한 푼 깔축을 안 내고 이십만 원 가까운 돈을 벌어 주었으니, 아무리 눈에 돈동록[54]이 슬었기로 제가 설마 내게 일 할 오 푼 변을 다 받으려 들기야 하랴! 한 반절 얹어서 십육만 원쯤 해주면 되려니 하는 속셈만 치고 있던 자기가 어리보기라고 혼자 어이가 없어 실소[55]를 하였다. 그러나 십오륙만 원이기로 한꺼번에 빼내는 수도 없으

---

52) **부리가 맞다**  여기서 '부리'는 새나 짐승의 길고 뾰족한 주둥이를 의미한다. 따라서 '부리가 맞다'라는 말은 김옥임이 교장에게 빌린 돈과 정례 어머니가 옥임이에게 갚아야 할 돈이 비슷하다는 뜻이다.

53) **부리**(附利)  이자.

54) **동록**  구리 표면에 생기는 푸른빛을 내는 독성 물질. 여기서는 '나쁜 욕심' '돈 욕심'을 뜻한다.

니 이번에 변리 육만 원만 마감을 하고서 본전은 오만 원씩 두 번에 갚자는 요량이었다. 집안 식구는 조밥에 새우젓 꽁댕이로 우격대더라도 어떻든지 이 겨울방학이 돌아오기 전에 그 아니꼬운 옥임이 조건만이라도 끝을 내고야 말겠다고 이를 악무는 판인데, 이렇게 둘러대고 보니 살겠다고 기를 쓰고 기어 올라가는 놈의 발목을 아래에서 붙들고 늘어지는 것 같아서 맥이 풀리고 사는 것이 귀찮은 생각만 드는 것이었다. 평생에 빚이라고는 모르고 지냈는데 편편히 노는 남편만 바라보고 있을 수가 없어서 시작한 노릇이라서 은행에 삼십만 원이 그대로 있고 옥임에게 이십이만원, 교장 영감에게 오만 원 도합 오십칠만 원 빚을 어느덧 걸머지고 앉은 생각을 하면 밤에 잠이 아니 오고 앞이 캄캄하여 양잿물[56]이라도 먹고 싶은 요사이의 정례 어머니다.

"하여간 제게 십만 원 썼으면 썼지, 그걸 못 받을까 봐 선생님을 팔구 선생님더러 받아 오라는 것이지만 내가 아무리 죽게 돼두 제 돈 떼먹지 않을 거니 염려 말라구 하셔요."

정례 어머니는 화를 바락 내었다. 해방 덕에 빚놀이를 시작해 가지고 돈 백만 원이나 착실히 잡았고, 깔려 있는 것만도 백만 원 이상은 되리라는 소문인데, 이 영감에게 이십만 원 빚을 쓰다니 말이 되는 소린가. 못 받을까 애도 씌지만, 십이만 원 변리를 본전으로 돌라매어 놓고 변리의 새끼 변리, 손자 변리까지 우려먹자는 수단인 것이 뻔한 노릇이었다. 십만 원에 일 할 오 푼이면 일만 오천 원밖에 안 되나, 이십

---

55) 실소(失笑) 어처구니가 없어 저도 모르게 웃음이 툭 터져 나옴. 또는 그 웃음.
56) 양잿물 빨래를 할 때 세제로 쓰는 '수산화나트륨'을 이르는 말. 예전에는 극약으로 사용하였다.

348

이만 원으로 돌라매 놓으면 일 할 변만 해도 매삭 이만 이천 원이니 칠천 원이 더 붙는 것이다.

"그야, 내 돈 안 쓴 것을 썼다겠소. 깔려만 있고 회수가 안 되면 피차 돌려두 쓰는 것이지마는, 나 역, 한 자국에 이십만 원씩 모개 내놓고 오래 둘 수는 없으니까, 이렇게 하면 어떻겠소⋯⋯?"

영감은 무척 생색을 내고, 이편 사폐를 보아서 석 달 기한하고 자기 조카의 돈 이십만 원을 돌려주게 할 터이니, 다시 말하면 조카에게 이십만 원을 일 할로 얻어 쓸 터이니, 우수리[57] 이만 원만 현금으로 내놓고 표를 한 장 써내라는 것이다. 옥임이는 이 영감에게로 미루고, 영감은 또 조카의 돈을 돌려쓴다고 표를 받겠다는 꼴이, 저희끼리 무슨 꿍꿍이속인지 알 수가 없으나, 요컨대 석 달 기한의 표를 받아 놓자는 것이요, 그 사품에 칠천 원 변리를 더 받겠다는 수작이다. 특별히 일 할 변인 대신에 석 달 기한이라는 조건을 붙이는 것도 무슨 계교 속인지 알 수가 없다. 석 달 동안에 이십만 원을 만드는 재주도 없지마는, 석 달 후면 마침 겨울방학이 될 때니 차차 꿀려 들어가는 제일 어려운 고비일 것이다. 정례 어머니는, 이 연놈들이 무슨 원수를 졌다고 이렇게 짜고서들 못살게 구는 것인가, 하는 생각에 한바탕 들이대고 싶은 것을 꾹 참으며,

"선생님께 쓴 돈 아니니, 교장 선생님은 아랑곳 마세요. 옥임이더러, 와서 조르든, 이 상점을 떠메어 가든 마음대로 하라죠."
하고 딱 잘라 말을 하여 쫓아 보냈다.

57) 우수리 물건 값을 제하고 거슬러 받는 잔돈.

3

그 후 근 일주일은 옥임이의 그림자도 보이지 않았다. 정례 모녀는
맞닥뜨리면 말수도 부족하거니와 아귀다툼[58]하는 것이 싫어서, 그날
그날 소리 없이 넘어가는 것만 다행하나, 어느 때 달려들어서 또 무슨
조건을 내놓고 졸라 댈지 불안은 한층 더하였다.

"응, 마침 잘 만났군. 그런데 그만하면 얘기는 끝났을 텐데, 웬 세도[59]
가 그리 좋아서 누구를 오너라 가너라 하구 아니꼽게 야단야……."

정례 모친이 황토현[60] 정류장에서 차를 기다리며 열[61] 틈에 끼어 섰으
려니까, 이리로 향하여 오던 옥임이가 옆에 와서 딱 서며 시비를 건다.

"바쁘기야 하겠지만 좀 못 들를 건 뭐구."

정례 모친은 옥임이의 기색이 좋지는 않아 보이나, 실없는 말이거니
하고 대꾸를 하며 열에서 빠져 나서려니까,

"그래 그 돈은 갚는다는 거야 안 갚을 작정야? 세도 좋은 젊은 서방
을 믿고 그 떠세[62]루 남의 돈을 무쪽같이 떼먹으려 드나 보다마는, 김
옥임이두 그렇게 호락호락하지는 않어……."

원체 예쁘장한 상판이기는 하면서도 쌀쌀한 편이지마는, 눈을 곤두
세우고 대드는 품이 어려서부터 삼십 년 동안을 보던 옥임이는 아니
다. 전부터 "네 영감은 어째 점점 더 젊어 가니? 거기다 대면 넌 어머

58) 아귀다툼(餓鬼 —) 서로 헐뜯고 기를 쓰며 사납게 다투는 일.
59) 세도(勢道) 정치상의 권세. 또는 그 권세를 마구 휘두르는 일.
60) 황토현 지금의 광화문 사거리.
61) 열(列) 사람이나 물건이 죽 벌여 늘어선 줄.
62) 떠세 재물이나 세력 따위를 내세워 억지를 부리는 것.

350

니 같구나" 하고 새롱새롱[63] 놀리기도 하고, 육십이 넘은 아버지 같은 영감 밑에 쓸쓸히 사는 옥임이는 은근히 부러워도 하는 눈치였지마는, 밑도 끝도 없이 길바닥에서 '젊은 서방'을 들추어내는 것을 보고 정례 어머니는 어이가 없었다.

"늙은 영감에 넌더리가 나거든 젊은 서방 하나 또 얻으려무나."
하고, 정례 모친도 비꼬아 주고 싶었으나 열을 지어 섰는 사람들이 쳐다보며 픽픽 웃는 바람에,

"이거 미쳐나려나? 이건 무슨 객설야."
하고, 달래며 나무라며 끌고 가려 하였다.

"그래 내 돈을 곱게 먹겠는가 생각을 해보렴. 매달린 식솔은 많구 병들어 누운 늙은 영감의 약값이라두 뜯어 쓰려구, 이렇게 쩔쩔거리구 다니는, 이년의 돈을 먹겠다는 너 같은 의리가 없는 년은 욕을 좀 단단히 봬야 정신이 날 거다마는, 제 사정 보아서 싼 변리에 좋은 자국을 지시해 바친밖에! 그것두 마다니, 남의 돈 생으루 먹자는 도둑년 같은 배짱 아니구 뭐냐?"

오고 가는 사람이 우중우중 서며 구경났다고 바라보는데, 원체 히스테리증이 있는 줄은 짐작하지마는, 창피한 줄도 모르고 기가 나서 대든다. 히스테리는 고사하고, 이것도 빚쟁이의 돈 받는 상투[64] 수단인가 싶었다.

"누가 안 갚는대나? 돈두 중하지만 이게 무슨 꼬락서니냔 말이야."

정례 어머니는 그래도 달래서 뒷골목으로 끌고 들어가려 하였다.

---

63) 새롱새롱  새롱새롱. 경솔하고 방정맞게 계속해서 지껄이는 모양.
64) 상투(常套)  늘 써서 버릇이 되다시피 한 것.

"난 돈밖에 몰라. 내일모레면 거리로 나앉게 된 년이 체면은 뭐구, 우정은 다 뭐냐? 어쨌든 내 돈만 내놓으면 이러니저러니 너 같은 장래 대신 부인께 나 같은 년이야 감히 말이나 붙여 보려 들겠다던!"

하고 허청 나오는 코웃음을 친다. 구경꾼은 자꾸 꾀어드는데, 정례 모친은 생전 처음 당하는 이런 봉욕[65]에 눈앞이 아찔하여지고 가슴이 꼭 메어 올랐으나, 언제까지 이러고 섰다가는 예서 더 무슨 창피한 꼴을 볼까 무서워서 선뜻 몸을 빼쳐 옆의 골로 줄달음질을 쳐 들어갔다. 뒤에서 발소리가 없으니 옥임이는 저대로 간 모양이다. 정례 모친은 눈물이 핑 돌았다.

스물예닐곱까지 동경 바닥에서 신여성 운동이네, 연애네, 어쩌네 하고 멋대로 놀다가, 지금 영감의 후실로 들어앉아서, 세상 고생을 알까, 아이를 한번 낳아 보았을까, 사십 전의 젊은 한때를 도지사[66] 대감의 실내마님으로 떠받들려 제멋대로 호강도 하여 본 옥임이다. 지금도 어디가 사십이 훨씬 넘은 중늙은이로 보이랴. 머리를 곱게 지지고[67] 엷은 얼굴 단장에, 번질거리는 미국제 핸드백을 착 끼고 나선 맵시가 어느 댁 유한마담[68]이지, 설마 일 할, 일 할 오 푼으로 아귀다툼을 하고 어려운 예전 동무를 쫓아다니며 울리는 고리대금업자로야 누가 짐작이나 할까. 해방이 되자, 고리대금이 전당국 대신으로 터놓고 하는 큰 생화가 되었지마는, 옥임이는 반민자(反民者)[69]의 아내가 되리라는 것을 도

65) 봉욕(逢辱) 욕된 일을 당함.
66) 도지사(道知事) 한 도(道)의 행정사무를 총괄하는 광역 자치 단체장.
67) 지지다 머리털을 곱슬곱슬하게 만들다.
68) 유한마담(有閑 madame) 생활이 넉넉하여 오락이나 사교를 일삼는 부인.
69) 반민자 반민족주의자로 친일파를 뜻함.

리어 간판으로 내세우고 부라퀴같이 덤빈 것이다. 중경[70] 도지사요, 전쟁 말기에는 무슨 군수품 회사의 취체역[71]인가 감사역[72]을 지냈으니 반민법[73]이 국회에서 통과되는 날이면, 중풍을 삼 년째나 누웠는 영감이, 어서 돌아가 주기나 하기 전에야 으레 걸리고 말 것이요, 걸리는 날이면 떠메어다가 징역은 시키지 않을지 모르되, 지니고 있는 집간이며 땅섬지기나마 몰수를 당할 것이니, 비록 자신은 없을망정 자기는 자기대로 살길을 차려야 하겠다고 나선 길이 이 길이었다. 상하 식솔을 혼자 떠맡고 영감의 약값을 제 손으로 벌어야 될 가련한 신세같이 우는소리를 하지마는 그래야 남의 욕을 덜 먹는 발뺌이 되는 것이다.

옥임이는 정례 모친이 혼쭐이 나서 달아나는 꼴을 그것 보라는 듯이 곁눈으로 흘겨보고 입귀를 샐룩하여 비웃으며, 버젓이 사람 틈을 헤치고 종로 편으로 내려갔다. 의기양양할 것도 없지마는, 가슴속이 후련하니 머릿속이고 가슴속이고 무언지 뭉치고 비비 꼬이고 하던 것이 확 풀어져 스러지고 회가 제대로 도는 것 같아서 기분이 시원하다. 그러나 그 뭉치고 비비 꼬인 것이라는 것이 반드시 정례 어머니에게 대한 악감정은 아니었다. 옥임이가 그 오랜 동무에게 이렇다 할 감정이 있을 까닭은 없었다. 다만 아무리 요새 돈이라도 이십여만 원이라는 대금을 받아 내려면은 한번 혼을 단단히 내고 제독을 주어야[74] 하겠다고

70) 중경 일찍이 무슨 일이나 직책을 지냄.
71) 취체역(取締役) 주식회사 '이사(理事)'의 옛말.
72) 감사역(監事役) '감사(監事)'의 전 용어. 문서와 장부 및 물품의 관리를 맡아보던 벼슬아치 밑에서 일을 보던 사람.
73) 반민법(反民法) 일제강점기에 반민족적인 행위를 한 사람을 처벌하기 위하여 만든 반민족행위처벌법의 줄임말. 1948년 제정되었으나 정부의 미온적인 태도로 실효를 거두지 못하였다.

벼르기는 하였지마는, 얼떨결에 나온다는 말이 젊은 서방을 둔 떠세냐 무어냐고 한 것은 구석 없는 말[75]이었고 지금 생각하니 우스웠다. 그러나 자기보다도 훨씬 늙어 보이고 살림에 찌든 정례 모친에게는 과분한 남편이라는 생각은 늘 하던 옥임이기는 하였다. 남의 남편을 보고 부럽다거나 샘이 나거나 하는 그런 몰상식한 옥임이도 아니지마는 자식도 없이 군식구[76]들만 들썩거리는 집에 들어가서 몸도 제대로 가누지 못하는 늙은 영감의 방을 들여다보면 공연히 짜증이 나고, 정례 어머니가 자식들을 공부시키느라고 어려운 살림에 얽매고 고생하나, 자기보다 팔자가 좋다는 생각도 나는 것이었다. 내년이면 공과대학을 나오는 맏아들에 중학교에 다니는 어머니보다도 키가 큰 둘째아들이 있고, 딸은 지금이라도 사위를 보게 다 길러 놓았고, 남편은 펀둥펀둥 놀며 마누라가 조리차[77]를 하는 용돈이나 받아 쓰고, 자동차로 땅뙈기는 까불렸을망정 신수가 멀쩡한 호남자[78]가 무슨 정당이라나 하는 데 조직부장이니 훈련부장이니 하고 돌아다니니 때를 만나면 아닌 게 아니라 장래 대신[79]이 되지 말라는 법도 없을 것이다. 팔구 삭 동안 동사를 하느라고 매일 들러서 보면, 젊은 영감을 등이라도 두드리고 머리를 쓰다듬어 줄 듯이 지성으로 고이는[80] 꼴이란 아닌 게 아니라 옆에서 보기에도 부러운 생각이 들 때가 없지 않았지마는, 결혼들을 처음 했

74) 제독을 주다  상대의 기운을 꺾어 다시는 다른 생각을 못 하게 하다.
75) 구석 없는 말  근거 없는 말.
76) 군식구  가족 이외에 집안에 얹혀사는 사람.
77) 조리차  알뜰하게 아껴서 쓰는 일.
78) 호남자(好男子)  호걸의 풍모나 기품이 있고 남성다우며 풍채가 좋은 사나이.
79) 대신(大臣)  장관(長官).
80) 고이다  유난히 귀여워하고 사랑하다.

을 예전 시절이나 도지사(道知事) 관사에 들어서 드날릴 때에야 어디 존재나 있던 위인들인가? 그것이 처지가 뒤바뀌어서 관 속에 한 발을 들여놓은 영감이나마 반민자로 지목이 가다니, 이런 것 저런 것을 생각하면 쭉쭉 뽑아 놓은 자식들과 한참 활동적인 허우대 좋은 남편에 둘러싸여 재미있고 기운꼴차게 사는 양이 역시 부럽고 저희만 잘된다는 것이 시기도 나는 것이었다. 보기 좋게 이년 저년을 붙이며 한바탕 해대고 나서 속이 후련한 것도 그러한 은연중의 시기였고, 공연한 자기 화풀이였던지 모른다.

옥임이는 그길로 교장 영감 집에 들러서,

"혼을 단단히 내주었으니까 이제는 딴소리 안 할 거외다. 내일 가서 표라두 받아다 주슈."

하고 일러 놓았다.

4

"오늘은 아퀴[81]를 지어 주시렵니까? 언제 갚으나 갚고 말 것인데 그 걸루 의 상할[82] 거야 있나요?"

이튿날 교장이 슬쩍 들러서 매우 점잖은 수작을 하는 것이었다.

"이렇게 말씀드리면 교장 선생님부터가 어떻게 들으실지 모르지만 김옥임이가 그렇게 되다니 불쌍해 못 견디겠어요. 예전에 셰익스피어

81) 아퀴  어수선한 일의 갈피를 잡아 마무리 짓는 일.
82) 의 상하다  서로간의 정의(情誼)를 잃다.

의 원서를 끼구 다니고, 『인형의 집』[83]에 신이 나구, 엘렌 케이[84]의 숭배자요 하던 그런 옥임이가 동냥자루 같은 돈 전대[85]를 차구 나서면 세상이 모두 노랑 돈닢으로 보이는지, 어린애 코 묻은 돈푼이나 바라고 이런 구멍가게에 나와 앉았는 나두 불쌍한 신세지마는 난 옥임이가 가엾어서 어제 울었습니다. 난 살림이나 파산 지경이지 옥임이는 성격 파산인가 보더군요…….”

정례 어머니는 분하다 할지 딱하다 할지 속에 맺히고 서린 불쾌한 감정을 스스로 풀어 버리려는 듯이 웃으며 하소연을 하는 것이었다.

“그런 말씀을 하시니 나두 듣기에 좀 괴란쩍습니다마는[86] 다 어려운 세상에 살자니까 그런 거죠. 별수 있나요. 그래도 제 돈 내놓고 싸든 비싸든 이자라고 명토[87] 있는 돈을 어엿이 받아먹는 것은 아직도 양심이 있는 생활입니다. 입만 가지고 속여 먹고 등쳐 먹고 알로 먹고 꿩으로 먹는 허울 좋은 불한당[88] 아니고는 밥알이 올곧게[89] 들어가지 못하는 지금 세상 아닙니까…… 허허허.”

하고 교장은 자기변명인지 옥임이 역성인지를 하는 것이었다.

이날 정례 어머니는 딸이 옆에서 한사코 말리며, “그따위 돈은 안 갚

83) 『인형의 집』 노르웨이의 극작가 입센(Henrik Ibsen, 1828~1906)의 작품. 아내이자 어머니이기 이전에 한 사람의 인간으로서 살고자 하는 주인공 노라의 각성 과정을 그린 작품으로 여성해방 문제를 다루었다.
84) 엘렌 케이(Ellen Karolina Sofia key, 1849~1926) 스웨덴의 여류 사상가. 기독교적인 결혼 인습을 비판하고 새롭고 자유로운 성도덕을 주장하였으며, 부인 문제와 아동 문제에 일생을 바쳤다.
85) 전대(纏帶) 돈이나 물건을 넣고 허리에 차거나 어깨에 매도록 만든 폭이 좁고 긴 자루.
86) 괴란쩍다 부끄러워서 얼굴이 뜨겁다.
87) 명토 누구 또는 무엇이라고 구체적으로 하는 지적. 여기서는 '명분'의 의미로 쓰였다.
88) 불한당(不汗黨) 떼 지어 다니며 행패를 부리는 무리.
89) 올곧다 바르고 곧다.

아도 좋으니 정장[90]을 하든 어쩌든 마음대로 하라구 내버려 두세요"
하며 팔팔 뛰는 것을 모른 척하고 이십만 원 표에 이만 원 현금을 얹어
서 옥임이 갖다가 주라고 내놓았다.

정례 모친은 그 후 두 달 걸려서 교장 영감의 오만 원 빚은 갚았으
나, 석 달째 가서는 이 상점 주인이 바뀌어 들고야 말았다. 정말 교장
영감의 조카가 나서나 하였더니 교장의 딸 내외가 들어앉았다. 상점을
내놓고 만 바에는 자질구레한 셈속을 따진대야 죽은 아이 귀 만져 보
기[91]지 별수 없지마는, 하여튼 이십만 원의 석 달 변리 육만 원이 또 늘
어서 이십육만 원인데 정례 모녀가 사글세[92]의 보증금 팔만 원마저 못
찾고 두 손 털고 나선 것을 보면, 그 팔만 원을 아끼고 남은 십팔만 원
을 점방의 설비와 남은 물건값으로 치운 것이었다. 물론 옥임이가 뒤
에 앉아 맡은 것이나, 권리 값으로 오만 원 더 얹어서 교장 영감에게
팔아넘긴 것이었다. 옥임이는 좀 더 남겨 먹었을 것이로되 교장 영감
이 그 빚 받아 내는 데에 공로가 있었기 때문에 오만 원만 얹어 먹고
말았고, 또 교장은 이북에서 내려온 딸 내외에게는 똑 알맞은 장사라
는 생각이 있어서 애초부터 침을 삼키고 눈독을 들이던 것이라, 이 상
점을 손에 넣으려고 애도 썼지마는, 매득하였다고[93] 좋아하였다.

정례 모녀는 일 년 반 동안이나 죽도록 벌어서 죽 쑤어 개 좋은 일
한[94] 셈이라고 절통[95]을 하였으나 그보다도 정례 모친은 오래간만에

90) 정장(呈狀)  소송을 제기하려고 관계 기관에 고소장을 내는 일.
91) 죽은 아이 귀 만져 보기  아무 소용이 없는 일.
92) 사글세  남의 집이나 방을 빌려 쓰는 값으로 다달이 내는 세.
93) 매득하다(買得一)  싸게 사다.
94) 죽 쑤어 개 좋은 일 하다  애써서 남에게 좋은 일을 하다.

몸이 편해져서 그렇기도 하였겠지마는 몸살감기에 울화가 터져서 그만 누운 것이 반달이나 끌었다.

"마누라, 염려 말아요. 김옥임이 돈쯤 먹자고 들면 삼사십만 원쯤 금세루 녹여내지. 가만있어요."

정례 부친은 앓는 마누라 앞에 앉아서 이렇게 위로하였다.

"옥임이 돈을 먹자는 것두 아니지마는 무슨 재주루."

마누라는 말리는 것도 아니요 부채질하는 것도 아닌 소리를 하였다.

"김옥임이도 요사이 자동차를 놀려 보구 싶어한다는데 마침 어수룩한 자동차 한 대가 나섰단 말이지. 조금만 참아요, 우리 집문서는 아무래두 김옥임 여사의 돈으로 찾아 놓고 말 것이니……."

하며, 정례 부친은 앓는 아내를 위하여 뱃속 유하게[96] 껄껄 웃었다.

95) 절통(切痛)  몹시 원통함.
96) 유하게  부드럽고 순하게. 걱정 없는 듯이.

# 1 제목 ‘두 파산’이 의미하는 것은 무엇일까요?

정례 모친은 교장 선생에게 “나는 살림이나 파산 지경이지 옥임이는 성격 파산인가 보더군요”라고 말합니다. 이 말을 통해 ‘두 파산’이란 정례 모친과 김옥임이 보여 주는 두 가지 형태의 파산을 가리키는 것을 알 수 있습니다. 즉, 살림을 파산한 것은 정례 모친 쪽이며, 성격 파산에 이른 것은 옥임이 쪽입니다. 하지만 중요한 것은 이러한 파산을 겪은 것이 이 두 사람만이 아니라는 것, 그리고 정례 모친이 살림 파산만을 겪은 것도 아니고, 옥임이 성격 파산만을 겪은 것도 아니라는 점입니다.

작품 후반부에서, 정례 부친은 가게를 교장에게 넘기고 몸살이 겹쳐 드러누운 아내를 향해 옥임에게 어수룩한 자동차를 팔 속마음을 드러냅니다. 정례 모친은 확실한 태도 표명 없이 넘어갑니다. 이는 무언의 동조로 볼 수 있으며, 살림 파산은 살림의 파산에서 끝나지 않고 성격의 파산으로 이어질 수 있음을 넌지시 내비치고 있는 것입니다. 또한 옥임의 성격 파산 역시 중풍으로 쓰러진 남편과 그의 과거 행적으로 인한 가산 몰수 등 살림 파산에 대한 두려움에서 비롯된 것입니다.

따라서 「두 파산」은 살림 파산이나 성격 파산이 늘어나고 있는, 말하자면 삶의 총체적인 파산이 일어나던 해방 직후의 상황을 그리려 한 것으로 해석할 수 있습니다.

**2** 작품에 나타난 해방 직후의 사회상을 살펴봅시다.

해방 직후 우리 사회는 매우 혼란스러웠습니다. 사회 내적으로는 윤리적·도덕적 가치관이 흔들리고 정치적으로는 남과 북, 좌익과 우익이 대립했던 시기였으므로 이 시대를 살아가는 사람들은 가치관의 혼란을 경험할 수밖에 없었습니다.

1949년에 발표된 이 작품은 해방 직후의 이 같은 혼란한 시대상을 배경으로 정례 모친과 옥임으로 대표되는 물질적 가치와 정신적 가치의 파산 과정을 보여 주고 있습니다. "점점 심해져 가는 물가에 먹고는 살아야 하겠고, 내남직없이 종이 한 장, 연필 한 자루라도 덜 사간다"라는 정례 모친의 말로 보아, 당시는 물가가 많이 오르고 모두들 어렵게 생계를 꾸리며 살았던 듯합니다. "해방이 되자 고리대금이 전당국 대신으로 터놓고 하는 큰 생화"가 되었다는 대목이나 옥임이가 "해방 덕에 빚놀이를 시작해서 백만 원이나 벌었다"는 대목으로 보아, 빚을 지고 고생하는 사람들이 많았던 듯합니다. 이러한 혼란한 시대상 속에서 인간이 추구해야 할 진정한 가치마저 잃어버리고 있었음을 짐작할 수 있습니다.

**3** 고리대금업에 뛰어든 전(前) 보통학교 교장은 어떤 사람인가요?

교장 선생은 김옥임과 마찬가지로 탐욕적이고 몰염치한 성격 파산자로 등장합니다. 한때는 보통학교 교장 노릇을 했으나, 이제는 고리대금업을 하면서 정례 모친에게 오만 원을 빌려 주고 높은 이자를 받아 내는 것은 물론 옥임이가 정례 모친에게 투자한 돈을 받아 내는 중개인으로서의 역할을 합니다. 고리대금업이 어려운 세상을 살기 위한 방편이라고 생각하는 그는 해방 직후를 "입만 가지고 속여 먹고 등쳐 먹고 알로 먹고 꿩으로 먹는 허울 좋은 불한당이 아니고는 밥알이 올곧게 들어가지 못하는" 세상으로 파악하고 있으며, 자신이 하는 일이 "아직도 양심 있는 생활"이라고 말합니다. 결국 정례 모친의 가게는 교장의 딸 내외에게로 돌아가게 되니, 성격 파산의 정도가 옥임보다 덜하다고 할 것도 없습니다.

**4** 김옥임이 파산하게 되는 과정을 정리해 봅시다.

동경 유학까지 다녀올 정도로 지식인이자 여성운동가, 문학과 자유연애에 관심을 가졌던 신여성 옥임은 친일파 영감의 후실로 들어가 호강하며 살았습니다. 하지만 해방 후 남편이 중풍으로 쓰러지고, 국회에서 언제 통과될지 모르는 반민법으로 인해 가산이 위태로운 지경에 이르자, 경제적으로는 힘들망정 말끔한 외모에 정당 활동을 하는 남편과 번듯한 자식을 두고 있는, 소학교 때부터 삼십여 년 지기 친구인 정례 모친에게 열등감과 질투심을 느낍니다. 옥임은 이를 극복하기 위해 돈에 집착하게 되고, 자신의 경제적 우위를 바탕으로 정례 모친을 핍박합니다.

정례 부친의 자동차 사업이 여의치 않아 정례 모친의 가게 경영이 어려움을 겪자 옥임은 자신이 투자한 돈을 모두 회수하려고 합니다. 이미 투자한 돈의 두 배 이상을 찾아갔으면서 친구가 어려운 처지에 놓이자 더더욱 기를 쓰고 자신의 이익만을 생각합니다. "난 돈밖에 몰라. 내일모레면 거리로 나앉게 된 년이 체면은 뭐구, 우정은 다 뭐야"라며 물질만능주의적 가치관을 여실히 드러냅니다.

**5** 결말 부분에 나타난 정례 부친과 정례 모친의 대화가 의미하는 것은 무엇인가요?

결말 부분에 나타난 정례 부친의 말은 독자의 흥미를 자극하기에 충분합니다. "김옥임이 돈쯤 먹자고 들면 삼사십만 원쯤 금세루 녹여낸다"며, "김옥임이가 요사이 자동차를 놀려 보구 싶어하는데 마침 어수룩한 자동차가 한 대 나섰다"고 말하는 정례 부친은 아내의 물질 파산(물론 가족 전체의 물질 파산이지만)에 일차적 책임이 있는 김옥임의 물질로 아내의 물질 파산을 회복하려 합니다.

작품 속에서 비교적 긍정적인 인물로 그려지던 정례 모친은 남편의 말에 애매한 태도를 취하면서, "무슨 재주로 옥임이의 돈을 먹냐"며 무언의 동조에 가까운 태도를 보입니다. 그들도 결국 물질적인 문제를 초월할 수 없는 평범한 인간이었던 것이며, 물질적으로 파산을 하게 되면 올곧은 성품으로 살아갈 수 없다는 우리네 삶의 모습을 그려 보이고 있습니다.

**6** 「두 파산」의 구성 형식과 그 효과에 대하여 살펴봅시다.

이 작품은 해방 직후의 혼란 속에서 물질만능주의가 판을 치게 된 상황을 사실적으로 그려 낸 소설로, 어느 가을 열흘 정도의 기간 동안에 일어난 일을 시간의 흐름에 따른 추보식 구성으로 서술하면서 현재와 관련된 과거의 사건들을 중간중간 삽입하는 형식을 취하고 있습니다.

내용에 있어서는 정례 모친과 옥임의 물질적·성격적 파산이 병행적 구성으로 전개되는데, 인물의 대화와 심리의 교차 서술을 통해 물질적으로 파산하는 정례 모친의 성격(정신)적 가치관과 성격적으로 파산하는 옥임의 경제적 가치관을 보여 주고 있습니다. 이를 '성격의 병행 대조기법'이라고 부릅니다.

작가는 두 여인을 일방적으로 부정하거나 비난하기보다는 왜 이러한 상황에 빠지게 되었는지 그 심리적인 측면과 사회적인 상황을 균형 잡힌 시각으로 보여 줌으로써, 독자들이 이들의 파산에 대해 사실적이고 깊이 있게 인식할 수 있도록 배려합니다. 다시 말해 그들을 파산에 이르게 만든 당대 사회의 구조적 모순이야말로 비판받아야 마땅할 대상으로 파악한 것입니다.

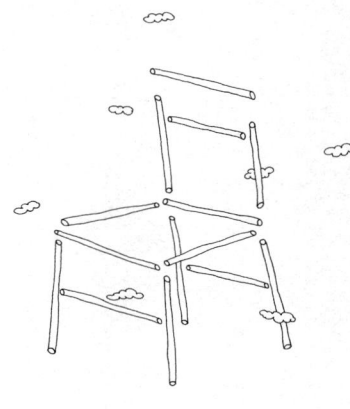

# 식민 지배를 통해 받아들여야 했던 근대의 속성을 꿰뚫어 본 사실주의 작가

현실의 심연을 냉철하게 인식하는 남다른 안목으로
근대성의 다양한 면모를 형상화하다.


## 1. 염상섭의 생애

  횡보(橫步) 염상섭(廉想涉)은 서울에서 태어나 서울에서 생을 마감한 작가입니다. 1897년 8월 30일 서울 종로구에서 대한제국 중추원 의관이었던 인식의 손자이면서 가평, 의성 등에서 군수를 지낸 규환과 경주 김씨의 팔남매 중 셋째아들로 태어난 그의 본명은 상섭(尙燮), 필명은 상섭(想涉), 아호는 횡보(橫步)입니다.

  아들의 회고에 따르면 염상섭은 평소에 술을 무척 좋아했다고 합니다. 살아생전에 자신의 이름을 새긴 문패 하나 걸 곳이 없어 이사를 자주 다녔는데, 이사한 지 며칠도 되지 않아 외상 술집을 확보하는 데는 일가견이 있었다고 합니다. 술을 어찌나 좋아했는지 임종 직전에도 부인이 숟가락으로 정종을 드시게 했다니 술 향기와 함께 영면한 것입니다. '횡보'라는 아호는 술에 취해 걸음걸이가 비뚤고 바르지 않아서 친구들이 붙여 준 것이라고 합니다.

염상섭은 중인 계층의 집안에서 태어나 서울서 자란 토박이입니다. 중인 계층은 양반과 평민 사이에 위치한 신분 계급을 말하는데 주로 기술직이나 사무직에 종사해 실무 경험이 풍부한 사람들이었습니다.

여섯 살 때부터 할아버지에게 『천자문』과 『동몽선습』 등을 배웠는데 외우는 것을 잘 못해서 둔하다고 꾸중을 많이 들었다고 합니다. 스스로를 고집불통이었다고 말하는 그는 어린 마음이었지만 우둔하다는 말을 들으니 비판도 경쟁심도 생기지 않고 그저 멍하니 침체하고 고루하고 우울한 환경 속에서 자랐다고 말합니다.

할아버지가 돌아가신 후 염상섭은 학교에 입학하게 되는데, 보통학교를 두 곳, 중학교를 네 곳이나 옮겨 다녔습니다. 1907년 열한 살이 되던 해에 관립 사범보통학교에 입학했는데, 조선의 역사를 가르치지도 않고, 이토 히로부미가 오는 날에는 수업도 하지 않고 학생들을 환영 행사에 참가시키며, 조선 황제가 동적전(東籍田, 조선 시대에 농사를 주관하는 신인 신농씨神農氏에게 제사 지내고 국왕이 농사의 시범을 보이기 위해 둔 토지)에 가서 몸소 농사짓는 제사에는 반 대표만을 보내는 것 등에 항의하며 자퇴를 합니다. 1909년 천도교 학교인 보성소학교로 전학을 가게 되는데, 당시 보성소학교의 교장은 3·1운동 지도자 중 한 명인 최린이었습니다. 이어 보성중학교로 진학하여 손병희, 엄주관 등의 가르침을 받아 항일의식을 키웠습니다. 그 후 1912년 일본으로 유학을 떠나 도쿄 마포중학교 2학년에 편입했다가, 1914년 맏형 창섭은 육군사관학교를 졸업하고 상섭은 성학원(聖學院) 3학년에 편입을 합니다. 이듬해 1915년에는 창섭이 일본 육군 중위로 있는 교토로 가서 교토 부립 제2중학교에 유일한 외국인 학생으로 입학합니다. 이 시기 「우리집 정월」이라는 작품으로 교사에게 칭찬을 받고 교지 편집을 맡기도 합니다.

1918년에는 귀족 자제가 다니는 게이오대학 문과 예과에 입학하지만 10월 8일 병으로 인해 자퇴를 합니다. 이후 1919년 3월 19일 오사카에서 3·1운동 소식을 듣고 '재(在)오사카 한국 노동자 일동 대표' 명의로 텐노지(天王寺) 공원에서 거사를 계획합니다. 그러나 3월 18일 밤에 피검되어 십 개월 형을 받고 오 개월간 감옥 생활을 치른 후 이심에서 무죄판결을 받고 풀려납니다. 이후 노동운동을 통한 민족해방에 뜻을 두고 인쇄소 직공이 됩니다.

'재(在)오사카 한국 노동자 일동 대표'의 이름으로 발표한 「독립선언서」를 잠시 살펴보면, 민족자결주의와 조선의 역사를 강조한 후 한일합방 후의 일제 통치의 참상을 규탄하였는데 그 끝부분은 다음과 같습니다.

지금에 오인(吾人)은 입만으로는 감언(甘言)에 만착(瞞着)되기에는 너무나 자기를 지나치게 알고 있다. 폭수(暴手)를 두려워 비(比)에 복종함에는 너무나 자유의 존엄성을 지나치게 깨달았다. 주저할 바 있으랴. 차일명(此一命)을 도(賭)하여 써 독립을 선언하는 소이이다.

감옥에서 석방된 후 그해 10월 첫 소설을 집필하는데, 이것이 바로 나중에 『개벽』에 발표된 「암야」입니다.

1920년 귀국하여 의형(義兄)인 진학문(秦學文)의 천거로 〈동아일보〉 창간 정경부 기자로 활동하며, 7월에는 동인지 『폐허』를 창간하고 동인을 결성합니다. 진학문이 〈동아일보〉를 사퇴하자 자신도 사퇴한 후 맏형이 있는 오산학교(창섭은 3·1운동 후 군대를 그만두고 오산학교의 교감이 됨)의 교사가 되어 일본어와 작문을 가르쳤고, 그 후 「표본실의 청개구리」(1921)를 발표합니다. 이를 두고 김동인은 '새로운 햄릿의 출현'이라며 놀라운 반응을 보입니다. 이렇게 그의 작가적 삶은 내실을 다져 갈 준비를 하고 있었던 것입니다.

일본은 3·1운동 후, 염상섭이 태어나서 자란 종로의 경복궁 앞에 조선총독부를 세우기 위해 경복궁의 정문인 광화문을 철거하려고 했습니다. 그러나 반대 여론이 거세어 철거는 하지 못하고 1926년에 동쪽으로 이전하는 데 그쳤는데 이 사건도 염상섭의 내면에 영향을 미쳤을 것으로 보입니다.

1926년 다시 일본으로 가서 일본 문단 진출을 꾀하며 지낸 2년 동안, 염상섭은 나도향, 이은상, 양주동 등과 하숙 생활을 함께하며 창작에 전념하지만 별다른 성과 없이 귀국하게 되고, 1929년에는 김영옥과 결혼을 합니다. 그리고 〈조선일보〉에 입사하여 안정된 생활 속에서 창작에 몰두합니다.

거듭된 전학, 오사카에서의 독립운동 시도와 이로 인한 감옥 생활, 대학 중퇴, 노동자로서의 삶과 방황 등 그의 삶의 편력은 염상섭의 내면 형성에 커다란 영향을 끼쳤던 것으로 보입니다.

1932년에는 김동인의 소설 「발가락이 닮았다」가 자신을 모델로 했다며 논쟁을 벌인 적도 있습니다. 1935년에는 〈매일신보〉에 입사하는데, 〈매일신보〉가 총독부의 기관지라는 사실을 늘 꺼림칙하게 생각했다고 합니다. 1936년에는 만주국(1932년에 일본이 중국 동북부 일대에 세웠던 괴뢰 국가) 국무원 참사관(參事官)으로 있는 진학문의 권유로 만주국으로 갑니다. 이때 그는 작가로서의 한계를 인식한 데다가, 진학문이 일체의 창작 활동을 단념하라고 권하자 절필을 결심합니다. 다행스럽게도 이로 인해 일제의 억압이 가장 악랄했던 시기를 국외에서 보내게 되고 절필까지 하였으니 친일은 염상섭과는 먼 문제가 되었습니다.

1939년 〈만선일보〉 편집국장을 그만두고 안동 대동항 건설회사 홍보담당관으로 취직하게 되고, 1945년 만주국에서 8·15 해방을 맞이합니다. 해방 당일 밤 조선인 거류민단(남의 나라 영토에 머물러 사는 같은 민족끼리 조직한 자치단체)을 조직하러 간 염상섭의 순번을 대신하여 야경을 돌던 교사가 살해당하는 사건이 발생하자 귀국을 서둘러 1946년 서울로 돌아옵니다. 그리고 〈경향신문〉 초대 편집국장을 맡아보다가 이듬해 〈경향신문〉을 사퇴하고 성균관대학교에 출강하면서 창작에만 전념합니다. 8·15 해방 후 『효풍』(1948)을 쓸 무렵 염상섭은 남한 단독 정부 수립을 반대했다가 옥고를 치른 적도 있는데 이 역시 3·1운동 정신의 발현으로 민족 분열을 막으려는 의도로 보입니다.

1950년 6·25가 일어났을 때에는 피난을 못 가 9·28수복 때까지 숨어 살다가 12월에 이무영, 윤백남과 함께 해군에 입대합니다. 1954년 『취우(驟雨)』(1952)로 서울시 문화상을 수상하고, 서라벌예술대학 학장에 취임합니다. 이때 강의 한 달 만에 "더 이상 가르칠 것이 없다"면서 종강을 한 적도 있다고 합니다. 염상섭은 1963년 3월 14일 오전 아홉시 직장암으로 성북동 자택에서 별세하였습니다.


## 2. 염상섭의 문학 세계

횡보 염상섭은 1921년부터 1962년까지 40년이 넘는 세월 동안 일제 강점, 해방, 한국전쟁 등을 겪으며 한국 현대사를 꿰뚫는 남다른 안목으로 장편 29편, 단편 150편, 평론 등 3백여 편의 글을 남겼습니다.

작가로서의 인생에서 양적으로나 질적으로 한 치의 부족함도 없는 그의 탄생 백 주년을 맞아 소설가 김원우는 "횡보의 작품을 읽지 않고는 한국 현대소설의 위상을 감히 운운할 수 없고, 그의 섬세한 문체와 맛깔스런 우리말의 가락을 모르고서는 글을 쓴다고 말할 수 없다"라고 한 바 있습니다.

중학 시절 일본으로 가기 전까지는 문학작품을 접해 본 적이 없다고 말하는 염상섭은 일본에 가서야 『호토토기스(不如歸)』『콘지키야샤(金色夜叉)』* 등의 소설을 읽었으며, 이후 나쓰메 소세키의 『도련님』이나 아쿠타가와 류노스케의 『라쇼몽(羅生門)』 등을 접했다고 합니다. 그러니 일본에서의 생활이 그를 문학가의 길로 들어서게 만들었음은 부인할 수 없습니다.

1919년 3·1운동은 일제의 폭력적 진압으로 인해 실패하게 되고 절

---

* 『호토토기스』는 일본 근대 소설가 도쿠토미 로카(德富蘆花, 1868~1927), 『콘지키야사』는 오자키 고요(尾埼紅葉, 1867~1903)의 작품. 조중환에 의해 각각 『불여귀』『장한몽』으로 우리나라에 번안되어 당시 큰 인기를 끌었다.

망감과 허무주의를 낳았지만, 염상섭은 그러한 상황을 주체적으로 극복해야 한다고 생각했던 듯합니다.

염상섭은 평론 「소설과 민중」에서 소설이 '데모크라시(민주주의) 시대의 대표적 문학'이라면서 다음과 같이 말합니다.

소설의 진정한 가치는 위에서도 말하였거니와, 읽은 후에 생각게 하는 것, 불의(不義), 부정(不正)에 대하여 의분 증오의 염(念)을 환기케 하는 것, 자기의 감정을 순화하고 자성(自省)케 하는 것, 지금까지 모르던 깊고 넓은 인생의 형용(形容)을 깨닫게 하는 것, 자기의 소아(小我)를 버리고 대아(大我)를 체득하면서 이상(理想)의 세계에 비약하는 용기를 주는 것…… 이러한 모든 점에서 결정되어야 할 것이다.

이는 염상섭이 인간의 삶 전체를 아우르면서 남다른 정치적 시각으로 사회 현실을 파악했음을 알 수 있습니다.

「표본실의 청개구리」와 「만세전」(1924)은 3·1운동과 직접적인 관련을 가지는데 그 당시 3·1운동에 관련된 작품을 쓴 사람은 염상섭뿐이었습니다. 「만세전」은 3·1운동이 일어날 수밖에 없었던 필연성을 당시 일본의 경제적·문화적 착취와 노동력 착취에 무기력하게 당하기만 했던 조선인들의 상태를 통해 그려 내며, 「표본실의 청개구리」는 3·1운동 실패가 초래한 극도의 환멸과 좌절감, 정신분열을 다루고 있습니다.

염상섭은 평론을 통해 문학의 길에 들어섰다고 볼 수 있습니다. 1920년대 대표적인 평론가이기도 한 염상섭은 날카로운 관찰력과 비판력을 통해 우리 문학이론의 발전에 큰 기여를 하였습니다.

염상섭은 1920년 7월 김억, 김찬영, 민태원, 남궁벽, 오상순, 황석우 등과 함께 동인지 『폐허』를 창간하여 문단이라는 것이 존재하지 않았던 초기 한국 근대문학 형성에 큰 공헌하였습니다. 염삼섭은 『폐허』보다 앞서 발간된 『창조』의 멤버 김환의 소설 「자연의 자각」에 대한 평가를 놓고 『창조』 동인의 주축이었던 김동인과 논쟁을 벌이기도 하였는데, 이 논쟁은 한국 근대문학사에서 작품을 놓고 벌인 최초의 본격적인 논쟁이었다는 점에서 주목할 만합니다.

염상섭 문학과 신문기자 생활은 밀접한 관련이 있습니다. 염상섭이 언론계에 종사한 것은 한국의 현실을 총체적으로 파악하는 데 많은 도움이 되었으며 이것이야말로 소설을 쓰기 위한 밑거름이었던 것입니다. 기자 생활 초기에 「표본실의 청개구리」 「암야」 「제야」(1922) 「만세전」 등의 작품을 연이어 발표하며 소설가로서의 지위를 굳혔습니다. 「표본실의 청개구리」의 '나'는 신경과민으로 불면증에 시달리고, 「암야」의 주인공은 스스로를 동물원에 갇힌 곰과 같다고 생각하며, 「제야」의 주인공은 관습이나 권위를 부정하고 자살을 합니다.

초기 3부작 이후 발표된 염상섭의 소설 「금반지」(1924)와 「전화」(1925)의 경우 초기 단편과는 다른 유형의 작품으로, 일상생활 속의 갈등을 그리고 있으며 밝고 경쾌한 분위기를 자아내어 우울하고 침침한 분위기의 전환을 가능케 한 작품으로 평가됩니다.

「윤전기」(1925)는 노동자와 고용인의 대립을, 「E선생」(1922)은 학교 내 교사 간의 대립을 그린 작품으로, 당시 문단의 민족주의와 사회주의의 대립에 대하여 중립적이고도 관찰자적인 시선을 견지하고자 노력한 작가의 모습이 드러나 있습니다.

「삼대」(1931)는 서울 중산층 집안에서 벌어지는 재산 싸움을 중심으로 1930년대의 이념의 혼란상, 자본주의 사회로 변모하는 과정에서 발생하는 여러 문제들을 생동감 있게 그려 낸 작품으로 염상섭 문학의 정점에 위치하고 있습니다. 이후 속편으로 「무화과」(1931)를 발표하고, 「모란꽃 필 때」(1935), 「그 여자의 운명」(1935)도 연이어 발표합니다.

「해바라기」(1923)에서는 결혼에 대한 인식의 변화를 냉소적 시선으로 그려 내며, 「고독」(1925), 「조그만 일」(1926)에서는 돈이 없어 전전긍긍하는 군상들을 담아 내고 있습니다.

해방 후 만주에서 경성으로 돌아오던 염상섭은 해방 조국의 혼란상을 목도하게 됩니다. 「두 파산」(1949)에서 그려낸 물질적·정신적 파산이나 「양과자갑」(1948)에서 일본이 물러간 뒤 또 다른 실세를 휘두르는 미군정을 풍자·비판한 것은 이와 관련되어 있습니다.

해방 이후 염상섭은 주로 가정을 무대로 한 작품을 발표하는데, 특히 신의주에서 삼팔선에 이르기까지의 도정을 그린 「삼팔선」(1948), 옥임의 정신적 파산과 정례 모친의 경제적 파산을 통해 당대의 세태를 표현한 「두 파산」, 인민군 치하의 서울의 모습을 통해 위기에 직면한 인물들의 심리를 적절하게 묘사하고 있는 『취우』가 바로 이러한 경향의 작품들입니다.

염상섭의 작품은 돈을 중심 소재로 다루고 있는 것이 많은데 여기서 돈은 긍정적으로 작용하기도 하고 부정적으로 작용하기도 합니다. 「두 파산」「일대의 유업」(1949)에서는 부정적으로, 「늙은 것도 설운데」(1958), 「얼룩진 시대 풍경」(1961)에서는 긍정적으로 그려집니다.

이는 근대적 자본주의의 유입이 우리 사회에 어떻게 작용하는지를 그려 냈다고 볼 수 있습니다.

염상섭의 작품은 「해방의 아들」(1946), 「이합」(1948), 「재회」(1948), 「삼팔선」으로 이어지는 일련의 작품에서 보듯이, 귀국 과정, 해방과 6·25전쟁을 계기로 더욱더 기세를 떨치는 미국에 대한 선호, 전쟁 고아 문제, 일제 침략 등으로 인한 혼혈아의 실존 문제, 급격한 사회 변화가 불러온 윤리의 변화 양상 등 사회의 여러 현상을 다방면 다각도에서 수용하고 있습니다.

특히 혼혈아 문제를 다룬 것은 특기할 만한데 「사랑과 죄」(1927)에 등장하는 유진과 「만세전」에 등장하는 부산의 한 국숫집에서 만난 여급 등을 통해 한일합방의 비극적 역사의 소용돌이 속에 숨겨진 혼혈아의 실존적 고민을 담아내기도 했습니다.

1952년 7월 18일부터 1953년 2월 30일까지 〈조선일보〉에 연재된 『취우』는 한국전쟁 발발 직후부터 1·4후퇴까지 적의 치하에 놓인 서울에서의 삶을 그린 소설로 염상섭의 후반기 장편소설의 대표작입니다.

소설을 구상할 때에는 등장인물의 이름을 정하기 위해서 동네를 돌아다니며 문패를 하나하나 살펴보고 항렬도 따져 가며 꼼꼼하게 취재했으며, 문학 지망생들에게 "말과 글을 배우고, 소설을 지향하거든 사실주의를 탐구하고 여기에 철저하라"라고 했다니 그는 사실주의 작가임에 틀림이 없습니다.

염상섭은 3백여 편이나 되는 많은 작품을 창작했지만 정작 단행본으로 출간된 것이 얼마 없어 그의 작품을 접하기란 쉽지가 않습니다. 이는 잡지나 신문에 연재가 끝난 후 마음에 내키지 않으면 선뜻 출판하려고 하지 않았기 때문이라고 합니다. 작고하기 전해인 1962년에는 「염상섭 문단 회고기」를 『사상계』에 연재하다가 건강이 악화되어 중단한 일이 있지만, 붓을 잡을 수 있는 힘이 있었던 한에는 무엇이든 쓰던 작가였습니다.

소설가 이인화는 「만세전」의 주인공인 이인화를 통해 현실의 심연을 냉철하게 인식하는 대작가의 자아를 상상했고 자신의 필명을 이를 본떠서 '이인화'라고 정했다고 말합니다. 염상섭은 또 다른 이인화를 배태하며 현실을 살아가고 있는 것입니다.

작가의 출생지 근처인 서울의 종묘공원에는 염상섭이 벤치에 앉아 작품을 구상하는 듯한 동상이 있습니다. 그 옆에는 작가와 함께 사진도 찍을 수 있고 독서도 할 수 있는 공간이 마련되어 있다고 합니다. 염상섭의 옆에 앉아 그가 꿰뚫어 본 근대의 속성을 사유해 보는 것도 좋을 듯합니다.

| 논술 | **식민 상태에서의 근대화가
'발전' 혹은 '진보'를 의미하는가?**

### 1. 주제 파악

우리의 근대화는 식민지 지배와 함께 시작되었습니다. '근대화'란 정치·경제·사회·문화 등 여러 분야에서 구조적 변화가 이루어지고, 이에 따라 후진적인 상태에서 보다 향상된 생활로 발전하는 것을 뜻합니다. 때문에 일반적으로 '근대화'에 대해 긍정적인 입장을 취하게 마련입니다. 그러나 우리나라의 경우처럼 식민지 상황에서 근대화가 시작된 경우는 어떠할까요? 과연 식민 상태에서 일제에 의해 수행된 근대화가 우리 민족에게 긍정적인 역할을 하였을까요? 어떤 이들은 일본이 우리나라를 식민지로 삼아 짓밟긴 했지만 철도도 놓아 주고 갖가지 근대 문물도 접하게 해주었으니, 다시 말해 우리나라를 '근대화'시켜 주었으니, 그것만큼은 긍정적으로 인정해야 한다고 말하기도 합니다. 하지만 이들이 만약 당시 식민지 조선을 살아가던 사람들과 똑같은 대접을 받는다면, 과연 그렇게 이야기할 수 있을까요?

염상섭이 통찰해 낸 식민지 조선의 모습을 마음에 담고 아래의 논술 문항에 논리적 근거를 들어 자신의 주장을 펼쳐 봅시다.


2. 논술 문제

1) 제시문 (가)와 (나)에서 주장하는 바의 공통점과 차이점을 400자 내외로 쓰시오.

(가)

아까 말씀한 것같이 성경에 가르치신바, 불의 심판이 끝나지 않았습니까. 구주 대전의 그 참혹한 포연탄우가 즉, 불의 심판이외다그래. 그러나 이번 전쟁이 왜 일어났나요. 이 세상은 물질 만능, 금전 만능의 시대라 인의예지(仁義禮智)도 없고, 오륜(五輪)도 없고 애(愛)도 없는 것은, 이 물질 때문에 사람의 마음이 욕에 더럽혀진 까닭이 아닙니까. 부자, 형제가 서로 반목질시하고, 부부가 불화하며, 이웃과 이웃이, 한 마을과 한 마을이…… 그리하여 한 나라와 나라가, 서로 다투는 것은, 결국 물욕에 사람의 마음이 가리었기 때문이 아니오니까. 그리하여, 약육강식의 대원칙에 따라, 세계 만국이, 간과(干戈)로써 서로 대하게 된 것이 즉 구주 대전란이외다그래. 그러나 인제는 불의 심판도 다 끝났다, 동서가 친목할 시대가 돌아왔다고 하신 하나님의 말씀대로 나는 신종합니다. 그러기 때문에 하나님의 계시대로 세계 각국으로 돌아다니며 경찰(警察)을 하여야 하겠쇠다…… 나도 여기에는 오래 아니 있겠쇠다. 좀 더 연구하여 가지고…… 영미법덕(英美法德)으로 돌아다니며, 천하 명승도 구경하고, 설교도 해야 하겠쇠다.

—염상섭, 「표본실의 청개구리」 중에서

(나)

간디의 관점에서 볼 때, 무엇보다 큰 폭력은 인간의 근원적인 영혼의 요구에 대해서는 조금도 고려하지 않고, 물질적 이득의 끊임없는 확대를 위해 착취와 억압의 구조를 제도화한 서양의 산업문명이었다.

근대 산업문명은 사람들의 정신을 병들게 하고, 끊임없이 이기심을 자극하며, 금전과 물건의 노예로 타락시킬 뿐만 아니라 내면적인 평화와 명상의 생활을 불가능하게 만든다. 그로 인하여 유럽의 노동 계급과 빈민에게 사회는 지옥이 되고, 비서구 지역의 수많은 민중은 제국주의의 침탈 밑에서 허덕이게 되었다. 여기에서 간디 사상에 물레의 상징이 갖는 의미가 드러난다. 간디는 모든 인도 사람들이 매일 한두 시간만이라도 물레질을 할 것을 권유하였다. 물레질의 가치는 경제적 필요 이상의 것이라고 생각한 것이다.

—고등학교 국어(하), 〈간디의 물레〉 중에서

## 논술의 길잡이

논술문을 작성하기 앞서 논제에 대해 분석해 보아야 합니다. '제시문 (가)와 (나)에서 주장하는 바의 공통점과 차이점'이라는 논제를 해결하기 위해서는 우선 두 글의 핵심 내용이 무엇인지부터 파악해야 합니다. 핵심 내용을 파악하면 공통점과 차이점을 살펴보는 것은 간단히 해결될 수 있습니다. 또한 글을 쓸 때에는 제시문에 있는 표현을 그대로 가지고 오기보다는 일반화할 수 있는 것들은 일반화하여 제시하는 것이 바람직합니다.

### 예시 답안

제시문 (가)와 (나)는 모두 전쟁이 발발한 원인과 그 해결책을 제시하고 있다. 두 글의 화자가 주장하는 전쟁 발발의 원인은 물질문명의 발달로 인한 사람들의 이기심 증가와 이로 인한 물질적 욕망의 확대 때문이다. 그러나 해결 방안에 대한 시각은 각기 다르다. (가)에서는 전쟁이 하나님의 계시에 의해 종식되고 인간은 그저 하나님의 계시를 따라야 한다는 관점을 보이고 있으나, (나)에서는 기계화된 산업문명이 아닌, 인간의 노동을 통해 경제적·물질적인 가치 이상의 것을 경험한 후 인간의 내면이 변할 때 비로소 전쟁은 종식될 수 있다고 본다. 따라서 (가)에서는 비현실적이며 인간으로서는 실천 불가능한 해결책을 제시하고 있으나, (나)에서는 현실적이고 실천 가능한 해결책을 제시하여 각자의 노력을 촉구하고 있다.


2) (가)에 나타난 환경의 변화를 정리하고 화자가 이를 어떻게 인식하는지 밝힌 후, 그렇게 생각할 수밖에 없는 이유를 (나)를 참고하여 600자 내외로 서술하시오.

(가)

곰방담뱃대에 엽초를 다져 넣고 빽빽 빨아 가며 소견 삼아 숙덕거리다가, 자고 나면 벌써 곡괭이질 부삽질에 며칠 동안 어수선하다가 전차가 놓이고, 자동차가 진흙 덩어리를 튕기며 뿡뿡거리고 달아나가고, 딸국나막신 소리가 날마다 늘어 가고, 우편국이 들어와 앉고, 군아가 헐리고, 헌병 주재소가 들어와 앉는다. 주막이니 술집이니 하는 것이 파리채를 날리는 동안에 어느덧 한구석에 유곽이 생기어 샤미센(三味線) 소리가 찌링찌링 난다. 매독이니 임질이니 하는 새 손님을 맞아들인 촌서방님네들이, 병원이 없어 불편하다고 짜증을 내면 너무 늦어 미안하였습니다는 듯이 체면 차릴 줄 아는 사기사가 대령을 한다. 세상이 편리하게되었다.

"우리 고을엔 전등도 달게 되고 전차도 개통되었네. 구경 오게. 얌전한 요릿집도 두서넛 생겼네…… 자네 왜갈보 구경했나? 한번 보여 줌세."

몇천 년 몇백 년 동안 가문에 없고 족보에 없던 일이 생기었다. 있는 대로 까불릴 시절이 돌아왔다. 편리해 좋아, 놀기가 좋아서 편해하며 한 섬지기 파는가 하면, 한편에서는,

"우리겐 인젠 이층집도 꽤 늘고 양옥도 몇 채 생겼다네. 아닌 게 아니라 여름엔 다다미가 편리해, 위생에도 매우 좋은 거야."

하고 두 섬지기 깝살릴 수밖에 없게 된다. 누구의 이층이요 누구를 위한 위생이냐.

양복쟁이가 문전 야료를 하고 요리장수가 고소를 한다고 위협을 하고, 전등값에 졸리고, 신문대금이 두 달 석 달 밀리고, 담배가 있어야 친구 방문을 하지. 원 찻삯이 있어야 출입을 하지 하며 눈살을 찌푸리는

동안에 집문서는 식산은행 금고로 돌아 들어가서 새 임자를 만난다. 그리하여 또 백 가구 줄어지고 또 이백 가구 줄었다. (중략)

목책 안으로 들어오며 건너다보니까 차장실 속에 있던 두 청년과 헌병은 여전히 이야기를 하고 섰다. 나는 까닭 없이 처량한 생각이 가슴에 복받쳐 오르면서 한편으로는 무시무시한 공기에 몸이 떨린다.

젊은 사람들의 얼굴까지 시든 배추잎 같고 주눅이 들어서 멀거니 앉았거나, 그렇지 않으면 빌붙는 듯한 천한 웃음이나 '헤에' 하고 싱겁게 웃는 그 표정을 보면 가엾기도 하고, 분이 치밀어 올라와서 소리라도 버럭 질렀으면 시원할 것 같다.

'이게 산다는 꼴인가? 모두 뒈져버려라!'

찻간 안으로 들어오며 나는 혼자 속으로 외쳤다.

'무덤이다! 구더기가 끓는 무덤이다!'

나는 모자를 벗어서 앉았던 자리 위에 던지고 난로 앞으로 가서 몸을 녹이며 섰었다. 난로는 꽤 달았다. 뱀의 혀 같은 빨간 불길이 난로 문틈으로 날름날름 내다보인다. 찻간 안의 공기는 담배 연기와 석탄재의 먼지로 흐릿하면서도 쌀쌀하다. 우중충한 남폿불은 웅크리고 자는 사람들의 머리 위를 지키는 것 같으나 묵직하고도 고요한 압력으로 지그시 내리누르는 것 같다. 나는 한번 휙 돌려다보며,

'공동묘지다! 공동묘지 속에서 살면서 죽어서 공동묘지에 갈까 봐 애가 말라 하는 갸륵한 백성들이다!

—염상섭, 「만세전」 중에서

(나)

국권을 완전히 빼앗은 후 일제는 한일병합이 조선과 일본 두 나라의 행복을 증진하고 동양평화를 영구히 확보하는 길이라고 선전하였다. 1910년 통감으로 온 육군 대장 출신 데라우치 마사타케가 초대 총독이 되고, 그해 10월에 조선총독부가 설치되었다. 조선 총독은 입법, 사법, 행정, 그리고 군사권마저 한손에 쥔 식민 통치의 최고 권력자였다. (중략)

지방행정조직도 식민 통치에 적합하도록 개편되었다. 도, 부, 군에는 각각 도청, 부청, 군청이 설치되고 그 아래 최하급 행정단위로 면을 설치하여 전국적인 통치체제를 구축하였다. 그리고 도지사, 부윤, 군수는 물론 면장이나 서기에 이르기까지 거의 모든 지방 관리들을 일본인과 친일적 인사들로 바뀌었다.

일제는 식민 통치 조직의 개편과 함께 치안 확보라는 구실로 헌병경찰제도를 시행하였다. 헌병경찰제도란 군대의 경찰인 헌병이 경찰을 지휘하며 일반 경찰 업무까지 관여하는 제도였다.

헌병경찰은 경찰의 일반 업무는 물론 검사 사무 대리, 범죄의 즉결 처분, 민사소송 조정, 산림 감시, 징세 사무 협조 등 일반 행정사무까지 도맡아 처리하였다. 이들은 '범죄즉결례' '경찰범 처리 규칙'에 따라 정식법 절차나 재판을 거치지 않고도 조선인에게 벌금을 물리거나 구류 등을 처할 수 있었다. 더구나 갑오개혁 때 비인간적 처벌이라 하여 폐지되었던 태형마저 부활시켰다. 헌병경찰제의 확립에 따라 일제는 전국 곳곳에 경찰 관서와 헌병 기관을 거미줄처럼 설치하여 조선인을 감시하였다.

—금성출판사, 『한국근현대사』 중에서

## 논술의 길잡이

논술문을 작성하기에 앞서 먼저 논제를 분석해야 하는데, 이 문항의 논제는 크게 세 가지로 나뉩니다. 우선 (가)에 나타난 환경의 변화를 파악해야 합니다. 그리고 이러한 환경 변화를 화자가 어떻게 인식하는지, 또 그렇게 인식할 수밖에 없었던 이유가 무엇인지 (나)에서 찾아내 근거로 사용하여 자신의 주장을 합리화해야 합니다.

(가)에는 예전의 조선과는 다른 면모가 드러납니다. 구체적으로 어떻게 그려지는지 하나하나 찾아본 다음 그것들을 아울러 표현할 수 있는 말이 무엇인지 생각해 보세요. 그리고 화자가 이에 대하여 어떻게 생각하는지 제시문에 나타난 단어를 이용하여 판단해 보시기 바랍니다.

(나)에서는 한일병합을 한 일본이 조선에서 어떻게 정치를 하고 조선인을 어떻게 다루었는지 파악한 다음, 그로 인해 조선인들이 (가)처럼 느낄 수 밖에 없었음을 증명해 보이면 되는 것입니다.

## 예시 답안

(가)에 의하면 조선에는 전차와 자동차가 유입되고, 전등이 가설되었으며, 우편국이 놓이고, 양복을 입은 사람들이 늘고, 요릿집이 생기고, 일본의 다다미 문화가 유입되는 등 서구적·근대적 문명들이 조선에 유입되기 시작하였다. 그러나 이러한 환경의 변화에도 불구하고 사람들의 건강은 악화되었고 경제적 어려움은 더 심각해졌으며, 헌병을 보면 이유 없는 불안과 공포에 떨게 된다. 이를 두고 (가)의 화자는 조선의 현실을 '공동묘지'로, 그 속에서 살아가는 사람들을 '구더기'와 같다고 생각하며 연민을 느낀다. 이는 (나)에서 한일병합이 조선과 일

본, 나아가 동양과 세계 인류의 행복 증진을 위한 것이라는 일본의 주장이 거짓이었음을 증명해 보이는 것이다. 한일병합은 조선인들을 '공동묘지 속에서 사는 구더기' 같은 나락의 생활로 떨어뜨렸다. 또한 일상생활 속을 파고드는 일제의 감시와 법 적용의 비합리적·비인간적인 면 등으로 인해, 식민지 상황에서 근대문명이 유입된다고 해도 이는 오히려 사람들의 삶을 불행하게 하는 요소로 작용한다는 것을 여실히 보여 준다.


3) 아래 자료를 최대한 활용하여 일제시대 조선인들이 해외로 이주해 간 원인을 분석하여 500자 내외로 쓰시오.


**(표1) 동양척식주식회사 소유지 증가표와 농업 이민 추이**

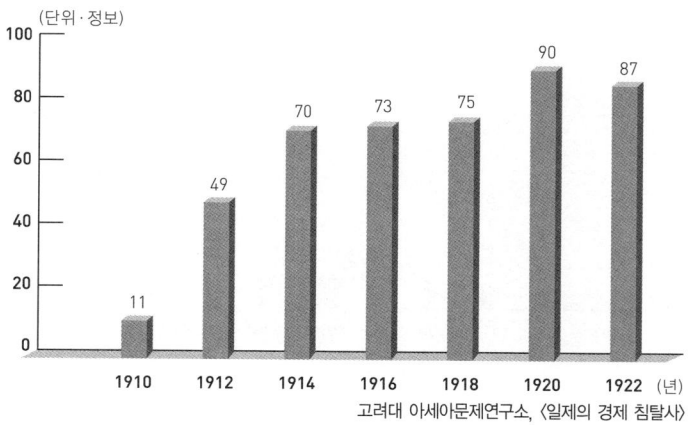

고려대 아세아문제연구소, 〈일제의 경제 침탈사〉

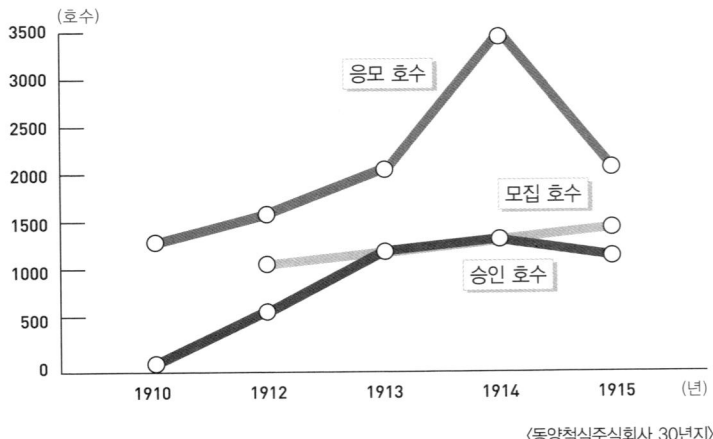

**(표2) 조선총독부의 조세 구성비**

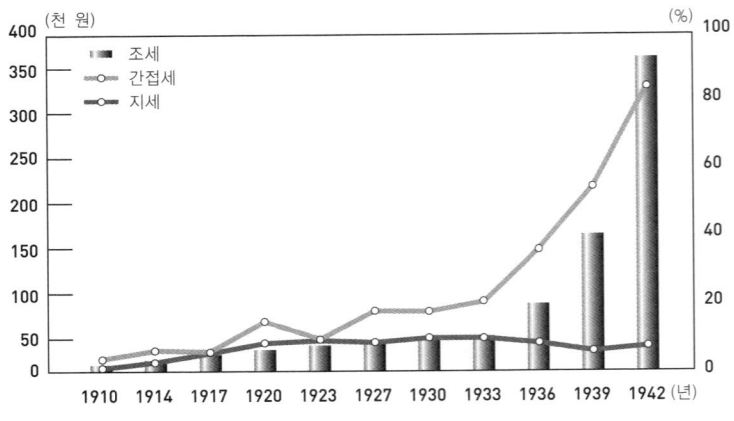

**(표3) 북간도 지역 조선 이주민 통계**

| 구분 | 1910년 | 1912년 | 1916년 | 1921년 | 1926년 | 1931년 |
|------|--------|--------|--------|--------|--------|--------|
| 조선인 | 109,500명 | 143,000명 | 183,422명 | 307,806명 | 356,016명 | 396,847명 |

김태국, 〈만주 지역 조선인 민회 연구〉

(가)

실상은 누워 떡 먹기지. 나두 이번에 가서 해오면 세 번째나 되오마는, 내지의 각 회사와 연락해 가지고 요보들을 붙들어 오는 것인데…… 즉 조선 쿨리(苦力) 말씀요. 농촌 노동자를 빼내오는 것이죠. 그런데 그것은 대개 경상남북도나, 그렇지 않으면 함경, 강원, 그다음에는 평안도에서 모집을 해오는 것인데, 그중에도 경상남도가 제일 쉽습넨다. 하하하.

(중략)

잘하구 못하는 것은 내가 아랑곳 있겠소마는, 하여간 요보는 말을 잘 듣고 쿨리만은 못해도 힘드는 일을 잘하는 데다가 삯전이 헐하니까 안성맞춤이지…… 그야 처음 데려갈 때에는 품삯도 많고 일은 드러누워서 떡 먹기라고 푹 삶아야 하긴 하지만, 그래도 갈 노자며 처자까지 데리고 가게 하고, 게다가 빚까지 갚아 주는 데야 제 아무런 놈이기로 아니 따라나설 놈이 있겠소. 한번 따라나서기만 하면야 전차(前借)가 있는데 그야말로 독 안에 든 쥐지. 일이 고되거나 품이 헐하긴 고사하고 굶어 뒈진다기루 하는 수 있나. 하하하.

—염상섭, 「만세전」 중에서

(나)

머리에는 이가 득실거리고, 등의 상처는 썩어서 심해지고 있었다. 여기서는 조선말을 쓰면 한 끼의 밥을 줄여 버렸다. 밥이라고 해도 콩을 쪄서 안남미와 섞은 것이었다. 국은 소금국으로, 건더기가 없는 것이었다. 목이 말라 갱 내의 붉은 물을 마시면 설사를 심하게 하였다. 그래도 아침 여섯시부터 밤 열한시까지 일을 시켰다.

술이나 담배, 약품 배급은 조(組)에서 가로채 배를 채웠다. 당시 하루 임금은 2원 35전인데, 합숙소 값으로 1원 50전을 떼었다. 거기에다가 매일 떨어지는 작업화 값으로 3원 50전을 내게 하여 항상 적자였다. (중략) 많은 사람들이 죽었다. 하라다 조에서는 서울에서 온 교양 있는 집안의 아들이 도망치다가 붙들려 너무 심하게 매를 맞아 미쳐 버렸다.

―김대상, 『일제하 강제 인력 수탈사』 중에서

(다)

1918년 토지조사사업이 끝났을 때 사실상 농민의 소유였던 많은 농토와 공공기관에 속해 있던 토지, 마을 또는 집안의 공유지로 명의상의 주인을 내세우기 어려운 동중·문중 토지의 상당 부분이 조선총독부의 소유가 되었다. 이 과정에서 많은 분쟁이 일어났지만, 그 해결은 일제에 유리한 방향으로 진행되었다. 조선총독부는 이렇게 빼앗은 토지를 동양척식주식회사를 비롯한 식민 회사나 일본인에게 헐값으로 팔아 넘겼다.

―금성출판사, 『한국근현대사』 중에서

**논술의 길잡이**

(표1)과 제시문 (다)를 통해 1910년대 동양척식주식회사의 소유지가 증가하는 상황과 이로 인한 농업 이민이 증가하고 있음을 알 수 있습니다. 동양척식주식회사는 일제가 조선의 토지와 자원을 수탈할 목적으로 설치한 착취 기관입니다. 동양척식주식회사의 소유지가 증가했다는 사실이 무엇을 의미하는지 생각해 보시기 바랍니다.

(표2)는 일제가 한일병합을 한 이후의 조세 구성 비율을 보여 줍니다. 여기서 주목해야 할 것은 1910년대에는 조세의 상당 부분을 지세로 충당하였으며, 1930년 이후에는 간접세의 비중이 확대되었다는 점입니다.

(표3)은 조선인의 북간도 이주 상황을 보여 줍니다. 1910년부터 1931년까지 북간도로 이주한 조선인은 큰 폭으로 증가합니다. 조선 사람들이 이렇게 이주를 선택한 데에는 그 당시의 사회·역사적 상황이 가장 크게 작용하였을 것입니다.

제시문 (가)에서는 조선인들이 일본인들에게 사기를 당하여 일본으로 가서 혹독한 노동에 시달렸음을 보여 줍니다. 그런데 이때 조선인들이 일본인들을 따라나서는 이유를 파악하는 것이 중요합니다. 빚을 갚아 주고 처자까지 데려가게 해주며 일본까지 가는 노자까지 챙겨 준다니 어지간한 조선 사람들은 일본인 사기꾼들을 따라나섰다는 것인데, 당시 많은 조선인들이 빚에 시달리고 있었음을 알 수 있습니다. 그러나 이렇게 해서 일본으로 간 사람들은 일삯도 제대로 못 받으며 고된 노동을 하다 굶어 죽기 다반사였으나 일본인들은 이에 대하여 전혀 신경을 쓰지 않았습니다. 일본으로 간 조선인들의 생활상은 (나)에 자세하게 기록되어 있습니다. 새벽 여섯시부터 늦은 밤 열한시까지의 고된 노동, 혹독한 매질, 배고픔 등 인간 이하의 삶을 견뎌 내야 했던 것입니다.

## 예시 답안

(표1)에 의하면 1910년대부터 동양척식주식회사의 소유지는 엄청나게 증가한다. 이는 1910년 한일병합 이후 일본이 조선의 토지를 착취했다는 것을 의미하는데 이렇게 착취한 토지는 일본인에게 넘어가고, 이에 따라 일본인이 조선에 들어와 사는 농업 이민도 함께 증가하게 된다. (표2)에 의하면 조선인은 토지를 소유했을 때에는 지세의 비중이 높아서 세금을 많이 내야 했는데, 동양척식주식회사에 토지를 빼앗긴 이후에는 간접세의 비중이 높아져 또다시 세금을 많이 내야 했다. 제시문 (다)에 나타난 것처럼 동양척식주식회사는 일본인에게 조선인의 땅을 헐값으로 넘겼다. 그런 연후에 조세의 비중을 지세에서 간접세로 확대했는데, 이렇게 하여 생명과도 같은 토지를 빼앗기고 점점 늘어만 가는 세금에 살기 힘들어진 조선 사람들은 빚을 지게 된 것이다. 때마침 빚을 갚아 주고 품삯까지 비싸게 지불하겠다는 일본인들에게 속아서 급기야는 일본의 각지로 팔려가기까지 한 것이다. (표3)에서 1930년대까지 북간도로의 이주가 끊임없이 증가한 것에서도 알 수 있듯이, 일제의 착취와 수탈에 견디다 못해 결국은 조선에서 살아남기 힘듦을 체감했기 때문으로 볼 수 있다.